rororo

Hubertus Borck, geboren 1967 in Lübeck, war der kreative Kopf des Hamburger Musik-Kabarett-Duos Bo Doerek. Er arbeitet heute als Theater- und Drehbuchautor und schrieb u. a. für «Gute Zeiten, Schlechte Zeiten», «Wege zum Glück» und die NDR-Produktion «Rote Rosen». Hubertus Borck lebt in Hamburg.

HUBERTUS BORCK

DAS PROFIL

THRILLER

Rowohlt Taschenbuch Verlag

Originalausgabe
Veröffentlicht im Rowohlt Taschenbuch Verlag,
Hamburg, November 2022

Covergestaltung Hafen Werbeagentur, Hamburg
Coverabbildung Maren Schaarschmidt, Lukas Vering/Getty Images
Satz aus der Minion Pro
bei Pinkuin Satz und Datentechnik, Berlin
Druck und Bindung GGP Media GmbH, Pößneck, Germany
ISBN 978-3-499-00824-5

Die Rowohlt Verlage haben sich zu einer nachhaltigen Buchproduktion verpflichtet. Gemeinsam mit unseren Partnern und Lieferanten setzen wir uns für eine klimaneutrale Buchproduktion ein, die den Erwerb von Klimazertifikaten zur Kompensation des CO_2-Ausstoßes einschließt. www.klimaneutralerverlag.de

FSC www.fsc.org
MIX
Papier aus verantwortungsvollen Quellen
FSC® C014496

Für Brita und Valeska.

Prolog

Kein einziges Staubkorn tanzte im einfallenden Sonnenlicht. Alles, was sich im Schlafzimmer bewegte, waren die Schatten der Birke, die vor dem Fenster im Garten stand. Die Umrisse der kleinen Blätter flirrten nervös auf der weißen Raufasertapete über dem Ehebett wie löchriges Zelluloid, das eine Spule durch den Projektor zog. Helene saß auf dem Hocker vor ihrer Schminkkonsole und betrachtete sich im Spiegel. Sie war Mitte dreißig. Keine Schönheit im klassischen Sinn, aber von einer bemerkenswerten Apartheit, wie man ihr oft sagte. Wann immer sie einen Raum betrat, zog sie die Blicke auf sich. Sie schminkte sich dezent, und ihre Haut schien rosig und straff. Sie trug die Perlenkette, die Helmut ihr zur Geburt des Sohnes geschenkt hatte. Aus der Siedlung war das monotone Geräusch eines elektrischen Rasenmähers zu hören. Seit der Ölkrise im letzten Jahr hatten einige Nachbarn ihren Benziner durch einen leiseren Elektroantrieb ersetzt, trotzdem übertönte das Surren beinahe den Schlager, der von irgendwoher aus einem Kofferradio plärrte.

Dieser Sommer war heiß. In dem Reihenhaus am Ende der Sackgasse, in dem Helene mit ihrem Mann und dem siebenjährigen Jungen wohnte, waren fast alle Vorhänge geschlossen. Lange hatte sie sich einen Umzug in ein großzügiges Zuhause mit Garten gewünscht. Als sich vor einem Jahr die Gelegenheit bot, war sie die treibende Kraft gewesen. Helmut hatte den Aufwand über sich ergehen lassen. Er war kein Mann, der Veränderungen liebte, aber mittlerweile hatte auch er den Vorteil erkannt: Es gab mehr Platz, sich gegenseitig aus dem Weg zu gehen. Im Erdgeschoss befand sich neben der Küche, einem separaten Esszimmer und einem Wohnzimmer auch ein großzügiges Arbeitszimmer, in dem Helene immer öfter auf dem kleinen Sofa aus grünem Breitcord schlief. Im ersten Stock waren zwei Räume für Kinder, das Bad und das Schlafzimmer untergebracht.

Sie tuschte sich die Wimpern und schaute flüchtig durch den Spiegel zum Bett hinüber, in dem ihr Sohn schlief, das Beste, was sie in ihrem Leben zustande gebracht hatte.

Helene lächelte, doch das dumpfe, wattige Gefühl, das sie oft lähmte und mit Angst erfüllte, wurde wieder stärker. Sie kannte den fragilen Moment, wenn ihre Vernunft gegen ihre Dämonen verlor. In klaren Momenten wurde sie sich ihres jahrelangen Alkoholmissbrauchs bewusst. Dann beruhigte sie sich mit dem nächsten Gin. Trotz täglicher Hilfe durch ihre Unterstützer war sie müde. Der Rasenmäher legte eine Pause ein, doch die junge Schlagersängerin drehte noch eine Schleife.

Du und ich im Dunkel der Nacht,
unsere Liebe kippt über Bord wie die Fracht,
die auf hoher See ins Rutschen gerät,
doch um sie zu retten, ist es zu spät.

Helene straffte sich. Sie zog ihre blassrosa geschminkten Lippen nach, wischte mit dem kleinen Finger den überschüssigen Lippenstift aus den Mundwinkeln und legte geschickt ein Perückenband um ihre langen blonden Haare. Dann nahm sie, wie jeden Morgen, ihre Frisur vom Styroporkopf auf der Frisierkommode. Weder der erneut einsetzende Rasenmäher noch die letzte Strophe des Schlagers weckten ihren Jungen auf. Helene brachte mit wenigen Handgriffen ihre Zweitfrisur in Form und fixierte das Kunsthaar mit zwei Haarnadeln am Stirnband. Sie lächelte zufrieden hinter der frisch getünchten Fassade. Mit dem Glasverschluss ihres Parfümflakons tupfte sie sich einen Hauch *Mitsouko* von Guerlain auf den Hals und strich das leichte Sommerkleid zurecht. Dann setzte sie sich hinüber auf die Bettkante. Er atmete schwer hinter ihr, doch ihr fehlte der Mut, sich nach ihm umzublicken. Der Junge stöhnte. Die Krämpfe ließen seine Glieder merklich zucken. Helene nahm das Glas vom Nachttisch, in dem sich ein zäher Brei aus aufgelösten Schlaftabletten wieder verfestigte. Sie goss ordentlich Gin hinein und rührte mit einer Nagelfeile um.

Ohne zu zögern, setzte sie das Glas an die Lippen. Mit drei großen Schlucken hatte sie den Mix aus Gin und Pillen hinuntergespült. Der Alkohol brannte in der Kehle, doch er betäubte zuverlässig den Weg hinunter in den Magen. Sie atmete erfolgreich gegen das Würgen und streckte sich auf dem Bett aus. Langsam nahm der Körper die tödliche Mischung in sich auf, ein dumpfes Gefühl vertrieb das allerletzte bisschen Angst.

Zärtlich strich sie ihrem Jungen die verschwitzten langen Haare aus der Stirn, griff nach seiner Hand und dämmerte erleichtert neben ihm weg. Endlich, sie hatte es geschafft.

1

Der Regen stand quer in der Hansestadt. Es war diese Art von feinem Novemberniesel, der sich wie ein grauer, nasser Schleier über die Stadt legte. Hauptkommissarin Franka Erdmann versuchte zum wiederholten Mal, die beschlagene Frontscheibe ihres alten Nissans frei zu wischen, während sie vom Hof einer Reifenwerkstatt im Hamburger Stadtteil Barmbek rollte. Bevor sie an diesem Morgen ihren Dienst im Polizeipräsidium antrat, hatte sie einen Satz neuer Winterreifen gekauft, die mehr kosteten, als ihr Wagen vermutlich noch wert war. Franka fühlte sich abgekämpft und müde. Sie hasste den Herbst. Nicht erst, seitdem sie ihren eigenen erreicht hatte. Sie war Ende fünfzig, antriebs- und lustlos. Die Jahre bei der Polizei hatten Spuren hinterlassen und persönliche Opfer gefordert. Aber der Vorruhestand war nie eine Option für Franka gewesen. Jeder hat sein Päckchen zu tragen, sagte sie sich. Ihre neueste Last wog achtundsiebzig Kilo und war vor einem Monat frisch von der Universität gekommen. Unter den jüngeren Mitarbeiterinnen hatte schnell Einigkeit darüber geherrscht, dass Alpay Eloglu dem Dezernat in jeder Hinsicht neuen Drive bescherte.

Franka fischte ihre Zigarettenpackung vom Armaturenbrett, wobei ihr Handy zwischen Sitz und Mittelkonsole des alten Nissans rutschte. Sie konnte es nicht fassen. Wie oft war ihr das schon passiert? Sie zog eine Kippe aus der Schachtel und griff zum Einwegfeuerzeug, als sich ihr Telefon ausgerechnet jetzt mit einer Fanfare meldete. Franka stöhnte. Sie hatte fast jedem Kontakt einen speziellen Klingelton zugeordnet. So wusste sie schon beim ersten Sound, ob sie rangehen oder lieber der Mailbox den Vortritt lassen konnte. Die Trompeten hatte sie für Alpay Eloglu ausgesucht. Ein Ton wie der neue Kollege: laut, forsch und angriffslustig. Sie tastete blind nach ihrem Telefon und konzentrierte sich darauf, das Lenkrad nicht zu verreißen. Aber alles, was ihr zwischen die Finger geriet, waren leere Energydrink-Dosen und zerknüllte Zigarettenschachteln. Sie setzte den Blinker, fuhr rechts ran und fischte ihr Smartphone hervor. Bevor die Mailbox ansprang, nahm Franka den Anruf entgegen.

«Herr Eloglu. Guten Morgen.» Sie kurbelte die Scheibe einen Spalt herunter und blies den Rauch hinaus.

«Keine Ahnung, ob das ein guter Morgen ist.» Auch wenn Alpay schwer zu verstehen war, hörte sie die Anspannung in seiner Stimme und stellte den Motor aus.

«Ist was passiert?»

«Ich stehe mit den Kollegen auf einem Spielplatz am Klosterstern. Eine Gruppe Vorschulkinder hat einen toten Mann in einer Sandkiste gefunden. Er ist nackt, und ihm fehlt das linke Auge.»

Franka stellte den Kragen ihrer Lederjacke auf. Mit hochgezogenen Schultern versuchte sie, sich gegen den fiesen Nord-Ost-Wind zu schützen, der den Sprühregen unter den Regenschirm blies, den Alpay über ihnen aufgespannt hatte.

Er deutete auf die Leiche. «Der Mann war bis zum Kehlkopf eingegraben.»

Sie schauten auf das Opfer hinunter, das die Beamten der Spurensicherung vorsichtig freilegten. Der Körper war durch die Liegezeit im nassen Sand bereits stark verändert.

Frankas Zigarette war feucht geworden. Selbst für sie war das Rauchen bei diesem Wetter kein Vergnügen. Fasziniert betrachtete sie den Toten im Sand. «Wenn ihm das linke Auge nicht fehlen würde, sähe das Ganze aus wie ein verunglückter Strandspaß auf Sylt.»

Während sie sich noch fragte, ob es Zufall war, dass der Kopf des Toten in einem scharfen Neunzig-Grad-Winkel über die linke Schulter blickte, bemerkte sie, dass Alpay stattdessen an der Leiche vorbeischaute. Wie ein Schauspieler die Filmkamera vermied er den direkten Blick auf das Opfer.

«Sehen Sie das?» Franka deutete auf den verdrehten Kopf der Leiche. Alpay schien sich auf eine Textnachricht zu konzentrieren, die er auf seinem Smartphone tippte. Sie ahnte, dass er das nur zur Ablenkung tat, weil ihm der aufgeweichte Körper und die leere Augenhöhle des Toten vermutlich Probleme bereiteten. Gerade für junge Kollegen war es am Anfang oft hart, sich der eingehenden Betrachtung von Todesopfern zu stellen, die zudem noch durch äußere Gewalt entstellt waren. Zwar lehrte man an Polizeihochschulen und Universitäten immer feinere Ermittlungstechniken, aber auf solche Brutalitäten in der Praxis wurden Studierende bis heute nicht wirklich vorbereitet. Franka wusste, dass die Berufserfahrung einen gewissen Gewöhnungseffekt mit sich brachte, aber sie war dennoch froh über jeden Kollegen, der auch mit der Zeit nicht abstumpfte.

«Herr Eloglu, sind Sie okay?»

«Alles bestens.» Er log nicht sonderlich überzeugend.

Hier, in unmittelbarer Nähe zur Hamburger Außenalster und

zur Flaniermeile am Eppendorfer Baum mit den kleinen Boutiquen und teuren Feinkosthändlern, hatte sich die Nachricht über den nackten Toten rasant verbreitet. Noch bevor Franka am Fundort eingetroffen war, lungerten die ersten geschockten Nachbarn in Gummistiefeln am eilig von der Polizei gespannten Flatterband.

«Herr Eloglu. Stift, Kladde und dann mal umhören da vorne. Vielleicht hat jemand irgendwas beobachtet.» Sie nickte in Richtung der gaffenden Passanten, denen ein Sichtschutz den unmittelbaren Blick auf die nackte Leiche versperrte. Sichtlich erleichtert verließ Alpay den Rand der Sandkiste in Richtung Absperrung. Sie sah ihm hinterher. Sein Ehrgeiz und seine Dynamik hatten Franka in den letzten vier Wochen ziemlich angestrengt.

«Herr Eloglu?» Er drehte sich noch einmal zu ihr um. «Und den Schirm, den lassen Sie mir hier.» Er zögerte kurz und schaute in den verregneten Himmel. Franka überlegte, ob er sich Sorgen um seine Frisur machte.

«Sorry.» Alpay reichte ihr den Regenschirm, setzte die Kapuze seines Parkas auf und ging zu den neugierigen Bewohnern des Viertels hinüber, von denen die meisten wohl in den lichtdurchfluteten Altbauwohnungen und eleganten Jugendstilvillen in der Nachbarschaft wohnten.

Die Spurensicherung hatte nicht nur den Kinderspielplatz, sondern auch den angrenzenden kleinen Park am Klosterstern als erweiterten Tatort abgesperrt. Poppy, der Leiter der Spurensicherung, setzte Franka ins Bild, während seine Leute immer noch damit beschäftigt waren, den Toten vorsichtig aus der Sandkiste zu graben, ohne etwaige Spuren zu vernichten.

«Moin. Ich kann dir noch nicht viel sagen, Franka. Eingeschlagener Schädel, ist nicht zu übersehen. Das fehlende Auge auch nicht. Können aber auch die Krähen gewesen sein.» Franka schaute sich auf dem Spielplatz um, in den Bäumen lauerten die Vögel und warteten auf Beute.

«Fußspuren?»

«Das ganze Areal ist nass, und so früh am Morgen waren noch nicht so viele Leute unterwegs.» Poppy Bruhns deutete auf die Spuren in der Sandkiste. «Wir haben nur die Abdrücke der Kinder, die den Toten gefunden haben.»

«Kümmert sich jemand um die Lütten?» Franka hoffte sehr, dass die psychologischen Betreuer das Entsetzen der Kinder auffangen konnten. Sie mochte Kinder, auch wenn sich die Frage nach eigenem Nachwuchs für sie nie ernsthaft gestellt hatte. Sie konnte nicht einmal sagen, ob sie sich bewusst dagegen entschieden hatte oder ob es ihre Lebensumstände waren. Auch wenn sie tief in sich hineingehorcht hatte, hatte sie die viel zitierte tickende Uhr nie gehört. Ohnehin beschäftigten sie genug andere Probleme. Sie war froh, wenn sie nachts nicht mehr so oft schweißgebadet aufwachte, um dann stundenlang hellwach an die Decke zu starren.

«Ist das der Neue?» Poppy beobachtete Alpay, wie er am Absperrband Leute befragte.

Franka nickte flüchtig, schaute aber auf den toten Mann hinunter, dessen Brustkorb und Oberschenkel mittlerweile von Sand befreit waren. «Ganz schön perverse Nummer. Einäugig, nackt und verscharrt in einer Sandkiste. Erinnert an schlechte Mafia-Filme.»

Es hörte auf zu regnen. Sie klappte den Schirm zusammen und rammte ihn in die aufgeweichte Erde, um eine Zigarette zu rauchen, die ihr der Regen nicht verdarb.

Alpay kam von seiner Befragung zurück. «Fehlanzeige. Niemand hat was gesehen.» Dafür habe er gehört, wie sich einige Gaffer untereinander über den polizeilichen Sichtschutz beschwert hatten, der ihren Fotos im Weg war. Franka fragte sich, wann Menschen aufgehört hatten, zumindest so zu tun, als würden sie sich für ihre Sensationslust schämen.

«Poppy, das ist der neue Kollege Alpay Eloglu. Herr Eloglu, das ist Bernhard Bruhns, wichtiger Mann bei der Spurensicherung.»

Die Männer gaben sich die Hand und begannen einen inhaltslosen Smalltalk. Franka unterbrach das kollegiale Begrüßungsgeplänkel, als Poppy wissen wollte, ob Alpay sich im Dezernat schon eingelebt hätte.

«Ist die Identität des Toten geklärt?»

«Nein. Keine Klamotten, kein Ausweis.»

«Ach du Scheiße!» Alpay starrte entsetzt zu den Beamten der Spurensicherung, die den Toten vorsichtig aus der Sandkiste hoben. Bei der Bergung des Körpers hatte sich der Kopf der Leiche über die linke Seite gedreht und war über den normalen Beugungsgrad der Halswirbelsäule hinaus nach hinten weggekippt.

Ganz offensichtlich hatte jemand dem unbekannten Mann das Genick gebrochen.

Der Nieselregen nahm wieder zu, und die Lüftung des Nissans blecherte vergebens gegen die Feuchtigkeit im Auto an, als Franka im morgendlichen Berufsverkehr zum Hauptkommissariat am Bruno-Georges-Platz fuhr. Immer wieder kniff sie die Augen zusammen, wenn sich die Scheinwerfer des Gegenverkehrs in den Regentropfen auf der Scheibe brachen und das

Bild vor ihr verschwamm. Sie brauchte nicht erst das Ergebnis ihres nächsten Schießtrainings abzuwarten, um zu wissen, wie sehr sich ihre Augen verschlechtert hatten.

Alpay Eloglu saß still auf dem Beifahrersitz und schaute aus dem Fenster in den Regen hinaus. Es war das erste Mal, dass sie gemeinsam in Frankas altem Wagen fuhren. Alpay schwieg, und sie wusste, warum. Es gab doch immer eine Art Erwachen, wenn die jungen Kollegen ins Berufsleben einstiegen. Franka betrachtete Alpay kurz von der Seite und dachte unweigerlich an ihren langjährigen Kollegen Armin, der oft auf diesem Platz gesessen hatte. Vor einem halben Jahr hatte er den Kampf gegen den Prostatakrebs verloren. Seitdem die Diagnose feststand, hatte er eine Menge Arschwitze gerissen. Lachen betäubt die Angst und übertönt das Pfeifen im Walde. Franka dachte daran, wie Armin vor einigen Jahren den Zigarettenanzünder ihres Nissans konfisziert hatte, weil er sie vor dem Lungenkrebs bewahren wollte. Jetzt lag Armins Asche in einem Friedwall im Sachsenwald.

Auf dem Weg zum Polizeipräsidium nahm sie die Strecke durch den Hamburger Stadtpark, wo Jogger und Hundebesitzer dem Novemberwetter trotzten.

Sie erinnerte sich noch genau an den Tag, als ihr die Dezernatsleitung, allen voran ihr Vorgesetzter Martin Suttmann, Alpay zur Seite gestellt hatte. Nach seiner Ausbildung an der Akademie der Polizei in Hamburg und dem anschließenden Masterstudiengang in Kriminologie an der Universität der Hansestadt war man der Meinung, eine bessere Einführung in den Praxisalltag konnte dem jungen Mann nicht passieren. Zudem war Frankas Chef immer noch vom Synergieeffekt der beiden überzeugt. Franka konnte nicht sagen, wann Martin diesen Begriff in seinen Wortschatz aufgenommen hatte. Vermutlich im Zuge eines seiner zahlreichen Change-Management Seminare der letzten zwei, drei Jahre, aus denen er immer fortschrittliche Methoden mitbrachte, die ihr danach das Leben schwer machten.

«Sieh es doch mal so, Franka», hatte er gesagt und dabei seine Nase betastet, um die Länge der herauswachsenden Haare zu kontrollieren. «Der Junge hat einen blendenden Abschluss gemacht. Zusammen mit deinen Erfahrungen …» Suttmann hatte die Augen geschlossen und sich, ohne eine Miene zu verziehen, eine Borste aus dem knollig-bläulichen Rüssel gezogen. Franka hatte ihren Blick angewidert abgewendet und versucht, sich auf das Kabelgewirr unter seinem Schreibtisch zu konzentrieren. «Du und der kleine Türke», hatte Martin gesagt, «das ist so, als würde man ein Paar abgelatschte Schuhe neu besohlen.»

Sie öffnete ihr Autofenster einen Spalt, zündete sich eine Zigarette an und blies den Rauch hinaus. Sie spürte Alpays Blick von der Seite und wartete nur auf einen unnötigen Kommentar.

«Haben Sie den verloren?» Er deutete auf den fehlenden Zigarettenanzünder, hinter dem ein kleines Lämpchen den Weg zurück in die Buchse leuchtete.

Franka konzentrierte sich auf den Verkehr. «Ja. Der ist für alle Zeiten weg.»

Alpay folgte Franka durch den Haupteingang ins Polizeipräsidium. Er hatte verständnislos zugesehen, wie sie auf dem Parkplatz Unmengen leerer Dosen und zerknüllter Zigarettenschachteln unter dem Vordersitz ihres alten Wagens hervorgezogen hatte, die sie jetzt in der Eingangshalle des Präsidiums in den Mülleimer warf. Ihr tropfte der Regen aus den Haaren, deren grauer Ansatz immer mehr zum Vorschein kam. Sie band sich ihre leicht gewellte, schulterlange Matte notdürftig mit einem Haargummi zu einem Zopf zusammen. Alpay fragte sich, ob Franka wirklich so uneitel war oder ob die vielen Dienststunden einen solchen Pragmatismus bewirkten. Er hoffte, sie legte privat ein bisschen mehr Wert auf ihr Äußeres. Er musterte sie. Ihre Hardware stimmte: Die Frau war schlank und breitschultrig und ein bisschen größer als er. Aber das Gesamtpaket kam ihm manchmal zäh und verbissen vor. Alpay war noch nie auf einen Typ Frau wie Franka getroffen, und was ihn daran besonders verunsicherte, war, dass er sie absolut nicht einschätzen konnte.

Die Klamotten der beiden waren durch den Regen feucht geworden, und Frankas Lederjacke stank noch stärker nach abgestandenem Rauch als sonst. Oder war er das? Alpay roch an seinem Parka und verzog angewidert das Gesicht. Er kapierte nicht, wie man sich bei allem, was man über das Rauchen wusste, trotzdem so vergiften konnte. Auf der Autofahrt ins Präsidium hatte er sich zusammengerissen. Aber eigentlich war es eine ziemliche Frechheit von ihr gewesen, sich in ihrem Schrottmobil ungefragt eine Kippe anzuzünden und ihn mit einzunebeln.

Wie selbstverständlich steuerte Franka auf die Fahrstühle zu, was Alpay nicht sonderlich überraschte. Wahrscheinlich setzte sich seine Vorgesetzte zum Brötchenholen am Sonntagmorgen auch ins Auto. Alpay nahm die Treppe hinauf in den dritten Stock und traf in einem Zwischengeschoss auf Martin Suttmann, der ihm väterlich auf die Schulter klopfte. Er spürte, dass ihn Suttmann auch abseits seiner fachlichen Qualitäten mochte.

«Teamsitzung ist gerade vorbei. Habe von der Einsatzleitung bereits von dem Mann in der Sandkiste gehört. Wir setzen uns gegen Mittag zusammen.» Suttmann war schon halb auf dem

Weg nach unten, als er sich noch einmal nach Alpay umdrehte. «Und? Haben Sie sich schon bei uns eingelebt?»

Alpay gab sich betont entspannt. «Ja, läuft.»

Suttmann hob die eine Hand zum Gruß und eilte die Treppe hinunter, die andere Hand auf dem Geländer, wahrscheinlich weil ihm der Bauch den Blick auf seine Füße versperrte. Alpay schaute ihm hinterher und fragte sich, ob er selbst auch so behäbig werden würde, sollte ihn der Polizeidienst eines Tages auf einen wichtigen Posten befördern.

Er betrat das fast leere Großraumbüro. Die wenigen Kollegen gingen nach der morgendlichen Teamsitzung ihren Aufgaben nach. Einige saßen an ihren Schreibtischen und waren mit Verwaltungsarbeiten beschäftigt. Andere waren bereits im Dienst unterwegs. Alpay blickte durch die verglaste Tür zu Frankas verwaistem Schreibtisch hinüber. Als eine der wenigen in ihrer Abteilung hatte sie ein eigenes Büro. Während er Kaffee aufsetzte, fragte er sich, ob ihr Fahrstuhl stecken geblieben war.

Nach seinem bestandenen Master hatte er recht schnell ein Job-Angebot von der Abteilung 4 für Deliktsorientierte Ermittlungen des LKA erhalten. Martin Suttmann war auf ihn aufmerksam geworden, als Alpay während des Studiums ein Praktikum in der Abteilung 6 für Organisierte Kriminalität absolvierte. Suttmann hatte damals für kurze Zeit interimsmäßig die Leitung der Abteilung übernommen.

Alpay hatte sich geschmeichelt gefühlt, als ihn das Jobangebot erreichte, denn seine Ausbilder bescheinigten ihm neben seiner Intelligenz ein hohes Maß an Verantwortungsbewusstsein, eine belastbare Psyche und physische Kondition. Er selbst bezeichnete sich einfach als Teamplayer, der begierig lernte.

Er war hoch motiviert gewesen, aber wenn er ehrlich war, reichten ihm die vier Wochen an der Seite der Hauptkommissarin Erdmann schon jetzt. Sie war qualifiziert, keine Frage, und an ihre oft ruppige Art würde er sich schon gewöhnen. Aber im Moment kochte er Kaffee, tippte Gedächtnisprotokolle ab und sortierte Verwaltungsakten. Alpay sah, dass Franka mittlerweile in ihrem Büro angekommen war. Er hoffte sehr, dass sie den Fall des toten Mannes aus der Sandkiste übertragen bekam und dass er an ihrer Seite zeigen konnte, was er in den Jahren seiner Ausbildung gelernt hatte.

Aus dem von Suttmann angekündigten Treffen gegen Mittag wurde nichts, denn zu dieser Zeit gab es weder Neuigkeiten über die Leiche aus der Rechtsmedizin, noch hatte die Spurensicherung ihren Bericht auch nur im Ansatz fertig. Die Tür zu Frankas Büro stand offen, und Alpay hörte, wie sie den zuständigen Arzt in der rechtsmedizinischen Abteilung des Universitätsklinikums Hamburg Eppendorf am Telefon zusammenfaltete.

«Das ist mir egal, Herr Dr. Dörfler. Wir haben alle viel zu tun. Es ist uns beiden doch wohl klar, dass ein Opfer, das nackt in der Sandkiste eines Spielplatzes regelrecht bestattet wurde, auf einen Täter hinweist, der aller Wahrscheinlichkeit nach nicht alle Latten am Zaun hat.»

Alpay schmunzelte. Er musste zugeben, dass Frankas schroffe Art in solchen Momenten auch von Vorteil sein konnte. Von seinem Platz aus beobachtete er, wie sie eine Dose Energydrink öffnete. Ihr Ton wurde schärfer.

«Dann müssen Sie Ihre Prioritäten besser setzen, Herr Doktor. Statt mir Ihre Arbeitsstunden vorzurechnen, machen Sie lieber mit den Untersuchungen weiter. Sie haben den Mann seit heute früh auf Ihrem Tisch. Jetzt ist es nach Mittag, und ich brauche zumindest mal einen Anhaltspunkt zur Todesursache. Wiederhören.» Sie knallte den Hörer auf die Gabel. «Was für ein Mädchen.»

Alpay hob die Augenbrauen. Vermutlich hätte Franka ihm einen Kommentar gedrückt, wenn er sich so geäußert hätte.

Da es keine Neuigkeiten gab, stand für ihn jetzt die Prüfung eines kriminaltechnischen Protokolls zu einem alten Fall an. Franka hatte Alpay mit der Durchsicht der Akte beauftragt. Durch die Ergebnisse neuer Ermittlungstechniken hoffte man, den Tod eines Rentners in Wandsbek aufklären zu können. Auch Alpay kam zu dem Ergebnis, dass es sich um einen tragischen Unfall handelte, und bestätigte damit Frankas Verdacht.

Der Nachmittag ging in den frühen Abend über, und der nächste Blick auf die Uhr zeigte bereits den Feierabend an.

Die Tür zu Frankas Büro stand fast immer offen. Er klopfte an den Türrahmen. Hier drinnen stank es nach kaltem Rauch.

«Was gibt's?» Sie sah nicht von ihrem Computerbildschirm auf.

«Ich würde jetzt zum Sport gehen, wenn's das für heute war.»

Das Eingangssignal ihres E-Mail-Postfachs kündigte eine Nachricht an. Auf Frankas Gesicht breitete sich ein zufriedenes Lächeln aus.

«Na, geht doch.» Sie stand auf. «Sorry, Herr Eloglu. Da müssen Sie ein paar Liegestützen vor dem Zu-Bett-Gehen machen. Der rechtsmedizinische Befund ist da.»

Seite für Seite fiel der vierseitige Bericht noch warm ins Ausgabefach des Druckers.

Alpay hatte auf dem Besucherstuhl vor Frankas Schreibtisch Platz genommen. Sie schätzte es, dass er seinen Sport, ohne mit der Wimper zu zucken, hintangestellt hatte. Lange Abende im Büro, die für Franka zur Routine geworden waren, befeuerten offenbar den Ehrgeiz eines Berufseinsteigers.

«Na dann.» Sie reichte ihm den Bericht des Rechtsmediziners, zog ihre Lesebrille aus der Tasche und las am Bildschirm.

Das Opfer war männlich, einhundertundvierundachtzig Zentimeter groß und zwischen dreißig und fünfunddreißig Jahre alt. Dem Mann war mit einem harten Gegenstand aus unmittelbarer Nähe und mit voller Wucht auf den Hinterkopf geschlagen worden, wodurch ihm der Schädelknochen gebrochen wurde. Die Biegungsfraktur des Kraniums erstreckte sich bis zum Mittelohr, die umliegende Haut war großflächig aufgerissen. Der Schlag hatte Venen und Arterien verletzt, sodass sich Blut unter der Schädeldecke gesammelt und ein intrakranielles Hämatom immer mehr Druck auf das Hirn ausgeübt hatte. Der Mann musste sofort bewusstlos geworden sein. Es war zu Lähmungen und Atemnot gekommen, sein Herzschlag hatte sich verlangsamt und schließlich zum Tod geführt. Franka scrollte weiter. Der Schädelbasisbruch war durch die Aufnahme der Computertomografie dokumentiert. Dörfler war sicher, dass das Opfer völlig ahnungslos angegriffen worden war. Es gab keinerlei Abwehrverletzungen, auch nicht an den Händen. Die Fingernägel waren frei von fremder menschlicher DNA. Dafür fand der Rechtsmediziner Metallspäne und Reste von Maschinenöl darunter. Weiter dokumentierte Dörfler in seinem Bericht den Bruch der oberen zwei Halswirbel, der dem Opfer post mortem zugeführt worden war. Der Täter hatte Axis und Atlas mit einer scharfen Rotation eine so heftige Fraktur zugefügt, dass der Kopf nur noch lose am Körper hing.

Obwohl die Leiche über Nacht bei vier Grad Celsius im Sand vergraben gewesen war und die Niederschläge ihr Übriges getan hatten, legte Dörfler den Todeszeitpunkt zwischen 22:30 und 0:30 Uhr des vergangenen Abends fest. Das Auge hatte der Mann vermutlich in den frühen Morgenstunden durch eine Krähenattacke verloren.

Franka lehnte sich in ihrem Bürostuhl zurück. Nicht die brutale Gewalttat ließ sie aufhorchen. Im letzten Jahr hatten deutsche Staatsanwaltschaften über zweihundertfünfundvierzig Mal Anklage wegen Mord- und Totschlagdelikten erhoben. Es war vielmehr die Art, wie diese Leiche entsorgt wurde. Franka schaute von ihrem Computer auf. «Heftig. Wie der Tote zurückgelassen wurde, kommt einer Bestattung gleich.»

Sie sah sich das Bild vom Fundort noch einmal genau an. Der Torso des Mannes war bis zum Hals in der Sandkiste vergraben. Der Kopf schaute heraus, um neunzig Grad zur linken Schulter gedreht. Der konstante Regen hatte alle brauchbaren Spuren verwischt. Selbst die Abdrücke der Krähen, die dem Toten das Auge ausgehackt hatten, waren aus dem Sand genieselt worden. Franka entging nicht, dass Alpay die Fotos, besonders die Detailaufnahmen, schnell überblätterte. Sie wurde immer mehr in ihrer Annahme bestätigt, dass der junge Kollege zwar über eine schnelle Auffassungsgabe verfügte und in der Lage war, Situationen analytisch einzuschätzen. Aber großflächige Hämatome, aufgerissene Haut, geöffnete starre Augen und der Geruch von süßlich verwesendem Fleisch würden vermutlich noch zur Herausforderung für ihn werden.

«Wir wissen immer noch nicht, wer er ist.» Franka betrachtete die Fotos der Leiche eingehend und war, anders als ihr junger Kollege, fasziniert vom fehlenden Auge. «Der November ist kalt, und die Krähen sind hungrig.» Sie schaute zu ihm hinüber. «Früher hatten wir davon nicht so viele in der Stadt.»

Sie sah, wie Alpay versuchte, einen Schauer zu unterdrücken. Schnell stand er auf und ging nach nebenan, zog für den Bericht einen Hefter aus seiner Ablage und setzte sich an seinen Schreibtisch. «Bis jetzt gibt's keine Vermisstenmeldung, die auf den Toten passt.»

Franka trat in den Türrahmen und bemerkte zum ersten Mal den aufgeräumten Arbeitsplatz ihres jungen Kollegen. «Dörfler dokumentiert, die Hände der Leiche sind durch die Liegezeit im nassen Sand so aufgequollen, das wird dauern mit Fingerabdrücken», sagte sie. «Er hat vorsorglich einen Gebissabdruck angefertigt.»

Franka wusste nicht, warum, aber sie hatte plötzlich das Gefühl, sich strecken zu müssen. Sie lehnte sich gegen den Türrahmen, kreuzte die Arme über dem Kopf und schob sich in die Höhe. Ihre Lendenwirbel knackten. «Laut Dörfler trat der Tod also gestern zwischen 22:30 und 0:30 Uhr ein, so stand es im Bericht. Zum Zeitpunkt der Beerdigung in der Sandkiste war das Opfer bereits tot.»

Alpay rollte auf seinem Stuhl zurück. «Dann muss der Mann ungefähr zwischen 0:30 Uhr und dem ersten Jogger, also so gegen 6:00 Uhr, eingegraben worden sein. Die Kinder haben ihn um 9:00 Uhr gefunden.»

«Ich frage mich», Franka ging zurück in ihr Büro und nahm eine neue Schachtel Zigaretten aus ihrer Umhängetasche, «wer ist so irre und riskiert, sich mitten in der Stadt beim Vergraben einer Leiche erwischen zu lassen?»

Der Polizeisprecher hatte die Hamburger Tageszeitungen am Abend mit den nötigsten Informationen zum Leichenfund versorgt. Ein kleiner Artikel morgen früh würde hoffentlich helfen, Zeugen zu finden, die in der Nacht etwas Ungewöhnliches beobachtet hatten. Auch auf der Facebookseite der Hamburger Polizei würde es am nächsten Tag einen entsprechenden Post geben.

Franka zog das Stanniolpapier aus ihrer Zigarettenschachtel und steckte es in ihre Umhängetasche. Sie nahm eine Zigarette aus der Schachtel, steckte sie zwischen die Zähne und kramte in ihrer feuchten Lederjacke nach dem Feuerzeug.

«Die wollen Sie sich jetzt aber nicht anstecken?»

Franka schaute Alpay irritiert an. Sie konnte nicht verhindern, dass sie dabei leicht mit den Augen rollte.

«Herr Eloglu. Es ist nach Dienstschluss, und ich bin immer noch hier. Es regnet, ich habe ein Vermögen für neue Winterreifen ausgegeben, und da draußen läuft ein Typ rum, der weit mehr als ein Kinderschreck zu sein scheint. Ich mache das Fenster auf, okay?» Immerhin hatte der Regen nachgelassen.

«Und der Rauchmelder?» Alpay stand von seinem Platz auf und trat in den Türrahmen. Er schaute zur Dose an der Decke von Frankas Büro und stutzte. Hatte das rote Lämpchen aufgehört zu blinken?

Franka zog die oberste Schublade ihres Schreibtisches auf und präsentierte den Neun-Volt-Block. «Entspannen Sie sich.» Sie öffnete das Fenster und zündete sich die Zigarette an. «Ein nackter junger Mann wird mit einer Eisenstange erschlagen. Danach bricht ihm jemand die Halswirbel und verscharrt die Leiche, bis auf den Kopf, in einer Sandkiste.» Sie stand eine Weile nachdenklich an den Fensterrahmen gelehnt und blies den Zigarettenrauch ungeniert ins Büro. «Der Täter wollte zwar, dass wir den Mann schnell finden. Aber er hat alles unternommen, um die Identität des Opfers zu verheimlichen.»

Franka drehte ihren Bildschirm zu Alpay, der immer noch im Türrahmen lehnte. Sie wollte ihn nicht vorführen oder testen, sondern seine ehrliche Meinung hören. «Was sehen Sie?»

Die hell erleuchtete Großaufnahme des Kopfes schockte ihn, auch wenn er es zu verstecken versuchte. Die Schädeldecke des Opfers war eingedrückt, getrocknetes Blut klebte am Ohr. Nervengewebe hing aus der linken Augenhöhle und war alles, was die Krähen dort übrig gelassen hatten. Alpay atmete tief durch und nippte an seinem Becher. Sie spürte, er wollte sich keine Blöße geben, auch wenn ihm sämtliche Farbe aus dem Gesicht wich.

«Ein Toter, vergraben bis zum Kehlkopf, in einer Sandkiste. Nass vom Regen. Das linke Auge nicht mehr vollständig vorhanden, das rechte geöffnet.»

Franka ging mit der brennenden Kippe im Mund zu ihrer Umhängetasche und holte eine Dose Energydrink heraus.

«Seine Kopfhaltung?»

«Circa neunzig Grad nach links gedreht.»

«Was ist mit dem Rumpf?»

«Als er ausgegraben wurde, lag er senkrecht zur Längsseite der Sandkiste.»

Franka öffnete die Dose. Sie mochte es, wenn sich der süßliche Duft mit ihrem Zigarettenrauch mischte. «Warum schaut der Mann nicht geradeaus?»

Alpay überlegte. «Vielleicht ist der Kopf durch die gebrochenen Halswirbel zur Seite gekippt.»

Franka nahm einen kräftigen Schluck, inhalierte den letzten Rest ihrer Zigarette, bis der Aufdruck verbrannt war und der

Filter heiß wurde. Dann versenkte sie die Kippe in der halb leeren Dose.

«Wer auch immer sich die Mühe einer solchen Inszenierung macht, ist detailverliebt. Dem Täter geht es um den Kick über die Tat hinaus.» Sie putzte ihre Lesebrille mit ihrem Unterhemd, das unter der Bluse aus der Hose hing. «Warum bricht der Täter dem Opfer den Hals nach dessen Tod?»

Alpay zuckte die Schultern. «Könnte beim Transport der Leiche passiert sein.»

Franka rief auf ihrem Bildschirm eine Satellitenaufnahme des Stadtteils auf. Sie vergrößerte Eppendorf von oben und scrollte zum Kinderspielplatz, sodass die Parkbänke am Klosterstern klar zu erkennen waren.

«Dort lag die Leiche.» Mit einem Stift zeigte sie auf die Sandkiste. «Die Füße waren in diese Richtung, senkrecht zum Klosterstern, ausgerichtet, der Kopf schaute aber um neunzig Grad nach links. Zufall?» Franka ließ Alpay keine Zeit für eine Antwort. «Vielleicht hat der Täter dem Mann das Genick gebrochen, weil die Totenstarre es ihm sonst unmöglich gemacht hätte, den Kopf seitlich zu fixieren.»

Alpay nickte bestätigend. «Nach Einsetzen des Todes produziert der Körper kein Myosin mehr. Die Muskeln erstarren.»

«Ich frage mich, wollte der Täter, dass das Opfer genau in diese Richtung schaut, wenn es gefunden wird?» Franka griff nach Zigarettenschachtel und Feuerzeug.

Alpay überlegte. «Sie meinen, jemand will mit uns spielen?»

Sie nickte. Genau das meinte sie.

Aber mit Franka zu spielen war nicht nur beim Skat kein Vergnügen.

Stöhnend erwachte er im Dunkel. Seine linke Seite tat weh, bis hinunter in die Zehen. Die Augen waren verkrustet, er konnte sie nicht öffnen, sosehr er es auch versuchte. Aus seinem Mund tropfte Spucke.

Die Umgebung zu ertasten war unmöglich, denn seine Arme wurden fest auf seine Brust gedrückt und ließen sich nicht bewegen. Wie lange lag er schon unter der Last begraben? Er spürte Panik aufsteigen, da nahm ihm ein vertrauter Duft die Angst. Aus der Entfernung erklang leise Musik. Was war passiert? In seinem Kopf hörte er sein lautes Herzklopfen. Je mehr er versuchte, sich zu erinnern, desto schneller pumpte das Blut, es rauschte in seinen Ohren. Er strampelte sich mit den Beinen frei, doch seine Knie stießen immer wieder gegen etwas Weiches. Sein Oberkörper wurde fixiert, von etwas Großem, Schwerem, das ihm die Luft zum Atmen nahm. Das alles passte gar nicht zu diesem wohligen Duft, den er doch kannte … Seine Gedanken rasten, und wie Blitze schossen Erinnerungen durch seinen Kopf. Mit jedem neuen Puzzleteil setzte sich das bedrohliche Motiv zusammen, waberte im Dunkeln, dann kehrte alles in einem gewaltig grellen Bild zurück. Er wurde fast ohnmächtig. Nein! Er strampelte schneller und weinte. Er versuchte, sich zu befreien. Es war so unerträglich heiß! Er schrie. Textfetzen eines Liedes waren zu hören. Er schwitzte. Draußen wurde gelacht, und er erinnerte sich, wie sie ihm die klebrig feuchten Haare aus dem Gesicht gestrichen hatte. Er roch sie. Warum konnte er sich nicht bewegen? Er versuchte es wieder, Verzweiflung machte ihn stärker, er kämpfte sich immer weiter in die Freiheit. Nur raus hier. Endlich ließ sich sein rechter Arm befreien. Er atmete schwer und tastete seine Umgebung ab. Die Last auf ihm. Plötzlich fühlte er die kalten Perlen ihrer Halskette. Was bedeutete das alles? Wimmernd griff er in Richtung Nachttisch und versuchte, die kleine Lampe zu erreichen. Er bekam das Kabel zu fassen, und bevor das Licht zu Boden fiel, erwischte er den Schalter. Er öffnete die verklebten Augen. Das grelle Licht blendete ihn. Seine Mutter lag auf ihm und starrte aus leeren Augen durch ihn hindurch. Sie hielt ihn fest im Griff.

2

Anders als am Vortag regnete es heute regelrecht Bindfäden. Auch dieser Novembermorgen bestätigte alle Vorurteile, die in Bezug auf das Hamburger Wetter im Umlauf waren. Seitdem Alpay in der Hansestadt wohnte, lief er alle zwei Tage seine Runde um die Außenalster. Pünktlich um 6:30 Uhr trabte er zum Warmwerden von seiner Wohnung im Karolinenviertel durch die Wallanlagen, bis er den Ausgang des Parks am Stephansplatz erreichte. Von dort war es nur ein kurzes Stück bis zum Alsterufer, wo er seine Laufapp startete und in Richtung Harvestehude lief. Vor ihm lagen 7,5 Kilometer am Wasser entlang. Er zog seine Mütze tiefer ins Gesicht und das Tempo an. Er war froh um seine Funktionskleidung, die ihn gegen den fiesen Nordost-Wind schützte, der ungebremst über die Alster wehte.

Alpay liebte Hamburg, und er war überzeugt, diese Stadt mochte ihn auch. Allen voran die Kollegen, die ihn freundlich aufgenommen hatten. Nur Franka zeigte sich unbeeindruckt. Schnell hatte Alpay erfahren, dass sie mit dem Tod ihres Einsatzpartners Armin nicht nur einen hervorragenden Kollegen verloren hatte, sondern auch einen guten Freund. Ihr Ton zu dieser Zeit musste noch schroffer gewesen sein als jetzt. Jeden hatte sie ungerecht behandelt. Ihre kurze Lunte war einigen Kollegen gegen den Strich gegangen. Die Situation hatte zu eskalieren gedroht, bis Suttmann, wie Alpay gerüchteweise erfuhr, ihr geraten hatte, sich psychologische Unterstützung im Haus zu suchen. Franka hatte abgelehnt.

Alpay fand schnell zu seinem Laufrhythmus an diesem frühen Morgen. Er genoss es, die Alster fast für sich alleine zu haben und der Stadt beim Aufwachen zuzuschauen. Die ersten Hunde wurden von ihren Besitzern gelüftet, ansonsten traute sich bei diesem Wetter kaum jemand freiwillig vor die Tür.

Auf Höhe Alte Rabenstraße spürte er den Regen nicht mehr, sondern genoss jeden Schritt, obwohl die Joggingstrecke aufgeweicht war und schwer an seinen Füßen klebte. Das Laufen war für ihn der perfekte Ausgleich zu den langen Abenden im Büro. Abende, die hauptsächlich aus Schreibtischarbeit bestanden. Sein Alltag hatte schon während seiner Studienpraktika nichts mit dem der Ermittler im Fernsehen zu tun gehabt, und jetzt war er fast noch weiter davon entfernt. Er musste grinsen. Wahrscheinlich würden die Zuschauer am Sonntagabend einschlafen, wenn echter Polizeialltag über den Bildschirm flimmern würde. Selbst seinen Eltern musste Alpay regelmäßig erklären, dass er keine BMW 5er bei Verfolgungsjagden schrottete. Er hasste harte Drinks und saß allein schon deshalb nie mit einem Whisky in der Dunkelheit auf einem Fensterbrett, um melancholisch durch ein verregnetes Fenster auf die blinkende City zu schauen. Im realen Leben las er Akten, schrieb Berichte und wertete kriminaltechnische Untersuchungen aus, ohne dass im Hintergrund jemand Jazztrompete spielte.

Er erreichte die westlichen Alsterwiesen. An deren Ufer hatten sich die frühen Kaufmannsfamilien Hamburgs prunkvolle Villen gebaut, in denen heute Menschen lebten, die sich über die Butter zum Brot keine Gedanken machen mussten. Er lief am Anglo-German Club vorbei, der in einer Villa aus dem neunzehnten Jahrhundert mit direktem Gartenzugang zur Alster residierte. Seit dem Ende des Zweiten Weltkriegs kümmerte man sich hier um die Freundschaft zwischen Deutschland und Großbritannien. Alpay dachte oft, dass ein deutsch-türkischer Club an dieser Stelle damals undenkbar gewesen wäre. Hatte sich das heute geändert?

Die leichte Steigung hinauf zur Krugkoppelbrücke zog ihm in die Beine. Er liebte es, sein Stretching hier oben auf der Hälfte seiner Laufstrecke zu absolvieren. Auf der Brücke, die Harvestehude mit Winterhude verband, hatte man einen weiten Blick über die Außenalster Richtung City. Das Wasser gluckste leise im Dunkeln unter ihm. Sein Handy klingelte. Er checkte das Display und begrüßte Franka mit einer geballten Ladung Endorphine.

«Guten Morgen.»

Stille. Er hörte, wie sie einen Schluck Kaffee trank und sich eine Zigarette anzündete.

«Auf welcher Höhe um die Alster sind Sie?»

«Krugkoppelbrücke.»

Sie hustete. «Laufen Sie auf der Stelle. Ich sammel Sie in zehn Minuten dort auf.»

«Brennt's?»

«Erzähle ich Ihnen, wenn Sie mir versprechen, nicht allzu sehr zu schwitzen.»

Alpay und Franka standen um 7:15 Uhr vor einer Wohnungstür im dritten Stock eines hochherrschaftlichen Altbaus im Stadtteil Winterhude und falteten ihre einteiligen Schutzanzüge aus Polyethylen auseinander. Am Schließblech der Eingangstür hatte der Erkennungsdienst die ersten Markierungen angebracht, in der Wohnung waren bereits Laufkorridore angelegt. Die Kollegen waren mit ihrer Arbeit fast zu Ende. Eine junge Frau, ebenfalls in Schutzkleidung, trug einen Alukoffer an ihnen vorbei, wandte sich an Alpay und blieb abrupt stehen.

«Haben Sie Fieber? So verschwitzt können Sie da nicht rein. Sonst versauen Sie uns alles.»

Franka rollte mit den Augen und sah ihn vorwurfsvoll an.

Alpay reagierte genervt. «Ja was? Wenn Sie mich mitten in meiner Runde aufsammeln?»

Sie hob abwehrend die Hände. «Sorry, ich schreibe heute gleich eine Mail an die Spurensicherung, uns beim nächsten Mal erst zu rufen, wenn Sie geduscht haben, Herr Eloglu.»

Auf der gegenüberliegenden Seite des Hausflurs wurde die Wohnungstür vorsichtig geöffnet. Eine für diese Uhrzeit bemerkenswert zurechtgemachte ältere Dame grüßte nervös und nestelte an der Strickjacke ihres himbeerfarbenen Twinsets.

«Ist was mit Marie? Ich meine, Frau Möbius?»

Franka lehnte an der Wand, um beim Anziehen des Einteilers nicht die Balance zu verlieren. Sie hasste diese Dinger, in denen ihr nach kürzester Zeit der Schweiß zwischen den Brüsten hinunterlief und sie daran erinnerte, was die Wechseljahre mit ihr anstellten. Sie richtete sich auf und wandte sich zu der Frau um. Ohne Lesebrille konnte sie den Namen an der Klingel nicht erkennen.

«Bitte gehen Sie zurück in Ihre Wohnung, Frau …»

«Buske, Bernadette. Was ist denn passiert?»

Zwei Männer kamen von unten und trugen eine Bahre mit einem Leichensack herauf, die sie an die Wand zwischen den Wohnungstüren lehnten. Frau Buskes Unterlippe begann zu zittern.

«Im Moment können wir Ihnen leider noch nichts sagen», sagte Alpay. «Wir werden uns sicher später mit Ihnen unterhalten.» Er lächelte freundlich, und Franka fragte sich, wie man um diese Uhrzeit so voller Energie sein konnte. Er hatte den Reißverschluss seines Anzugs längst zugezogen. Gerade schaute Poppy Bruhns aus der Wohnung auf den Flur hinaus und schob seine Schutzbrille auf die Stirn. Er hieß eigentlich Bernhard, aber alle nannten ihn Poppy, weil seine roten Haare unter dem Kunstlicht im Büro leuchteten wie Klatschmohn in der Sonne. Er sah von Franka zu Alpay und wieder zurück. «Seid ihr so weit? Wir sind fast fertig.»

Alpay hatte sich seine vom Laufen verdreckten Sneaker ausgezogen und trug die Füßlinge direkt über den Socken.

«Wir haben ganz feinen Farbabrieb an Wohnungstür und Rahmen gefunden.» Poppy deutete auf die Markierungen des Erkennungsdienstes unterhalb des Türschlosses.

Franka zog sich noch den zweiten Gummihandschuh an, als Poppy den Blick in eine spektakuläre Altbauwohnung freigab.

«Jemand hat sich Zutritt verschafft?»

Er nickte knapp, und Franka und Alpay traten ein. Die Wände waren in dezentem Beige gehalten, Türrahmen und Fenster leuchteten in frischem Weiß und waren mit einer aufwendigen Ornamentik verziert. Der Flur wirkte wie eine riesige Halle, an deren Stuckdecke ein üppiger Leuchter hing. Seine geschliffenen Kristalle schickten das Licht funkelnd über das geölte Fischgrät-Parkett und reflektierten in der antiken Vitrine aus italienischem Nussbaum. Ein kleines Team der Spurensicherung packte langsam zusammen, sie schienen mit der Dokumentation des Tatorts fertig zu sein. Alpay und Franka folgten Poppy, der sie auf den aktuellen Stand brachte.

«Marie Möbius, siebenunddreißig Jahre alt, Geschäftsführerin einer Werbeagentur, kinderlos, verheiratet, getrennt lebend. Sie wurde mit ihrem eigenen Ledergürtel erwürgt. Hat sich dabei heftig gewehrt.»

Die drei betraten die moderne Küche, in der eine Vielzahl exklusiver Geräte beeindruckte. Kaputtes Geschirr lag verstreut auf dem Fußboden, dazwischen die nackte Tote. Der süßliche Geruch von gasendem Fleisch hing im Raum. Franka beobachtete, wie Alpay den Blick zur Leiche vermied und stattdessen aus dem Fenster in den Innenhof schaute. Sie fragte sich, ob er sich bald an Anblicke wie diesen gewöhnen würde oder ob sein Ekel sogar zu einem größeren Problem werden könnte.

Franka deutete auf die fein säuberlich zusammengefaltete Jeans und den hellen Strickpullover, die in durchsichtigen Asservatenbeuteln auf dem Küchenstuhl lagen. «Aber das wart ihr, oder?»

Poppy nickte. «Sophie hat Temperatur gemessen.»

Wie aufs Stichwort erschien die junge Beamtin, die Alpay im Treppenhaus ermahnt hatte, keinen Schweiß zu verteilen. Sie zuckte die Schultern. «Rektal funktioniert nun mal nicht durch den Mund.»

Franka hasste diesen lockeren Ton, den der Nachwuchs oft anschlug. Für sie lag hier immer noch ein Mensch, der es nicht verdient hatte, dass in irgendeiner Form despektierlich über ihn gesprochen wurde. Poppy kannte Franka gut und schaltete sich ein, bevor sie die junge Kollegin zurechtweisen konnte.

«Als wir sie gefunden haben, saß die Frau auf diesem Küchenstuhl hier, ihr Oberkörper lag vornübergekippt auf dem Tisch. Sie ist wohl nach vorn gefallen oder gestoßen worden, der Kopf hat dabei ein Longdrinkglas zerbrochen. Daher die tiefen Schnittverletzungen auf der Stirn.»

Sophie wandte sich an Poppy. «Wir sind so weit fertig. Können die Jungs mit dem Leichensack rein?»

Er bestätigte ihr mit seiner Unterschrift die Freigabe des Tatorts und richtete sich wieder an Franka und Alpay.

«Wie ihr seht, hat die Frau gekämpft. Trotzdem wirkt das hier nicht wie ein Überfall. Laptop, Schmuck, überall liegen noch Wertsachen rum.»

Jedes verstreute Küchenutensil auf dem Fußboden hatte eine Markierung von der Spurensicherung erhalten. Einige Flächen waren noch schwarz vom Spurensicherungspulver, das für die Daktyloskopie notwendig war, die Untersuchung von Fingerabdrücken.

«Nur auf dem Hauptbahnhof findet man mehr Abdrücke, das sag ich euch.» Poppy kratzte sich das verschwitzte Haar unter seiner Kapuze.

«Der ist ja auch ähnlich groß wie diese Wohnung.» Alpay schaute beeindruckt in Richtung Flur. «Wie viele Zimmer sind das?»

«Sieben, verteilt auf zweihundertfünfundsechzig Quadratmeter.» Sophie hob die Hand zum Gruß und verließ die Küche mit der Tatortfreigabe.

«Wer hat sie gefunden?» Franka kniete sich zur Leiche und betrachtete die bläulich-lila verfärbte Strangfurche.

«Die Putzfrau. Sie hat einen Schlüssel. Die Frau hat das Opfer in der Küche entdeckt und sofort die Kollegen gerufen.»

«Können wir mit ihr reden?» Alpay klinkte sich wieder ins Geschehen ein.

Poppy schüttelte den Kopf. «Gerade noch nicht. Der Arzt hat ihr eine Beruhigungsspritze gegeben und sie nach Hause bringen lassen. Wir haben aber die Adresse.»

«Schon eine Ahnung, was den Todeszeitpunkt angeht?», fragte Franka.

Poppy zog sich seine Kapuze herunter. «Wir haben hier einundzwanzig Grad Raumtemperatur. Die Verfärbungen der Strangulation, Temperatur, Leichenflecken am Gesäß … ich denke mal, vorgestern zwischen 23:00 und 1:00 Uhr. Genaueres kann Ihnen aber Dörfler sagen …»

«… wenn er die Frau auf dem Tisch hatte», beendete Franka seinen Satz. «Ich weiß.»

Zwei Beamte schauten in die Küche. Sie hatten den Leichensack dabei. Alpay war der Erste, der auf den Flur trat, um den Männern für den Abtransport der Leiche Platz zu machen. Franka wandte sich wieder an Poppy.

«Habt ihr das Handy der Frau?»

«Bekommt ihr von Matze, wenn er damit fertig ist. Die Tote hatte vorgestern Abend wohl per Chat eine üble Auseinandersetzung mit ihrem Ex. Es ging um Geld.»

Alpay war an der Küchentür stehen geblieben und drehte sich zu Franka und Poppy um. Er sah sie skeptisch an. «Das wäre jetzt ein bisschen zu simpel, oder?»

Es war schon einige Zeit her, dass Franka eine derart misshandelte Leiche gesehen hatte. Sie wischte die Sitzfläche mit einem Taschentuch vom Regen trocken und setzte sich auf die Bank vor der Bäckerei, die sich auf der gegenüberliegenden Straßenseite des Tatorts befand. Dann reichte sie Alpay, der die Rückenlehne zum Stretchen nutzte, einen Coffee to go.

«Für mich?» Er schaute überrascht auf den Becher.

«Sie nehmen ihn besser, bevor ich es mir anders überlege.» Alpay setzte sich zu Franka, die sich bereits eine Zigarette angezündet hatte und suchend eine Tageszeitung durchblätterte, die sie zusammen mit den Heißgetränken gekauft hatte.

«Scheiße, ist das heiß!» Alpay zog scharf die Luft ein.

Franka fand, wonach sie suchte. Da die Thanatopraxie zur Rekonstruktion der Fingerkuppen des Toten aus der Sandkiste aufwendig war und Zeit kostete, hatte Martin Suttmann entschieden, die Identität des Unbekannten über die Zeitung zu klären. Um die Leser nicht zu schockieren, hatte Dörfler dem Opfer für das Foto eine Augenklappe auf das ausgehackte Auge gelegt und den Kopf so fotografiert, dass man die eingeschlagene Schädeldecke nicht erkannte. Wenn sie Glück hatten, sorgte diese kleine Notiz dafür, dass der Mann identifiziert werden konnte.

«Wir hatten im letzten Jahr in Hamburg zwölf Morde beziehungsweise Totschlagsdelikte zu klären.» Franka hatte den Deckel ihres Bechers abgenommen und pustete auf den Kaffee. «Zwei Morde an aufeinanderfolgenden Tagen, das ist schon lange her.»

Alpay nickte. «Der Typ in der Sandkiste ist ja laut Dörfler vorgestern zwischen 22:30 und 0:30 Uhr gestorben. Die Frau von heute wurde ungefähr im selben Zeitfenster getötet.» Er wandte sich ab, offenbar brannte ihm Frankas Rauch in den Augen. «Aber der erste Eindruck lässt ja nicht unbedingt darauf schließen, dass die beiden Toten was miteinander zu tun haben.»

«Wer urteilt denn schon nach dem ersten Eindruck?» Franka schaute ihn fragend an. Alpay ließ das unkommentiert stehen und sah zur gegenüberliegenden Straßenseite, wo die Leiche von Marie Möbius aus dem Haus getragen und in die Rechtsmedizin abtransportiert wurde.

Am späten Abend tauchten brennende Kerzen die riesige Altbauwohnung in romantisches Licht. Chillige Popmusik lief im Hintergrund. Marie saß am Esstisch, nippte an ihrem Gin Tonic und ließ den Blick durch den hellen Raum und die geöffnete Schiebetür ins Wohnzimmer schweifen. Sie lächelte traurig. Es hatte nicht funktioniert mit Dirk. Gestern waren sie zusammen beim Anwalt gewesen. Sie hatte auf eine gütliche, einvernehmliche Trennung gehofft, stattdessen war nun alles ein einziger Kampf. Diese riesige Wohnung war wie ihre Ehe. Dirk hatte sich nicht darin zurechtgefunden. Es war vorbei, und sie stritten um Finanzen. Auch wenn Marie ihn immer noch liebte, hatte er sie ganz offensichtlich längst aufgegeben. Sie ahnte, dass er eine andere Frau traf. Wer sie war, wusste Marie nicht. Noch nicht. Aber in einer guten halben Stunde würde sie schlauer sein, wie ihr der Blick auf die teure Armbanduhr verriet.

Zeit, sich bis dahin abzulenken. Marie drehte die Musik etwas auf und positionierte ihr Smartphone im Flur auf der Vitrine aus italienischem Nussbaum. Dann lehnte sie sich lässig in den Türrahmen zum Wohnzimmer und lächelte verträumt zum Kristallleuchter an der Decke. Im Kopf zählte sie den Countdown mit, der auf ihrem Handy rückwärtslief. Sie ging noch ein bisschen mehr ins Hohlkreuz und schüttelte ihr Haar. Freeze, ohne Blitz. Marie checkte die verschiedenen Varianten ihres Selfies und wählte dann das schönste aus. Geübt bearbeitete sie das Bild. Sie verkleinerte den Bildausschnitt, korrigierte die Sättigung der Farben und legte einen Filter über das Foto, bis es wie ein Werbemotiv für ein sorgloses Leben wirkte. Sie folgte dem Groove der Musik in die Küche und öffnete Instagram. Marie war seit drei Jahren unter dem Accountnamen *altbauhamburg* auf der Social-Media-Plattform aktiv und teilte begeistert Einblicke in ihr Leben. Manchmal konzentrierte sie sich bei den Motiven auf Detailaufnahmen ihrer Wohnung, wie einen Puttenkopf aus Stuck, dann wieder postete sie einen Gesamteindruck ihres Esszimmers mit der französischen Pop-Art an den Wänden, dem modernen Esstisch und den italienischen Designerstühlen. Sie selber folgte Profilen, die sich mit den Themen Einrichtung, Wohnen und Reisen beschäftigten.

Die Welt ist klein, hatte Marie gedacht, als sich vor zwei Tagen ein Typ über Instagram bei ihr gemeldet hatte, der behauptete, seine Frau habe eine heimliche Affäre mit Dirk. Marie hatte das Profil *syltrakete* zunächst für einen Fake gehalten und den Mann dahinter für einen Spinner. Schon oft hatte sie nervige Follower geblockt. Zudem hatte sein Profil nur wenige Abonnenten. Aber als der Mann zum Beweis mehrere Fotos von Dirk geschickt hatte, auf dem er mit einer brünetten Frau in eindeutiger Pose klar zu erkennen war, hatte Marie mehr erfahren wollen. Es tat weh, da war sie ehrlich. Aber sie war wütend genug gewesen, um sich mit dem Typen zu verabreden.

In wenigen Chats hatte sie sich mit ihm solidarisiert. Beide waren sie Betrogene. Und Marie musste mehr über die Neue an Dirks Seite erfahren.

Sie straffte sich und mixte noch einen Gin Tonic. Dann konzentrierte sie sich wieder auf ihr Selfie und versah die Aufnahme mit Hashtags, die neue Fans auf ihren Account aufmerksam machen sollten. Sie öffnete das Gefrierfach auf der Suche nach Eiswürfeln, fand aber keine. Ob Bernadette noch wach war? Nach dem Streit vor zwei Tagen unten bei den Briefkästen hatte Marie eigentlich keinen Nerv mehr für eine erneute Diskussion über ihre angeblich zu laute Musik. Seit Dirk ausgezogen war, feierte sie gerne ausgelassen mit ihren Freunden und lenkte sich vom nervigen Scheidungskrieg ab. Ein Krieg, in dem es aktuell eigentlich nur um Geld ging.

Schon in ihrer sechsjährigen Ehe hatten sie oft über Finanzen gestritten, und im Moment waren sie unterschiedlicher Auffassung, wie die gemeinsamen Immobilien aufgeteilt werden sollten. Am späten Nachmittag hatte er ihr eine unverschämte SMS geschrieben, worauf ein hässlicher Streit per Messenger folgte.

Bernadette war natürlich ein großer Fan von Dirk. Seine weltmännische Art kam bei älteren Damen an. Sie hatte Marie durch kleine Spitzen immer wieder wissen lassen, wem sie die Schuld am Scheitern der Ehe zuschrieb. Marie war ohnehin schon lange genervt von der Frau in den lächerlichen Twinsets. In den letzten Jahren hatte sie sich immer mehr von der entspannten Nachbarin zum Blockwart des Hauses entwickelt. Richtig eingeschossen hatte sie sich allerdings nicht auf Marie, sondern auf die Familie im ersten Stock. Dauernd meckerte Bernadette über die vielen Schuhe vor der Wohnungstür, auch wenn sie selbst nur mit dem Fahrstuhl daran vorbeifuhr.

Der Wunsch nach einem gekühlten zweiten Drink war größer als die Sorge vor einer Auseinandersetzung. Marie schlüpfte in ihre Hausschuhe aus Filz, öffnete die Wohnungstür und lauschte in das stille Treppenhaus. Um diese Uhrzeit schienen die meisten Nachbarn schon zu schlafen, nur die Zeitschaltuhr für das Treppenhauslicht tickerte leise aus dem Keller herauf. Sie trat auf Bernadettes Fußmatte und lauschte angestrengt, aber es drang kein Laut nach draußen. Im Stockwerk unter ihr fiel eine Tür zu, jemand hastete die Treppe hinunter und verschwand in die Nacht.

Marie spürte den Luftzug, der durch die geöffnete Haustür nach oben wehte. Hinter ihr hörte sie ein leises Knarren, sie musste unbedingt die Scharniere ölen. Erschrocken drehte sich um und sah gerade noch, wie ihre Wohnungstür geschmeidig ins Schloss fiel.

Das Licht auf dem Flur erlosch. Marie wusste nicht, ob sie hysterisch lachen oder einfach nur schreien sollte. Wenigstens war sie angezogen und hatte ihr Handy bei sich. Sie tastete im Dunkeln zum Lichtschalter und überlegte, wer alles einen Ersatzschlüssel zu ihrer Wohnung hatte. Ihr zukünftiger Ex-Mann, der seinen Schlüssel so lange behalten würde, bis die Eigentumsverhältnisse geklärt waren. Maries beste Freundin verwahrte das Exemplar, das Bernadette ihr bei einer der letzten Streitereien vor die Füße geworfen hatte. Doch Nicole ließ sich aktuell in Thailand warmes Öl über die Stirn gießen und meditierte ihren stressigen Agenturalltag weg. Marie stöhnte. Als Erstes würde sie *syltrakete* absagen müssen. Sie öffnete den Sperrbildschirm ihres Handys und tippte eine kurze Entschuldigung mit dem Versprechen, sich morgen wieder bei ihm zu melden. Dann sah sie die vielen Likes und Kommentare unter ihrem letzten Post. Der Account *wohnkatze* schrieb: Süße, so schön! Die Followerin versah ihren Beitrag mit Herz-Emojis. *Landleben40* wollte wissen, von welcher Marke Maries cooler Strickpullover war, und *myherzensdach* erkundigte sich nach dem Pflegemittel für den schönen Parkettboden. Marie kam eine Idee. Vielleicht war Frau Budden noch wach? Ihre Putzfrau hatte einen Schlüssel, und für fünfzehn Euro die Stunde konnte die Frau ruhig mal vom anderen Ende der Stadt nach Winterhude fahren, auch um diese Uhrzeit. Doch bei Frau Budden sprang nur die Mailbox an, und Marie hatte keine Festnetznummer gespeichert.

Sie könnte auch bei Lisa und Malte schlafen … Als ihr dieser Gedanke kam, fiel ihr plötzlich das stimmungsvolle Meer aus Kerzen ein, das in ihrer Wohnung vor sich hin brannte. Die Lichter auf dem vierarmigen Silberleuchter auf dem Esstisch waren schon fast heruntergebrannt, als Marie festgestellt hatte, kein Eis mehr zu haben. Dazu die vielen flackernden Teelichter auf den Beistelltischen neben dem Sofa. Was, wenn der Wunsch nach Gemütlichkeit im kalten November ihr jetzt die Bude abbrannte? Marie spürte Panik in sich aufsteigen. Es nützte nichts, sie würde einen Schlüsseldienst rufen müssen. Hoffentlich brauchte der nicht so lange.

Im Internet fand sie einen Notdienst und gab am Telefon ihren Namen und ihre Adresse durch. Man bereitete sie auf eine längere Wartezeit vor, da es einige Notfälle in dieser Nacht gegeben habe. Marie zwang sich, Ruhe zu bewahren, obwohl sie die brennenden Kerzen extrem nervös machten. Die Liedliste hinter ihrer Wohnungstür wechselte von gechilltem Pop zu coolem, modernem Jazz. Leise summte sie einen Standard mit, um sich abzulenken. Vielleicht half ja auch eine Instastory, dann wäre sie zumindest nicht mehr so allein mit ihrer Sorge. Außerdem machte es ihr Spaß, sich in kleinen selbst gedrehten Videos ab und an persönlich an ihre Follower zu wenden. Sie öffnete die Kamera ihres Smartphones, hielt es für einen besseren Aufnahmewinkel schräg nach oben, sodass sie leicht von unten in die Linse schaute, wählte einen Filter, der ihre Haut frischer aussehen ließ, und strich sich betont cool eine Haarsträhne aus dem Gesicht. Das Treppenhauslicht ging wieder aus. Sie reckte sich nach dem Schalter. Ihr blieben nach der Zeitschaltuhr exakt drei Minuten Helligkeit.

«Hey, ihr Süßen da draußen. Ich bin so blöd. Hab mich ausgesperrt.» Sie rollte mit den Augen, war aber penibel darauf bedacht, so gut wie möglich dabei auszusehen. Sie schüttelte mit der Hand etwas Volumen in ihre blonden Haare. «Ich habe jetzt den Schlüsseldienst gerufen. Kann was dauern. Bin heute Nacht wohl nicht die einzige Dumme. Zum Glück habe ich die Tür nicht abgeschlossen. Bin gespannt, wie lange ich hier auf meiner piksigen Fußmatte warten muss. Drückt mir die Daumen. Schlaft schön!» Marie winkte zum Schluss lächelnd in die Kamera und versah die Aufnahme mit den Hashtags #latenightvibes, #homesweethome und #schlüsseldienst. Dann lud sie das kurze Video auf ihren Account. Sie tippte nervös mit den Fingern gegen den Türrahmen. Noch immer war sie besorgt wegen der Kerzen, sie roch am Spalt der Wohnungstür, bisher war aber kein Brandgeruch festzustellen. Marie versuchte, sich selbst zu beruhigen. Wahrscheinlich gingen die Teelichter von alleine aus, und die Kerzen standen fest in den Leuchtern. Sie spürte, wie die Wirkung des Gins langsam nachließ und sie müde wurde. Wieder öffnete sie Instagram.

Es war erstaunlich, wie viele Menschen um diese Uhrzeit noch im Internet unterwegs waren. Innerhalb der ersten fünfzehn Minuten wurde Maries Instastory nicht nur von *landleben40* und *myherzensdach* angeklickt, sondern auch von rund fünfhundert fremden Menschen.

Marie saß auf der Fußmatte und lehnte an ihrer Wohnungstür, als sie von der Klingel aus dem Schlaf gerissen wurde. Sie war nur kurz eingenickt, ließ vor Schreck das Handy fallen und war für einen Moment orientierungslos im dunklen Treppenhaus. Ihr Bildschirm leuchtete auf, und die Uhrzeit im Display verriet, dass sie eine Dreiviertelstunde geschlafen hatte. Schnell rappelte sie sich auf, schaltete das Licht an und flitzte nach unten. Sie konnte den Mann vom Schlüsseldienst schon durch die Milchglasscheibe der Jugendstil-Haustür erkennen. Sie öffnete erleichtert.

«Sie sind meine Rettung. Ich bin Marie Möbius. Guten Abend.»

«Hat ein bisschen länger gedauert. Gibt viel zu tun heute Nacht.» Der Mann lächelte knapp, wobei er ihr nicht in die Augen schaute. Er war klein und schmächtig, fast von kindlicher Statur. Die Stimme klang hell. Seine Baseballkappe war tief ins Gesicht gezogen, und den Overall mit dem Firmenlogo des Schlüsseldienstes hatte er an Ärmeln und Hosenbeinen mehrmals umgeschlagen. Der Werkzeugkasten in seiner Hand wirkte überdimensional, nur die Handschuhe passten. Der Typ war Marie irgendwie unangenehm. Sie stieg in den Fahrstuhl und hielt ihm die Tür auf. Die alte Kabine setzte sich ruckelnd in Bewegung. Sein süßliches Parfüm passte nicht zu seinem ranzigen Look.

Marie hatte das Bedürfnis, das Schweigen auf der Fahrstuhlfahrt in den dritten Stock zu überspielen, also erzählte sie von ihrem Missgeschick und wie beunruhigt sie war, weil überall in der Wohnung Kerzen brannten. Da sich ihr Personalausweis in ihrer Handtasche befand, würde sie sich erst ausweisen können, wenn die Tür wieder offen stand, informierte sie den Mann entschuldigend. In der dritten Etage stiegen sie aus.

Der Monteur betrachtete stumm die verschlossene Wohnungstür und strich mit seiner flachen Hand den Türrahmen entlang. Dann setzte er den Werkzeugkasten ab und kniete sich auf die Fußmatte. Es wirkte fast so, als würde er beten. Er nahm sein Basecap ab und kratzte seinen rasierten Schädel. Aus der Brusttasche seines Overalls zog er einen Draht, der an beiden

Enden im rechten Winkel abgebogen war. Er schob das Werkzeug zwischen Tür und Rahmen und drehte es in der Mitte des Schließblechs einmal um. Die Tür blieb verschlossen. Er lächelte verlegen und setzte erneut an. Man konnte hören, wie ein Stück Metall im Inneren des Schlosses mehrmals ins Leere schnappte. Die Tür ließ sich nicht öffnen. Der Monteur nestelte nervös mit dem Draht zwischen Tür und Rahmen herum, wobei er ein wenig Lackfarbe vom Holz kratzte. Marie schaute ihm verwundert zu. Sie hatte keine Ahnung, was der schmächtige Mann dort veranstaltete, hoffte aber, dass er wusste, was er tat. Sie bemerkte seinen verschwitzten Nacken. Vielleicht war der Mann noch neu im Job.

Klack. Endlich. Der Schnapper sprang zurück, und die Tür öffnete sich geräuschlos. Noch immer kniete der Monteur auf der Fußmatte und schaute in den geräumigen Flur, der im Licht der geschliffenen Decken-Kristalle fast unwirklich funkelte. Marie stürmte an ihm vorbei und vergewisserte sich, dass kein Kerzenstummel in einem der Zimmer kokelte. Sie war erleichtert. Die Teelichter auf den Beistelltischchen neben dem Sofa waren in der Stunde, die sie auf den Schlüsseldienst hatte warten müssen, von alleine erloschen. Die Kerzen im vierarmigen Leuchter waren heruntergebrannt, und Wachs war auf den Esstisch getropft. Darum würde sie sich kümmern müssen. Die meisten Kerzen aber brannten sicher in ihren Windlichtern und Ständern.

Marie kam erleichtert zurück in den Flur. «Ich hole nur meine Handtasche aus der Küche.» Sie freute sich über die guten Manieren des Monteurs, der seine Schuhe auf der Fußmatte ausgezogen hatte und auf Socken in ihrem Eingangsbereich stand.

Als sie aus der Küche zurückkam, hatte der Mann seinen Werkzeugkasten abgestellt und die Tür geschlossen.

Marie kramte nach ihrer Scheckkarte. «Wollen Sie eigentlich noch meinen Ausweis sehen?»

Sie stutzte. Hatte sie sich verguckt, oder drehte der Typ gerade ihren Hausschlüssel im Schloss um und steckte ihn ein? Sie hatte den Gedanken kaum zu Ende gebracht, als er plötzlich auf sie zukam, sie fest packte und ihr einen Lappen auf Mund und Nase presste. Der Geruch war ihr fremd, die Dämpfe brannten in den Augen und raubten ihr den Atem. Ihr wurde schwindelig. Sie bemerkte, wie ihr die Tasche aus der Hand fiel. Marie schlug um sich. Luftanhalten! Aber sie musste bereits husten, und er hielt den Lappen fest auf ihr Gesicht gedrückt. Mit letzter Kraft trat sie nach ihm, doch der schmächtige Mann war stärker, als er aussah. Je mehr sie sich wehrte, desto fester drückte er zu. Wollte er Geld? Er hatte sie gegen die Wand gepresst, mit dem Unterarm klemmte er ihr die Luft ab. Würde er sie vergewaltigen? Sie spürte, wie sein Druck ihren Kehlkopf quetschte. Schreien war unmöglich. Konnte sie die Nachbarn anders auf sich aufmerksam machen? Irgendwie musste ihr das gelingen. Sie versuchte, nach der Vase aus Muranoglas zu greifen, doch er erkannte ihre Absicht, trat ihr die Beine weg und warf sie zu Boden. Ungebremst knallte sie mit dem Hinterkopf auf das Parkett, und die Kristalle an der Decke hörten auf zu funkeln.

Marie verlor das Bewusstsein.

Langsam versuchte sie, die Augen zu öffnen. Das gebrochene Licht der Deckenlampe schnitt wie eine scharfe Klinge durch ihre Pupillen. In ihrem Kopf hämmerte ein Schmerz, wie sie ihn noch nie erlebt hatte. Wie lange hatte sie hier gelegen? Der Geruch in der Nase war fremd und gehörte nicht in ihre Wohnung.

Sie war nicht in der Lage, sich zu bewegen, selbst das Schlucken tat weh. Eine Erinnerung setzte sich Stück für Stück zusammen. Die Wohnungstür. Das Schloss. Was war passiert? Wo war er? Panik stieg wieder in ihr auf und brachte Übelkeit. Ahnungsvoll tastete sie ihren Körper ab. Erleichterung. Sie war noch vollständig bekleidet, selbst der Gürtel war geschlossen. Wahrscheinlich hatte der Mann ihren Schmuck mitgenommen und das Bargeld in dem kleinen Sekretär gefunden. Damit hatte sie die Jugendstillampe in dem Antiquitätengeschäft um die Ecke kaufen wollen. Aber das war alles egal. Er hatte sie nicht angerührt. Es war still in der Wohnung. Sie hatte den Angriff überstanden, und Erleichterung mischte sich mit Wut.

Weinend rollte sie sich auf die Seite. Sie befühlte vorsichtig die taubeneigroße Beule am Hinterkopf. Die Kristalle des Deckenleuchters bewegten sich sachte in der warmen Heizungsluft und schickten ihr Licht langsam über den Fußboden, wo sie plötzlich etwas blendete. Sie hielt die Luft an. Die Strahlen reflektierten von der metallenen Oberfläche eines Werkzeugkastens. Der Werkzeugkasten … Bevor sie einen klaren Gedanken fassen konnte, kam der Monteur aus dem Arbeitszimmer und schlug ihr mit der flachen Hand ins Gesicht. Ihre Lippe sprang auf. Sie roch das verschwitzte Leder seines Handschuhs und schmeckte Blut. Er packte sie an den Haaren und zog sie durch den Flur in die Küche. Dort zerrte er sie auf einen Küchenstuhl. Sie wollte schreien, aber er schlug ihr erneut ins Gesicht, worauf sie vom Stuhl rutschte und ungebremst vornüber auf die Knie kippte.

Der Schmerz nahm ihr den Atem. Sie war nicht mehr in der Lage, auch nur einen klaren Gedanken zu fassen. Er sprach kein Wort, sondern riss sie wieder empor. Sie spürte, wie sich Haarwurzeln aus der Kopfhaut lösten und wie tausend kleine Stecknadeln auf ihrem Skalp brannten. Ihr Körper zitterte. Kalter Schweiß stand auf ihrer Stirn. Der Mann griff von hinten um ihre Hüfte, öffnete ihren Gürtel, zog ihn aus den Schlaufen und legte ihr das warme Leder um den Hals. Sie wimmerte, doch mit jedem Millimeter, den er den Gürtel enger schnürte, riss die Haut drum herum tiefer ins Fleisch und nahm ihr die Luft. Sie versuchte, sich aus seinem Griff herauszuwinden, und kämpfte zappelnd gegen das Ersticken. Wieder riss er ihren Kopf an den Haaren zurück. Sein Gesicht tauchte über ihrem auf. Sie roch seinen süßen Duft und starrte ihm direkt in seine blauen Augen, als ihr klar wurde, dass sie nun sterben musste.

3

Nach der Tatortbesichtigung hatte Franka Alpay ins Karolinenviertel gefahren, damit er zu Hause duschen konnte. Den Vorschlag, solange einen Kaffee in seiner Küche zu trinken, hatte sie dankend abgelehnt.

Als sie aufs Revier kam, saß Martin Suttmann in ihrem Büro auf dem Fensterbrett und sah sich die Tatortfotos aus der Altbauwohnung an.

«Ihren Mann habt ihr schon informiert und die Eltern?», fragte er, ohne aufzusehen.

Franka öffnete eine Dose ihres Lieblingsgetränks und verneinte. «Die wohnen in Plön. Das übernehmen die Kollegen aus Kiel. Wenn Herr Eloglu geduscht hat, fahren wir aber zu ihrem Mann. Die beiden lebten getrennt. Danach unterhalten wir uns mit der Putzfrau.» Sie setzte sich an ihren Schreibtisch, nahm einen kräftigen Schluck und wippte in ihrem Bürostuhl langsam vor und zurück.

«Wie läuft's zwischen Alpay und dir?»

«Talentierter Typ. Wirklich. Aber anstrengend. Den nächsten Monat kann er bei Jörg mitlaufen.»

Sie schaute ihren Chef an und schwieg. Franka konnte jede Situation ohne Unbehagen aussitzen, was sie auch in Vernehmungen nutzte. Doch Martin Suttmann schien anderer Meinung zu sein.

«Ich habe gedacht ...»

«Hast du die Zeitungsmeldung über den Sandmann gelesen?», unterbrach sie ihn, um eine Diskussion zu vermeiden. Der neue Name für das Opfer in der Sandkiste hatte sich bereits etabliert. «Seine Identität ist immer noch nicht geklärt.» Sie drehte sich langsam auf ihrem Stuhl hin und her.

Martin schaute sie an und befummelte ohne Hemmungen seine Nasenhaare. «Zwei Gewaltverbrechen an zwei Tagen. Zufall?» Er hob die Augenbrauen.

«Wir wissen noch zu wenig. Ich würde aber sagen, ja.»

«Dann bilden wir zwei Teams. Du hast die Wahl.»

«Die Frau.» Franka antwortete ohne Zögern. Martin stellte den Kaffee ab. «Gut. Dann übernehmen Jörg und Hendrik den Sandmann. Pass auf, Franka, ich möchte die ganze Abteilung in dreißig Minuten im Besprechungsraum 4 sehen. Bring bitte Alpay mit, und ich informiere Jörg und Hendrik.»

Es klopfte an der Bürotür, und Sybille Wischmeier steckte den Kopf herein. Franka mochte die Beamtin, die seit sechs Jahren versuchte, ihren Mann, die schulpflichtige Tochter und den Polizeidienst unter einen Hut zu bekommen.

Sybille trat ein. «Wir haben einige Meldungen zum Toten in der Sandkiste. Noch nix Konkretes, aber ich telefoniere mal alle Hinweise ab.» Sie wandte sich an Franka. «Matze von der KTU hat die ersten Ergebnisse im Fall der toten Frau und will dich sprechen.»

Martin und Franka schauten sich an. Sie wussten, die Ermittlungen nahmen Fahrt auf.

Sybille sah sich im Büro um. «Wo ist Herr Eloglu?»

Franka verzog keine Miene. «Rasiert sich vielleicht noch die Beine.»

Franka saß in einer der Sitzgruppen auf dem Flur vor dem Konferenzraum und wartete auf den Beginn des Teammeetings um 9:00 Uhr. Sie blätterte durch Ermittlungsakten. Der Tag hatte früh begonnen, und sie kämpfte gegen die Müdigkeit. Es herrschte schon reger Betrieb im Aquarium. So nannten die Kollegen den Besprechungsraum 4 des Landeskriminalamts am Bruno-Georges-Platz, dessen Wände bis unter die Decke verglast waren. Der futuristische Bau, der eintausendachthundert Mitarbeitern Platz bot, erstreckte sich strahlenförmig über dreißigtausend Quadratmeter auf sechs Etagen. Als der damalige Bürgermeister dieses Gebäude vor Jahrzehnten feierlich einweihte, war er der Meinung, diese Architektur spiegele Offenheit, Modernität und Bürgernähe wider. Franka konnte nachvollziehen, dass der unübersichtliche Koloss auf Besucher bis heute eher einschüchternd und abweisend wirkte. Und verwirrend. Sie hasste es, wenn Martin Suttmann jedem, der es hören wollte oder nicht, erzählte, wie Franka damals einige Wochen gebraucht hatte, bis sie sich auf dem Weg in ihr Büro nicht mehr verlief. Das war jetzt zwanzig Jahre her.

Es wurde Zeit. Sie betrat den Konferenzraum und wurde von den Kollegen begrüßt, die in kleinen Grüppchen zusammenstanden und sich über die neuen Fälle austauschten. Im Hintergrund waren beide Verbrechen auf Magnetwänden knapp dokumentiert. Fundorte, Bilder aus der Rechtsmedizin und Notizen zur Person Marie Möbius.

Martin betrat den Raum, wenige Sekunden später folgte Alpay, der abgehetzt wirkte.

«Habe ich was verpasst?»

Suttmann klopfte ihm kumpelhaft auf die Schulter und setzte sich ans Kopfende des Besprechungstisches. Auch die Kollegen nahmen Platz. Sybille Wischmeier trat als Letzte ein, winkte in die Runde und lehnte sich an die Wand neben der Tür.

Martin Suttmann räusperte sich. «So, Herrschaften. Sie dürften es mittlerweile alle wissen, zwei Tote an zwei Tagen. Eine bisher noch nicht identifizierte männliche Leiche auf einem Spielplatz in Eppendorf und eine weibliche Tote, erdrosselt in ihrer Wohnung in Winterhude. Hauptkommissarin Erdmann und ich gehen zum jetzigen Kenntnisstand davon aus, dass die Taten in keinem Zusammenhang stehen. Franka, bitte.»

Sie ergriff das Wort, erläuterte die Fakten zu beiden Taten und die Entscheidung, zwei Teams zu bilden, um voneinander unabhängige Ermittlungen zu beginnen. Die vielen Zuhörer brachten sie dabei nicht aus dem Konzept. Ihr taten regelmäßig die Kollegen leid, die in solchen Situationen nervös wurden.

Als sie fertig war, wurden Jörg Scharnke und Hendrik Wahl von Martin Suttmann mit dem Sandmann-Fall betraut. Als Assistenten bekamen sie zwei Kollegen zur Seite gestellt, die Franka für sehr fähig hielt. Sie und Alpay kümmerten sich um die tote Werbeagentur-Chefin und sollten von Sybille Wischmeier und Marcel Reuter unterstützt werden. Geplant waren regelmäßige Briefings zwischen den Teams, um den Ermittlungsstand beider Fälle transparent zu gestalten.

Sybille berichtete knapp von den bisher eingegangenen Hinweisen zur Identität des Toten aus der Sandkiste. Keiner hatte den ersehnten Treffer geliefert. Nach einigen Fragen von Scharnke und Wahl zu den Gebissaufnahmen, die Dörfler angefertigt hatte, löste Martin die Runde auf. Nur das Team um Franka war noch im Aquarium, als IT-Forensiker Matze durch die Tür trat und sich suchend umschaute. Er kam zügig auf sie zu, und Franka war froh, dass er sich nicht mit Smalltalk aufhielt.

«Moin, Franka. Wir haben ein paar erste Ergebnisse zur Toten in Winterhude. Die Techniker sind noch mittendrin in der Spurenanalyse. Interessant sind die feinen Kratzer im Holz auf Höhe des Schließblechs. Die glauben, der Täter hat die Wohnungstür von außen geöffnet.»

«Bei Altbautüren auch keine Kunst.» Franka deutete auf einen Stuhl, aber Matze nahm mit der Tischkante vorlieb.

«Es handelt sich, wie schon vermutet, aller Wahrscheinlichkeit nach nicht um einen Raubüberfall. Laptop, Schmuck und andere Wertgegenstände lagen teils offen in den Zimmern. Wir von der IT-Forensik sichten gerade den Mailverkehr von Marie Möbius. Mit ihrem Ehemann hatte sie richtig Beef.»

«Mit ihrem bald *Ex*-Ehemann», korrigierte Sybille.

Franka wusste, wie sehr Matze es hasste, unterbrochen zu werden, und wunderte sich nicht, dass er Sybilles Zwischenmeldung einfach ignorierte.

«Mir geht's um die Social-Media-Konten der Frau. Und genau deswegen», er öffnete den Sperrbildschirm eines Tablets, «wollte ich vor meinem offiziellen Bericht mit euch reden. Marie Möbius war nämlich Influencerin, *altbauhamburg* heißt der Account.»

Auf dem Tablet waren Fotos von Marie Möbius in ihrem schönen Zuhause zu sehen, im Urlaub, im Hotel, im Restaurant. Marie entspannt beim Drink auf einer Party, wie sie den Kristallleuchter in ihrem Flur präsentiert, Marie beim Kuchenbacken, mit einem Glas Champagner auf Sylt, lächelnd an ihrem Esstisch sitzend, mit Tüten eines französischen Designerlabels behängt. Für Franka war es schwer zu begreifen, wie man sich derart in der Öffentlichkeit präsentieren konnte. Sybille hingegen war offenbar fasziniert von den Fotos auf dem Account.

«Die Frau hat über sechzehntausend Follower?» Sie blickte erstaunt in die Runde. «So viele hast du nur als Promi.»

«Oder als Influencer», ergänzte Marcel Reuter. «Was ich aber krasser finde: Das hier ist ein öffentliches Profil.»

«Was so mancher im Netz ungefiltert an Fotos raushaut, ist schon heftig. Zumindest hatte die Frau keine Angst vor Sozialneid», sagte Sybille, zog ihr Smartphone hervor und lächelte schief. «Ich habe gerade mal fünfunddreißig Follower auf meinem Account, der natürlich nicht öffentlich ist, und die kenne ich alle persönlich.»

Franka konnte nicht mitreden und wurde ungeduldig. «Was heißt das jetzt?»

Matze vergrößerte das letzte hochgeladene Foto auf dem Instagramprofil von Marie Möbius. Es zeigte das Opfer am Abend seiner Ermordung in Jeans und hellem Strickpulli, wie es mit einem Gin Tonic verträumt im Türrahmen zum Wohnzimmer lehnt.

Alpay scrollte runter. «Dieses Foto haben über eintausend Follower gelikt, aber mindestens dreimal so viele Menschen im Netz gesehen», erklärte er Franka. Dann wandte er sich an Matze. «Es gibt keine Instastory mehr, nehme ich an?»

Der IT-Spezialist nickte und klickte zum Beweis auf das Profilfoto. «Auch wenn die Frau an dem Tag einen Clip hochgeladen hat, wovon man bei so einer Influencerin ausgehen kann, löschen sich diese kleinen Filme nach vierundzwanzig Stunden automatisch. Marie Möbius ist aber schon vorgestern Nacht getötet worden.»

Franka runzelte die Stirn. «Moment. Habe ich das richtig verstanden? Da können zigtausend Leute vorbeischauen und sehen, wie die Frau gelebt hat? Sogar live?»

Die Kollegen nickten. Franka putzte ihre Lesebrille. «Kaum noch vorstellbar, dass in den Achtzigerjahren Bürgerinitiativen gegen die Volkszählung geklagt haben, nur weil die Regierung wissen wollte, wie viele Personen in einem Haushalt leben.»

Matze lachte.

Franka hustete. «Irgendwie ein bisschen absurd. Da bekommt das Wort *Parallelgesellschaft* eine völlig neue Bedeutung.»

Er starrte emotionslos auf das Foto in seinen schmalen Händen. Die Finger waren lang und sehnig. Zwischen den Gelenken war die Haut stark gereizt. Er mochte den hellen, kaum sichtbaren Flaum auf seinem Handrücken. Vorsichtig strich er darüber. Die blasse Haut über den Adern spannte sich bläulich, wenn er die Finger spreizte, um seine schmerzenden Hände einzucremen. Die junge Frau auf dem Foto prostete mit einem Longdrinkglas in der Hand glücklich in die Kamera. Es war das letzte Bild von ihr, aufgenommen, kurz bevor sie sich mit Schlaftabletten und einem Glas Gin vor fast fünfzig Jahren das Leben genommen und seine Welt damit für immer aus den Angeln gehoben hatte. Er lehnte sich zurück, schloss die Augen und hörte sich jetzt noch aus Leibeskräften schreien.

Es gab nach Jahrzehnten Momente, in denen schämte er sich plötzlich für die vollgekackte Hose in jener Nacht. Als die Nachbarn endlich auf ihn aufmerksam geworden waren, hatte er lautlos weinend auf der Heizung vor dem Schlafzimmerfenster gesessen und mit den Handflächen gegen die Scheibe geschlagen. Sie hatten die Haustür aufgehebelt und waren in den ersten Stock gestürmt, wo ihnen schon im Flur der Dunst von abgestandenem Alkohol, Kot und Erbrochenem entgegengeschlagen sein musste.

Als er die Beamten unten ins Haus hatte eindringen hören, war er von der Heizung zurück auf das Ehebett geklettert. Er hatte mit angezogenen Knien an der Wand gekauert. Ein Polizist hatte versucht, ihn aus dem Zimmer zu tragen, doch er schlug um sich und schrie aus Leibeskräften. Er hatte noch versucht, sich an der kalten Hand seiner toten Mutter festzuhalten. Aber er war nicht gegen die Kraft eines Erwachsenen angekommen, der ruhig auf ihn einredete und ihm dabei sanft, aber bestimmt die Finger auseinanderbog. Immer hatte er sie beschützt, immer hatte er sie rechtzeitig gefunden und wach gerüttelt. Aber in dieser Nacht war er eingeschlafen.

Es war seine Schuld, dass sie ihn, den Mund geöffnet, aus toten Augen angestarrt hatte, als er wieder aufgewacht war.

Die Erinnerung brachte all den Schmerz von damals zurück. Kein bisschen ungebremster, kein bisschen schonender, kein bisschen vergebender. Sie war seine Mutter. Er hatte sie geliebt und ihr vertraut, aber sie hatte ihn verraten und benutzt. Sie hatte ihr Kind vergiftet, um ihren Mann zu bestrafen.

In ihrem versoffenen Kopf hatte die Mutter nie begriffen, dass sich sein Vater ebenso wenig für sie interessierte wie für den gemeinsamen Sohn. Der Alte hatte durch ihn hindurchgeschaut wie durch ein Fenster, in dem er sich nicht spiegelte. Nur seine Mutter hatte ihn angesehen. Immerzu hatte sie ihn angesehen. Wenn er als kleiner Junge allein in seinem Kinderbett lag, spürte er oft ihre weit aufgerissenen Augen, die ihn aus der Dunkelheit zu beobachten schienen. Wie oft hatte er sich noch als Teenager gewünscht, mit ihr gestorben zu sein.

In der neuen Beziehung seines Vaters war er schnell zum Störfaktor geworden. Aus dem Gesicht seines Sohnes mussten den Alten die blauen Augen seiner verhassten toten Frau angesehen haben. Gemeinsam mit der Neuen an seiner Seite hatte er ihn gedemütigt, isoliert und eingeschüchtert. Scham und Hilflosigkeit waren zu ständigen Begleitern geworden, mit denen er sich in seiner Not angefreundet hatte. Eine Woche vor seinem elften Geburtstag hatten sie ihn in staatliche Obhut gegeben.

Er krümmte sich. Das alte Foto in seiner Hand segelte zu Boden und landete neben Zeitungsschnipseln, die er beim Ausschneiden des Artikels über den toten Mann aus der Sandkiste hatte fallen lassen.

«Wenn Sie mir bitte folgen wollen.» Die Mitarbeiterin der Kanzlei für internationales Wirtschaftsrecht in der Hamburger HafenCity lächelte professionell und zeigte in Richtung des Korridors. Franka erhob sich knautschend aus einem der ledernen Designklassiker im Wartebereich, wobei sie sich mit beiden Händen an den Armlehnen abstützen musste. Sie roch heimlich an ihrer Jacke, während Alpay ein Wirtschaftsmagazin zurücklegte und sich schwungvoll erhob.

Die Beamten folgten der Dame über weiche Teppiche. Es ging vorbei an Wänden mit moderner Kunst und an überdimensionalen Bürotüren, auf denen Namen und Titel aus polierten Messingbuchstaben zusammengesetzt waren. Die Mitarbeiterin öffnete einen Konferenzraum.

«Herr Dr. Möbius ist gleich für Sie da.» Lächelnd verabschiedete sie sich und schloss geräuschlos die Tür.

«Wenn wir jetzt noch mal so lange warten müssen wie eben, schicke ich ihm eine Vorladung.» Alpays Ungeduld nervte Franka nicht zum ersten Mal, aber sie wollte das nicht jetzt diskutieren. Er lehnte sich gegen eines der bodentiefen Fenster im neunten Stock. Sie trat neben ihn und genoss die spektakuläre Aussicht auf den Hafen und die Speicherstadt. Sie liebte Hamburg, selbst wenn der Himmel grau war und voller Wolken hing. Die Elbe floss schwarz in Richtung Blankenese, und die Schaumkronen auf den Wellen wirkten auf sie von hier oben wie kleine weiße Bärte, die beim Lächeln auf und ab tanzten.

Alpay drehte sich zu Franka und schaute ungeduldig auf die Uhr. «Was glaubt der Typ eigentlich, warum ihn die Kripo sprechen will?»

«Ich nehme an, Sie sagen es mir.» Franka und Alpay wandten sich um und standen Dr. Dirk Möbius gegenüber. Genau solche Momente, dachte Franka, können dabei herauskommen, wenn man mit dem Rücken zur Tür steht und sich nicht im Griff hat. Möbius setzte sich an den Konferenztisch und bedeutete den beiden, Platz zu nehmen. «Tut mir leid, wenn Sie warten mussten. Telko mit Mandanten in London.»

Möbius war um einiges älter als seine Frau. Selbst jetzt im November war er leicht gebräunt. Franka fragte sich, ob seine schlanke Figur das Ergebnis von Sport und disziplinierter Ernährung war oder ob sein Genpool dafür verantwortlich war. Sie konnte sich vorstellen, dass der promovierte Jurist mit den grau melierten Haaren auf viele Frauen anziehend wirkte – nur nicht auf Franka, die wieder einmal in ihrer Vermutung bestärkt wurde, dass es sich ohne Ecken und Kanten besser nach oben rutschte. Sie kam direkt zum Punkt.

«Herr Dr. Möbius. Wann haben Sie Ihre Frau zum letzten Mal gesehen?»

Überrascht knipste er sein distanziertes Lächeln aus. «Marie?» Seine Gegenfrage blieb unbeantwortet. «Wir leben getrennt.» Er nahm seine Hände vom Tisch, die einen Schweißabdruck auf der Politur hinterließen, und korrigierte seine Manschette.

Franka nickte. «Das ist uns bekannt.»

Möbius öffnete den Kalender auf seinem Smartphone und ging die vergangenen Termine durch. «Wir hatten vor drei Tagen ein gemeinsames Treffen bei einem Kollegen für Scheidungsrecht. Gütliche Trennung, Sie verstehen.» Er stand auf und ging ans Fenster. «Verraten Sie mir vielleicht, warum Sie hier sind?»

Franka vermutete, dass die Schärfe in seiner Stimme nicht nur Ungeduld verriet, sondern in erster Linie seine Abneigung gegenüber einer ermittelnden Behörde. Möbius befand sich sonst auf der anderen Seite des Konferenztisches, das war deutlich spürbar.

Sie war froh, dass Alpay sich mit Kommentaren zurückhielt. Möbius war ganz offensichtlich ein erfolgreicher Anwalt, der sich zu beherrschen wusste, da konnte sie kein ungeplantes Vorpreschen ihres Kollegen gebrauchen. Sie spürte, der Mann war ein harter Brocken. Aber selbst bei solchen Typen durfte man das Fünkchen Empathie im Tonfall nicht vergessen.

«Herr Dr. Möbius, es tut mir leid, Ihnen mitteilen zu müssen, dass Ihre Frau vorgestern Nacht einem Gewaltverbrechen zum Opfer gefallen ist.» Franka registrierte, wie seine Augen kurz außerhalb des Lidschlussreflexes zuckten. Sie wusste, wie sehr jede Todesnachricht für einen Moment nachhallte und wie unterschiedlich die Reaktionen waren, die dann folgten. Es gab Angehörige, die von Weinkrämpfen geschüttelt zusammenbrachen. Manche begannen zu lachen, weil sie schlichtweg damit überfordert waren, eine solch surreale Nachricht zu begreifen. Ganz anders Dr. Dirk Möbius. Er reagierte auf den Tod des Menschen, den er einmal geliebt haben musste, ohne Anzeichen von Betroffenheit. Er fragte weder, wie Marie ums Leben gekommen war, noch erkundigte er sich nach dem Stand der polizeilichen Ermittlungen.

Stattdessen straffte er sich und nickte knapp. «Ich kümmere mich selbstverständlich um die Beerdigung.»

«Was für ein Schmierlappen. Aalglatt.» Alpay startete den Motor des Dienstwagens.

Franka schnallte sich an und öffnete ihr Fenster. «Zumindest hat er ein Alibi.»

«Er hat seine Assistentin gevögelt, was ist das denn für ein Alibi? Ich kann solche Typen nicht ab.» Das Auto rollte vom Parkplatz.

«Merkt man gar nicht.»

Alpay schaute kurz zu ihr hinüber, wie sie eine neue Schachtel Zigaretten aus ihrer Tasche kramte und die Kunststofffolie öffnete. Gestern, auf dem Weg vom Fundort des toten Mannes zurück ins Präsidium, hatte Franka ihn in ihrem alten Nissan vollgequarzt. Er hatte sich nicht nur über sie geärgert, weil sie ihn nicht gefragt hatte, sondern auch über sich selbst, weil er sich nicht traute, den Mund aufzumachen. Aber jetzt saß er am Steuer, und das hier war ein Dienstwagen. Er schloss das elektrische Fenster auf der Beifahrerseite und beobachtete Frankas Reaktion, die nicht auf sich warten ließ.

«Haben Sie das eben zugemacht?»

«Schon mal mit Nikotinkaugummis versucht?» Er bog vom Großen Grasbrook in den Sandtorkai ein und wandte den Blick nicht von der Straße ab.

«Warum sollte ich das tun? Ich rauche gerne.» Sie trommelte mit den Fingern leise auf ihrem Oberschenkel, entschied aber anscheinend, es nicht darauf anzulegen und stattdessen das Thema zu wechseln. «Die beiden waren sechs Jahre verheiratet», sagte sie. «In dieser Zeit haben sie sich kaum gesehen. Karrieretypen halt. Entweder sind beide geschäftlich durch die Welt geflogen oder hatten lange Abende im Büro …»

«… die sich Möbius mit seiner Assistentin in der Kanzlei verkürzt hat.»

Frankas Lächeln wirkte süffisant. «Wo bleibt Ihr von den Kollegen so gepriesener analytischer Blick, Herr Eloglu? Sie sind parteiisch.»

«Glauben Sie ihm?»

«Was ich glaube, spielt keine Rolle. Er hat offen über die Schwierigkeiten in seiner Ehe geredet und auch den Streit wegen der gemeinsamen Immobilien erwähnt.»

«Der Mann ist Anwalt. Er kann sich das vorher genau überlegt haben.»

Sie schwiegen, während der Wagen durch den einsetzenden Feierabendverkehr glitt. Alpay reagierte gereizt auf Typen vom Kaliber eines Dirk Möbius, das wusste er selbst. Es war nicht der berufliche Erfolg, die internationale Mandantschaft oder die damit einhergehende wirtschaftliche Power, die ihn aufbrachte. Es war vielmehr diese selbstverständliche Überheblichkeit, mit der Menschen wie Möbius sich ihren Weg durchs Leben bahnten. Diese Hybris, die ihre Mitmenschen einschüchterte und manipulierte.

«Alibi hin oder her», sagte er. «Ich glaube ohnehin nicht, dass sich Möbius selber die Hände schmutzig machen würde. Apropos: Haben Sie seine feuchten Abdrücke auf der Tischplatte bemerkt?»

«Vielleicht ein bisschen früh, um sich auf jemanden einzuschießen. Finden Sie nicht?»

Er blieb die Antwort schuldig.

«Aber mal was Grundsätzliches, Herr Eloglu», sagte Franka. «Sie müssen sich ein bisschen mehr zurücknehmen.» Er ahnte, dass sie auf den peinlichen Moment anspielte, als Möbius den Kommentar über seine Unpünktlichkeit mitbekommen hatte. «Und nie mit dem Rücken zur Tür. Ich dachte, das hätte man Ihnen während der Ausbildung beigebracht.»

«War blöd. Habe ich gemerkt.» Er war froh, dass Franka es dabei bewenden ließ.

«Wollen wir jetzt wirklich zur Putzfrau von Marie Möbius, oder sollten wir uns nicht lieber mit Bernadette Buske treffen?», fragte Alpay und wurde vor einer Kreuzung langsamer. «Hier geht's nach Winterhude.»

Franka atmete durch. «Von mir aus können wir uns auch zuerst mit der himbeerfarbenen Nachbarin unterhalten.» Es hupte aus ihrer Tasche. Alpay wusste, dass der Klingelton einen Anruf von Jörg Scharnke ankündigte. Sie koppelte ihr Handy mit der Freisprechanlage des Dienstwagens und begrüßte den Kollegen.

«Jörg, was gibt's?»

«Wir wissen, wer er ist!» Scharnkes Bass dröhnte aus den Boxen, und Alpay regelte die Lautstärke herunter.

«Der Tote aus der Sandkiste?»

«Genau. Der Mann heißt Nils Funke, vierunddreißig Jahre alt, wohnhaft in Bergedorf-West. Sein Chef hat ihn in der Zeitung erkannt.»

Franka holte ihre Zigarettenschachtel erneut hervor und knibbelte die Steuerbanderole ab. «Hat der keine Freunde, oder warum hat den Mann zwei Tage lang niemand vermisst?» Es knackte in der Leitung, und Scharnkes Ausführungen zerhackte ein Funkloch.

«Jörg?» Sie öffnete die Zigarettenpackung.

«Sorry. Hendrik und ich fahren gerade durch den Krohnstiegtunnel.» Der Empfang setzte sich wieder zusammen. «Der Mann wurde von niemandem vermisst, weil er seit gestern eigentlich im Urlaub sein sollte. Er wurde aber in der Nacht vor seiner Abreise ermordet.» Es rauschte kurz in der Leitung. «Da wäre noch was!» Jörg räusperte sich. «Der Tote arbeitete für die Hamburger Schlüsseldienstzentrale Rays Zylinderstübchen. Er hatte vorgestern Notdienst, und jetzt ratet mal, wer in dieser Nacht sein letzter Auftrag war?» Franka und Alpay wechselten einen überraschten Blick. Sie zog eine Zigarette aus der neuen Schachtel, während Jörg weitersprach.

«Im Moment deutet also alles darauf hin, dass es einen Zusammenhang gibt zwischen den Morden an Nils Funke und Marie Möbius.»

«Okay», sagte Franka. «Herr Eloglu und ich sind schon auf dem Weg. Wir treffen uns vor Ort. Wie lautet die Adresse des Mannes?»

Während Jörg ihnen den genauen Wohnort mitteilte, drückte Alpay aufs Gas und öffnete das Beifahrerfenster.

«Süße, bitte nicht. Der Typ verdient das doch gar nicht.» Charlotte reichte ihrer besten Freundin, die einfach nicht aufhören konnte zu weinen, ein Papiertaschentuch. Sie hatte sich mit Karoline in der gemütlichen Kaffeerösterei in der Nähe des Hamburger Rathausmarktes getroffen, wo Charlotte in einer Bank arbeitete. Einige Gäste schauten bereits vom Nachbartisch herüber und tuschelten.

Charlotte wusste genau, wie weh eine Trennung tat. Vor einem Jahr war es ihr ähnlich ergangen. Mr. Sackgesicht, wie sie ihren Ex nannte, hatte den Bauch-Beine-Po-Kurs im Fitnessstudio als seine persönliche Datingplattform interpretiert. Als sie herausgefunden hatte, dass er mit der kleinen Rothaarigen, die nie einen BH unter dem Trikot trug, im Bett gewesen war, schwor sie sich, seinen Namen für immer aus ihrem Gedächtnis zu löschen.

«Ach, Karo …» Hilflos schaute Charlotte mit an, wie die Freundin von einem erneuten Heulkrampf geschüttelt wurde. Charlotte hatte es kommen sehen, denn auch Karolines Mr. Sackgesicht war unverbindlich, unzuverlässig, narzisstisch – er zeigte alle Eigenschaften, die bei einer besten Freundin die Alarmglocken schrillen ließen. Charlotte hatte es immer wieder mit vorsichtiger Kritik probiert, die Karo aber nicht hatte hören wollen. Sie hatte so glücklich gewirkt, da wollte Charlotte keine Spielverderberin sein.

Sie hatte Karoline vor drei Jahren beim Pilates kennengelernt. Schnell hatte es zwischen ihnen geklickt. Sie bezeichneten sich gegenseitig als BFFs und waren zu jeder Tages- und Nachtzeit füreinander da.

Karoline schnäuzte sich erneut, hatte aber endlich aufgehört zu weinen. Aus verheulten Augen blickte sie aus dem Fenster hinüber zum weihnachtlich beleuchteten Eingang des Rathaushofes. Charlotte musste sich trotz allen Mitgefühls das Lachen verkneifen. Mit ihrem verschmierten Kajalstift unter den Augen erinnerte Karoline an einen Pandabären, der hilflos an einem Bambusstab hing und nicht wusste, wie er wieder herunterkam.

Karo wischte mit dem Handrücken die Tränen weg und machte damit alles nur noch schlimmer. «Danke, Lotte. Wenn ich dich nicht hätte.» Sie drückte Charlottes Hand. «Aber ich will jetzt einfach nur nach Hause.» Sie sammelte ihre Sachen zusammen, während Charlotte die Rechnung für die Getränke übernahm.

«Wenn irgendwas sein sollte oder du einfach nur quatschen willst, ruf mich an, okay?»

Karoline lächelte, wobei ihr gleich wieder die Tränen in die Augen schossen. Es würde im Moment keinen Sinn machen, die Freundin auf ihre Kriegsbemalung hinzuweisen. Die beiden nahmen sich zum Abschied in den Arm, und Karoline verschwand in die weihnachtlich geschmückte Hamburger Innenstadt. Charlotte wartete noch auf das Wechselgeld und raffte danach ihre ersten Weihnachtseinkäufe zusammen, die sie in der Mittagspause bereits erledigt hatte. Sie schaute auf die Uhr. Um den nächsten Bus um 18:35 Uhr vom Rathausmarkt nach Hause zu erwischen, musste sie sich beeilen.

Verdammter Mist! Diese Schuhe waren nicht nur teuer, sondern auch so unbequem, dass sie nicht schneller darin laufen konnte. Charlotte war nicht mehr weit von der Bushaltestelle entfernt, an der die Linie bereits gehalten hatte, mit der sie jeden Abend nach der Arbeit nach Hause fuhr. Schwer beladen mit ihren Tüten, versuchte sie wild gestikulierend, den Fahrer auf sich aufmerksam zu machen. Sie war überzeugt, dass er sie genau gesehen hatte. Trotzdem zischte die Türhydraulik, und ohne Rücksicht auf Verluste fädelte er den alten Ziehharmonika-Bus zurück in den Verkehr. Wütend blieb Charlotte stehen. Sie hegte die Vermutung, dass das Ärgern von Fahrgästen vielen Busfahrern mehr Freude machte als ein kaltes Bier am Feierabend. Am liebsten hätte sie dem Typen den ausgestreckten Mittelfinger gezeigt. Aber an dieser Haltestelle hatte sie schon öfter einen Vorgesetzten getroffen.

Sie strich ihren Rock glatt und ging die letzten Schritte bis zum Bushäuschen. Seit Charlotte nach der Ausbildung zur Bankkauffrau von der altehrwürdigen Cornelius-Bank übernommen worden war, kleidete sie sich tagsüber konservativ. Ihre Vorgesetzten trugen noch den passenden Stock im Arsch. Sie würde eine Viertelstunde auf den nächsten Bus warten, sich zu Hause eine Wanne einlassen und den Tag mithilfe von Lavendel vergessen. Zum Glück regnete es nicht.

Sie lehnte sich in ihrem neuen roten Wollmantel an einen Verteilerkasten. Die Tüten mit Weihnachtsgeschenken stellte sie zu ihren Füßen ab. Obwohl die Buden für den Weihnachtsmarkt vor dem Rathaus noch nicht fertig aufgebaut waren, roch es bereits nach ranzigem Fett. Das Weihnachtsfest warf seine Hektik voraus. Schon Mitte November drängten die Menschen in die Geschäfte der Innenstadt. Auf der Jagd nach etwas Liebe zum Fest tauchten sie ab in Sneakerläden und Elektromärkte oder gaben sich in Parfümerien den Düften hin, bis ihre Nasen taub waren.

Die Wartezeit überbrückte Charlotte wie üblich auf Instagram. In ihrer aktuellen Story hatte sie ihre Follower am Morgen zu einer Abstimmung aufgefordert. Wer wollte sehen, wie Charlotte einen Adventskalender für ihren kleinen Neffen bastelte? Die Community musste beschäftigt und bei Laune gehalten werden. Langweiliger Content wurde mit sinkenden Followerzahlen bestraft.

Sie war zu sehr mit ihrem Handy beschäftigt und bemerkte nicht, dass er sie aus der Dämmerung beobachtete. So, wie er sie seit Wochen bei Instagram ausspionierte, folgte er ihr auch immer öfter im realen Leben. Heute war sie spät dran. Das wusste er. Er kannte ihre Lieblingsfarbe, ihre Vorliebe für Leinenbettwäsche, er wusste, wo sie dienstags zum Pilates und donnerstags zum Spanischunterricht ging.

Sie war nicht die Einzige, die von ihm beobachtet wurde. Er erstellte wöchentliche Bewegungsprofile, aus denen er Rückschlüsse auf ihre Wohnorte ziehen konnte, und wusste um ihre Gewohnheiten. Er war anders als die anderen. Er ließ sich nicht blenden. Belohnten die meisten Follower einen Post mit einem Like, interessierte ihn nicht das Motiv, sondern der Hintergrund. Und er lauerte. Jeder noch so kleine Ausschnitt einer gegenüberliegenden Hausfassade oder die Aufnahme eines Balkons, unter dem eine Straße verschwommen zu erkennen war, triggerten seinen Jagdinstinkt. Und zwar mehr als ihre Heile-Welt-Motive, mit denen sie vorgaben, in sauber dekorierten Wohnungen und Häusern das perfekte Zuhause geschaffen zu haben. Ein Umfeld, in dem ihnen nichts passieren konnte. Warm, beschützt, voller Lachen und Zusammenhalt. Eine Welt, in der sie sich so sicher fühlten.

Schon am dritten Tag, nachdem er Charlottes Account bei Instagram entdeckt hatte, war ihre Adresse kein Geheimnis mehr für ihn gewesen. In einer Kooperation mit einem Hamburger Modelabel hatte sie fröhlich den neuen roten Wollmantel präsentiert, der ihr nach Hause geschickt worden war. Aber ihr lächerlicher Aufzug interessierte ihn nicht. Es war der verdammte Hintergrund, der ihn kickte. Eine Unschärfe verzerrte, wonach er eigentlich suchte. Ihn reizte das im Verborgenen Liegende. Er selbst fühlte sich darin wohl, im Schatten. Dort, wo niemand hinsah. Zeit seines Lebens hatte er das Gefühl, sich vor jedem Hintergrund aufzulösen.

Wie so oft hatte er einen Screenshot ihres Fotos gemacht. Akribisch sammelte er jedes noch so unwichtig erscheinende

Detail und vergrößerte es. In der Unschärfe des Zooms hatte er die verschwommene Hausnummer auf dem Adressaufkleber des geöffneten Pakets erkannt. Wie bei einer Schnitzeljagd, bei der man seinem Ziel mit jedem Hinweis immer näher kommt, freute er sich bereits auf die Überraschung, mit der er sich selbst am Zielort belohnen würde.

Franka drehte sich langsam um die eigene Achse und ließ das kleine Wohnzimmer auf sich wirken. Wie oft hatte sie sich in den letzten vierzig Jahren in solchen Behausungen umgesehen? Das trostlose Mobiliar war so austauschbar wie die Biografien, die es angeschafft hatten. Alpay nahm eine alte Fahne eines Fußballclubs aus dem Regal und schwenkte die Raute. Eine Staubwolke schreckte die Fruchtfliegen von den mulschigen Mandarinen, die in einer angeschlagenen Keramikschüssel bereits einen pelzigen Belag gebildet hatten. Eine offene Tüte bröseliger Spekulatius vom Discounter lag neben einem Karton mit Schlüsselrohlingen. Im Schlafzimmer standen ein Bett, ein Schrank, ein Nachttisch. Unter Interior-Bloggern nannte man diese Möbel vermutlich sustainable, für Franka war es Sperrmüll. Das hier war kein Zuhause.

Alpay öffnete den Schrank. Akkurat gefaltete T-Shirts lagen zwischen einem zusammengewürfelten Stapel Handtücher. Einige verwaschene Hoodies hingen auf verbogenen Drahtbügeln. Der Tote aus der Sandkiste verlor hier drinnen seine Anonymität, gewann aber auch als Nils Funke, Mitarbeiter eines Schlüsseldienstes, nicht an Profil. Er war nur vierunddreißig Jahre alt geworden.

Diebstahl, Körperverletzung und Drogendelikte hatten schon früh ein beachtliches Vorstrafenregister gefüllt. Bewährungs- und Jugendstrafen hatten offenbar Trotz bewirkt, keine Umkehr. Franka konnte solche Karrieren frei von Mitleid herunterbeten. Nils Funkes gewaltsamer Tod war vielleicht das brutale Finale einer ziemlich holprigen Flucht durchs Leben.

«Jörg? Hendrik?» Sie rief die Kollegen, die draußen auf dem Laubengang den Hausmeister befragten, der ihnen die Wohnung geöffnet hatte.

Die Kollegen traten ein. Es wurde eng.

«Wir sind fertig so weit. Was Neues bei euch?» Franka nickte in Richtung des Hausmeisters, der auffällig unauffällig durch die geöffnete Tür glotzte.

«Sybille hat Funkes letzten Registereintrag geschickt.» Jörg wischte über sein Handydisplay. «Der Mann hat zuletzt drei Jahre wegen Körperverletzung und räuberischer Erpressung gesessen und wurde wegen guter Führung vor drei Monaten vorzeitig entlassen.»

Franka zog sich die Einmalhandschuhe aus. «Der Mann war mehrfach vorbestraft. Wieso arbeitete der bei einem Schlüsseldienst? Ein Führungszeugnis interessiert heute keinen mehr?»

Hendrik schaute sie verwundert an. «Der kannte bestimmt genug Kumpels, die ihm so ein Dokument gefälscht haben.»

«Vielleicht hat er seitdem versucht, sein Leben in den Griff zu bekommen.» Alpay schloss die Schranktür und zwängte sich an Jörg vorbei. «Aber auch akkurat gefaltete T-Shirts machen aus niemandem einen besseren Menschen.»

Wohnt in dem jungen Kollegen eine weise Seele?, fragte sich Franka ironisch. Sie hatte genug gesehen. «Wir reden morgen nach der Teambesprechung als Erstes mit seinem Chef.»

«Was passiert mit der Wohnung?», hakte Alpay nach.

Jörg und Franka begannen gleichzeitig zu sprechen und brachen dann ab. Franka wusste, das war keine harmlose Pause, denn es stellte sich tatsächlich die Frage, wer die Ermittlungen ab jetzt leiten sollte. Auch wenn noch niemand wusste, wie genau die Morde an Nils Funke und Marie Möbius zusammenhingen, so war wohl nicht nur ihr klar, dass es sich aller Wahrscheinlichkeit nach um ein und denselben Täter handelte.

Franka hatte keine Lust auf Diskussionen über Organisatorisches, nicht in der Wohnung des Opfers. «Ganz offensichtlich wurde Nils Funke nicht hier getötet», sagte sie stattdessen. Hendrik und Jörg nickten knapp. Sie drehte sich zu Alpay. «Trotzdem sollen die Kollegen sich hier mal gründlich umsehen. Geben Sie Bescheid?»

Er nickte. «Hoffentlich erwische ich Sybille noch. Sie kann sich um die Versiegelung kümmern.»

Alpay trat zum Telefonieren auf den Laubengang im vierten Stock hinaus. Auch Jörg und Hendrik verließen die Unterkunft, Franka folgte ihnen. Sie zog die Tür hinter sich zu.

Der Hausmeister trat vor Kälte von einem Bein auf das andere. Er ignorierte Franka, sprach die Männer an: «Brauchen Sie mich noch? Ich habe längst Feierabend.»

«Herr Jakubowski, kannten Sie Herrn Funke?» Franka lächelte freundlich.

Jakubowski würdigte sie keines Blickes. Franka kannte das Spiel. Frauen steuerten Passagierflugzeuge und leisteten Dienst an der Waffe. Sie gewannen Nobelpreise in Chemie und saßen in Aufsichtsräten börsennotierter Unternehmen, aber wenn Gleichberechtigung sichtbar wurde, hielt mancher nicht einmal dem Blick einer Kriminalbeamtin stand.

«Er ist erst vor einigen Monaten hier eingezogen», sagte der Hausmeister endlich. «Kann eigentlich nix über den Mann sagen. Hat er was ausgefressen?»

Franka blieb professionell freundlich und hielt sich an Standardfragen. «Hatte er manchmal Besuch?»

Blitzartig hängte sich Jakubowski über das Geländer und brüllte in den weitläufigen Innenhof der Wohnsiedlung hinunter: «Nimmst du wohl deinen Scheißköter aus der Sandkiste!» Vom Spielplatz grölten zwei Halbstarke herauf. Die Akustik der Waschbetonfassade verschluckte ihre dreckigen Kommentare. Jakubowski wandte sich wieder den Beamten zu. «Die Leute quatschen viel, wissen Sie. Er soll gesessen haben. Mir persönlich ja egal. Der Typ war freundlich.»

«Wann haben Sie ihn zum letzten Mal gesehen?»

«Keine Ahnung.»

«Ist Ihnen irgendwas Merkwürdiges an Herrn Funke aufgefallen?»

«Nicht dass ich wüsste.»

Franka ahnte, dass der Mann in seinem Block nicht so genau hinschaute, um bloß keine zusätzliche Arbeit zu haben. Sie nickte knapp. «Wenn noch was sein sollte, Sie haben die Nummer der Kollegen. Und den Schlüssel zur Wohnung geben Sie bitte dem jungen Mann dahinten.»

Jakubowski nickte und ging. Bevor er eilig im Treppenhaus verschwand, drückte er Alpay den Schlüssel zu Funkes Wohnung in die Hand. Franka durchwühlte ihre Umhängetasche nach ihren Zigaretten. Sie hörte, wie Alpay sein Telefonat mit dem Dezernat beendete. Er kam auf sie zu, und sie hatte das Gefühl, dass er sich ein Grinsen verkniff.

«Hat man Ihnen einen Witz erzählt?» Sie tauchte aus ihrer

Umhängetasche auf und blickte genervt in die Runde. Drei Nichtraucher. Großartig.

«Sorry.» Alpays Grinsen wurde breiter. «Ihre Schachtel liegt in der Mittelkonsole im Wagen.»

Jörg wickelte sich enger in seine Jacke. «Du solltest langsam ans Aufhören denken, Franka.»

Sie lächelte bemüht und schaute über das Geländer in den Hof der Siedlung. Diese ewig gut gemeinte Sorge um ihre Gesundheit ging ihr genauso auf den Nerv wie all die schlauen Bücher und Kurse, die Kaugummis und Pflaster, die man ihr im Laufe der Jahre geschenkt hatte. Sie rauchte, seit sie vierzehn Jahre alt war, und sie rauchte gerne. Es schmeckte ihr. In diesen vierundvierzig Jahren hatte es nur eine Woche gegeben, in der sie gezwungenermaßen ohne Nikotin auskommen musste, und auch nur, weil ihre Halsschmerzen nach der Mandeloperation vor zwanzig Jahren wirklich schlimm gewesen waren.

Hinter immer mehr Fenstern ging das Licht an. In einigen Wohnzimmern lief der Wetterbericht nach der Tagesschau auf Fernsehern, die so groß waren wie die Wände, an denen sie hingen. Die meisten Bewohner waren längst von der Arbeit nach Hause gekommen. Mit der Dunkelheit hatte der Waschbeton sein Grau verloren, das Gebäude bekam mit jeder neu eingeschalteten Lampe etwas Versöhnliches. Irgendwo unten fiel ein Eisentor ins Schloss. Einige Kinder kreischten und reizten die Zeit aus, bis sie nach Hause mussten, oder sie genossen die Freiheit, weil ihnen niemand Grenzen setzte.

Auch wenn Franka wusste, dass sie um diese Uhrzeit nichts mehr ausrichten konnte, ließ sie die Frage nicht los, was Nils Funke aus Bergedorf-West, Ex-Straftäter und Spekulatiusliebhaber, mit der toten Frau aus Winterhude gemeinsam hatte.

Die Wohnsituation war es offensichtlich nicht. Jedes Zimmer in Maries Wohnung war größer als der gesamte Verschlag, in dem Funke gehaust hatte. Marie Möbius war sein letzter Auftrag in dieser Nacht gewesen. Musste er sterben, weil er ihre Tür öffnen sollte, oder musste sie sterben, weil sie ihn gerufen hatte? Franka suchte die Schnittstelle, den kleinen Punkt, an dem sich beider Leben traf.

«Was ist mit dem Chef von Funke?»

«Der weint ohne Unterbrechung. War am Telefon kaum zu verstehen.» Hendrik hatte offenbar bereits Kontakt mit dem Mann aufgenommen.

Franka nickte. «Hat bis morgen Zeit.»

«Frau Erdmann?»

«Ja?» Sie drehte sich zu Alpay.

«Wir nehmen Jörg mit in die Stadt. Hendrik wartet hier auf die Kollegen von der Spurensicherung.»

Sie nickte müde. Hauptsache, sie kam nach diesem Vierzehnstundentag endlich nach Hause.

Die Busfahrt nach Hause war wie immer eine Erholung. Die Unebenheiten der Fahrbahndecke lullten Charlotte langsam in den Schlaf, aus dem sie bei jeder Haltestelle kurz hochschreckte, nur um sich gleich darauf wieder zu entspannen. Bis zum Straßburger Platz blieb ihr noch etwas Zeit. Immer wenn es möglich war, saß Charlotte auf demselben Sitz neben dem mittleren Einstieg. Nach Jahren monotoner Busfahrten hatte sie sich für die Strecke perfekt konditioniert. Selbst mit Einkaufstüten beladen, konnte sie einigermaßen elegant auf dem kleinen Schalensitz Platz nehmen und ihr Smartphone bedienen. Charlotte hatte sich die Weihnachtseinkäufe trotz Bleistiftrock geschickt zwischen die Unterschenkel geklemmt. Sie wusste, viele hielten sie für älter, wenn sie sich an die Kleiderordnung der Bank hielt. Letzte Woche hatte sie ihren vierundzwanzigsten Geburtstag gefeiert. Das Foto der Torte, die sie sich selbst gebacken hatte, erhielt auf ihrem Account über vierhundert Likes und damit weitaus mehr Zuspruch als der Kuchen selbst. Wenige Tage später hatte sie die letzten sechs eingetrockneten Stücke in der Teeküche ihrer Abteilung in den Müll gekippt.

Charlotte strich über das feine Leder der teuren Aktentasche, die sie stolz auf ihrem Schoß platziert hatte. Eine Hamburger Ledermanufaktur stellte ihr das Stück in Kooperation zur Verfügung. Es brauchte nur noch zwei Posts mit diesem Unikat bei Instagram, und die Tasche ging in ihren Besitz über.

Der Bus näherte sich dem Straßburger Platz. In der Sparkasse gegenüber der Haltestelle hatte sie in der neunten Klasse ein Schulpraktikum absolviert und schnell gewusst, dass sie nach dem Abitur Bankkauffrau werden wollte. Mit Bestnoten im Abitur hatte sie sich anschließend für die Lehrstelle bei der Privatbank an der Binnenalster entschieden.

Der Fahrer steuerte die Haltestelle an. Charlotte raffte Tüten und Taschen zusammen und stand mit wenigen anderen Fahrgästen zum Aussteigen bereit. Der Bus hielt. Die Türen öffneten sich. Die frische Novemberluft verwirbelte den zwiebelig abgestandenen Dunst im Inneren, und als sie nach draußen trat, registrierte Charlotte unbewusst einen leichten Hauch von Jasmin und Bergamotte.

4

Der nächste Morgen tat weh. Franka war eine Viertelstunde vor dem Weckerklingeln wach geworden und saß auf der Bettkante. Es war 7:00 Uhr. Sie leerte den Rest Wasser aus ihrem Glas auf dem Nachttisch in einem großen Schluck und schlurfte ins Badezimmer. Die Sehnen zu kurz, die Knie steif, der Rücken bretthart. Franka hielt sich am Waschbecken fest und schaute in den Spiegel. Eigentlich sah sie aus wie gestern. Und gestern, davon war sie überzeugt, hatte sie keine Veränderung zu vorgestern erkannt. Das Perfide am Alter, dachte sie, ist ja, dass es sich langsam anschleicht. Dann arbeitet es unbemerkt. Ihre Haut wirkte blass, aber kein Wunder, es war Ende November. Jeder sah zu dieser Jahreszeit irgendwie kaputt aus. Sie bürstete ihre Haare aus dem Gesicht und band sie zum Duschen mit einem Zopfgummi zusammen. Erleichtert hatte sie schon vor einigen Monaten festgestellt, dass ihr durch die Wechseljahre bedingter Haarausfall endlich weniger geworden war. Leider lief sie noch viel zu oft plötzlich am Hals rot an und schwitzte unverhältnismäßig. Mit dem Finger zog Franka die linke Augenbraue ein wenig nach oben. Das müde Lid hob sich. Die feinen Fältchen um die Lippen herum hatte sie bereits akzeptiert. Wenn sie ehrlich war, wusste sie, dass keine Creme der Welt gegen ihre Raucherei ankam. Sie sah älter aus, als sie war, aber noch lange nicht so alt, wie sie sich manchmal fühlte.

Auch wenn Franka den Alterungsprozess nicht aufhalten konnte, lehnte sie alle Eingriffe, die möglich waren, ab. Sie mochte ihren Körper. Er war schlank und gut proportioniert. Und abgesehen von ihrem Gesicht schien alles andere im Moment noch der Schwerkraft zu trotzen. Für Ende fünfzig waren ihre Oberschenkel erstaunlich straff, die Brüste saßen dort, wo sie hingehörten, und ihr Po war fest und rund.

Unter dem rechten Träger ihres Tanktops sah sie die Narbe eines Projektils, die sie immer an Armin erinnern würde. Vor achtzehn Jahren war in einer Villa in Hamburgs Peripherie ein Ehepaar überfallen worden. Der Täter hatte zuerst kaltblütig den Mann erschossen und anschließend die Frau lebensgefährlich verletzt. Den Wert von Bildern, Schmuck und Uhren hatte die Versicherung ersetzt. Ein halbes Jahr nach dem Überfall waren die ersten Stücke aus dem Raub wiederaufgetaucht. Ein V-Mann der Polizei hatte den entscheidenden Tipp gegeben. Weitere drei Monate später hatte sich der Täter als Liebhaber der Frau entpuppt, die sich ihres Ehemanns ohne Scheidung entledigen wollte. Sie hatte gut recherchiert und bereits den Notruf der Polizei gewählt, bevor sie ihrem Lover Anweisungen gegeben hatte, wie er den Lauf der Pistole auf sie richten und abdrücken sollte. Sie war die Drahtzieherin des Verbrechens gewesen. Als Armin und Franka die Geschichte endlich durchschaut hatten, hatte die Frau längst geplant, sich mit dem beträchtlichen Vermögen aus der Versicherung ins Ausland abzusetzen. Bei ihrer Festnahme hatte sie ohne Vorwarnung eine Waffe gezogen. Die Kugel hatte Armin verfehlt und Frankas rechte Schulter durchschossen.

Sie betrachtete die Narbe im Spiegel und hörte sein Lachen. Sie vermisste ihn. Stattdessen hatte Martin Suttmann ihr vor einem Monat Alpay Eloglu an die Seite gestellt, der noch nicht einmal halb so alt war wie Franka. Er war nicht die schlechteste Auswahl. Der junge Mann hatte das richtige kriminalistische Gespür, konnte gut kombinieren, manchmal noch zu forsch und in die falsche Richtung, aber er war ehrgeizig, zu lernen. Vielleicht schoss er das ein oder andere Mal über das Ziel hinaus und hatte sein Temperament nicht ganz unter Kontrolle, aber aus dem Jungen konnte etwas werden. In diesem Punkt musste sie Martin Suttmann recht geben.

Franka putzte sich die Zähne und setzte sich auf den geschlossenen Toilettendeckel. Armin war im Frühling verstorben, und auch andere Kollegen hatte der Tod in den letzten Jahren aus dem Leben gerissen. Weitere waren in den Ruhestand oder Vorruhestand gegangen. Jüngere Beamte waren nachgerückt. Es gab eine langsame, aber konstante Fluktuation, und wenn Franka genauer darüber nachdachte, war der Grund wohl die natürliche Auslese, die man Alter nannte.

Sie spülte sich den Mund über dem Waschbecken aus und richtete sich auf. Ihr Rücken tat weh, und manchmal beschlich sie das Gefühl, doch etwas eingerostet zu sein. Ihre Kondition ließ auch zu wünschen übrig. Aber bisher hatte sie jeden polizeilichen Gesundheitscheck überstanden. Sie kannte die Gründe für einen Ausschluss aus dem Polizeidienst und war überzeugt, dass selbst ihr asthmatisches Lungenrasseln sich noch in den zulässigen Grenzen hielt. Immerhin erklärte sie der Amtsarzt jedes Jahr aufs Neue für diensttauglich. Die Ahnung, dass sie dem Mann einfach leidtun könnte, verdrängte sie. Franka ließ Slip und Tanktop fallen, stellte sich unter die Dusche und anschließend dem Tag.

Wie jeden Morgen setzte sie sich mit einer Tasse schwarzem

Kaffee und einer Zigarette auf die Fensterbank ihres Wohnzimmers. Seit Carsten vor neun Jahren ausgezogen war, lebte sie allein in der kleinen Drei-Zimmer-Altbauwohnung gegenüber der Apostelkirche in Eimsbüttel. Sie hatten sich damals noch ganz altmodisch in einer Kneipe in der Osterstraße kennengelernt, wo er regelmäßig nach dem Kicken mit seinen Freunden einkehrte. Er war ein Riesen-Fußballfan. Ein großer Junge – der leider auch in zehn Jahren Beziehung nicht wirklich erwachsen geworden war. Als Franka sich von ihm getrennt und um seinen Auszug gebeten hatte, waren sie schon lange kein Paar auf Augenhöhe mehr. Ob sie einen Lebenspartner vermisste? Sie wusste, dass die Kollegen hinter ihrem Rücken flüsterten. Aber wer sagte denn, dass das Leben nicht auch allein schön war? Auch in Beziehungen hatten die Leute oft Schwierigkeiten, und Franka bezweifelte, dass es irgendeine Lebensform gab, in der Menschen wunschlos glücklich waren. Sie schaute zur Apostelkirche hinüber und musste schmunzeln. Der Kelch der Ehe war an ihr vorübergezogen, und sie war nicht der Meinung, dass sie irgendetwas verpasst hatte.

Franka liebte das Backsteingebäude mit dem Glockenturm, das den Zweiten Weltkrieg unversehrt überstanden hatte, dafür aber in den Siebzigerjahren fast vollständig ausgebrannt und wieder aufgebaut worden war. Der rote Klinker widersetzte sich der Zeit. Und auch wenn Franka mit der Kirche als Institution nichts am Hut hatte, bewunderte sie das Gebäude mit dem alten Turm, weil es jedem Hamburger Sturm trotzte.

Auf dem Weg zum Auto lief sie an dem kleinen Kiosk in ihrer Straße vorbei, der sich zwischen einem Blumenladen und einer Bäckerei behauptete. Eigentlich war es ihr Stammkiosk, doch seit sie von der studentischen Aushilfskraft auf die Gefahren von zuckerhaltigen Koffein-Bomben hingewiesen worden war, kaufte Franka lieber bei der Konkurrenz. Sie hatte sich sogar bei dem Gedanken ertappt, die kleine Klugscheißerin wegen geschäftsschädigenden Verhaltens bei ihrem Chef anzuschwärzen.

Franka genoss die Zeit allein im Auto. Der Nissan schnurrte, der November stellte sich auf die Weihnachtszeit ein. Jedes Mal, wenn sie die leere Buchse für den Zigarettenanzünder sah, vermisste sie Armin.

Sie ahnte, dass die morgendliche Dienstbesprechung lange dauern und sie von ihrer Ermittlungsarbeit abhalten würde. Im letzten Jahr hatte die Aufklärungsquote der Polizei bei Mord- und Totschlagdelikten vierundneunzig Prozent betragen. Da die ersten achtundvierzig Stunden nach einer Tat entscheidend für die Strafverfolgung waren, hätte Franka lieber akribisch Spuren ausgewertet, als in großer Runde zu tagen. Marie Möbius wurde gestern tot in ihrer Wohnung aufgefunden, und Nils Funke hatte man einen Tag zuvor aus dem Sand gegraben. Je mehr Zeit verstrich, desto schwieriger wurde die Aufklärung eines Falls.

Im Foyer des Präsidiums traf Franka auf Martin Suttmann, der auf den Lift wartete und in ein belegtes Brötchen biss, das er sich dem Teller nach zu urteilen aus der Kantine geholt hatte. Sie nutzte die Gelegenheit, und während sie den Fahrstuhl betraten, brachte sie ihn über die Wohnungsbegehung in Bergedorf-West auf den neuesten Stand. Kurz bevor sich die Türen schlossen, zwängte sich Jörg im letzten Moment dazu. Wie selbstverständlich klinkte er sich in Frankas Ausführungen mit ein. Sie durchschaute, dass er offensichtlich alles tat, sich als Leiter einer Sonderkommission zu empfehlen.

Die große Runde hatte sich bereits im Aquarium versammelt, als Franka pünktlich um 9:00 Uhr eintrat. Fast zwanzig Beamte hatte Martin Suttmann zusammengezogen. Die Kollegen des Erkennungsdienstes waren ebenfalls anwesend und begrüßten sie. Die neuen Entwicklungen ließen eine Dimension erahnen, die auch den Polizeisprecher erforderte. Und selbst Dr. Jens Dörfler hatte seinen Seziertisch in der Rechtsmedizin verlassen. Normalerweise mailte er seine Berichte. Hatte man Fragen, griff man zum Telefon oder besuchte ihn im Universitätsklinikum Hamburg-Eppendorf. Einige Kollegen sahen ihn zum ersten Mal, und sie alle erkannten, welches Signal von seinem Besuch ausging.

Sybille Wischmeier und Marcel Reuter hatten Beamer und Whiteboards im Raum vorbereitet, sodass die neuen Erkenntnisse zu beiden Taten großflächig präsentiert werden konnten. Franka spürte die allgemeine Anspannung. Die Mordfälle der letzten Jahre waren Tötungsdelikte, wie sie immer wieder in der Hansestadt verübt wurden. Ein Messer aus Eifersucht, der als Suizid getarnte Kopfschuss oder der Milieu-Auftrag am Nobistor. Aber nicht nur Franka ahnte, dass beim Sandmann einer am Werk gewesen war, der die große Welle reiten wollte. Statt sein Opfer schnell und effektiv zu entsorgen, hatte er viel Aufwand betrieben – und die Gefahr des Entdecktwerdens in Kauf genommen. Um herauszufinden, wie Marie Möbius in dieses Spiel passte, kamen sie heute zusammen. Zwar gab es bisher keine Indizien, dass beide Opfer tatsächlich durch denselben Täter getötet wurden, doch niemand im Raum bezweifelte das.

Bei der Teambesprechung war davon auszugehen, dass die Spurensicherung neue Erkenntnisse im Fall Marie Möbius präsentieren konnte. Auch von Matze waren weitere Informationen zu den Social-Media-Aktivitäten auf ihrem Instagram-Account *altbauhamburg* zu erwarten.

Franka nahm auf dem Stuhl neben Martin Suttmann Platz, den er ihr anbot, während sich Jörg ungefragt auf die andere Seite setzte. Sie wusste, alle waren gespannt, wie Suttmann die Mordkommission zusammenstellen und wem er die Leitung dieses Falls übertragen würde. Was Jörg im Schilde führte, war Franka klar.

Ihr Blick fiel auf den Sitzball, der auf einer der beiden Längsseiten unter dem Besprechungstisch hervorkullerte. Staatsanwältin Moro würde sich an diesem Morgen die Ehre geben. Zu Beginn jeder Besprechung, an der sie teilnahm, legte sie dieselbe Platte auf: Die Polizei war nur die Erfüllungsgehilfin der Staatsanwaltschaft. Diesen Spruch musste ihr ein altgedienter Kollege eingetrichtert haben, denn er repräsentierte eine längst vergangene Zeit. Mochte die Aussage an sich noch stimmen, so sahen sich beide Behörden heutzutage in keinem klassisch hierarchischen Verhältnis mehr, sondern als gleichberechtigte Partner bei der Aufklärung eines Verbrechens. Nur war das bei der Staatsanwältin offenbar noch nicht angekommen.

Nach Moros Reitunfall wurde der Sitzball angeschafft. Franka war kein großer Fan der Mitte vierzigjährigen Juristin, die irgendwo in den Elbvororten wohnte. Sicher war kaum jemandem entgangen, dass es in der Zusammenarbeit beider Frauen hörbar knirschte. Franka hatte das vor Martin offen zugegeben. Allerdings konnte sie die Antipathie an keinem besonderen Ereignis festmachen. Manchmal ließ es sich auf das Einfachste herunterbrechen: Die Chemie stimmte nicht.

Moro betrat den Konferenzraum, und die beiden Frauen nickten sich zur Begrüßung professionell zu. Franka beobachtete Jörg, der sich entspannt zurücklehnte. Ihr war bereits aufgefallen, dass er mit der Staatsanwältin sehr gut zurechtkam, und sie wusste, Martin Suttmann hatte das auch bemerkt.

Der begrüßte jetzt das Team und kam gleich zum Punkt.

«Ja, so kann man sich irren, Freunde. Wir machen aus zwei Tötungsdelikten eine Untersuchung. Bevor wir die neue Mordkommission zusammenstellen, erst einmal die Fakten.» Franka sah Jörg aus den Augenwinkeln an. Vermutlich war er der Meinung, dass sich sein jahrelanges Engagement, seine Überstunden und seine gescheiterte Ehe auszahlen sollten und dass er die Leitung dieses großen Falls deshalb verdient hätte.

Martin Suttmann räusperte sich. «Marie Möbius war in der Nacht, in der sie starb, die letzte Kundin von Nils Funke. Der Mann arbeitete für einen Schlüsseldienst.»

Jörg übernahm. «Er ist unser erstes Opfer. Es handelt sich um den vierunddreißigjährigen deutschen Staatsbürger Nils Funke, wohnhaft im Friedrich-Frank-Bogen 59 in Bergedorf-West. Mehrfach vorbestraft und seit drei Monaten auf freiem Fuß gewesen.»

Die meisten Kollegen machten sich Notizen. Die Staatsanwältin balancierte geschickt auf dem Sitzball und spielte an ihren Perlenohrringen. Franka schaute kurz zu ihr hinüber. Wieder einmal stellte sie fest, wie tussig sie Perlenohrringe fand.

«Funkes Arbeitgeber hat ihn anhand der Zeitungsmeldung identifiziert», fuhr Jörg fort. «Den Mann befragen wir heute.»

Martin Suttmann bedankte sich mit einem knappen Nicken und stellte den Rechtsmediziner vor. «Ich freue mich sehr, dass Herr Dr. Dörfler das schöne Eppendorf verlassen hat und unsere Runde komplettiert. Jens, bitte.»

Dr. Jens Dörfler lächelte freundlich in die Runde und gab Sybille ein Zeichen, die zu seinen Ausführungen die passenden Fotos projizierte.

«Guten Morgen. Heute früh konnten wir endlich die Fingerabdrücke des Toten nehmen. Durch den starken Regen und die Lagerung des Körpers unter dem Gewicht des Sandes hatten wir es mit einer starken Aufweichung und Deformation seiner Hände zu tun.» Der Beamer projizierte eine Aufnahme der aufgedunsenen rechten Hand. Auf der Höhe des Gelenkknochens steckte eine Kanüle im Fleisch. Amüsiert beobachtete Franka Alpay. Es sah so aus, als versuchte er, gegen seinen Ekel anzuatmen.

«Bei der Thanatopraxie öffnen wir die Haut am Handgelenk», fuhr Dörfler fort, «und spülen die Blutgefäße mit einer chemischen Lösung.»

Alpay hatte die Augen geschlossen. Franka überlegte, ob er vielleicht versuchte, sich mit den Zeiten seiner letzten Alsterläufe von den Aufnahmen aus der Rechtsmedizin abzulenken.

«Auf diese Weise stellen sich die Fingerbeeren wieder auf, wobei wir dem Gewebe gleichzeitig Feuchtigkeit entziehen, um ein gutes Haften der Adhäsionsmittel für den Fingerabdruck zu gewährleisten.»

Jörg klinkte sich ein. «Super, aber da war die gute alte Öffentlichkeitsfahndung wohl etwas schneller als Ihr Labor, Herr Doktor.»

Franka musste zugeben, dass er nicht ganz unrecht hatte, auch wenn ihr die Süffisanz in seiner Stimme nicht gefiel. Dörfler ließ sich nicht provozieren und präsentierte weiter seinen Bericht.

«Marie Möbius starb durch Erdrosseln. Allerdings wurde sie vorher mit Chloroform betäubt. Beim Einatmen dieses Stoffes findet eine zügige Verteilung im Körper statt, wir haben Rückstände in der Leber und besonders in der Lunge gefunden.»

«Chloroform?» Franka unterbrach seine Ausführungen irritiert.

Dörfler nickte. «Seit 1977 verboten. Ich weiß. Unerwünschte Nebenwirkungen wie Herzkammerflimmern und Leberschädigungen. Industriell wird es heutzutage durch andere Lösungsmittel ersetzt. Aber im Labor spielt es zum Beispiel als Lösemittel für Jod, Alkaloide oder Duftstoffe immer noch eine große Rolle.»

Die Beamten kamen beim Notieren seiner Ausführungen kaum hinterher. Dörfler nickte Sybille zu, die als Nächstes ein Foto der verfärbten Strangfurche am Hals von Marie Möbius zeigte.

«Das Strangwerkzeug hinterließ eine symmetrisch zur Nackenmitte verlaufende Strangmarke. Der Tod trat durch Atemstillstand ein, nicht durch den unterbrochenen Blutstrom zum Gehirn.»

Martin Suttmann versuchte, sich eine kleine Borste aus der Nase zu zupfen. Franka konnte nicht glauben, wie ungeniert er das tat. Sie schaute weg.

«Wir haben büschelweise ausgerissene Haare untersucht, teils mit Wurzel. Der Kampf muss heftig gewesen sein. Wir haben aber keine Fremd-DNA unter ihren Nägeln gefunden.»

Franka schaute auf ihre Notizen. «Können Sie die Todeszeiten der beiden Opfer enger eingrenzen als bisher?», schaltete sie sich ein. «Um den Ablauf beider Taten zu rekonstruieren, wäre es wichtig zu wissen, wer als Erstes getötet wurde.»

Dörfler kratzte sich am Kinn. «Sie wissen, Frau Erdmann, je länger eine Leiche liegt, desto ungenauer lässt sich das bestimmen. Der Mann wurde vorgestern, also einen Tag vor der Frau, gefunden. Die wiederum hatte bereits eine beträchtliche Liegezeit bei Zimmertemperatur hinter sich. Der Körper des Mannes war durch Regen und den Druck vom Sand stark verändert und hatte bei einer Außentemperatur von vier Grad eine Nacht gelegen.» Er blickte in die Runde. «Der Todeszeitpunkt lässt sich nicht auf dreißig Minuten genau festlegen.»

«Herr Dr. Dörfler», sagte die Staatsanwältin verärgert, «Sie werden sicher in der Lage sein, für beide Taten ungefähre Uhrzeiten festzulegen.»

Er retournierte mit einem charmanten Lächeln. «Wenn Sie mich nicht unterbrechen würden, könnte ich das tun. Sicher.»

Während die Kollegen die Spannung im Raum ignorierten, konnte sich Franka ein leichtes Augenrollen nicht verkneifen. Moro versuchte ihren ungeduldigen Vorstoß mit einem Lächeln zu überspielen, wobei sie sich gewollt mädchenhaft eine Strähne hinter das Ohr strich. Doch ihren Beliebtheitsgrad bei Franka steigerte das nicht.

«Letztendlich hat uns die Untersuchung der Mageninhalte der Leichen geholfen», fuhr Dörfler fort. «Daher korrigiere ich mich um eine halbe Stunde. Allerdings wird Ihnen das Ergebnis nicht gefallen. Möbius und Funke sind beide vor drei Tagen zwischen 22:30 und 1:00 Uhr nachts getötet worden. Ich kann Ihnen nicht mit Sicherheit sagen, wer zuerst starb.»

Die Enttäuschung war bei allen spürbar. Franka schaute durch den Raum und blieb verwundert an Jörg hängen, der einen verstohlenen Blick mit der Staatsanwältin tauschte. Was zum Henker, dachte sie.

«Wir haben allerdings bei der äußeren Leichenschau von Marie Möbius etwas sehr Interessantes entdeckt.» Dörfler wusste, wie er spannende Neuigkeiten als Höhepunkt präsentierte. «An alle, die heute Morgen noch nicht gefrühstückt haben, das könnte jetzt heftig werden.» Sybille klickte weiter zum nächsten Foto. Einige der Anwesenden zogen scharf die Luft ein. «Durch äußere Gewalteinwirkung hat die Frau massive Schwellungen im Gesicht, nicht zuletzt durch den Bruch des Unterkiefers. Die Wunde auf der Stirn stammt von einem Longdrinkglas, das zerbrach, als sie ungebremst mit dem Gesicht darauffiel.»

Auch für hartgesottene Beamte waren die projizierten Bilder vom Seziertisch harte Kost. Die Nahaufnahme der Augen zeigte, wie brutal das Opfer zugerichtet worden war.

«Schauen Sie, hier um die Augen diese tiefvioletten Blutergüsse und dann diese feinen Partikel auf den Lidern. Sehen Sie das?», fragte Dörfler. Bis auf Alpay schauten alle genau hin. «Was wie Lidschatten mit Glanzeffekt aussieht, entpuppte sich bei unserer genaueren Untersuchung als Rückstände von Acrylat aus synthetischen Polymeren, wie es zum Beispiel zur Herstellung von Klebstoffen verwendet wird. Ebenso gibt es solche Reste über den Augenbrauen. Aber nicht am unteren Augenlid.»

Spätestens jetzt horchten alle auf und blickten gespannt zu Dörfler. Franka sprach aus, was wohl jeder mutmaßte: «Der Täter hat der Frau die Augenlider mit Klebeband offen fixiert.»

Martin hatte die Teambesprechung für eine kurze Pause unterbrochen, sich bei Dörfler für den Besuch bedankt und ihn verabschiedet. Franka trocknete sich im Waschraum der Damentoilette die Hände, als Sybille Wischmeier eintrat. «Krasser Fall. Hast du so was Heftiges schon mal erlebt? Du bist doch schon ewig bei der Polizei.»

Franka antwortete nicht. In der harten Beleuchtung des Spiegels betrachtete sie ihren hellgrau herausgewachsenen Haaransatz und war sich nicht sicher, ob sie den vielleicht brutaler fand als die beiden Morde. Sie hatte das Nachfärben satt.

Sybille verschwand in einer der Kabinen. «Hier stinkt es nach Rauch.» Zu Frankas Entsetzen ließ sie die Tür offen und setzte die einseitige Unterhaltung durch den Spiegel fort. «Alle sind total gespannt, wem der Chef den Fall überträgt. Du weißt, ich bin Team Erdmann.» Sie reckte eine Faust in die Luft und starrte dann fassungslos auf das letzte briefmarkengroße Stück Toilettenpapier auf der Papprolle. «Diese rücksichtslosen Kühe. Wieso kann man kein neues Papier nachlegen?» Franka wollte Sybille schon zu Hilfe kommen, als aus einer besetzten Kabine nebenan eine neue Rolle unter der Seitenwand durchgereicht wurde. «Oh, herzlichen Dank.»

Sie ging zurück zum Waschbecken, zog einen Lippenpflegestift aus ihrer Jackentasche und überlegte, ob sie beim nächsten Kauf vielleicht mal einen mit leichter Tönung ausprobieren sollte. Sybille betätigte die Spülung, kam aus der Kabine und wusch sich neben Franka die Hände.

«Ganz im Ernst, wenn Scharnke den Fall übertragen bekommt, habe ich fünf Euro verloren. Es laufen Wetten auf euch.» Franka schüttelte ungläubig den Kopf. Sybille grinste und bürstete ihre gepflegten blonden Haare, die sie dann in einer schwungvollen Bewegung lässig über die rechte Schulter nach hinten warf. «Was ist eigentlich mit Jörg los? Seit einiger Zeit hat er ziemlich dicke Eier.»

Eine Toilettenspülung wurde bedient. Franka ging nicht auf Sybille ein, sondern zog ihren grauen Ansatz am Scheitel auseinander. «Was meinst du? Nachfärben oder rauswachsen lassen?»

Auf klackernden Absätzen trat die Staatsanwältin ans Waschbecken und wusch sich die Hände. Monika Moro lächelte durch den Spiegel und wandte sich an Franka. «Wenn Sie mich fragen, nachfärben. Ihr Scheitel sieht aus wie ein Hilfeschrei.»

Moro verließ den Waschraum, drehte sich in der Tür aber noch einmal um. «Übrigens, Frau Erdmann. Wenn Sie noch einmal in einem öffentlichen Gebäude heimlich rauchen, kostet Sie das nach § 2 Absatz 1 des Hamburgischen Gesetzes zum Schutz vor Passivrauchen fünfhundert Euro.»

Die Besprechung wurde fortgesetzt. Matze erklärte ausführlich die Hintergründe zu Maries Bloggerinnen-Tätigkeit. Sie war seit vier Jahren bei Instagram als *altbauhamburg* aktiv und betrieb parallel einen Blog mit dem gleichen Namen. Zum Zeitpunkt ihres Todes hatte sie exakt 16 456 Follower. Davon traten ungefähr fünfhundert Abonnenten regelmäßig mit der Frau in Interaktion, mal mehr, mal weniger. Matzes Team war seit gestern dabei, sich einen groben Überblick über ihre Posts zu verschaffen. Bisher gab es keine Auffälligkeiten wie Cybermobbing, Marie Möbius war beliebt bei ihrer Community und wurde bewundert für ihren Style.

Franka nippte an ihrem Kaffee. «Ich begreife immer noch nicht, wie man sich so im Netz präsentieren kann.»

Alpay gab sich unbedarft. «Die Frau musste sich nicht an die Richtlinien der deutschen Polizei zum privaten Umgang mit Social-Media-Konten halten.»

«Dann gibt es also von Ihnen keine Bikini-Fotos im Netz, Herr Eloglu? Beruhigend.» Franka hatte die Lacher auf ihrer Seite, und auch Alpay zollte mit einer Daumen-hoch-Geste Respekt.

«So, Leute. Es gibt viel zu tun.» Martin Suttmann schaute auf die Uhr. Franka wusste, er wollte mit dem Pressesprecher der Polizei eine Strategie festlegen, wie man den Fall nach außen hin behandeln sollte. Durch die Öffentlichkeitsfahndung hatten sie bereits Interesse geweckt. Ihr Chef schob seine Unterlagen zusammen und zog das Sakko wieder an. «Bis Weihnachten sind es noch einige Wochen, daher mache ich es kurz. Die Leitung des Falls übernimmt ...»

Jörg straffte sich und tauschte ein heimliches Lächeln mit Monika Moro, das Franka bemerkte.

«... Hauptkommissarin Erdmann.»

Franka war überzeugt, dass Sybille in diesem Moment einen Strike unter dem Tisch vollführte und sich über ihren Sieg freute.

Ihr Team hatte Franka schnell zusammengestellt. Weil sie Jörg nicht hatte brüskieren wollen und er ein erfahrener Kollege war, nahm sie nicht nur seine Glückwünsche, sondern auch die angebotene Unterstützung an. Auch wenn beide in der Ausrichtung von Ermittlungen schon oft unterschiedlicher Auffassung gewesen waren, hatte Jörg zweifelsfrei Qualitäten. Sich unterzuordnen gehörte nicht dazu, aber das nahm sie in Kauf. Sybille und Marcel galten für Franka immer als gesetzt, wobei sie sich wünschte, dass Sybille in Zukunft weniger Recherche im Hintergrund betrieb und stattdessen aktiver an den Ermittlungen beteiligt wurde. Nach einem Monat Dienst mit Alpay wollte sie in dieser Mordkommission nur mit erfahrenen Ermittlern arbeiten und auf ihn verzichten. Sie sah die Chance gekommen, Alpay einem fähigen Kollegen an die Seite zu stellen. Doch es kam anders. Kurt Möhring, den Franka eigentlich im Team hatte dabeihaben wollen, war nicht verfügbar, weil er in der Soko Bangkok im Fall eines asiatischen Prostitutionsrings auf dem Kiez ermittelte. Und so sorgte Martin Suttmann dafür, dass Alpay doch wieder bei Franka landete. Ihr Team war also komplett.

Es kam eine Menge Arbeit auf sie zu. Schichten zwischen zwölf und vierzehn Stunden waren schon jetzt an der Tagesordnung. Feiertage, Jubiläen und Familienfeiern ließen sich mit der Routine eines Polizeibeamten schwer in Einklang bringen, und der Bereitschaftsdienst verlangte den Kollegen zusätzlich einiges ab. Ebenso ihren Familien. Wie gut, dass auf Franka zu Hause niemand wartete. Carsten war schon so lange Geschichte, dass sie manchmal überlegen musste, wann sie sich von ihm getrennt hatte.

Vor einem Monat hatte Franka in der Kantine zufällig mit angehört, wie sich zwei Kollegen gefragt hatten, ob ihr Singledasein sie nicht schneller altern ließ und ob sie kräftemäßig überhaupt noch voll belastbar wäre. Für einen kurzen Moment hatte Franka überlegt, durch das Dessert-Regal hindurch zu antworten, doch sie wollte keinen Streit vor Publikum. Trotzdem ärgerte es sie, wenn männliche Kollegen, die zum Teil sogar älter waren, die eigene schwindende Leistungsfähigkeit außen vor ließen und Frankas Kraft völlig falsch einschätzten. Sie hasste es, wenn mit zweierlei Maß gemessen wurde.

Das Team um Franka hatte sich in ihr Büro im dritten Stock zurückgezogen. Alpay saß auf dem Fensterbrett und beobachtete sie, wie sie die gestrige Befragung von Dr. Dirk Möbius schilderte. Hatte er das unten im Konferenzraum gerade richtig mitgeschnitten? Wollte sie ihn eigentlich nicht mit im Team haben? Saß er allen Ernstes nur hier, weil Martin Suttmann dafür gesorgt hatte? Es fiel ihm schwer, sich auf ihre Ausführungen zu konzentrieren, auch wenn er versuchte, die Kränkung beiseitezuschieben. Er musste anerkennen, wie strukturiert Franka bei ihren Erläuterungen vorging.

«Dass ausgerechnet ein Besuch im Sternerestaurant mit der Geliebten das Alibi von Möbius stützt …» Franka schüttelte den Kopf. «Herr Reuter, bitte mal in dem Laden mit dem Servicepersonal reden. Uhrzeiten checken, waren beide die ganze Zeit am Tisch, die ganze Rutsche abfragen.» Marcel Reuter nickte und machte sich Notizen. «Der Erkennungsdienst ist seit gestern damit beschäftigt, Spuren aus Möbius' Wohnung auszuwerten», fuhr sie fort. «Ein Haufen Fingerabdrücke und Fremd-DNA müssen dem Freundes- und Bekanntenkreis zugeordnet werden. Und bitte nach Spuren von Funke in der Möbiuswohnung suchen.»

«Geht klar», sagte Marcel und wandte sich zum Gehen.

«Jörg, du fährst bitte zum Chef der Schlüsseldienstzentrale. Kann doch nicht sein, dass der jemanden mit so einem Vorstrafenregister eingestellt hat.»

«Alles klar.» Er griff nach Jacke und Autoschlüssel.

Alpay war gespannt, mit welcher Aufgabe Franka ihn betrauen würde. «Was heute auch noch erledigt werden muss: die Befragung der Nachbarin im Twinset. Wie war noch mal der Name?»

«Buske, Bernadette.» Alpay hatte ein gutes Namensgedächtnis.

«Danke, Herr Eloglu. Sybille, du begleitest mich.»

Alpay meldete sich verunsichert. «Entschuldigung …»

«Herr Eloglu. Sie sind hier nicht mehr im Hörsaal. Was gibt's?»

«Und was mache ich?»

«Ach so, ja … Sie begleiten Jörg. Und auf dem Weg beantragen Sie über die Staatsanwaltschaft beim zuständigen Ermittlungsrichter Einsicht in die Bankkonten von Frau Möbius. Gehen Sie die Auszüge der letzten zwölf Monate durch. Vielleicht finden Sie etwas Auffälliges.»

Alpay lächelte professionell, auch wenn er am liebsten ausgeflippt wäre. Ein bisschen fühlte er sich wie Aschenputtel.

5

Über ihm zitterte das Deckenlicht. Die Feuchtigkeit in dem fensterlosen Raum roch nach aufgeweichter Pappe. Seine Atmung ging schnell und flach. Nervös kratzte er sich die Haut zwischen den Fingergelenken, die bereits rissig und stark gerötet war. Ihm wurde regelmäßig schlecht hier drinnen.

Zeit seines Lebens kämpfte er vergeblich gegen seine Platzangst. Die Befürchtung, eingeschlossen oder lebendig begraben zu werden, begleitete ihn seit der Kindheit. Bei seinem ersten Flug als Teenager hatte er kurz nach dem Start seine erste Panikattacke bekommen. Zittern, Luftnot, Schweißausbrüche, Übelkeit. Er konnte nicht U-Bahn fahren oder auf Konzerten in der wogenden Zuschauermenge stehen. In vollen Kaufhäusern überkam es ihn genauso, wie wenn er beim Anziehen in einem zu engen Rollkragenpullover stecken blieb. Jede Spinne und jede kleine Maus fing er hier drinnen ohne Panik ein und setzte sie draußen in Freiheit wieder aus. Aber das Gefühl des Eingeschlossenseins raubte ihm fast den Verstand. Von Therapien hielt er nichts. Die Erzieher im Heim hatten nicht nur sein Vertrauen missbraucht.

Ein altes Fahrrad lehnte verrostet und mit platten Reifen hinten an der Wand neben dem Waschbecken. Abgeranzte Gummistiefel standen daneben. Sie waren undicht und zeigten am Schaft eine leicht schimmelige Verfärbung. Wie oft hatte er schon versucht, diese Sachen zu entsorgen? Er brauchte dringend mehr Platz, und die Wand war ideal für ein weiteres Regal.

Das Flackern der Neonröhre wurde von einem Surren begleitet. Es klang wie der Trafo einer elektrischen Spielzeugeisenbahn, wenn man den Regler aufdrehte. Der Strom kroch langsam durch die Schienen und erreichte die Lokomotive. Er schloss die Augen und folgte dem Geräusch. Schiene an Schiene, Weiche gestellt, Schiene an Schiene. Hast du die Weiche gestellt? Es roch nach Öl und frischem Holzkleber. Die Tannen vibrierten auf der Sperrholzplatte. Schiene an Schiene. Hörst du das, Junge? Die Lokomotive zieht den Zug. Es gab sogar einen Speisewagen. Dahinter folgten die Güterwaggons und ein Viehwagen der Reichsbahn, den Opa ihm zum Geburtstag geschenkt hatte. Jemand rief seinen Namen, und er flitzte die steile Dachstiege hinunter. Die letzten drei Stufen ließ er aus und sprang Oma direkt in die Arme. Sie hatte Kuchen gebacken und ein schönes Kleid an. Opa drückte ihm einen neuen, von Oma bunt eingepackten Waggon in die Hand. Dann setzte sich Opa zu seinem Schwiegersohn vor den Fernseher.

Am liebsten wollte er den neuen Wagen sofort an die Lokomotive hängen. Doch er wartete noch. Oma ging ins Schlafzimmer und riss das Fenster weit auf. Der Dezember war kalt. Sie zog ihrer Tochter die Bettdecke weg und zwang sie zum Aufstehen. Schiene an Schiene, hast du die Weiche gestellt? Schiene an Schiene, häng den Waggon nicht an! Oma konnte backen, Helene hielt sich aufrecht. Sie aßen still. Auch wenn er nicht wusste, was es war, er fühlte es. Die Waggons waren zu schwer, und die Lokomotive bekam zu viel Strom. Hast du die Weiche gestellt, Junge? Er war zu klein, um als Lokführer zu arbeiten, aber er wusste, er war für ihre Fahrt verantwortlich.

Es war dunkel geworden, als er auf den Dachboden zurückschlich. Er setzte den Zug in Bewegung. Unter der Lokomotive blitzte der Strom aus der Schiene wie ein kleines Feuerwerk. Seine Hand zitterte auf dem roten Drehknopf des Trafos. Er spürte die Verantwortung. Gefühlvoll gab er Gas. Die Sperrholzplatte der Modellbahn lag im Dunkel des Speichers. Hier und da beleuchteten spärlich verteilte Lampen den grünen Kunstrasen. Der Zug verschwand in dem kleinen Tunnel, der das Rattern dämpfte. Von unten aus dem Schlafzimmer war ihr Streit zu hören. Sie schrie den Vater an, er brüllte zurück. Der Zug surrte aus dem Tunnel hervor und bog auf die lange Gerade ein. Schiene an Schiene, Weiche gestellt? Junge, hast du die Weiche gestellt? Der Zug raste am Bahnhof vorbei, ohne Halt einzulegen. Er hatte es eilig. Im Schlafwagen stand ein Sofa aus grünem Breitcord, sie schlief immer öfter darauf. Der Zug nahm weiter an Fahrt auf. Opas Reichsbahnwagen schaukelte in der Kurve. Schiene an Schiene. Sie weinte. Junge, hast du die Weiche gestellt? Der Streit der Eltern wurde lauter, er verstand kein Wort.

Noch spät in der Nacht verließ der Vater das Haus. Barfuß schlich der Junge nach unten, um nach der Mutter zu schauen. Nur in der Küche brannte eine Lampe. Sie bemerkte nicht, wie er sie beim Trinken beobachtete. Leise ging er zurück auf den Dachboden, kaufte sich eine Fahrkarte ans Ende der Welt und stieg in den Zug. Er war so müde, dass er gleich einschlief, als der Zug den Bahnhof verließ. Schiene an Schiene, Weichen gestellt, Schiene an Schiene. Hast du die Weiche gestellt?

Er wachte auf, als es zu spät war. Die Lokomotive war entgleist. Auf Höhe der Miniatur-Kirche hatte die Geschwindigkeit sie aus der Spur gerissen. Den kleinsten Waggon hatte sie unter sich begraben.

Er liebte seinen Modellzug, denn er bedeutete Freiheit. In seiner Fantasie bereiste er darin die ganze Welt. Als sein Vater ihn einige Jahre später ins Heim gab, weil er und seine neue Frau nicht mit ihm zurechtkamen, durfte er die Eisenbahn nicht mitnehmen.

Es regnete an jenem Tag Mitte November, als er abgeholt wurde. Alles, woran er sich noch erinnerte, war der große schwarze Koffer mit dem Bärengesicht, den die Erzieherin zum Sprinter trug. Er selbst schob in grünen Gummistiefeln sein altes Fahrrad zum Wagen, das jetzt mit platten Reifen an der Wand neben dem Waschbecken lehnte.

Er versuchte, kontrolliert zu atmen, und lehnte sich gegen die feuchte Wand. Unterdrückte die Übelkeit. Schaute zur flackernden Neonröhre. Sein Umzug ins Heim hatte sich gerade zum fünfundvierzigsten Mal gejährt. Es war der Tag, an dem er Marie Möbius tötete.

«Bitte hier entlang.» Bernadette Buske lächelte freundlich und dirigierte die Beamtinnen vom Flur ins Wohnzimmer. Sie bot Earl-Grey-Tee an, der in einer angelaufenen Silberkanne auf einem zerbeulten Stövchen simmerte. Franka lehnte dankend ab und war erstaunt, dass Sybille sich eine Tasse einschenken ließ.

Dieses Zuhause war das spiegelverkehrte Pendant zur Wohnung von Marie Möbius. Wohnzimmer an Wohnzimmer, in schwindender Eintracht. Allerdings konnte Franka selbst bei gedimmten Tischleuchten und wenig Novemberlicht den Renovierungsstau erkennen, der hier drinnen aufgelaufen war. Das Parkett wirkte stumpf und abgewetzt, die Ornamente der Altbautüren waren mit zu vielen Farbschichten zugekleistert. Die Zeit hatte sie vergilbt, und sie strahlten eine Resignation aus, gegen die auch Bernadettes farbenfrohe Twinsets nichts ausrichten konnten. Sie war vierundsechzig Jahre alt und kleidete sich recht konservativ. Sie liebte offenbar die Kombination aus Strickjacke mit passendem Pullover in der gleichen Farbe und aus dem gleichen Material. Mit einem dezenten schmalen Rock und klassischen Pennyloafern wirkte es wie das Outfit einer Gesellschaftsdame aus einem Film der Fünfzigerjahre. Auch die kurze Perlenkette und die Vintage-Armbanduhr einer Schweizer Luxusmanufaktur zeugten von längst vergangenen Zeiten.

Franka tat Sybille etwas leid, die im durchgesessenen Polster des Sofas zu versinken schien. Sie folgte dem Blick ihrer Kollegin zum rissigen Stuck an der Decke, der an vielen Ecken entfernt worden war, wahrscheinlich, damit keine Stücke herabfielen.

Franka zog Block und Kugelschreiber aus der Tasche. «Frau Buske, Ihre Nachbarin wurde vor drei Tagen vermutlich zwischen 22:30 und 1:00 Uhr getötet.»

Bernadette suchte Halt an ihrer Untertasse und sank in ihrem Chesterfield-Sessel zusammen. «Schrecklich. Es ist einfach schrecklich.» Tränen liefen ihre gepuderten Wangen hinunter und tropften auf ihre Strickjacke. Sie stellte die Tasse ab und zog ein benutztes Taschentuch aus der Ritze zwischen Armlehne und Sitzfläche hervor. Franka sah wieder zu Sybille, die auf dem Sofa etwas näher zur Mitte rutschte.

Auch wenn Franka im Alltag oft gehetzt wirkte, in Befragungen konnte sie das ändern. Zeugen, die offensichtlich mit ihren Gefühlen kämpften, gab sie genügend Raum. Als Fragestellerin war sie auf das Vertrauen ihres Gegenübers angewiesen. Je sicherer sich die Person fühlte, desto mehr gab sie preis.

«Frau Buske, Marie Möbius hat sich in dieser Nacht aus ihrer Wohnung ausgesperrt und den Schlüsseldienst gerufen, der ihr wahrscheinlich die Tür geöffnet hat. Haben Sie davon etwas mitbekommen?»

Bernadette Buske schüttelte heftig den Kopf. «Nein. Dann hätte ich Frau Möbius doch sofort hereingebeten.»

«Sie waren in dieser Nacht also zu Hause?» Franka notierte.

«Rachmaninow, Klavierkonzert Nr. 2.» Bernadette schien in ihren Erinnerungen zu schwelgen. «Ich habe ein Abonnement für die Elbphilharmonie. Das Konzert begann pünktlich um 19:30 Uhr. Danach bin ich mit dem Bus nach Hause gefahren, und gegen 22:45 Uhr habe ich das Licht ausgemacht.» Sie hatte sich etwas gefangen und atmete durch.

«Und Sie haben wirklich nichts gehört, das vielleicht jetzt im Nachhinein erst an Bedeutung gewinnt?», hakte Sybille nach. «Immerhin ging drüben einiges an Geschirr zu Bruch.»

«Nein. Tut mir leid. Wissen Sie, ich schlafe mit Ohrenstöpseln. Die Familie über mir …» Sie lächelte wieder. Franka wusste nicht, warum, aber sie nahm ihr die freundliche Nachbarin nicht ab.

«Sie kannten Frau Möbius gut?»

Bernadette Buske antwortete nicht sofort. Sie schnäuzte sich kräftig. Sybille nippte an ihrer Tasse und stellte sie zurück auf den Tisch. Selbst Franka erkannte das harte Wasser, das auf der Oberfläche des Tees Schlieren bildete.

«Wir duzen uns. Wissen Sie, Marie und Dirk Möbius haben die Wohnung nebenan vor ungefähr sieben Jahren gekauft und sehr aufwendig renoviert.» Beiläufig wischte Bernadette Buske über die abgewetzte Armlehne ihres Ledersessels. «Diese Zeit war natürlich mit sehr viel Lärm und Dreck verbunden, wie Sie sich vorstellen können.» Sie lächelte unsicher. Franka legte ihre Kladde beiseite und schaute sich in dem riesigen Wohnzimmer um. Sie bemerkte erst jetzt, dass sie ihre Jacke nicht ausgezogen hatte. Auch Sybille saß im Mantel da. Es war kalt in diesem Zimmer, die Heizung lief höchstens auf kleinster Stufe.

«Also hatten Sie ein nettes Verhältnis, wenn Sie sich mit Herrn und Frau Möbius geduzt haben», fuhr Franka fort.

«Herzlich, möchte ich sagen. Es tat mir in der Seele weh, als sich die beiden trennten.»

«Gab es zu der Zeit oft Streit? Sie wohnten Wand an Wand.»

Bernadette Buske zögerte.

«Frau Buske, wir ermitteln in einem Tötungsdelikt.»

Sie nickte unsicher. «Es ist sonst nicht meine Art, verstehen Sie?» Das Taschentuch hielt sie fest in den Händen. «Ja, da drüben flogen manchmal ganz schön die Fetzen. Marie war ja siebzehn Jahre jünger als Dirk. Worum es ging, da möchte ich mich wirklich nicht an Spekulationen beteiligen.»

«Geld?», half Franka nach.

«Vielleicht. Marie lebte auf großem Fuß, auch nach der Trennung. Ich meine, ihre Agentur lief gut, aber ohne die monatlichen Zahlungen von Dirk hätte sie dieses Leben wohl kaum finanzieren können, nehme ich an.» Bernadette Buske tupfte sich mit dem Taschentuch unter der Nase. «Dirk ist auf jedem Parkett zu Hause, gutes Elternhaus. Marie war lieb. Ich mochte ihre herzliche Art. Eine wirklich aufgeschlossene, moderne junge Frau.»

«Und Sie, wie lange wohnen Sie schon hier?», fragte Franka. Sie kannte Frauen wie Bernadette Buske, die sich selbst sehr wichtig nahmen. Sicher sprach auch Marie Möbius' Nachbarin besonders gern über ihr eigenes Leben.

Tatsächlich erfuhren Franka und Sybille, dass Bernadette

Buske in einer Hamburger Kaufmannsfamilie aufgewachsen war und seit fünfundzwanzig Jahren in dieser Wohnung lebte. Mit dem Import von Tee aus China und Indien hatte ihr Urgroßvater in den Zwanzigerjahren des letzten Jahrhunderts begonnen, sein Vermögen aufzubauen. Sie war in den Elbvororten aufgewachsen und hatte diese Wohnung zur Hochzeit geschenkt bekommen. Nachfragen zu ihrem Ex-Ehemann beantwortete Bernadette allerdings ausweichend. Franka ahnte, hier war jemand zumindest finanziell tief gefallen.

Franka und Sybille bedankten sich für das Gespräch, und Bernadette Buske verabschiedete die Polizistinnen an der geöffneten Tür. «Wissen Sie, was jetzt mit der Wohnung passiert?» Sie blickte betroffen nach gegenüber, wo das polizeiliche Siegel noch unversehrt am Rahmen klebte.

«Soweit ich weiß, wurde die Wohnung in Absprache mit der Staatsanwaltschaft bereits freigegeben», sagte Franka und sah Sybille fragend an.

Ihre Kollegin nickte. «Für alles Weitere müssten Sie sich an Dr. Möbius wenden.» Sie bedankte sich höflich für die Tasse Tee, die sie halb voll auf dem Tisch hatte stehen lassen, was Franka nicht entgangen war. Dann schloss Bernadette Buske hinter den Beamtinnen die Tür.

Auf dem Weg zum Auto zündete sich Franka eine Zigarette an. Der Himmel klarte etwas auf und ließ für einen Moment die schwache Wintersonne hindurch. Die beiden Beamtinnen gingen schweigend nebeneinanderher. Das mochte Franka an Sybille. Während Alpay nach Befragungen sofort loslegte und den Termin bis ins kleinste Detail analysierte, wobei er sich nicht selten aufregte und Partei ergriff, ließ Sybille den Besuch erst sacken.

Frankas Handyklingeln kündigte Poppy Bruhns an. Er informierte sie knapp über die Suche nach Spuren von Nils Funke in der Wohnung von Marie Möbius. Fingerabdrücke gebe es keine. Dafür hätten die Techniker auf dem Strickpullover der Toten zwei Haare entdeckt, die nach einem DNA-Abgleich eindeutig dem Schlüsseldienstler zuzuordnen seien. Franka bedankte sich und legte auf. Sehr viel weiter brachte sie das nicht. Jetzt hatten sie zwar die Gewissheit, dass Nils Funke in der Wohnung von Marie Möbius gewesen war, wussten aber immer noch nicht, wer zuerst getötet wurde.

Kurz bevor sie den geparkten Dienstwagen erreichten, wandte sich Franka an ihre Kollegin. «Was hältst du von der Frau?»

Sybille zuckte die Achseln. «Kann einem irgendwie leidtun. Die ist echt fertig, was den Tod von der Möbius angeht.»

Franka nickte. «Vielleicht macht sie sich Vorwürfe, weil sie nichts von der Tat mitbekommen hat.»

Sybille nickte. «Ja, vielleicht.»

Frankas Vermutung war nur zur Hälfte richtig.

Nach dem Besuch der Polizistinnen goss sich Bernadette Buske die Teetasse randvoll mit spanischem Brandy.

Nachdem sie in der Mordnacht aus dem Konzert nach Hause zurückgekehrt war, war sie nicht sofort ins Bett gegangen. Sie hatte es sich auf dem Sofa bequem gemacht und sich einen Carlos eingegossen. So wie jetzt. Mit zitternder Hand führte Bernadette Buske die Teetasse an die Lippen. In Gedanken saß sie wieder auf dem Sofa, noch erfüllt von dem beeindruckenden Konzert, das sie gerade hatte hören dürfen. Bis auf eine kleine Tischlampe im Wohnzimmer lag ihre Wohnung im Dunkeln. Da sie im Haus mittlerweile als Blockwart verschrien war, ging sie selbst auf Nummer sicher und ließ sich nichts zuschulden kommen. Sie hatte sich die neuen Bluetooth-Kopfhörer aufgesetzt und genoss den russischen Meisterpianisten, den sie eben live erlebt hatte, noch einmal auf CD. Die Kompositionen Rachmaninows bescherten ihr wahre Glücksgefühle.

Als sie auf dem Weg zur Toilette durch den dunklen Wohnungsflur nach hinten ins Badezimmer ging, bemerkte sie durch ihren Türspion das Licht im Treppenhaus. Ohne ihre eigene Deckenlampe anzuschalten, schaute Bernadette hindurch. Marie Möbius stand in Filzpuschen auf ihrer Fußmatte und hatte sich ganz offensichtlich ausgesperrt. Mit Genugtuung erinnerte sich Bernadette an den Streit bei den Postkästen, danach hatte sie Marie den Ersatzwohnungsschlüssel zurückgegeben. Statt mitten in der Nacht ihre Hilfe anzubieten, schlich Bernadette amüsiert ins Badezimmer. Dieser Anblick hatte ihr eine noch größere Befriedigung beschert als Rachmaninows Klavierkonzert Nr. 2.

Nach einem zweiten Brandy und dem dritten Satz des Konzerts trieb sie die Neugier erneut zum Türspion. Der Mann vom Schlüsseldienst kniete mittlerweile auf der Fußmatte gegenüber. Er nahm sein Basecap ab und kratzte seinen rasierten Schädel. Bernadette lächelte im Verborgenen. Hoffentlich käme ihre Nachbarin der nächtliche Einsatz teuer zu stehen.

Nie hätte sie gedacht, dass Marie mit ihrem Leben dafür bezahlen würde.

Franka lehnte rauchend am Dienstwagen, den Sybille aus der Not heraus halb auf dem Gehweg abgestellt hatte. In diesem Stadtteil fährt man wohl besser Hollandrad, dachte sie.

«Die Wohnung von der Buske sieht echt heftig aus.» Franka hielt ihr Gesicht in die Sonne, die im selben Moment auch schon wieder hinter einer Wolkendecke verschwand. Sybille holte ihr Smartphone hervor und scrollte über den Bildschirm. Franka ahnte, was die Kollegin tat. «Schaust du dir den Account von Marie Möbius an?»

Sybille nickte. «Krass, oder? Dass sich die Wohnungen im selben Haus auf derselben Etage befinden.»

Franka klemmte sich dafür die Zigarette zwischen die Zähne und nahm das Handy über das Autodach entgegen. Sie ging die letzten Posts durch. «Wie die sich präsentiert, ist schon grenzwertig. Warum folgt man so jemandem? Das ist doch auch nicht anders, als durch eine Wohnzeitschrift zu blättern.»

«Aber dafür müsstest du bezahlen. Und so ein Account ist viel persönlicher. Der Mensch ist neugierig, und hier hat er zudem das Gefühl, am Leben der Influencer teilzunehmen», widersprach Sybille.

«Aha. Und warum bist du bei diesem Instagram? Was zeigst du so von dir?» Ungefragt tippte Franka auf dem Screen herum und gelangte intuitiv auf Sybilles Profil. Überrascht schaute sie durch die Fotos. «Torten?» Franka konnte ihre Überraschung kaum verbergen. «Du postest Torten?»

Sybille lächelte verunsichert. «Sehen die nicht lecker aus?»

«Kein Wunder, dass dir nur fünfunddreißig Leute folgen.»

«Hey, backen ist eben meine Leidenschaft.»

Franka versuchte, sich zu erinnern. «Aber du hast noch nie einen selbst gebackenen Kuchen mitgebracht, oder?»

«Bei Job und Kind schaffe ich das nur für die Family.» Sybille zuckte die Schultern, dann hob sie die Brauen. «Und du, was ist dein Hobby?»

«Du heißt *cakewomanhh*?» Franka brach in lautes Lachen

aus, das in einen kratzigen Reizhusten überging. «Ach komm, das ist nicht dein Ernst.» Sie reichte das Handy zurück.

«Doch, das ist mein Ernst. Und du machst dich gerade über eine Milliarde Menschen lustig, die Instagram ebenfalls super finden», verteidigte sich Sybille.

Franka zündete sich eine neue Zigarette am glimmenden Stummel an und dachte an die vielen gestörten Menschen, die da draußen herumliefen. Sie flippte die Kippe auf den Bürgersteig.

«Sag mal, geht's noch? Da hängt ein Mülleimer.» Sybilles Entsetzen war echt.

Franka sah sie verständnislos an. «Das ist doch nur ein kleiner Filter.»

«Du regst dich ständig über Hundekacke in der Stadt auf. Aber so einen Haufen hat die Natur sehr viel schneller abgebaut als diesen Dreck.»

Franka hatte wirklich keinen Nerv auf eine Ökodiskussion, sie schüttelte nur den Kopf. «Mit Funkes Haar am Pullover der Frau wissen wir jedenfalls, er war in der Wohnung», sagte sie, um zum eigentlichen Thema zurückzukommen. Sie sah Sybille zu, wie sie den Zigarettenstummel aufsammelte und ihn im Mülleimer neben der Fußgängerampel entsorgte.

Ein futuristischer Kinderwagen tauchte plötzlich wie aus dem Nichts vor ihnen auf und schoss direkt auf Franka zu. Der jungen Mutter baumelte das Smartphone an einer geflochtenen Kordel quer über dem Oberkörper.

«Sind Sie bescheuert?! Sie stehen mit Ihrem Wagen voll auf dem Bürgersteig!»

Franka schaute die junge Frau perplex an. Wer hatte dieser Generation eigentlich beigebracht, sich derart im Ton zu vergreifen?

«Wenn Sie nicht richtig parken können, dann sollten Sie vielleicht einen Kleinwagen fahren!», wetterte die Frau weiter.

Sybille lächelte defensiv. «Entschuldigen Sie, wir haben nur schnell …»

«Wissen Sie eigentlich, wie viele Kinder jedes Jahr im Straßenverkehr getötet werden?», unterbrach die junge Frau sie wütend.

Franka wollte nicht noch Öl ins Feuer gießen und behielt die Statistiken der letzten fünf Jahre deshalb für sich. Der jungen Frau ging es wohl weniger um den Austausch von Argumenten als vielmehr darum, ein Exempel an rücksichtslosen Autofahrern zu statuieren. Sie trat einen Schritt zurück und fotografierte Franka und Sybille vor der halb auf dem Bürgersteig parkenden Fünferklasse. Hätte sie genauer hingeschaut, wäre ihr das Kennzeichen der schwarzen Limousine aufgefallen. Es bestand, wie es für Dienstwagen der Hamburger Polizei üblich war, nur aus dem Landeskennzeichen und einer dreistelligen Zahlenreihe.

Die junge Frau lächelte triumphierend und schob auf den Fußgängerüberweg zu, den sie überquerte, bevor die Ampel auf Grün umsprang.

Franka hatte genug. Mit wenigen Schritten war sie auf der anderen Straßenseite, stellte sich dem Kinderwagen in den Weg und zückte ihren Dienstausweis. «Erdmann, Kriminalhauptkommissarin. Sie sind soeben mit Ihrem Kinderwagen über eine rote Fußgängerampel spaziert. Ihre Papiere bitte.»

Als Franka zurück zum Auto kam, konnte Sybille sich ein breites Grinsen nicht verkneifen. «Da war Staatsanwältin Moro heute Morgen aber gnädiger mit dir», sagte sie. Tatsächlich hatte Moro das Bußgeld für Rauchen in öffentlichen Gebäuden lediglich angedroht, während Franka der jungen Mutter einen Strafzettel über fünf Euro ausgestellt hatte.

«Hat die eigentlich was gegen mich?» Alpay schnallte sich im Dienstwagen an, während Jörg ihn vom Beifahrersitz verwundert ansah.

«Franka? Weil sie dich nicht mit eingeplant hat?»

«Die hat mich links liegen lassen.» Alpay fuhr vom Gelände des Polizeipräsidiums und nahm den Weg durch den Stadtpark, der zur Mittagszeit bei Nieselregen wie leer gefegt wirkte. «Ich habe das Gefühl, manchmal ist sie richtig genervt von mir. Dabei habe ich der gar nichts getan.»

«Hast du mitgekriegt, wie sich Franka und die Staatsanwältin manchmal anzicken?», fragte Jörg. Alpay verstand nicht, was das mit ihm zu tun haben sollte, schüttelte aber den Kopf. Jörg kippte seine Rückenlehne elektrisch ein wenig nach hinten und machte es sich bequem.

«Franka Erdmann ist, sagen wir mal, speziell. Und du brauchst unbedingt ein dickeres Fell, Junge.»

Alpay sah ihn verärgert an. «Ich bin achtundzwanzig und kein Kind mehr, okay?» Er überlegte kurz, welche Abbiegung er nehmen sollte. Der Schlüsseldienst, für den Nils Funke tätig gewesen war, lag im Stadtteil Hamm.

«Darum geht's nicht. Franka ist eine gute Polizistin. Aber bis heute habe ich keine Ahnung, wo sie wohnt, ob sie einen Typen hat oder ob ein einziger Rock in ihrem Kleiderschrank hängt.» Jörg lachte, auch Alpay entging die Andeutung nicht.

Er hielt den Ball flach, in Wirklichkeit aber war er enttäuscht, weil sie ihn nicht direkt ins Team berufen hatte. Alpay war auf Suttmanns Ticket in die Soko gekommen, auf Empfehlung des

Chefs. Bei der Verteilung der Ermittlungsarbeiten hatte er sich eher gefühlt wie der kleine dicke Junge im Sportunterricht, der seine glänzende Turnhose bis unter die Brust hochzog und dem die Naht dabei die Arschbacken teilte. Der Junge, über den die Kinder offen lachten und der bei der Wahl der Volleyball-Teams verlässlich übrig blieb.

Jörg boxte ihn gegen den Oberarm. «Mann, freu dich doch, dass wir beide mal unterwegs sind.»

Alpay grinste. Jörg hatte recht. Das Präsidium bestand nicht nur aus Franka Erdmann.

Die beiden Männer parkten vor einem typischen Gebäude der Sechzigerjahre. Der Flachbau verband zwei noch nicht sanierte Wohnblocks aus Backstein. Jörg stieg aus und schaute die Ladenzeile aus Handyshop, Wettbüro und Ein-Euro-Laden entlang. «Kein Bäcker, kein Lebensmittelgeschäft, kein Schuster.»

Alpay verriegelte den Dienstwagen. «Aber Rays Zylinderstübchen scheint sich zu behaupten.»

«Pünktlich und zuverlässig war er.» Ray, der eigentlich Rainer hieß, zog einen Aktenordner aus dem Büroregal. Er war sichtlich betroffen. «Der Nils war ein prima Kerl. Schauen Sie selbst.»

Er reichte Alpay eine Kopie. Der brauchte nur einen kurzen Blick darauf zu werfen, was nicht unbedingt für die Qualität der Fälschung sprach. Er sah zu Jörg. «Hendrik hatte recht. Das ist fake.»

Ray fiel bühnenreif aus allen Wolken. Er war ein schlechter Schauspieler, aber Alpay hatte nicht viel erwartet. Das Zeugnis musste selbst ihm als gefälscht aufgefallen sein.

Kurz und knapp machte Alpay dem Mann klar, dass er sich ziemlichen Ärger einhandeln konnte. Aber Ray war kooperativ und versicherte, keinen Stress gewollt zu haben, als er Nils Funke einstellte. Ihre Mütter waren befreundet, und so war es ihm ein Anliegen gewesen, seinem Spielkameraden aus Kindertagen zu helfen. Ray hatte nach der Schule eine Lehre zum Schlosser beendet und war lange Zeit angestellt gewesen, bevor er sich mit seinem Zylinderstübchen selbstständig machte. Er hatte verfolgt, wie Nils sich im wahrsten Sinne des Wortes durchs Leben geschlagen hatte. Verurteilungen wegen Körperverletzung hatte es einige gegeben. Aber Ray kannte den Menschen hinter dem Strafregister. Eigentlich ein guter Kerl, versicherte er, der sich eben leicht habe verführen lassen.

«Der Nils hat sich für seine Taten geschämt, das hat man ihm angemerkt», sagte er und sah auf seine Hände. «Auch wenn ihn das nicht unbedingt abgehalten hat, sich in die nächste Scheiße zu reiten. Aber dieses Mal hatte er sich ändern wollen, ich hab ihm das abgekauft. In der Haft hat er sich 1a verhalten, nach seiner Entlassung war er sogar bei so einem Antiaggressionskurs. Ich wollte ihm halt 'ne Chance geben.» Ray zuckte die Schultern. «Kein einziges Mal ist er zu spät zur Arbeit gekommen.»

Ray sackte auf seinem Bürostuhl zusammen und begann zu weinen. «Was für ein krankes Schwein macht denn so was?» Er zitterte und versuchte, sich zu beruhigen.

Der Mann tat Alpay leid. Es schien, als hätte er wirklich nur einem Freund eine Chance geben wollen. Ray hatte gestern den Suchaufruf in der Zeitung gelesen. Als er begriff, um wen es sich bei dem Toten aus der Sandkiste handelte, musste er sich übergeben. Das hatte er den Kollegen schon am Telefon erzählt.

«Wenn Herr Funke erst so kurz bei Ihnen arbeitete, warum hatte er dann schon wieder Urlaub?» Jörg steckte das gefälschte Führungszeugnis für die Untersuchungsakten ein.

«Seine Mutter lebt seit Jahren in Berlin. Bei seiner Einstellung hat er mich gleich um ein paar freie Tage für ihren Geburtstag gebeten», sagte Ray, nun mit festerer Stimme. Er hatte sich wieder im Griff.

Alpay schaute sich in dem aufgeräumten Hinterzimmer des Ladens um. Eine kleine Werkbank zum Nachschleifen von Schlüsseln befand sich neben der Tür zum Hof. Unzählige Schlüsselrohlinge hingen an einem großen Brett, zwei Kartons mit Ware warteten darauf, ausgepackt zu werden. Ein Monitor übertrug das Bild der Überwachungskamera aus dem Verkaufsraum.

«Das Anlernen von Funke war unnötig, nehme ich an.»

Rainer schien nicht zu wissen, wie Jörgs Frage gemeint war, und lächelte verunsichert, bevor er dann doch antwortete: «Der Nils war geschickt. Mit den Öffnungskarten hat er jede Tür ohne Spuren aufbekommen.» Er zeigte ein Set Plastikkarten unterschiedlicher Größe.

Jörg machte sich Notizen. «Der Notdienst nachts, wie funktioniert der bei Ihnen?»

«Die Leute rufen hier im Laden auf einer Festnetznummer an. Die Rufumleitung schaltet dann automatisch auf ein Smartphone, das derjenige bei sich trägt, der Notdienst hat.» Rainer wischte sich mit dem Ärmel den Rotz von der Oberlippe. «Die Einsätze werden online notiert. Über eine App schreiben wir anschließend die Rechnung und legen sie digital bei uns ab oder schicken sie bei Bedarf an den Kunden.»

Alpay blickte zum Computer am Fenster. «Daher wussten Sie, wer in dieser Nacht der letzte Auftrag ihres Mitarbeiters war.»

Rainer nickte. Statt erneut den Ärmel zu benutzen, zog er

die Nase hoch. «Seit ich dieses digitale Rechnungsprogramm benutze, geht nichts mehr verloren.»

Jörg und Alpay bedankten sich, und Jörg ergriff die Gelegenheit, sich eine Kopie seiner Hausschlüssel anfertigen zu lassen. Alpay fühlte sich ein wenig geschmeichelt, als Jörg begann, aus seinem Privatleben zu erzählen. Seit seiner Scheidung vor vier Jahren lebte er allein, und für den Notfall wollte er einen Satz Schlüssel bei Freunden deponieren. Rainer fertigte die Duplikate an und zog sie auf einen Schlüsselring mit Werbeanhänger seines Zylinderstübchens. Jörg bezahlte.

«Nicht dass Sie mich falsch verstehen, aber …» Ray druckste herum. «Ich hatte Nils für die Fahrt nach Berlin den Firmenwagen geliehen. Kriege ich den zurück? Und das Geschäftshandy brauche ich auch wieder.» Ray gab ihnen das Kennzeichen und die Mobilnummer.

«Wir kümmern uns sofort darum», versprach Alpay.

Sie verabschiedeten sich und verließen den Laden. Noch bevor sie ins Auto stiegen, ließ Alpay das Kennzeichen für den weißen Kastenwagen, auf dem das Logo von Rays Zylinderstübchen prangte, zur Fahndung ausschreiben, während Jörg beim Ermittlungsrichter eine Handyortung beantragte. Nils Funke war vor drei Tagen getötet worden. Es war nicht anzunehmen, dass der Akku des Handys so lange durchgehalten hatte. Aber vielleicht würde der letzte Ortungspunkt etwas Licht ins Dunkel bringen.

Franka und Sybille trafen fast zeitgleich mit Alpay und Jörg im Präsidium ein. Das Ergebnis der Handyortung lag bereits vor.

«Hier haben wir das Telefon letztmals geortet.» Matze, der IT-Forensiker, kreiste das Gebiet auf dem Stadtplan an der

Wand ein. «Das Signal kam aus dem Bezirk Nord. Die Funkzelle ist leider ziemlich groß.»

Franka goss sich den letzten Schluck Kaffee ein und schob die leere Kanne zurück in die Kaffeemaschine. «Wir brauchen den gesamten Standortverlauf des Telefons in der Mordnacht.»

Matze nickte, berichtete, dass seine Leute bereits dabei waren, sämtliche Handydaten zu erfassen.

Franka war immer wieder froh über die digitalen Möglichkeiten, von denen auch die Polizeiarbeit profitierte. Vielen Handynutzern war nicht klar, dass die ständige Erreichbarkeit durch ihre Smartphones einer elektronischen Fußfessel gleichkam. Ortungsapps und Standortverläufe ließen nicht nur sorglos feiernde Jugendliche, untreue Ehepartner oder verbummelte Telefone wiederauftauchen. Mit einem richterlichen Beschluss brachten Mobiltelefone auch bei der Aufklärung von Gewaltverbrechen entscheidende Hinweise, was Franka ja nur freute. Doch gerade weil sie wusste, dass die meisten Menschen mittlerweile über die Spuren, die sie im Netz hinterließen, aufgeklärt waren, wunderte sie sich immer noch über den manchmal fahrlässigen Umgang mit Standortdaten.

Alpay setzte frischen Kaffee auf. «Das Handy sendet also nicht mehr?»

«Nein. Leider. Wahrscheinlich hat der Akku die Grätsche gemacht. Vorgestern Abend um 19:46 Uhr war Schluss.» Matze beschrieb mit dem Kugelschreiber einen Kreis um den Stadtteil Dulsberg. «Ich würde mal sagen, wir beginnen hier.» Er tippte auf einen kleinen grünen Fleck auf dem Stadtplan an der Wand. Als niemand widersprach, griff er zum Hörer und veranlasste die Durchsuchung des Grüneberger Parks am nächsten Morgen, sobald es wieder hell wurde.

6

Wie jeden Morgen beendete der Wecker des Smartphones brutal ihre Nacht. Es war 5:45 Uhr, und Charlotte blieben genau eineinhalb Stunden für ihre Social-Media-Arbeit. Dann musste sie zur Haltestelle am Straßburger Platz aufbrechen, um mit dem Bus zur Cornelius-Bank in die Hamburger Innenstadt zu fahren.

Noch bevor sie Instagram öffnete, textete sie Karoline: *Hey, Süße. Ich hab seit gestern nix gehört von dir. Hoffe, du weinst nicht mehr. Willst du vielleicht heute Abend zu mir kommen, und wir lenken uns mit einer Actionkomödie ab? Knutscha, Lotte.*

Seit vier Jahren war Charlotte als *dulsbergerdeern* bei Instagram aktiv und hatte kurze Zeit später auch ihren Blog gestartet. Durch das Crossmarketing hatte sie früh ihre Reichweite erhöhen können. Anfangs war sie selbst fasziniert gewesen von den bunten Bildern der Influencer, denen sie folgte. In gekacheltem Layout spiegelten die Fotos eine Welt wider, von der Charlotte so weit entfernt war wie die Sonne vom Mond. Sie bewunderte die Beautytipps von Popsängerinnen oder die straffen Pilateskörper junger Schauspielsternchen. Das Angebot prominenter Selbstvermarktung war groß.

Nach und nach entdeckten auch weniger bekannte Menschen die Vorzüge der Plattform, um sich selbst ein bisschen bedeutender zu machen. Charlotte erkundete die Lifestyle-Community. Gleichgesinnte teilten ihre Leidenschaft für Mode und Reisen. Interieur-Liebhaber sammelten Inspirationen für zu Hause und tauschten sich aus. Hobbyköche wurden zu Foodbloggern. Jeder Topf fand den passenden Deckel. Charlotte war begeistert mit eingestiegen. Es gab hier viele Verbündete für Interessen wie Fashion und Selbstgemachtes, und sie hatte recht schnell eine eigene Community aufgebaut.

Sie war gründlich in dem, was sie tat. Ob in der Schule oder während der Ausbildung, selten überließ sie etwas dem Zufall. Und so hatte sie Freude daran, ihren Erfolg auch auf Instagram voranzutreiben. Sie interagierte mit ihren Followern, speicherte die besten Storys als Highlights für neue Mitglieder und benutzte ein Keywordtool, um angesagte Hashtags zu finden.

Mit einem großen Pott Kaffee schlüpfte sie zurück unter die Decke. Auf dem Weg zur Küche und zurück ins Bett hatte sie bereits die Insights ihrer letzten Beiträge vom vergangenen Abend gecheckt. Mit dem Analysetool konnte Charlotte ihre Reichweite und die Anzahl der Follower untersuchen, die auf ihre Posts und Storys geklickt hatten. Zudem machte es ihr großen Spaß, demografische Daten wie Geschlecht, Alter und Zielgruppe ihrer Abonnenten zu durchleuchten.

Das Ergebnis ihrer gestrigen Umfrage veröffentlichte sie in der aktuellen Story. Eine überwältigende Mehrheit ihrer Follower wollte bei der Bastelaktion des Adventskalenders für ihren kleinen Neffen dabei sein. Natürlich kannte Charlotte ihre Community. Daher hatte sie schon vorgestern in der Hamburger Innenstadt diverse Kleinigkeiten gekauft.

Instagrams Algorithmus war nicht nur für Charlotte ein Mysterium. Niemand vermochte genau zu sagen, aus welchen Parametern er sich zusammensetzte, man wusste jedoch, dass Tag und Uhrzeit der Posts eine wichtige Rolle spielten. Dann entschieden die ersten sechzig Minuten eines neuen Beitrags darüber, ob er ein Erfolg wurde oder sang- und klanglos unterging. Der Algorithmus merkte sich nicht nur die Klicks und Likes, sondern registrierte ebenso die Verweildauer der Follower auf den Beiträgen. Danach richtete sich, welchen Abonnenten welcher Content ausgespielt wurde.

Charlotte wollte auf ehrliche Weise als Influencerin erfolgreich sein. Sie hatte nie mit dem Gedanken gespielt, sich unfairer Mittel zu bedienen, besonders das Kaufen von Abonnenten und Likes war für sie ein absolutes Tabu. Zu durchschaubar war der tägliche Betrug auf solchen Profilen. Wenn die Anzahl der Follower plötzlich sprunghaft anstieg oder die vielen Abonnenten nicht zur Menge der Likes und Kommentare passten, war die Sache für sie eigentlich sofort klar. Untersuchte man zudem stichprobenartig einige dieser angeblichen Abonnenten, flogen sie schnell als Fake auf.

Anfänglich war Charlottes Engagement im Netz von ihrer Familie belächelt worden. Insbesondere wenn sie das Ganze als Arbeit bezeichnete. Aber woher sollte ihre Mutter auch wissen, wie viele Stunden die Tochter am Tag hier verbrachte, wie viele Gedanken sie sich machte und wie groß die Bedeutung ihrer Community für sie geworden war? Charlotte war weit davon entfernt, von der Bloggerei leben zu können, auch wenn sie mit über elftausend Followern langsam eine erfolgreiche Micro-Influencerin wurde. Aber sie stand für Authentizität. Mit ihrer loyalen und engagierten Community rückte sie immer mehr in den Fokus von Agenturen und Marketingfirmen. Werbung, die aus Überzeugung entstand, war Gold wert und konnte von keiner international erfolgreichen Agentur als Kampagne auf dem Reißbrett entworfen werden.

Charlotte liebte ihren roten Wollmantel und die elegante lederne Aktentasche. Beides hätte sie sich von ihrem Anfängergehalt als Bankkauffrau nicht leisten können. Aber sie war dennoch überzeugt, dass sie der zunehmende Erfolg im Netz niemals verführen würde. Die ihr angebotenen Kooperationen mussten zu ihrem Profil passen. Interieur, Mode und DIY, das war der Kern ihrer Marke *dulsbergerdeern*.

Charlotte scrollte durch ihren Feed und blieb an einigen Posts hängen. Die Entwicklung erfolgreicher Mid-Tier-Influencer mit fünfzigtausend bis fünfhunderttausend Followern, die jedes beliebige Produkt auf ihrem Account präsentierten, das ihnen Geld einbrachte, beobachtete Charlotte mit Grauen. Diese zweifache Mutter aus Berlin zum Beispiel, die in ihren Storys jedes Mal so aufgekratzt wirkte, als hätte sie sich den Espresso aus der gesponserten italienischen Siebträgermaschine intravenös gespritzt. Auf dem Weg zwischen dem Spielplatz im Prenzlauer Berg und ihrer coolen Dachgeschosswohnung hatte sie wahrscheinlich schon vierhundert Euro verdient, nur weil sie vom Kinderwagen bis zur Windel in einer Art Dauerwerbesendung alles in die Kamera hielt. Und zu Hause ging es weiter. Ihre Einbauküche war gesponsert, ihre Möbel auch, und selbst wenn man in ihren Storys die Automarke auf dem Lenkrad erkannte, war sicherlich irgendwo ganz klein das Wort *Werbung* versteckt.

Charlotte konnte darüber nur den Kopf schütteln. In der Liga der Top-Influencer gab es Geld zu verdienen. In der realen Welt ging sie arbeiten. Mit den Mädels aus ihrer Pilatesgruppe traf sie sich zu Kino und Theater. Mit einigen jungen Frauen aus ihrem Spanischkurs hatte sie im letzten Sommer Barcelona erkundet. Sie hatte eine tolle Familie, war beliebt bei ihren Freunden. Charlotte hatte selbst bemerkt, wie ihr Selbstbewusstsein stetig gewachsen war. Die finanzielle Unabhängigkeit von zu Hause, die erste eigene Wohnung und die Bestätigung im Beruf, sie genoss das Leben in vollen Zügen. Männer kamen auch darin vor. Aber sie ging es langsam an. Heute war sie froh, dass Mr. Sackgesicht nie bei ihr eingezogen war.

Sie musste oft lächeln, wenn sie das gerahmte Foto von sich und ihren Eltern auf ihrem Nachttisch sah, aufgenommen auf einer Familienhochzeit. Charlotte trug ein geborgtes Kleid ihrer älteren Schwester und lächelte scheu in die Kamera. Sie war sich damals, mit ihren sechzehn Jahren, unheimlich zurückgeblieben vorgekommen. Heute erkannte sie sich auf dieser Aufnahme nicht mehr wieder.

Sie nippte am Kaffee und rutschte etwas tiefer unter die Bettdecke. Sie scrollte weiter durch ihren Feed, hinterließ Likes bei ihren Insta-Freundinnen und schrieb einige knappe Kommentare. Der Umgangston war rosa. Kein böses Wort, kein Bashing und kein Hate. Hier war die Welt noch in Ordnung. Man verteilte Herzchen, Daumenhoch und lachende Emojis, und vor jede persönliche Anrede setzte man ein *die liebe*. Die liebe Cosma, die liebe Maike, die liebe Svenja waren auch schon wach und wünschten der Community einen wunderbaren Tag. Die liebe Mareike hatte gerade ihre Kinder zur Schule geweckt und wünschte viel Inspiration beim Nachmachen ihres DIYs. Selbst gemachte Adventskalender waren etwas ganz Besonderes.

Mit dem Blick zur Uhr stellte sich langsam die Realität ein. Charlotte leerte ihren Kaffeebecher. Sie ging ins Badezimmer, putzte sich die Zähne und nutzte die Zeit, sich noch schnell bei *lenis_leiste* zu bedanken, die ihr ein Kompliment zu ihrem roten Mantel gemacht hatte. Es war eine Selbstverständlichkeit für Charlotte, jede noch so kleine Nachricht zu beantworten.

Nach der Dusche zog sie sich an. Heute tauschte sie Kostüm und Pumps gegen Hosenanzug und Stiefeletten. Die Rüstung saß perfekt. Charlotte lächelte beim Anblick der Kleinigkeiten, die in ihrem Kleiderschrank darauf warteten, hübsch verpackt zu werden und dann in den Adventskalender für ihren Neffen Leon zu wandern. Er liebte Frösche in allen Variationen, und so hatte sie Süßigkeiten, Radiergummis und Seife in Froschform gekauft. Als ihre große Schwester sie vor sechs Jahren zur Patentante gemacht hatte, war Charlotte gerührt gewesen, und sie nahm die Verantwortung ernst. Für den Geschmack ihrer Familie etwas zu ernst. Mehrmals schon war sie ermahnt worden, das Kind nicht auf ihrem Instagram-Kanal zu zeigen. Die Bilder und Videos mit ihm erzielten oft eine hohe Reichweite, mit seinem Lockenkopf und dem wachen Blick öffnete er offenbar nicht nur Charlottes Herz. Sie musste lächeln. Er war ein Rotzlöffel, ein Schmusetyp, ein Frager, ein Quengler, ein Drängler, ein Teddybäraufpasser. Einer, der seine junge Tante gerne zur großen Schwester gehabt hätte. Er war sechs Jahre alt, ging in die erste Klasse einer Stadtteilschule in Dulsberg und war ein wissbegieriger Schulhofrocker, dem das Lernen Spaß bereitete. Er wurde gebracht und abgeholt, und wenn seine Mutter Probleme hatte, ihre Arbeitszeiten im Friseursalon mit den Schulzeiten ihres Sohnes zu koordinieren, halfen Charlottes Eltern aus. Die Familie hielt zusammen. Der Kleine fühlte sich gut aufgehoben bei Oma und Opa. Der Unterhalt für das Kind kam in regelmäßigen Abständen vom leiblichen Vater, der sich dafür nur selten bei seinem Sohn blicken ließ. Für Charlotte war es eine Selbstverständlichkeit, ihre Schwester mit dem Kind zu entlasten, wann immer es möglich war. Außerdem war es nicht schwer, Leon ins Herz zu schließen.

Charlotte betrachtete sich zufrieden im Spiegel. In einer kurzen Story kündigte sie ihren Followern noch mal die spätere Bastelaktion an. Darüber hinaus versprach sie einen neuen Blogbeitrag mit persönlichen Gedanken zur Weihnachtszeit. Sie blickte nach draußen. Es regnete. Der rote Wollmantel blieb an der Garderobe hängen, und Charlotte griff zum schwarzen Trenchcoat.

Sie verließ die Wohnung pünktlich um 8:00 Uhr und las die Antwort von Karoline: *Danke fürs Angebot. Aber ich will einfach nur alleine sein. Wie schön, dass es dich gibt!* Dahinter hatte sie ein Herz-Emoji gesetzt. Auf dem Weg zur Bushaltestelle wunderte sich Charlotte über die vielen Polizisten, die ganz offensichtlich im Grüneberger Park nach irgendetwas suchten.

Als Franka am Morgen ihr Büro betrat, saß das Team nebenan an den Schreibtischen und ging Ermittlungsarbeiten im Fall Möbius nach. Sie hörte Marcel und Alpay telefonieren und sah durch die geöffnete Tür, wie Jörg Unterlagen studierte. Sie tippte auf die Geschäftskontakte der Werbeagentur von Marie Möbius, wie er es angekündigt hatte.

Franka kam gerade von einem Termin mit Matze, der sie über die Ergebnisse der Standortermittlung unterrichtet hatte. Als Mobilfunk-Forensiker hatte er sich in den letzten Jahren immer größerer Beliebtheit in der Behörde erfreut. Sie ging zu Jörg und legte ihm einen Computerausdruck hin.

«Moin. Ich habe den Standortverlauf von Funkes Handy, was nur noch fehlt, ist das Gerät.» Sie bemerkte den unbesetzten Schreibtisch gegenüber. «Sybille ist unterwegs?»

«Irgendwas mit ihrer Tochter», sagte Alpay, ohne von seinem Schreibtisch aufzusehen.

Der Festnetzapparat auf Frankas Schreibtisch klingelte. Sie

ging zurück in ihr Büro und nahm ab. Es war der Einsatzleiter des Suchtrupps, der seit Tagesanbruch den Grüneberger Park durchkämmte. Er hatte gute Nachrichten.

«Sie haben das Handy von Funke im Grüneberger Park in Dulsberg gefunden», sagte Franka zu ihren Kollegen, als sie aufgelegt hatte. Sie setzte neuen Kaffee auf. «Anscheinend ist das nichts weiter als eine ungepflegte Grünfläche, in der Jugendliche regelmäßig die Laternen kaputt werfen. Die Beamten haben das Geschäftshandy von Rays Zylinderstübchen zwischen verklebter Currywurstpappe und Hundekackbeuteln in einem Mülleimer neben einer Parkbank gefunden.»

Alpay machte sich Notizen. «Ich nehme an, keine Fingerabdrücke?»

Franka nickte. «Dafür genügend Ketchup.» Sie reichte Alpay einen Becher Kaffee. Franka besaß nicht nur das Talent, sich Gesichter und Namen einzuprägen, sie erinnerte sich auch an die Kaffeewünsche ihrer Kollegen. «Schwarz. Vorsicht, ist heiß. Nicht wieder die Zunge verbrennen.»

Sie ahnte, dass Alpay sich ärgerte, weil sie ihn nicht direkt ins Team gewählt hatte. Zwar hatte er nichts gesagt, aber sie kannte die Anzeichen für ein verletztes Ego. Franka hatte einige ramponiert.

Verdutzt nahm Alpay den Becher entgegen. Vermutlich wunderte er sich über ihre Geste, weil er nur zweite Wahl gewesen war. Aber Franka war niemand, der aus so einer Sache ein großes Ding machte.

Sybille kam abgehetzt herein. «Tut mir leid. Meine Kleine hat die Kotzeritis.» Sie lächelte gestresst und schaute in die Runde. «Schon seit gestern Abend.»

Franka hatte in den vielen Jahren bei der Polizei einige begabte Polizistinnen erlebt, die vom Spagat zwischen Beruf und Familie früher oder später zerrissen wurden. Selten schafften es die Männer, ihren Frauen wirklich den Rücken frei zu halten. Wenn es darauf ankam, zogen die Mütter immer die Arschkarte, und Kinderbetreuung, da war Franka sich sicher, war eine Arschkarte. Nicht umsonst hatte jemand wie Sybille in den letzten Jahren viel im Hintergrund der Abteilung agiert. Franka war es egal, wenn ihre Kollegin sich mal einen Nachmittag freinehmen musste, weil der Betreuungsnotstand ausgebrochen war. Solange sie ihre Arbeit erledigte. Und da stand Sybille den männlichen Kollegen in nichts nach. Im Gegenteil. Ihre Nervenstärke und ihr strategisches Talent wurden nicht vom Testosteron beeinträchtigt, sie behielt den Fokus.

«Es wird spannend.» Mit einem letzten Blick auf den Computerausdruck von Matze griff Franka zu einem Magneten für die Stadtplanwand, an der sich die Beamten für gewöhnlich einen Überblick über die Ermittlungen im Stadtgebiet verschafften. «Das Handy von Rays Zylinderstübchen hat sich in der Mordnacht in eine Funkzelle im Stadtgebiet eingeloggt. Auf Grundlage der EMF-Datenbank der Bundesnetzagentur konnte Matze uns ein grobes Bewegungsprofil des Handys erstellen.» Sie nahm einen kräftigen Schluck Kaffee aus ihrem Becher. «Um 23:45 Uhr wurde es in einem Gebiet registriert, in dem auch die Straße von Marie Möbius liegt.» Sie markierte die Adresse der toten Frau mit dem Magneten, den sie die ganze Zeit zwischen ihren Fingern gedreht hatte.

Alpay hatte auf seinem Bildschirm die Einzelverbindungsnachweise von Marie Möbius aufgerufen und schien im Kopf zu rechnen. «Dann hat sie nach ihrem Anruf eine knappe Stunde auf den Schlüsseldienst gewartet?»

Franka nickte. «Nach eineinhalb Stunden bewegt sich das Signal dann wieder. Für ungefähr fünfzehn Minuten ist es unterwegs durch Winterhude in Richtung Eppendorf, dann pausiert die Fahrt ein weiteres Mal, etwa hier.»

Alpay kam Franka zuvor und setzte einen Magneten an die Position des Kinderspielplatzes am Klosterstern.

Sie sah ihn anerkennend an. «Respekt, Herr Eloglu.» Franka nahm einen neuen Magneten zur Hand. «Ich frage mich, ist Nils Funke selber gefahren, oder war sein Mörder bereits der Chauffeur?»

Jörg rührte sich noch etwas Zucker in den Kaffee. «Wie lange war er auf dem Spielplatz?»

«Etwas länger als eine Stunde. Danach setzt sich das Signal in Bewegung, in Richtung einer Funkzelle, in der auch …»

«… der Grüneberger Park liegt.» Alpay leerte seinen Becher und setzte einen vierten Magneten auf die Karte. Franka wusste, er hatte seinen Ärger heruntergeschluckt und war voll bei der Sache.

Zwar kannten sie jetzt den zeitlichen Verlauf, den das Handy des Schlüsseldienstes durch die Stadt genommen hatte, waren aber keinen Schritt weiter bei der Frage, welches Opfer zuerst getötet wurde. Im Moment ergab einfach alles keinen Sinn.

Franka knibbelte an der Steuerbanderole ihrer Zigarettenschachtel. «Herr Reuter, haben Sie gestern das Alibi von Dr. Möbius im Restaurant überprüft?»

Marcel Reuter nickte und blätterte in seinem Notizbuch. «Schicker Laden. Eine Reise zwischen den Aromen des Meeres und der Erde in einer aufregenden Balance der Sinne.»

«Rilke?» Sybille war beeindruckt.

«Das ist die Philosophie des Sternekochs aus der Bretagne, der in dem Laden die Kochlöffel schwingt. Also: Ich habe dem Servicepersonal gestern Abend ein Foto von Möbius gezeigt. Die haben ihn klar wiedererkannt. Laut Reservierungsbuch war er in der Mordnacht in Begleitung seiner neuen Freundin dort. Einige konnten sich an die beiden gut erinnern. Nicht nur, weil das Paar während des Essens ständig Händchen gehalten hat, sondern auch, weil Möbius ein beeindruckendes Trinkgeld dagelassen hat.»

«Solche Typen setzen die Rechnung bestimmt als Geschäftsessen ab», spottete Alpay.

«Herr Eloglu, bitte.» Franka bremste ihn mit einem Blick aus und wandte ihr Interesse wieder Marcel zu, der sich in seinen Aufzeichnungen orientierte.

«Die beiden hatten acht Gänge mit begleitenden Weinen ...»

Sybille lachte. «Von denen konnte doch keiner mehr geradeaus gehen, geschweige denn Marie Möbius einen Gürtel um den Hals legen.»

Marcel grinste. «Laut Kreditkartenabrechnung hat Möbius erst um 0:53 Uhr bezahlt. Laut Dörfler ist seine Frau aber bereits zwischen 22:30 und 1:00 Uhr gestorben. Das Alibi ist wasserdicht.»

Jörg goss sich Kaffee nach. «Auf der anderen Seite: So jemand würde sich die Hände ganz bestimmt nicht selber schmutzig machen. Er wäre nicht der erste Ehemann, der seine Frau professionell aus dem Weg räumen lässt.»

«Und Funke? Wie passt der ins Bild?», fragte Franka.

Jörg nippte an seinem Kaffee und schaute konzentriert über den Rand seines Bechers. «Möbius verschafft sich ein Alibi, heuert jemanden an, der seine Frau tötet, Funke taucht überraschend auf und wird Zeuge des Mordes. Der Täter räumt auch ihn aus dem Weg.»

Es war still im Büro. Franka wusste nicht, warum, aber das erschien ihr alles zu konstruiert.

«Vielleicht war Funke der von Dr. Möbius beauftragte Mörder», versuchte Alpay eine neue Variante. «So kommen auch seine Haare auf ihren Pullover. Möbius selbst sorgt mit einem Restaurantbesuch für sein eigenes Alibi. Als Funke in der Nacht seine Bezahlung einfordert, räumt Möbius ihn aus dem Weg.»

«Beide Versionen klappern, sorry.» Franka war nicht überzeugt. «Ihr vergesst, Marie Möbius hat den Schlüsseldienst selbst gerufen. Oder soll Dr. Möbius etwa auch das geplant haben?» Sie schaute skeptisch in die Runde. «Und außerdem: Warum vergräbt Dr. Möbius Funke ausgerechnet auf einem Spielplatz und bricht ihm das Genick? Leute, das macht alles keinen Sinn.» Franka ging in ihr Büro, riss das Fenster auf und zündete sich dann im Türrahmen eine Zigarette an. «Laut Abrechnungsprotokoll hat Funke nur die Anfahrt berechnet. Wie ist die Frau zurück in ihre Wohnung gekommen?»

Jörg streckte sich in seinem Stuhl. «Vielleicht stand er auf sie und hat ihr die Tür umsonst aufgemacht.»

Sybille schüttelte ungeduldig den Kopf. «Lasst uns noch mal einen Schritt zurückgehen. Okay, seine Haare waren auf ihrem Pullover. Aber in der gesamten Wohnung gab es keine Fingerabdrücke von ihm.»

Jörg griff nach seinem Notizbuch. Franka stand noch immer mit Zigarette im Türrahmen, blies den Rauch aber in ihr Büro in Richtung des geöffneten Fensters. Jörg fand offenbar, wonach er in seinen Notizen suchte. «Franka, erinnerst du dich im Bericht des Erkennungsdienstes an die Markierungen unterhalb des Türschlosses?»

Sie nickte. «Poppys Leute haben feinen Farbabrieb an der Wohnungstür und am Rahmen gefunden.»

«Der Chef von Funke sagte uns aber gestern, sein Angestellter war ziemlich geschickt beim Türenöffnen mit diesen Plastikkarten. Er hinterließ damit keine Spuren.» Jörg vergewisserte sich mit einem Blick zu Alpay, der nickte.

Franka betrachtete die Glut, die sich der Schrift über dem Filter näherte. Wer hatte Marie Möbius dann die Wohnungstür geöffnet? «Checkt mal bitte bei diesem Zylinderstübchen, ob Nils Funke für gewöhnlich mit Handschuhen arbeitete.»

Der plötzlich einsetzende Lärm des Rauchmelders im Büro war gewaltig. Während Jörg vor Schreck seinen Block fallen ließ, hielten sich Franka und Sybille die Ohren zu. Alle blickten erschrocken zur Decke, auch Alpay.

Und Franka fragte sich, wer zum Teufel den Neun-Volt-Block zurück in den Rauchmelder geschoben hatte.

Das Parkett knarzte unter den neuen Schuhen, die Dirk Möbius in einer römischen Schuhmanufaktur hatte anfertigen lassen. Es roch nach Zitronenreiniger und Parkettpflegemittel. Er schloss die Wohnungstür hinter sich, steckte das abgerissene Polizeisiegel in die Manteltasche und schaute ins Wohnzimmer. An den Wänden hingen die Kunstwerke, die er auf der Messe in Basel gekauft und über die sie bei der Trennung so erbittert gestritten hatten. Die Coffee Table Books lagen noch so auf dem Couchtisch, wie Marie sie angeordnet hatte. Der Bildband seines Lieblingsarchitekten neben dem eines französischen Impressionisten. Frau Budden hatte nicht nur die Wohnung, sondern auch die Fenster geputzt. Er ging den Flur entlang, vorbei an seinem ehemaligen Arbeitszimmer und der Bibliothek, die er bei seinem Auszug leer geräumt hatte. Die sieben Zimmer waren nie sein Zuhause geworden. Marie hingegen hatte sich schon bei der Besichtigung in den heruntergekommenen Altbaupalast verliebt, sodass Dirk irgendwann eingewilligt hatte, ihn zu kaufen. Die Renovierung war immer wieder ins Stocken geraten. Zweimal hatten sie den Einzugstermin verschieben müssen, der Umbau hatte seine Nerven strapaziert. Aber er war damals hilflos in sie verliebt gewesen. Ihr Lächeln öffnete während der Renovierungsarbeiten nicht nur sein Herz, sondern auch sein Portemonnaie. Sie hatten sich auf einer Hochzeit in Keitum auf Sylt kennengelernt. Der Sohn eines wichtigen Mandanten hatte drei Tage lang bei Sommerwetter in weichgezeichneter Kulisse geheiratet. Englische Oldtimer und deutsche Fabrikanten-Ehefrauen konkurrierten um Anerkennung für die beste Restauration. Marie war eine Studienfreundin der Braut und hatte diese, wie sie ihm später gestand, immer um ihre sorglose Zukunft ohne Werbeetats und Kommunikationsstrategien beneidet.

Marie war Dirk schon am ersten Abend aufgefallen. Bei Champagner und Hummer stellten sie fest, dass ihnen der Sinn eigentlich eher nach Bier und Leberwurstbrot stand. Er kam aus gutem Haus und war sich früh sicher, dass er Jura studieren und Anwalt werden wollte, ohne viel Zeit zu verplempern. An der Ruprecht-Karls-Universität in Heidelberg fühlte er sich zu Hause, seine Promotion begann er bereits nach dem ersten Staatsexamen, und sein Referendariat in einer Kanzlei für internationales Wirtschaftsrecht in London beendete er mit einem Topzeugnis. Sein Studium absolvierte Dirk in der Regelstudienzeit und mit Prädikatsexamen. Er vernetzte sich gut und gründete bald seine eigene Kanzlei in der Hamburger HafenCity. Dr. Dirk Möbius übernahm schnell auch internationale Mandanten. Er beriet börsennotierte Unternehmen ebenso wie Finanzdienstleister im Transaktions- und Gesellschaftsrecht. Er war für die Restrukturierung von Unternehmen verantwortlich und begleitete Verkäufe und Fusionen als juristischer Berater. Er war erfolgreich im Beruf und bei Frauen.

Marie war er an einem Punkt im Leben begegnet, an dem sich seine Prioritäten verändert hatten. Mit Durchhaltevermögen und Ellenbogen hatte er viele seiner Konkurrenten überflügelt, andere würden sagen, aus dem Weg geräumt. Es hatte ihn selbst überrascht, als er anfing, Zweifel daran zu haben, ob sein Leben wirklich das perfekte Leben ist. Denn Ziele erreicht zu haben war immer dann bitter, wenn der Blick zurück all das offenlegte, was man verpasst hatte. Das Fehlen von Beziehungen und Freundschaften, für das man nur die eigene Karriere und sich selbst verantwortlich machen konnte.

Er ging langsam auf die fünfzig zu, als er das begriff. Dann kam die besagte Hochzeit auf Sylt, auf der Marie ihn zu fortgeschrittener Stunde hinter einen mit Rosen bepflanzten Friesenwall zog. Er fühlte sich nicht nur körperlich von der siebzehn Jahre jüngeren Frau angezogen, sondern auch von ihrem Humor, der ihm selbst fehlte.

Es ging alles sehr schnell. Nach einem knappen Jahr hatte sie ihm einen Antrag gemacht. Ganz gegen seine Gewohnheit spannte er kein Sicherheitsnetz unter die Beziehung. Auch wenn ihn Freunde gewarnt hatten, begriff er erst hinterher, wie erfolgreich Marie seine Unterschrift unter dem Ehevertrag zu verhindern wusste. In der Rückschau betrachtet, glaubte er, auch der Fahrradunfall, bei dem sie sich eine Gehirnerschütterung zugezogen hatte, sei absichtlich verschuldet gewesen. Den Notartermin hatten sie absagen müssen. Nach der Hochzeit hatten sie drei gute Jahre. Irgendwann war es anstrengend geworden. Er hatte sich lange gewehrt, den Altersunterschied als Grund anzuerkennen. Aber langsam dämmerte ihm die Erkenntnis, dass sie beide nicht mehr auf demselben Weg unterwegs waren. Marie war weiter auf Partys gegangen, er hatte sich lieber ein Buch aus der Bibliothek genommen. Sie war eine gute Netzwerkerin, allerdings eher in ihrer Kreativszene als bei Repräsentationspflichten seiner Kanzlei. Marie begann Sylt zu hassen, denn sie gehörte mittlerweile dazu. Statt, wie andere, zu trinken, hatte sie sich in Affären geflüchtet. Es gab Frauen, die taten beides.

Durch ihren Beruf hatte sie Instagram entdeckt und erkannte die Plattform als probates Mittel, ihre Agentur zu promoten. Dabei wurde sie selbst ihr perfektes Testimonial, das musste er anerkennen. Immer ausgeklügelter wurde ihr Marketingkonzept, in dem sie sich irgendwann wie in einem Spinnennetz verfangen hatte.

Zusehends reagierte er genervt, wenn sie schon zum Handy griff, bevor der Tag überhaupt richtig begonnen hatte. Je schlechter die Agentur lief, desto mehr legte sie den Fokus auf ihren eigenen Lifestyle. Und so wurde aus dem Account ihrer Agentur langsam das Profil einer Influencerin, die von den Premieren, Modenschauen und den coolen Partys der Stadt berichtete und private Einblicke in ihren Altbaupalast gewährte. Immer öfter hatte er sie gebeten, etwas zurückhaltender mit der Darstellung ihres Lebens nach außen umzugehen. Er erinnerte sich mit Grauen an einen Lunch bei ihrem Lieblingsitaliener in Winterhude. Eine wildfremde Frau war an ihren Tisch getreten und hatte Marie und ihn begeistert auf das knallbunte Bild in ihrem Esszimmer angesprochen. Ihm war der Appetit schlagartig vergangen.

Mehrmals hatte er Marie während ihrer Beziehung finanziell unter die Arme greifen müssen, weil sie geschäftlich in Schieflage geraten war. Immer öfter stritten sie über Kleinigkeiten und schrien sich an. Die Hemmungen, ihre Kämpfe in der Öffentlichkeit auszutragen, hatten beide längst über Bord geworfen. Sie hatte ihn zur Weißglut gereizt, und er war einige Male kurz davor gewesen, Marie zu schlagen. Vor elf Monaten hatte er seine Sachen gepackt und war ausgezogen.

In der Küche hatte Frau Budden die Spuren der Polizei restlos entfernt. Die Edelstahlfronten blitzten, und es roch nach scharfem Chlorreiniger. Dirk öffnete den Kühlschrank. Auch nach ihrem Tod war auf seine Frau Verlass. Er zog eine Flasche Champagner aus der Kühlung und ließ den Korken knallen. Am Morgen hatte die Rechtsmedizin Maries Leiche freigegeben, die Frau Budden vor zwei Tagen in dieser Wohnung gefunden hatte. Hier, wo sie sich geliebt und gehasst hatten, wo sie sich unzählige Male gegenseitig verletzt hatten. Es war an der Zeit, sich um ihre Beerdigung zu kümmern.

Voller Erleichterung sprach Dr. Dirk Möbius einen Toast auf den Unbekannten aus, durch dessen Tat ihm eine teure und schmutzige Scheidung erspart geblieben war. Lächelnd goss er sich ein Glas Champagner ein, der schäumend über den Rand auf den sauberen Fußboden tropfte. Am Tag zuvor hatte Frau Budden nicht nur die Bildbände auf dem Wohnzimmertisch wie gewohnt sortiert, sondern auch die dunklen Schieferplatten in der Küche mit Chlorreiniger behandelt.

«Die Arme ist nicht so robust, wie sie auf den ersten Blick vielleicht scheint. Und dann lässt Dr. Möbius sie nach dem Mord auch noch die Wohnung sauber machen.» Franka schüttelte ungläubig den Kopf und öffnete das Fenster auf der Beifahrerseite.

Sybille saß am Steuer, sie fuhren nach der Befragung der Putzfrau zurück ins Präsidium. Heidemarie Budden hatte sich Vorwürfe gemacht. Wäre ihr Mobiltelefon in der Mordnacht nicht ausgeschaltet gewesen, hätte sie den Anruf ihrer Arbeitgeberin vermutlich gehört. Marie hatte keine Nachricht hinterlassen. Auch wenn Heidemarie Budden die Situation in einfacheren Worten beschrieb, war klar herauszuhören gewesen, wie geschockt sie immer noch war. Der Arzt hatte ihr noch am Tatort eine Beruhigungsspritze verabreicht, und ein Beamter der Polizei hatte sie nach Hause gefahren.

«Die Ehe war schon lange im Eimer, das haben wir jetzt noch mal bestätigt bekommen.» Franka sah aus dem geöffneten Fenster in den grauen Novemberhimmel.

«Und kein Ehevertrag. Total fahrlässig von jemandem wie Dr. Möbius. Bei einer Scheidung hätte seine Frau die Hälfte des Zugewinns bekommen», sagte Sybille.

«Inklusive der Hälfte der von seinem Vater geerbten Zinshäuser.» Franka schloss ihr Fenster. Sofort begann es von innen zu beschlagen.

«Ob die Budden das alles von der Möbius wusste?» Sybille strich sich eine Haarsträhne aus dem Gesicht. «Die stöbert bestimmt auch gerne mal in Unterlagen, wenn sie beim Putzen alleine ist.»

Franka trommelte mit den Fingern auf ihrem Knie und drehte das, was sie über den Mann der Toten erfahren hatte, in

Gedanken hin und her. Natürlich hätte Dirk Möbius ein Motiv gehabt, seine Frau aus dem Weg zu räumen. Aber er hatte auch ein Alibi.

Sybille regelte die Belüftung im Inneren. Die beschlagene Frontscheibe klarte auf. «Aber wo kommt dieser verdammte Schlüsseldienstmann her?» Sie schaute Franka kurz an. «Als hätte jemand aus Versehen ein Puzzleteil vom Eiffelturm in den Karton vom Brandenburger Tor sortiert. Funke passt einfach nicht ins Bild.»

«Und was ist, wenn das Puzzleteil doch im richtigen Karton liegt, aber wir am falschen herumpuzzeln?» Sybille atmete durch. Franka setzte nach: «Der Mann passt ins Bild, nur, wir sehen die Verbindung noch nicht. Und das macht mich langsam nervös.»

Auch wenn die Polizei das Geschäftstelefon des Schlüsseldienstes gefunden hatte, fehlten immer noch die Klamotten des Monteurs. Und auch die Fahndung nach dem Firmenwagen war bisher ergebnislos geblieben.

Franka unterdrückte ein Gähnen, dabei war es erst kurz nach 13:00 Uhr, wie die Anzeige in der Mittelkonsole verriet. Sie checkte ihr Handy. Weder Alpay, den Franka mit der Durchsicht von Marie Möbius' Kontoauszügen und Kreditkartenabrechnungen beauftragt hatte, noch Jörg, der noch einmal mit Nils Funkes Chef reden wollte, hatten sich bis jetzt gemeldet.

Sie kramte in ihrer Umhängetasche vergebens nach einem Energydrink. «Sei doch bitte so nett und halte am nächsten Kiosk.»

«Du weißt schon, das Zeug ist nicht sonderlich gesund.»

Franka lachte. «Sagt die Frau mit der Blondierung im Haar.

Sybille, glaubst du, dass deine Tochter wirklich gesunde Vitamine nascht, wenn du ihr diese aufgeplusterte Erdbeerpampe mit zur Schule gibst, die sich Fruchtquark nennt?»

Sybille hielt wortlos am Straßenrand, und Franka stieg aus.

Es schneite blonde Haare, die unter dem Surren der Maschine leise ins Waschbecken des schlauchförmigen Badezimmers rieselten. Er pustete den Scherkopf sauber und legte das Gerät zurück in den penibel aufgeräumten Badezimmerschrank. Seine Hände juckten. Die Rötungen zwischen den Fingern waren stärker geworden, und die Haut zeigte wieder deutliche Kratzspuren. Er kam einfach nicht dagegen an. Daher war er froh über den Winter und die kalten Temperaturen. So nahm niemand Notiz von den schwarzen Handschuhen, die er trug, um seine Ekzeme vor angewiderten Blicken zu verbergen.

Er stand nackt vor der Dusche. Das Spiegelbild präsentierte ihm das Elend seiner erbarmungswürdigen Figur. Ein Anfang fünfzigjähriger Mann in der feingliedrigen Gestalt eines Kindes oder einer schmalen Frau. Seine Hüftknochen standen hervor, der Po war flach, und das Becken kippte nach vorne weg. Sein Nabel wölbte sich nach außen. Die Schulterknochen wirkten, als würden sie sich bei der nächsten Belastung durch die Haut bohren. Er wusste, seine großen wasserblauen Augen stachen aus dem weißen Gesicht unangenehm hervor. Im Heim hatten die Jugendlichen ihn Eisauge getauft. Seine Iris hätte jedes Blickduell gewonnen, wenn sie sich getraut hätte. Die Kopfhaut reagierte auf die zwei Millimeter Rasur, auch nach Jahrzehnten noch, mit entzündeten Haarwurzeln und kleinen eitrigen Pickeln. Die restliche Körperbehaarung war hell und weich. Nur im Schambereich wuchsen die Haare kräftig und liefen zu den Oberschenkeln flächig aus. Doch er griff unter der Dusche regelmäßig zu einer chemischen Lösung und setzte die Klinge an. Die kleinen nässenden Pusteln zwischen seinen Fingern brannten durch die Ammoniumsalze wie Feuer. Das waren die Momente, in denen er den Schmerz genoss.

Seine Haut, ansonsten durchscheinend und weiß, wurde auf den dünnen Oberarmen von fleckigen Rötungen unterbrochen. Der Pruritus war die einzige Konstante in seinem Leben. Seit der Medikamentenvergiftung in seiner Kindheit hatte er mit den Folgeschäden zu kämpfen. Der Cocktail, mit dem ihn die Mutter zu töten versucht hatte, schmeckte nach Zimt und Zucker. Aber der Milchreis, den sie ihm einlöffelte, hatte einen bitteren Nachgeschmack. Er hatte ihn an jenem Abend weinend aufgegessen.

Das Chloroquin in dem Drei-Komponenten-Cocktail wirkt hepatotoxisch, wie er viel später erst gelernt hatte. Er überlebte den Mordversuch nur knapp und litt sein Leben lang unter der Schädigung seiner Leber. Noch heute kämpfte er gegen Appetitlosigkeit und Gewichtsverlust, und seine Haut rächte sich mit schmerzvollen Ekzemen. Er blieb klein und schmächtig und auch sonst hinter allen zurück.

Sie hatten über ihn gelacht. Noch heute sorgte seine helle Stimme für Irritationen. Nicht erst bei der Musterung hatten sie sich darüber lustig gemacht, dort hatten sie ihn auch aufgrund seines femininen Körperbaus gedemütigt, als er nackt vor ihnen stand. Nach der militärärztlichen Untersuchung hatte er das vernichtende Urteil mitgeteilt bekommen. Untauglich. Er genügte nicht. Selbst beim Militär hatten sie einen wie ihn nicht haben wollen. Ablehnung und Ausgrenzung hatten sich schon zuvor durch sein Leben gezogen. Es hatte mit seiner Geburt am

Weihnachtsmorgen begonnen. Er war das einzige Kind seiner Eltern, doch für ihn leuchtete kein Stern am Himmel. Niemand war wirklich glücklich gewesen, dass er da war.

In unschuldiger Hilflosigkeit stolperte er durch die ersten Jahre seiner Kindheit. Die Annahme, wenigstens von der Mutter geliebt zu werden, hatte sich als trügerisch erwiesen. Wie oft hatte sie ihn im Arm gehalten. Jeden Abend vor dem Zubettgehen bürstete sie sein langes blondes Haar und summte dabei die Schlager aus dem Radio mit. Am Ende küsste sie ihm den Scheitel, flüsterte Gute Nacht. Der Vater hasste die Matte seines Sohnes. Sein Geschrei hallte bis heute nach. Warum kapierst du nicht, wie du ihn verweichlichst?, brüllte er sie an. Die Gesellschaft des Jungen war ihm peinlich. Wenn der Sohn auf der Straße neben dem Vater hergetrottet war und seine Hand ergriff, um besser Schritt halten zu können, hatte der Vater das Gefühl der kleinen Hand in seiner nicht ertragen können. Nach wenigen Schritten ließ er sie los.

Die Salbe hinterließ einen fettigen Film auf den juckenden Stellen. Er spreizte seine Finger wie ein Pianist beim Oktavgriff und wartete geduldig darauf, dass das Fett endlich einzog und das Kortison die schmerzenden Risse betäubte.

Was sie wohl gerade machte? Er vermisste sie ein wenig. Sie war so jung und ahnungslos in ihrem roten Wollmantel, so dumm und einfältig. Er schloss die Augen und ging in Gedanken den Weg von der Bushaltestelle am Straßburger Platz bis zu ihrer Wohnung. Je öfter er ihr folgte, desto größer wuchs die Vorfreude auf das große Finale seiner Schnitzeljagd. Wie ein gut geprobter Schauspieler seiner Premiere entgegenfieberte und den Adrenalinkick kaum erwarten konnte, sah er dem Moment entgegen, in dem er sich mit ihr belohnen wollte.

Die Salbe war eingezogen, und er nahm das Smartphone vom Waschtisch. Er öffnete die App, mit der er Charlottes Clip gestern bei Instagram heruntergeladen hatte. Die liebe Lotte startete wieder einen Bastelaufruf. Dieses Mal wollte sie einen Adventskalender gestalten. Er musste sie noch einmal anschauen. Charlotte saß lächelnd auf dem Sofa und sprach direkt in die Kamera. Wie viele Influencerinnen fummelte sie sich dabei in einer speziellen Manie ständig mit der Hand im Gesicht und in den Haaren herum. Völlig unsinnig rieb sie mit dem Zeigefinger über ihr Kinn, um ihn im nächsten Moment mahnend zu erheben, obwohl die Geste mit dem Inhalt ihrer Ansprache in keinem Zusammenhang stand. Er vertiefte sich in ihrem Blick, wie gerne hätte er sie in diesem Moment berührt. Gleich war es so weit. Langsam redete sie sich zu seiner Lieblingsstelle. Vorher fügte sie aber noch einen Umfrage-Sticker ein und schwallte irgendeine belanglose Scheiße. Er spürte, wie Wut in ihm aufstieg. Mach schon, Mädchen! Was interessierte ihn dieser verdammte Adventskalender. Noch wenige Sekunden. Er atmete durch. Endlich. Wie paralysiert schaute er ihr dabei zu, wie sie sich die langen Haare in den Nacken warf. Er liebte diese eine Bewegung, die ihn zugleich ängstigte und erregte.

Er lächelte zärtlich und schloss die Augen. Er wusste, die Träne, die ihm aus dem eisigen Auge lief, hinterließ keine Spur.

November, Dezember, Januar, Februar. Alpay schlief fast ein vor Monotonie. Die Zahlenkolonnen und Buchungstage, die Beträge und Verwendungszwecke auf den Kontoauszügen und Kreditkartenabrechnungen von Marie Möbius waren so langweilig, dass er mit jedem Steuerberater Mitleid empfand. Es war bereits später Nachmittag. Franka hatte ihn dazu verdonnert, Maries private Bankgeschäfte der letzten zwölf Monate zu sichten. Kreditkartenabrechnungen, die ein Schlag ins Gesicht seiner Besoldungsgruppe waren. Marie Möbius gab in der Woche so viel Geld für Klamotten und Kosmetik aus, wie er im Monat verdiente – brutto. Sie vollführte einen Drahtseilakt auf ihrem Dispositionskredit. Der gewährte Überziehungsrahmen war großzügig und ließ auf die Umsätze vergangener Quartale schließen. Doch auch als sie ihr Geschäftsführerinnengehalt im Sommer deutlich heruntergeschraubt hatte, blieb die Kreditkartenabrechnung stabil hoch. Chanel und Dior belasteten ihr Konto sehr regelmäßig, hinzu kamen die Leasingkosten für das Auto. Alpay fand sich in seinem Vorurteil bestätigt, dass die meisten Fahrer deutscher Luxussportwagen ihre Karossen nicht gekauft hatten. Über Fahrer solcher Schlitten vertrat er seine eigene Meinung: Einige dieser Typen sahen ihre Autos nicht nur als vermeintliches Statussymbol, sondern auch als Zurschaustellung ihrer Potenz. Eine monatliche Rate für die scheinbar dicke Hose.

Alpay schüttelte den Kopf. Zurück zur Toten. Flugtickets, Parfümerieeinkäufe, Boutiquen. Marie Möbius schien ohne Bargeld durchs Leben gegangen zu sein, sie hatte selbst den Coffee to go mit der Karte bezahlt. Vor drei Monaten war auf ihrem Bankkonto eine Überweisung ihres Mannes eingegangen, die in exakter Höhe zwei Tage später von ihrem Lebensversicherer wieder abgebucht worden war. Die Frau war wirklich klamm gewesen. Alpay notierte sich, dass er die Höhe der Versicherungssumme überprüfen wollte. Mancher hatte schon für weniger gemordet.

Er arbeitete sich langsam zum letzten Monat des akkurat abgehefteten Stapels vor und ging Auszug für Auszug durch.

Plötzlich stutzte er. Vor zwei Wochen wurden dreihundert Euro auf Maries Konto eingezahlt. Dabei ließen ihn sowohl die Angabe zum Kontoinhaber als auch der Verwendungszweck aufhorchen. Zweite Rate. War er unaufmerksam? An welcher Stelle war ihm die erste Zahlung entgangen?

7

Charlotte hetzte pünktlich um 17:00 Uhr von der Arbeit nach Hause. Der Tag in der Bank hatte sich wie Kaugummi hingezogen. Die Trackingnummer des Paketdienstes kündigte eine Lieferung für den späten Abend an. Darunter einige Bastelutensilien für den Adventskalender. Sie freute sich über die lustigen Sprüche auf Selbstklebefolie, die sie bei einer Firma in Süddeutschland bestellt hatte. Eine Idee ihrer neuen Insta-Freundin Birgit, die ein wahrer DIY-Profi war. Eigene Botschaften konnte man nach seinen persönlichen Wünschen in unterschiedlichen Farben, Größen und Schrifttypen gestalten. Charlotte war begeistert. Eine coole Idee, alles Mögliche individuell zu beschriften, ohne sich dafür gleich einen dieser Spezialdrucker anschaffen zu müssen. Auf dem Dachboden verstaubte bereits genug unnützes Elektrozeugs.

Sie wollte jedes der vierundzwanzig kleinen Adventstütchen für Leon mit einem passenden Spruch versehen. Seit er zur Schule ging, war aus ihm eine richtige kleine Persönlichkeit geworden. Jemand, der nicht mehr ständig hinfiel und heulte, sondern ein kleiner Mensch, der Fragen stellte und für manches Problem verblüffende Lösungen präsentierte.

In Gedanken trieb sie den Busfahrer an, doch bitte eine Spur schneller zu fahren. Den Paketboten zu verpassen bedeutete Stress mit Herrn Oderfelder aus dem Erdgeschoss. Der Rentner wurde von den Nachbarn des Hauses als inoffizielle Paketannahmestelle betrachtet. Wann immer jemand eine Sendung bekam und nicht zu Hause war, Herr Oderfelder musste dran glauben. Oft versperrten die Pakete der acht Parteien im Haus seinen kleinen Flur. Obwohl Charlotte sich regelmäßig mit Wein und Schokolade bei ihm bedankte, die sie selbst bei Influencer-Events geschenkt bekommen hatte, drohte er von Zeit zu Zeit, keine Päckchen mehr für sie anzunehmen. Es waren einfach zu viele.

Auf dem Weg von der Bushaltestelle am Straßburger Platz zu ihrer Wohnung bog Charlotte in den Grüneberger Park ein. Seit gestern war eine weitere Laterne defekt. Der Bass eines Subwoofers wummerte aus dem tiefergelegten Kofferraum eines vorbeifahrenden Autos und verhallte dann.

Auf diesem Abschnitt ihres Nachhausewegs verspürte sie im Dunkeln immer ein leichtes Unbehagen, trotzdem war der Park eine willkommene Abkürzung. Charlotte zog das Tempo einen Schritt an. Sie hörte nicht nur ihren Herzschlag klopfen und den Sand unter ihren Stiefeletten knirschen. Ein weiteres Geräusch ließ sie aufhorchen. Jemand folgte in einiger Entfernung. Es war albern zu glauben, irgendwer hatte es auf sie abgesehen und würde sie gleich in die Büsche ziehen. Trotzdem fühlte sie sich unwohl. Die beleuchteten Fenster der Wohnhäuser schienen durch die kahlen Bäume der Grünanlage. Zu dieser Uhrzeit war eine Gruppe zivilisiert kiffender Jugendlicher das Kriminellste, was Charlotte in diesem Park jemals begegnet war. Doch sie konnte die aufsteigende Angst nicht ignorieren, die jedes Geräusch hinter ihr noch befeuerte. Sie ging schneller und zog das Handy aus der Tasche. Vielleicht sollte sie telefonieren? Man hörte immer wieder, dass potenzielle Täter sich davon abschrecken ließen. Die Schritte hinter ihr änderten den Rhythmus. In leichtem Trab kamen sie näher. Charlotte verspannte sich. Sie öffnete den Sperrbildschirm ihres Telefons und wählte mit der Schnellwahltaste die Nummer ihrer Schwester. Die Schritte waren unmittelbar hinter ihr. Das Telefon stellte die Verbindung her. Es war besetzt. Reflexartig drehte sich Charlotte um, bereit, zu reagieren.

Langsam joggte eine ältere Frau in reflektierenden Funktionsklamotten an ihr vorbei und hob die Hand zum Gruß. Charlotte lächelte erleichtert und schämte sich für ihre Hysterie. Es war wirklich albern.

Die Gedanken schon wieder bei ihrem Päckchen, setzte sie ihren Heimweg fort.

«Jetzt?»

«Bitte, Lotte. Mama und Papa sind zum Kegeln verabredet, und ich muss los.»

Charlotte schaute ihre Schwester Katharina, die auf der Fußmatte vor ihrer Wohnungstür stand, überfordert an. Leon marschierte schnurstracks ins Wohnzimmer und warf sich auf ihr Sofa. «Ich brauche die extra Kohle», sagte Katharina eindringlich. «Zweimal Dauerwelle und Farbe nach Feierabend, ohne Rechnung. Bitte.» Sie drückte Charlotte einen kleinen Seesack und einen Tornister in die Hand. «Ich hole Leon morgen früh vor Schulbeginn wieder ab. Bist ein Schatz.» Sie küsste ihre Schwester auf die Wange, lief die Treppe hinunter und verließ das Haus.

Charlotte passte gerne auf ihren Neffen auf, wenn Katharina mal wieder etwas Geld nebenbei verdienen konnte. Aber heute war ein denkbar schlechter Abend, schließlich hatte sie ihren

Followern ein Adventskalender-DIY versprochen. Das würde warten müssen.

Sie stand in der Küche und kochte Kakao, als sie von nebenan einen Aufschrei hörte. Sofort lief sie ins Wohnzimmer. Die zwei selbst gedrehten Kerzen aus dem Leuchter auf dem Tisch, die sie vorhin in Aussicht auf einen gemütlichen Bastelabend angezündet hatte, waren umgekippt und hatten die Zuckerdose darunter in zwei Teile zerbrochen. Leon hatte flüssiges rotes Wachs auf den Händen und sah Charlotte aus großen Augen an. Sie untersuchte ihn und war erleichtert, dass dem Jungen nicht wirklich etwas passiert war. Leon hingegen schien noch unsicher, ob er vor Schreck nicht doch schreien musste. Er entschied sich offenbar dagegen, sah aber sehr geknickt aus. Charlotte war klar, dass er ein Donnerwetter erwartete.

«Alles nicht so schlimm», beruhigte sie ihn. Sie kratzte mit dem Fingernagel etwas Wachs von seinem T-Shirt. «Vielleicht kann man das mit Löschpapier herausbügeln.» Charlotte drückte den Jungen und musste sich das Lachen verkneifen. Durch das rote Wachs auf seinem Oberteil mit dem Froschgesicht sah die Amphibie aus, als wäre sie geplatzt. Lotte entfernte vorsichtig das Wachs auf Leons Hand, dann das Chaos auf dem Tisch. Anschließend machte sie Vorschläge zur Abendgestaltung. Zeichentrick oder Badewanne, inklusive der rosa Gummiente mit der Seife zwischen den Flügeln. Leon wollte das *Oder* nicht verstehen und saß einige Zeit später frisch gebadet in einem gepunkteten kleinen Bademantel auf dem Sofa. Er aß ein Schwarzbrot mit Banane, trank einen Becher Kakao und schaute einen Zeichentrickfilm. So war es eigentlich immer, und Charlotte liebte ihn dafür.

Das Paket war immer noch nicht angekommen, obwohl es

laut Trackingnummer längst hätte ausgeliefert sein müssen. Die beginnende Weihnachtszeit ließ sich am Tempo der Paketzustellungen ablesen. Egal, Leons Besuch hatte ihr ohnehin einen Strich durch die Rechnung gemacht, was ihr Bastelvorhaben anging.

Sie nutzte die Gelegenheit für eine kurze Instastory. Dafür riss sie ihren Mund wie bei einem schmerzerfüllten Schrei auf und ließ sich dabei von Leon im Bumerang-Effekt filmen. Dadurch wurde der Clip in Schleife vorwärts und rückwärts abgespielt. Die lustige Sequenz versah sie mit der Frage, wann der Paketdienst endlich ihre längst überfällige Sendung zustellen würde. Zum Schluss verlinkte sie noch die Zustellfirma, als hätte das irgendeinen Einfluss auf die Wartezeit. Leon kletterte auf ihren Schoß, er lachte über Lottes Story. Auch er wollte einen Bumerang. Also filmte sie ihn, wie er auf das Sofa sprang und sofort wieder vom Polster bouncte. Was für ein ungeplant schöner Abend, dachte Charlotte.

Es wurde kalt im Park. Um 20:30 Uhr saß er noch immer auf der dunklen Bank, in deren Lehne er vor vier Tagen den Namen *Lotte* ins vermooste Holz geritzt hatte. Mit dem Finger fuhr er langsam die scharfen Einkerbungen der fünf Buchstaben entlang. Hier, wo jetzt noch eine weitere Laterne kaputtgegangen war, beleuchtete allein der Bildschirm des Telefons sein Gesicht. Er lächelte und schloss die Augen. Wie sich ihre blonden Haare bewegten und wie echt sie den Schrei imitierte, so als ahnte sie, was ihr blühen würde. Er öffnete die Augen wieder. Durch die Bäume des Parks hindurch sah er den Lieferwagen des Paketdienstes langsam durch Charlottes Viertel fahren.

Bernadette schreckte auf dem Sofa zusammen, als es an der Wohnungstür klingelte. Gegen die Kälte trug sie eine leichte Steppweste, in deren Innerem sich bereits die ersten Nähte lösten. Sie schaute durch den Türspion und öffnete überrascht.

«Guten Abend?»

«Entschuldigen Sie die späte Störung, Frau Buske», sagte Franka Erdmann. «Auf dem Weg nach Hause haben wir gedacht, wir kommen noch mal schnell vorbei.»

Bernadette schaute erstaunt von der Hauptkommissarin zum jungen Mann, der freundlich lächelte. Sein Gesicht kam ihr irgendwie bekannt vor. «Das ist mein Kollege, Herr Eloglu.»

Er nickte höflich. «Wir haben uns vorgestern schon mal gesehen. Hier auf dem Flur.»

«Eloglu. Sind Sie Türke?»

«Deutscher.»

«Aha.»

Bernadette versuchte, ihr Lächeln freundlich wirken zu lassen.

«Dürfen wir reinkommen?» Der Tonfall der Beamtin ließ ihr keine Wahl.

Widerwillig öffnete sie die Tür. «Es ist bereits nach 21:00 Uhr. Das hat nicht Zeit bis morgen?»

Die Polizistin antwortete mit einem Lächeln und ging mit dem Kollegen ins Wohnzimmer. Bernadette versuchte, ihre Nervosität zu überspielen. Sie ahnte, dass der Besuch um diese Uhrzeit ganz sicher nichts mit dem Nachhauseweg der Beamten zu tun hatte.

«Frau Buske, mein Kollege hier war heute sehr fleißig», sagte die Kommissarin.

Der junge Mann nickte. «Bei der Überprüfung der Kontoauszüge von Frau Möbius haben wir etwas gefunden, das Sie uns vielleicht erklären können.»

«Aber bitte setzen Sie sich doch erst mal.» Bernadette versuchte, Zeit zu gewinnen, aber die Polizistin winkte ab und blieb stehen.

Der junge Mann hingegen versank im durchgesessenen Sofa. Er sah sie interessiert an. «Frau Buske, vor vierzehn Monaten hat Frau Möbius Ihnen fünfzehntausend Euro geliehen. Der Verwendungszweck auf der Überweisung lautet *Darlehen*.»

Charlotte stopfte die Bettdecke auf beiden Seiten unter Leons kleinen Körper. Er liebte es, zum Schlafen wie ein Paket verpackt zu werden. Wenn er seine Tante besuchte, durfte er in ihrem großen Bett mit den vielen Kissen schlafen und später das Licht ausmachen, was seiner Mutter alles andere als lieb war. Leise verließ Charlotte das Zimmer. Schwer vor Müdigkeit hob sich sein Lockenkopf ein letztes Mal. Sie sollte nicht vergessen, die Tür bitte einen Spalt offen und das Licht im Flur brennen zu lassen, sagte er schläfrig. Dann schob er sich einen Daumen in den Mund und dämmerte weg.

Charlotte setzte sich ins Wohnzimmer. Sie zog sich auf dem Sofa eine Wolldecke über die Knie und griff zu ihrem Laptop. Durch den Überfall ihrer Schwester war die eigentlich geplante Arbeit für den Blog liegen geblieben. Sie hatte ihrer Community persönliche Gedanken zum Weihnachtsfest versprochen und sollte sich langsam mal überlegen, was sie ihren Followern dazu überhaupt erzählen wollte. Ein kurzer Blick auf das Smartphone musste sein. Die Reaktionen zu ihrer Instastory ließen sie schmunzeln. Die liebe Uli von *schanzenstern2* drückte die Daumen, damit das Paket noch rechtzeitig ankam. *Karla-*

vomdach aus Unterföhring konnte ein Lied von ihren Erfahrungen rund um das leidige Thema Paketzustellungen singen. Und auch Lottes neue Followerin, die liebe Leni, war durch mehr Tiefen als Höhen in puncto Paketzustellung gegangen. Charlotte schaute sich in ihrem gemütlichen Wohnzimmer um. Der Adventskranzrohling auf dem Sideboard lag bereit für die bevorstehende Weihnachtszeit. Sie würde bald umdekorieren und ihre Adventsdeko einziehen lassen. Für ihren Blogbeitrag wollte sie neue Fotos machen. Sollte sie jetzt schon damit anfangen? Dann brauchte sie die Dekosachen vom Dachboden.

Bernadette stand am Fenster und schaute auf die Straße hinaus. In der Spiegelung der Scheibe sah sie den Blick, den die beiden Polizeibeamten hinter ihrem Rücken wechselten. Sie war nicht blöd und wusste, worauf das hier hinauslaufen würde.

«Sie nehmen jetzt hoffentlich nicht an, ich hätte Marie getötet?» Das Schweigen der Beamten machte Bernadette nervös. Sie drehte sich um. «Für uns Eigentümer gab es eine Sonderumlage für Hausreparaturen, und ich war mit dem Wohngeld bereits etwas im Rückstand.»

Der junge Beamte kommt sich bestimmt wichtig vor, dachte Bernadette. Sich von einem deutschen Ausländer befragen zu lassen hatte ihr gerade noch gefehlt. «Sie haben einen Monat nach dem Erhalt des Geldes fünfhundert Euro als erste Rate zurücküberwiesen», sagte er.

«Ja. Das hatten wir so vereinbart.»

Die ganze Situation war beschämend. Sie ahnte, die Fassade, die sie mit ihrer kurzen Perlenkette und der teuren Vintageuhr mühevoll aufrechtzuerhalten versuchte, musste für die Polizisten brüchig wirken. Es fiel ihr schwer, sich selbst einzugestehen, dass sie, das Mädchen aus gutem Haus, dem es jahrzehntelang an nichts gefehlt hatte, zur Frau ohne Rücklagen geworden war. Ihr Vermögen war fast aufgebraucht. Die Wohnung zu verkaufen, wäre einer Bankrotterklärung gleichgekommen. Das durfte nicht passieren. Da sparte sie lieber Heizkosten.

Franka Erdmann lehnte am Türrahmen. «Frau Buske, laut unseren Nachforschungen passierte nach der Überweisung der ersten Rate fast ein Jahr lang nichts.»

Der junge Beamte erhob sich vom Sofa. «Danach betrug die zweite Rate nur dreihundert Euro. Hatten Sie das mit Frau Möbius auch so vereinbart?»

Bernadette drehte mit dem Zeigefinger eine Schlaufe in ihre Perlenkette und hatte plötzlich das Gefühl, sie lege sich wie eine Schlinge immer enger um ihren Hals.

Lotte scrollte durch ihren Feed und überlegte, ob sie schon jetzt beginnen sollte, eine Collage mit einem Jahresrückblick ihrer schönsten Bilder zu gestalten, den sie zu Silvester posten könnte. Zwar lag selbst Weihnachten noch in einiger Entfernung, doch sie wusste, die Zeit würde schon bald verfliegen. Sie schaute auf die Uhr. Um 21:30 Uhr war es definitiv zu spät für die Zustellung des Bastelbedarfs. Sie hasste diese Paketdienste. Wie oft saß sie wartend in der Wohnung, und kurze Zeit später klebte eine Postbenachrichtigung unten an der Haustür. Der Zusteller hatte gar nicht erst geklingelt. Große Lieferungen wie den Weinkarton, den sie bei einem Event gewonnen hatte, ließ der Paketdienst gern einfach am Bordstein stehen. Sie musste einige Male laufen, bis die sechsunddreißig Flaschen bei ihr im dritten Stock auf dem Küchentisch standen. Aber es war ja auf der anderen Seite kein Wunder, dass die Zusteller so unzuverlässig und wenig hilfsbereit waren. Charlotte wollte sich nicht vorstellen, wie es um ihre Arbeitsmoral bei der Cornelius-Bank bestellt wäre, müsste sie schlecht bezahlt unfreundliche Kunden bedienen.

Trotzdem orderte sie weiter im Internet. Es war bequem, und sie allein konnte die Welt ohnehin nicht retten. Sie stand von der Couch auf und ging ins Bad. Für heute konnte sie die Sache wohl abhaken.

Der Lieferwagen bog in Charlottes Straße ein, rumpelte langsam über das nasse Kopfsteinpflaster der Rotklinkersiedlung und touchierte dabei eins der parkenden Autos, die zu beiden Seiten dicht am Fahrbahnrand abgestellt waren. Er fluchte leise. Ganz offensichtlich hatte er die Dimension des Kleintransporters unterschätzt, den er jetzt mitten auf der Straße mit laufendem Motor zum Halten brachte. Der Nieselregen glänzte im Abblendlicht.

Er hasste den Geruch von feuchter Pappe. Die Kälte saß ihm in den Knochen. Zu lange hatte er im Park auf der Bank gesessen und auf sie gewartet. Sie war spät dran gewesen. Aber sie aus der Nähe zu betrachten, entschädigte ihn für jede einzelne Minute.

Er drehte die kleine Heizung auf und hoffte, die warme Luft würde die Feuchtigkeit vertreiben. Diese vielen Pakete machten ihn wahnsinnig.

Er zog sein Handy aus der Tasche und schaute sich zum wiederholten Mal ihre Story an. Er liebte es, wie sie den Schrei im Vorwärts-rückwärts-Effekt simulierte. Und er freute sich auf ihr Gesicht, wenn er über ihr kniete.

Bei ihrer Beichte konnte Bernadette weder Alpay noch Franka anschauen. Ja, sie war nicht mehr sonderlich liquide. Sie hatte Kunstgeschichte und Psychologie studiert, aber nie etwas damit angefangen. Und jetzt: Sollte sie etwa als Taxifahrerin arbeiten? Unvorstellbar. Und sie hatte ja auch noch ein bisschen Geld, nur kam sie im Moment nicht an die Beträge heran. Teils war der Rest als Aktienpaket unter den Ausgabewert gesunken, und die Anlagezeiten ihres Festgeldkontos waren noch nicht abgelaufen. Ohne hohe Verluste ließ sich keins ihrer Depots auflösen.

Marie hatte Bernadette ein zinsloses Darlehen gewährt, das sie monatlich zurückzahlen wollte. Nur hatte sich der Markt anders entwickelt, als es der Mann von der Bank prophezeit hatte. Sie war in Zahlungsrückstand geraten.

Bernadette bemerkte den Blick des ausländischen Beamten zur rissigen Zimmerdecke, dann schaute er sie an. «Frau Buske, Ihre Nachbarin hatte seit einigen Monaten beruflich zu kämpfen. Das wissen Sie, nehme ich an?»

Sie ließ von den Perlen ab und nestelte dafür an ihrer Daunenweste. «Ja, ab da ging der Ärger ja erst los. Plötzlich wollte sie das ganze Geld auf einen Schlag zurückhaben.»

«Daraufhin haben Sie ihr die dreihundert Euro überwiesen.»

«Das war alles, was möglich war. Darüber hat sie sich ziemlich echauffiert. Ich möchte ihre Worte nicht wiederholen. Über Tote soll man nicht schlecht reden.»

Franka Erdmann trat ans Fenster und schaute auf die Straße hinaus. «Frau Buske, Frau Möbius hat doch bestimmt einen Darlehensvertrag mit Ihnen gemacht. Können wir mal einen Blick darauf werfen?»

Bernadette spürte, wie eisig es in ihrer kalten Wohnung wurde. Stille erfüllte den Raum. Sie räusperte sich, bevor sie weitersprach.

«Ich möchte meinen Anwalt sprechen.»

Leon schlief tief und fest. Zufrieden hatte er sich quer über das ganze Bett ausgestreckt. Er hatte den blauen Elefanten mitgebracht und im Schlaf unter sich begraben. Nur der Rüssel schaute noch hervor.

Leons Anblick rührte Lotte. So schutzlos, so voller Vertrauen auf das Gute in der Welt. Er brachte viele Leute zum Lachen. Er war höflich, wenn er wollte, und er hatte früh begriffen, dass ein charmantes Lächeln schneller zum Ziel führte als die Krakeel- und Heulnummer. Sie schüttelte den Kopf. Leons Vater hatte diesen Jungen gar nicht verdient. Zum Glück fragte der Kleine nur selten nach seinem Erzeuger.

Charlotte ließ die Tür zum Schlafzimmer einen Spalt geöffnet und nahm leise den Schlüssel vom Schlüsselbrett. In beginnender Weihnachtsstimmung verließ sie geräuschlos die Wohnung, um schnell die Deko auf dem Dachboden zu suchen.

Leon schreckte aus dem Schlaf. Er tastete die Matratze vergebens nach seinem Elefanten ab. Das Licht vom Flur fiel durch den Türspalt ins Schlafzimmer und beleuchtete den Fußboden vor dem Bett. Dort stand das Tier wie bei einer Zirkusvorstellung im Scheinwerferlicht und balancierte auf den Vorderbeinen und seinem Rüssel. Leon lachte und rief nach seiner Tante, das musste sie sich unbedingt anschauen. Er rief noch mal. Dann kletterte er aus dem Bett und taperte verschlafen durch die Wohnung. Den Elefanten fest im Arm, guckte er in jedes Zimmer. Hatte sie sich versteckt? Er sah überall nach. Es war leise, er hörte nur sein eigenes Tapsen auf dem Boden. Auch der Elefant war still. Leon rief noch einmal. Da kroch die Angst langsam unter seinen Schlafanzug.

Mit dem Paket für Frau Charlotte Fiedler verließ er den Lieferwagen und hastete durch den stärker werdenden Regen. Die Haustür des Klinkerbaus stand einen Spaltbreit offen. Sie war offenbar nicht zurück ins Schloss gefallen. Er lächelte und trat ein.

«Na, Sie sind ja spät dran.»

Er drehte sich auf der Treppe nach einem älteren Herrn um, der in seiner geöffneten Wohnungstür im Erdgeschoss stand.

«Bald Weihnachten, viel zu tun.» Er zog seine Mütze tiefer ins Gesicht.

«Ich habe Sie hier noch nie gesehen. Sind Sie neu?»

Er nickte stumm und setzte seinen Weg nach oben fort. Der Alte brummte einen schönen Feierabend und verschwand in seiner Wohnung. Wahrscheinlich war er froh, die Lieferung nicht annehmen zu müssen.

Im Treppenhaus wurde es still. Mit jedem Schritt, den er das Paket nach oben trug, stieg Freude in ihm auf. Endlich. Es war ein langer Tag gewesen. Jetzt war es so weit. Charlotte Fiedler sollte das krönende Finale seiner heutigen Premiere als Paketzusteller werden.

Leon horchte an der Tür. Hatte er da draußen etwas gehört? War das seine Tante? Er machte die Wohnungstür auf und erschrak vor dem Mann mit den schwarzen Händen, der auf der Fußmatte stand und seinen Finger bereits auf den Klingelknopf gelegt hatte. Unter seinem Arm klemmte ein Paket.

«Na, mein Kleiner?»

Der Junge schaute zu dem merkwürdig aussehenden Mann auf. Hatte er seine Tante gesehen?

Charlotte klappte den alten Küchenschrank wieder zu, den sie beim Einzug in ihre Wohnung hier oben abgestellt hatte. Statt der Weihnachtsdeko fand sie das Dampfbügelgerät für Gardinen wieder. Sie schaute sich in dem kleinen Verschlag um und stellte fest, dass hier drinnen mal wieder ausgemistet werden müsste. Am besten noch vor Weihnachten. Ein Waffeleisen und ein Smoothie-Maker ohne Deckel staubten in der Ecke vor sich hin. Aber wo war in diesem Chaos der verdammte Karton mit dem Dekorationsmaterial?

Der Mann schob Leon zurück in den Flur der Wohnung und strich ihm mit der dunklen Hand über seine Haare. Unsicher linste er zur Wohnungstür, die ins Schloss gefallen war. Wo war Tante Charlotte?

Der Fremde stellte das Päckchen ab und beugte sich zu Leon hinunter. «Dein Elefant ist krank», sagte er leise. «Weißt du das? Er ist sehr, sehr krank.»

Leon drehte das Stofftier in seinen Händen herum und wusste nicht, was der Mann in der Uniform meinte. Eben turnte der Elefant doch noch ganz munter in der Manege und machte Kopfstand. Der Fremde griff nach dem Elefanten. Erschrocken hielt Leon seinen Freund an den großen Ohren fest. Er wollte nicht weinen, aber ihm stiegen die Tränen in die Augen, Angst saß wie ein dicker Kloß in seinem Hals.

«Elefanten sind nicht blau, sondern grau.» Der Paketbote grinste und nahm seine Mütze ab. Ein komischer Haufen wurstiger Zöpfe fiel darunter hervor. Leon musste an den Mann mit der Gitarre denken, der auf der Postkarte abgebildet war, die Oma und Opa von ihrer Kreuzfahrt geschickt hatten.

Charlotte schloss die Wohnungstür auf, einen eingestaubten Karton unter dem Arm. Sie hatte die Deko schließlich gefunden, vergraben unter Gerümpel und alten Winterjacken.

Sie erstarrte. Ein fremder Mann kniete in ihrer Wohnung, vor ihm stand Leon in seinem Schlafanzug.

«Wer sind Sie?» Charlotte ging auf die beiden zu. Der schwarze Mann mit den Dreadlocks richtete sich auf und hielt Charlotte freundlich ein Paket entgegen. Sie merkte, wie sie sich entspannte.

«Sie sind meine letzte Kundin für heute.»

Sie lachte vor Erleichterung.

Mit einem kleinen Trinkgeld bedankte sich Lotte beim nettesten Paketboten, den sie bis dato getroffen hatte, und entschuldigte sich bei Leon. Sie war doch nur ganz kurz oben auf dem Dachboden gewesen. Bloß kein Wort zu seiner Mutter, wenn sie ihn am Morgen wieder abholen würde. Leon liebte Geheimnisse.

Charlotte freute sich mit dem Paketboten, der so stolz auf seine Premiere war. Zwar hatte er für seine erste Schicht offenbar länger gebraucht als geplant, aber er strahlte glücklich, weil er jedes Paket ausgeliefert hatte. Schmunzelnd hörte Charlotte, wie er gut gelaunt das Treppenhaus hinunterlief, wobei das Trinkgeld in seiner Hosentasche klimperte.

Er verglich den Namen auf der großen Papprolle mit dem Abholschein. Er stimmte überein, auch wenn die Angaben im

Licht der flackernden Neonröhre schwer zu entziffern waren. Warum juckte dieser verdammte Ausschlag im Moment wieder so heftig? Die Creme linderte weder die Schmerzen, noch heilte sie die Ekzeme. Er ging hinüber zu seinem Stuhl, riss den schwarzen Baumwollhandschuh herunter und kratzte den bereits eingerissenen Schorf ab. In einem feinen Rinnsal lief das Blut zwischen den Fingern zu den Kuppen, von wo es auf die neue Computerzeitschrift tropfte, die er im Moment las. Er zog ein benutztes Taschentuch aus der Jacke und drückte es auf die kleine Wunde. Er zitterte.

«Da müssen Sie noch mal wiederkommen!», rief er nach vorne und schob leise die Sendung zurück in das große Regal. «Ihr Paket ist noch nicht eingetroffen!»

«Willst du das haben?» Charlotte versuchte, ihrer Schwester den Gardinen-Bedampfer anzudrehen. «Damit bekommst du deine Vorhänge nach dem Waschen schön glatt.»

Katharina wehrte ab und trieb stattdessen Leon an, den sie gleich zur Schule bringen wollte. «Lotte, wo habe ich denn Gardinen in der Wohnung? Und in Leons Kinderzimmer hängt auch ein Rollo.»

Charlotte nippte an ihrem Kaffee und beobachtete Leon, der auf dem Boden in der Küche saß und sich umständlich die Schuhe anzog. Um sich vor der Schule zu drücken, wie Charlotte mutmaßte. Seine Mutter schien dasselbe zu denken.

«Zackig, mein Freund, nicht so trödeln.»

«Vielleicht brauchst du einen Smoothie-Maker? Der Deckel ist kaputt, aber du könntest stattdessen eine Untertasse oben drauflegen.»

«Ich bin deine Schwester, nicht der Sperrmüll.»

«Vielleicht ein Waffeleisen?»

Katharina lachte und zog Charlotte an den Haaren. «Wenn du nicht aufhörst, verpasse ich dir beim nächsten Mal eine Dauerwelle.» Sie kniete sich zu Leon und band ihm eine Schleife. «Was ist denn mit Karoline? Kann die nichts von deinem Zeug gebrauchen?»

Charlotte stopfte Leons blauen Elefanten in den kleinen Seesack. «Die ist frisch getrennt.»

«Oh. Auch ein Mr. Sackgesicht?»

Charlotte lächelte schief. «Ich habe schon versucht, sie auf andere Gedanken zu bringen. Aber sie igelt sich ein.»

Katharina schaute auf die Uhr. «Erinnere dich, wie es dir gegangen ist, Lotte. Gib Karo Zeit, sich zu sortieren. Die hast du damals auch gebraucht.»

Charlotte wusste, ihre große Schwester hatte recht. «Weißt du was?» Sie zuckte mit den Schultern. «Ich verkaufe die Elektrogeräte über Instagram. Aber erst mal muss ich das Zeug irgendwann vom Dachboden holen und sauber machen.»

Schon öfter war Charlotte aussortierte Klamotten über ihr Profil losgeworden, bevor der Kleiderschrank aus allen Nähten platzte. Dazu hatte sie Fotos der Teile in einer Story hochgeladen und eine Preisvorstellung angegeben. Die Stücke waren immer nur für Selbstabholer. Charlotte hatte weder Zeit noch Nerv gehabt, die Sachen zu verpacken und zur Post zu bringen. Und auch dieses Mal würde das ihr ganz persönlicher Flohmarkt werden, ohne Standgebühren und ohne Gefeilsche.

Leon und Charlotte zwinkerten sich heimlich zu. Ihre Verabredung, Katharina nichts vom Schreck durch den Mann vom Paketdienst zu erzählen, hatten sie heute Morgen noch einmal besiegelt. Die beiden teilten einige kleine Geheimnisse, auch dass Leon, wenn er bei Lotte schlief, immer ein bisschen länger aufbleiben durfte.

Er quengelte, als Katharina ihn erneut antrieb und ihm die Jacke anziehen wollte. Könnte er, wenn er ganz lieb wäre, heute Abend wieder hier schlafen? Er schob sich ein letztes Stück Banane in den Mund.

Seine Mutter lachte. «Wenn du achtzehn bist und dein Abitur hast, kannst du schlafen, wo du willst, vorher wanderst du aber in die Schule und hüpfst abends in dein eigenes Bett.»

Leon guckte verständnislos. Er wusste offensichtlich nicht so genau, was Abitur bedeutete, aber als Charlotte ihm erklärte, dass sie das auch gemacht hatte, wollte er sich die Sache überlegen. Sie hätte ihn auffressen können, so sehr hatte sie ihn lieb. Sie schaute aus dem Fenster. Draußen hatte es mittlerweile angefangen zu schneien, und weiche kleine Flocken segelten langsam aus dem Himmel. Auch Leon schaute mit großen Augen hinaus. Plötzlich hatte er es sehr eilig, zur Schule aufzubrechen.

8

Auch drei Tage nach der erneuten Befragung von Bernadette Buske hatten sich keine neuen Erkenntnisse zu den Morden an Marie Möbius und Nils Funke ergeben. Die Aufgaben, die Franka in dieser Zeit delegiert hatte, waren von der Soko akribisch abgearbeitet worden. Unzählige Geschäftspartner und Mitarbeiter von Marie Möbius waren von Marcel Reuter und Sybille befragt worden, ebenso Maries beste Freundin Nicole, die erst vorgestern aus dem Ayurveda-Urlaub auf Ko Samui zurückgekehrt war. Gesprächsprotokolle waren geschrieben, E-Mails und Kontoauszüge ausgewertet worden. Franka selbst hatte sich am Nachmittag noch einmal mit Matze von der digitalen Forensik getroffen. Es war frustrierend. Auch nach dem erneuten Durchackern der rechtsmedizinischen Befunde hatte sich keine neue Spur ergeben.

Es war schon wieder spät geworden. Franka schaute müde vom Obduktionsbefund Marie Möbius' auf, als Sybille zerknirscht im Türrahmen auftauchte und sich verabschiedete. «Es tut mir leid, aber ich muss jetzt nach Hause.»

Um 19:30 Uhr saß das gesamte Team immer noch konzentriert nebenan an seinen Schreibtischen. Franka nippte an ihrer Energydose. «Sorry, Sybille. Na klar, zisch ab. Bis morgen.» Sie lächelte. Franka kannte Sybilles schlechtes Gewissen dem Team gegenüber.

Die Kollegin hatte sich ihre dicke Jacke angezogen und winkte in die Runde, dann verließ sie das Büro.

Franka stand von ihrem Schreibtisch auf und ging nach nebenan zu den Kollegen. Jörg unterdrückte ein Gähnen. «Mal im Ernst, Franka. Wenn du glaubst, dass Dr. Möbius seine Frau hat töten lassen, dann müssen wir ihm weiter auf den Zahn fühlen.» Er streckte sich in seinem Schreibtischstuhl. «Auf seinen Konten findet sich jedenfalls keine größere Barabhebung, die auf die Bezahlung eines Auftragsmörders schließen ließe.»

Franka wusste, dass Jörg die letzten Tage damit verbracht hatte, alle Konten von Dr. Möbius sorgfältig zu durchleuchten. Und ihr war auch klar, dass das Team nach einem Zwölfstundentag keinen neuen Ermittlungsansatz finden würde. «Okay, Leute. Feierabend. Wir sehen uns morgen.»

Jörg und Marcel Reuter suchten ihre Sachen zusammen. Als Franka zurück in ihr Büro gehen wollte, sah sie Alpay abwesend am Fenster stehen. «Herr Eloglu? Wir machen Schluss für heute.»

Alpay drehte sich langsam zu ihr um. «Marie Möbius hatte zahlreiche Affären. Und wenn sich da jemand zurückgesetzt gefühlt hat? Vielleicht ist jemand vor Liebeskummer ausgeflippt.» Franka signalisierte mit einem Nicken, dass sie sich seinen Gedanken durch den Kopf gehen lassen würde. «Wir reden morgen. Schönen Abend noch.»

Sie schloss die Tür zum Gemeinschaftsbüro hinter sich, setzte sich auf ihren Schreibtischstuhl, kippte die Lehne nach hinten und legte die Füße auf der Tischplatte ab. Durch die Glastür sah sie nebenan das Licht ausgehen und hörte, wie Alpay mit Jörg und Marcel das Büro verließ.

Franka zog den letzten Schluck aus der Dose wie Mundwasser durch die Zähne, drückte das weiche Blech zusammen und warf es in den Mülleimer. Die Ermittlungen drehten sich im Kreis. Sie starrte auf die Ermittlungsakten auf ihrem Schreibtisch. Hatte sie etwas übersehen? Zumindest hatten das die Nachfragen von Martin Suttmann bei der Teamsitzung am Morgen suggeriert. Bildete sie sich das ein, oder wirkte er zusehends angespannt? Der Fahndungsdruck schien nicht spurlos an ihm vorüberzugehen. Durch die öffentliche Suche nach Nils Funkes Identität hatten sie das Interesse der Medien geweckt. Auch wenn die Polizei die Informationen zu seiner brutalen Todesursache und dem Genickbruch unter Verschluss hatte halten wollen, konnte man sich auf die Spürhunde der Presse ebenso verlassen wie auf das Informationsleck bei der Polizei. Die aktuelle Zeitungsmeldung lag seit dem Morgen auf ihrem Schreibtisch und hatte ihren Vorgesetzten ausrasten lassen.

Franka schaute zum blinkenden Feuermelder an der Decke. Seit dem Fehlalarm in der letzten Woche traute sie sich nicht mehr, in ihrem Büro zu rauchen. Die Kollegen hatten sie gedeckt und den Alarm beenden können, bevor die Löschzüge ausgerückt waren. Franka ging davon aus, dass der fehlende Neun-Volt-Block bei einer Routinekontrolle nachgelegt worden war.

Sie schloss die Augen. Was zum Henker hatten die beiden Taten miteinander zu tun? Nils Funke hatte Marie Möbius lediglich eine Anfahrt berechnet, nachdem sie sich ausgesperrt und ihn gerufen hatte. Funkes Haare fanden sich zwar auf ihrer Kleidung, aber er hatte weder an der Tür noch in der Wohnung Fingerabdrücke hinterlassen. Erstaunlich, denn eine weitere Befragung seines Chefs durch Jörg hatte vor zwei Tagen ergeben, dass Funke immer ohne Handschuhe gearbeitet hatte. Zumindest seit seiner letzten Straftat. So hatte er ein besseres

Gefühl für die Türöffnungskarte, wenn sie den Schnapper im Schloss berührte. Möbius und Funke wurden im selben Zeitfenster getötet. Die Frau starb in ihrer Wohnung und wurde vor dem Erdrosseln betäubt. Aber wo kam der Mann ums Leben? Sein Geschäftshandy wurde eineinhalb Stunden lang in einer Funkzelle in Winterhude und später am Klosterstern geortet. Wieso lag es danach in einem Mülleimer in Dulsberg? Der Dienstwagen von Rays Zylinderstübchen blieb genauso verschwunden wie die Klamotten seines Angestellten. Und warum wurde der Mann in einer Sandkiste vergraben? Franka legte den Kopf in den Nacken. Auf all diese Fragen hatten sie seit sechs Tagen keine vernünftigen Antworten gefunden. Der Fall drohte zu erkalten.

Die Sonderkommission wusste mittlerweile, dass Dr. Dirk Möbius durch den gewaltsamen Tod seiner Frau um eine teure Scheidung herumgekommen war. Nicht nur, dass er sein Vermögen nicht mehr teilen musste, er war durch ihr brutales Ableben auch noch um eine Million Euro reicher geworden. Zum Zeitpunkt ihres Todes stand sein Name als Begünstigter in der Versicherungspolice. *Denn dem, der hat, dem wird gegeben.* War klar, dass Franka ausgerechnet jetzt ein Spruch aus dem Matthäusevangelium einfiel.

Ein ehemaliger Priesterschüler hatte versucht, mit diesem Gleichnis die Morde an zwei Jungen zu rechtfertigen, für die er seit einundzwanzig Jahren in der Lüneburger Heide in Sicherungsverwahrung saß. Allerdings bezog sich der Geistliche bei seiner Tat auf den zweiten Teil der Analogie. *Wer aber nicht hat, dem wird auch das genommen, was er hat.*

Franka formulierte es gerne einfacher: *Der Teufel scheißt immer auf den größten Haufen.*

Hoffentlich bekam Marie wenigstens eine schöne Beerdigung. Ein geschmückter Sarg mit bunten Blumen und einem Meer aus Kerzen würde einer Mode- und Interior-Influencerin sicherlich gut gefallen.

Franka dachte an Bernadette Buske. Die Dame kannte Geldprobleme, aber sie kannte auch einen befreundeten Anwalt der Familie. Aus unbegründeter Angst, sich in einer Befragung durch die Polizei als Täterin verdächtig gemacht zu haben, hatte sie gestern den älteren Herrn in Tweedsakko und abgewetzter Cordhose reden lassen. Aber auch ohne sein joviales Auftreten kam Bernadette für die Polizei nicht als Täterin infrage. Niemand hielt die schmächtige Vierundsechzigjährige in ihren Pennyloafern für körperlich in der Lage, eine junge sportliche Frau wie Marie zu misshandeln und am Ende zu erdrosseln.

Franka war sich sicher, Bernadette würde nicht auf der Beerdigung ihrer Nachbarin erscheinen. Zu groß war die Sorge, schlafende Hunde zu wecken. Denn Dirk Möbius stand rechtmäßig nicht nur die Summe aus der Lebensversicherung zu, sondern auch die weiteren Ansprüche aus der Darlehensvereinbarung seiner verstorbenen Frau mit Bernadette Buske. Nach ihrer Ratenzahlung war immer noch ein Restbetrag von vierzehntausendzweihundert Euro offen.

Franka suchte in dem Chaos ihrer Ablage den rechtsmedizinischen Befund heraus. Wie gerne hätte sie eine Zigarette geraucht. Die Fotos in der Akte waren grausam, trotzdem betrachtete sie die Tote darauf ohne Scheu. Schon früh hatte sie einen gewissen Abstand zu den Schicksalen empfunden, die sich hinter jedem Opfer und jedem Täter verbargen. Das Gesicht der Leiche war bläulich violett angelaufen. Der Schiefstand des

Unterkiefers, der durch den Bruch von Kiefer und Zahnreihe entstanden war, war deutlich zu erkennen. Laut Dörfler war das Opfer während der Misshandlung ungebremst auf das Gesicht gefallen. Das Nasenbein war gebrochen, und eingetrocknetes Blut klebte auf der Oberlippe. Ein weiteres Foto zeigte mehrere Büschel ausgerissener Haare, welche die Rechtsmediziner der Frau auf dem Seziertisch ausgekämmt hatten. Die Haarwurzeln waren in der Vergrößerung deutlich zu erkennen. Dörfler hatte recht, die tiefvioletten Blutergüsse um die Augen wirkten wie geschminkt. Ohne die massiven Schwellungen hätte man glauben können, komplementärfarbener Puder wäre mit einem feinen Pinsel verblendet worden.

Auf den Fotos glänzten die Acrylat-Rückstände auf den Lidern. Der Täter hatte der Frau die Augen mit Klebeband fixiert. Was sollte sie sehen, als sie die Augen nicht mehr selbst offen halten konnte?

Der Mörder sprach seine eigene Sprache, die Franka noch nicht übersetzen konnte. Der Mann war sich seiner Sache sicher. Mann? Franka schloss die Augen. Marie Möbius wog knappe sechzig Kilogramm. Um jemanden zu erdrosseln, brauchte man Kraft – oder eine solche Wut, dass sie einem die nötige Energie verlieh. Mit wem hatten sie es hier zu tun?

Sybille hatte es treffend beschrieben. Beide Morde waren wie ein Puzzle, und eins der Teile von Nils Funke war in den Kasten von Marie Möbius gelangt. Mit Absicht oder aus Versehen? Bisher hatten sie nach dem verbindenden Element beider Puzzles gesucht. Aber konnte es sein, dass es keines gab?

Langsam kam ihr ein Gedanke.

War Marie vielleicht das Ziel und Funke das Versehen? Vielleicht war er gar nicht eingeplant gewesen, aber als er auftauchte, wurde sein Tod vom Täter in Kauf genommen, statt die eigentliche Attacke abzubrechen oder zu verschieben.

Wer auch immer da draußen herumlief und diese Taten zu verantworten hatte, machte seine Sache gut. Je mehr Tage ergebnislos vergingen, desto stärker beschlich Franka das Gefühl, dass sich etwas zusammenbraute. Wie der Ozean, der nach einem Seebeben langsam in Richtung Horizont verschwand, um in einer tödlichen Welle zurückzukommen. Wer solche Taten beging, der hörte nicht einfach wieder auf.

Franka suchte in ihrer Umhängetasche vergeblich nach einer neuen Dose Energydrink. Vielleicht trank sie wirklich zu viel von dem Zeug, vielleicht kaufte sie aber auch einfach nur zu wenig davon ein. Beim nächsten Kiosk würde sie sich eine Palette in den Kofferraum stellen. Sie schaltete die Schreibtischlampe aus und kippte die Lehne ihres Bürostuhls eine weitere Stufe nach hinten.

Es war eine beängstigende Beerdigung. Der polierte Sarg war mit weißen Lilien geschmückt, die üppig bis zu den goldenen Griffen reichten. Die meisten Blüten waren bereits geöffnet, und ihr süßlicher Duft mischte sich mit dem verlogenen Mief im Inneren der Friedhofskapelle. Der erste Teil des Blumenschmucks begann bereits zu rutschen. Ganz langsam wippten die geöffneten Blüten auf den Abgrund zu, mit jeder Erschütterung ein Stückchen weiter, denn er schlug von innen wild mit den Fäusten gegen den Deckel. Jemand hatte ihn hier drinnen eingesperrt. Es war dunkel um ihn herum, und wieder saß er fest. Er schrie immer lauter. Aber niemand hörte ihn. Die glänzende Politur des Sargdeckels schien direkt über seinem Kopf ein wenig durchlässig zu werden. Wie durch das Glas einer dunklen Sonnenbrille erkannte er schemenhaft das Gesicht eines kleinen blonden Mädchens. Sie legte beide Hände auf den Deckel und presste ihre Nase gegen die getönte Scheibe. Mit jedem ihrer Atemzüge beschlug ihr Gesicht vor seinen Augen. Er hörte, wie sie nach ihm rief. So, wie sie es bis heute in vielen seiner Nächte tat.

Er hatte keine Ahnung, wer sie war.

Schweißgebadet schreckte er hoch. Der Wecker zeigte 2:30 Uhr. Sein Herz raste. Er strampelte sich frei und schaltete die Nachttischlampe ein. Der Winter war kalt, aber in Erwartung der nächtlichen Angst schlief er nackt.

Er fürchtete den Schlaf, denn er ließ ihm keine Ruhe. Jeden Morgen um 4:30 Uhr klingelte sein Wecker, und er war froh, dass die Nacht zu Ende war. Das Gesicht des kleinen Mädchens hatte er so klar vor Augen wie die Beerdigung seiner Mutter, von der er oft träumte. Die Großeltern hatten in der Kapelle in der ersten Bank gesessen. Er wollte zu ihnen, aber sein Vater zog ihn zu sich auf die andere Seite des Mittelgangs. Er erinnerte sich noch genau, wie stark und wichtig er sich damals gefühlt hatte, obwohl er immer weinen musste. Im Leben seines Vaters war durch den Tod der Mutter ein Platz frei geworden. Und diesen Platz wollte er nun einnehmen. Er wollte ihm keinen Ärger bereiten und versprach sich selbst, ein besserer Junge zu werden. Der Vater sollte stolz auf ihn sein, und er wollte dafür sorgen, dass er schnell wieder lächelte. Gemeinsam waren sie stark, gemeinsam würden sie sich ein neues Leben aufbauen, das die Mutter so leichtfertig weggeworfen hatte. Wie wenig sie ihren Sohn liebte, hatte sie bewiesen. Wie wenig er seinem Vater bedeutete, sollte er noch lernen.

Er nahm einen Schluck aus der Wasserflasche neben seinem

Bett und dachte daran, wie er sich vor fast fünfzig Jahren in der Kirchenbank an der starken Hand seines Vaters festhalten wollte. Der Alte hatte den Griff gelöst und das erste Lied der Trauerfeier im Gesangbuch aufgeschlagen – *So nimm denn meine Hände.*

Er war damals noch schwach auf den Beinen. Über eine Woche hatte er auf der Kinderstation des Krankenhauses gelegen. Erst am Abend vor der Beerdigung war er entlassen worden. Er spuckte viel. Ohne Anlass stieg ihm der Magensaft die Speiseröhre hinauf. Leber und Galle versuchten immer noch, das Gift abzubauen, das seine Mutter unter Zucker und Zimt gut versteckt hatte.

Er hatte damals gehört, wie sie unten im Wohnzimmer darüber diskutierten, ob er zu ihrer Beisetzung gehen sollte. Aber keiner hatte mit ihm über das Unfassbare gesprochen. Sie redeten hinter seinem Rücken und verstummten, wenn er auftauchte. Er lernte das Mitleid der anderen kennen, aber nicht die Umarmung seines Vaters.

Während der Trauerfeier hatte er kein Wort verstanden. Weder von dem, was sie sagten, noch von dem, was sie sangen. Er hatte damals nicht begreifen können, dass seine Mutter unter dem Meer aus weißen Blumen lag. Viele Leute in der Kirche weinten und nutzten die Pausen zwischen den Liedern, sich zu schnäuzen. Oma und Opa aber saßen wie versteinert auf ihren Plätzen. In ihrer Trauer genauso wenig vereint wie in den letzten dreißig Jahren ihrer Ehe, das wusste er heute. Einige Nachbarn aus der Sackgasse hatten kondoliert. Frau Links und Frau Rechts saßen in der Kirchenbank hinter seinen Großeltern. Ging es um den Tratsch in der Reihenhaussiedlung, hatte seine Mutter die Nachbarinnen nie beim Namen genannt.

Sein Lehrer war gekommen, was ihm peinlich war. Die Frisöse seiner Mutter saß ebenso unter den Trauernden. Marlies ging an Krücken. Der Bänderriss war noch frisch. Die Plateauschuhe aus Kork sah er danach nie wieder an ihr. In den Zeiten, in denen seine Mutter keine Perücke getragen hatte, war sie einmal die Woche in den Salon zum Waschen und Legen gegangen. Er hatte sie oft begleiten dürfen und fasziniert dabei zugesehen, wie ihre langen blonden Haare einshampooniert und auf riesige Wickler gedreht wurden. Anschließend hängte Marlies seiner Mutter eine tickernde Lampe über den Kopf. Waren die Haare trocken, wurden sie toupiert, elegant hochgesteckt und mit so viel Haarspray befestigt, dass sich die Frisur eine Woche lang mit wenigen Handgriffen in Form drücken ließ.

Einige Arbeitskollegen seines Vaters hatten unbeholfen ihr Beileid bekundet. Schon damals erkannte er eine verkrampfte Umarmung unter Männern und fand dieses Gehabe bis heute peinlich.

Er hatte sich auf der Beerdigung seiner Mutter umgeschaut und kannte alle Besucher – bis auf die Frau, die sich heimlich beim Orgeleinsatz von *So nimm denn meine Hände* in die Kapelle geschlichen und sich allein in die letzte Reihe gesetzt hatte.

Jahre später, als sie ihn unter höllischen Schmerzen auf den Küchenstuhl zerrte, erinnerte er sich, wo er sie zum ersten Mal gesehen hatte.

An die ersten Jahre nach dem Tod der Mutter dachte er in Schwarzweiß zurück. Er war sieben Jahre alt, und sein Leben hatte sich grundlegend verändert. Er hörte das Geschrei und Gejaule der Nachbarskinder nur noch aus den angrenzenden Gärten. Er spielte nicht mehr mit ihnen. Oder spielten sie nicht mehr mit ihm? Seit der Sohn von Frau Links damit begonnen hatte, ihn auf dem Schulweg als Mädchen zu beschimpfen, und die anderen Kinder mit einstimmten, waren sie nicht mehr seine Freunde. Diese langen Haare seien peinlich, riefen sie, und nur Hippies würden so eine Matte tragen – Hippies oder Mädchen.

Frau Rechts heuchelte Mitleid. Der tragische Tod seiner Mutter sei sicherlich nicht einfach für ihn. Abends saß er allein in seinem Zimmer und bürstete sich die Haare. Er summte ihre geliebten Schlager und ahmte den Kuss nach, den sie ihm am Ende immer auf den Scheitel gegeben hatte.

Der Vater verließ jeden Tag früh das Haus und kehrte erst am Abend zurück. Manchmal war er auf Geschäftsreise über Nacht fortgeblieben. Frau Rechts bot tägliche Betreuung gegen Bezahlung an. Ihre eigenen Kinder waren aus dem Haus, und ihr Mann hatte die Einwilligung verweigert, dass sie sich eine richtige Arbeit suchen durfte. Der Vater nahm die Hilfe an.

Er erinnerte sich auch heute noch gut an die durchorganisierten Tage, an denen er mit seinem Vater aufstand und die Klamotten anzog, die Frau Rechts ihm abends herausgelegt hatte. Schweigend saßen Vater und Sohn oft in der Küche beim Frühstück. Rückblickend konnte er sich an keinen Moment erinnern, in dem sie so etwas wie eine persönliche Unterhaltung geführt hätten. Es ging um Schulnoten, um die Zitterkrankheit des Opas, darum, dass sich die Heizölpreise nach der Krise endlich wieder stabilisiert hatten, und um einen Bankier, der irgendwo im Taunus von Terroristen erschossen wurde. Nichts davon interessierte ihn als Siebenjährigen.

Der Vater fuhr ins Büro, und er selbst wanderte mit seinem Tornister hinüber zu Frau Rechts, wo er sein Schulbrot und eine Trinktüte für die Pause abholte. Während er sich in der Schule immer mehr zurückzog, kümmerte sich Frau Rechts bei Vater und Sohn um den Haushalt. Sie putzte die Küche, machte die Wäsche, bezog die Betten und trug dabei heimlich die Garderobe seiner Mutter – auch wenn sie die Reißverschlüsse nicht zubekam. Eines Tages, als in der Schule der Sportunterricht ausgefallen war, erwischte er sie vor dem Spiegel im Flur, wie sie in einem ärmellosen Abendkleid so tat, als sei sie die Assistentin eines bekannten Showmasters. Von hinten konnte er die Schließe ihres Büstenhalters erkennen und die Strumpfhose, die sie über ihrem Schlüpfer trug. Sie deutete in dem zu engen Kleid einen Knicks an und winkte einem imaginären Publikum. Als sie ihn bemerkte, scheuerte sie ihm eine. Sein Vater glaubte ihm nicht, als er ihm später davon erzählte. Kurz darauf räumte der Alte aber die Sachen seiner Frau aus allen Schränken. Ohne mit der Wimper zu zucken, sammelte er alles zusammen, was im Haus an sie erinnerte. Jedes einzelne Stück.

Er war zu klein mit seinen sieben Jahren, als er vergebens um die weiche Bürste kämpfte, die seit dem Tod der Mutter in seinem Kinderzimmer auf der Kommode lag. Er weinte, er bettelte, aber der Vater riss ihm das Teil aus der Hand und schmiss es in den Müll. Er sollte daran denken, dass sie ihn nie geliebt hatte, sie wollte ihn tot sehen, brüllte er. Warum machte er jetzt so ein Geschiss um ihre Bürste? Wenn er sich endlich die langen Haare abschneiden ließe, reichte ohnehin ein verdammter Kamm.

Doch er ließ sich die Haare nicht schneiden. Nach ihrem Tod hatte er es mehrmals versucht, aber immer, wenn er im Frisiersalon auf dem Stuhl saß, fing er hysterisch an zu heulen. Umstehende Kunden reagierten erschrocken, und keine der Frisösen hatte sich je getraut, seine Matte um mehr als einen Zentimeter zu kürzen.

Er hatte die Haare seiner Mutter geerbt, das wusste er. Er erinnerte sich heute noch daran, als er die Länge seiner Frisur das erste Mal wahrnahm. Die Haare reichten ihm damals bis zum Kinn, und er war überzeugt, mit ihnen auf die Welt gekommen zu sein. Einige bezeichneten ihn schmunzelnd als Grundschulrocker, die meisten machten sich aber auf übelste Weise über ihn lustig. Solange seine Mutter noch lebte, stand er unter ihrem Schutz. Als sie fort war, nahm er sich selbst in Obhut.

Seine Oma starb im Herbst desselben Jahres, nur wenige Monate nach ihrer Tochter. Opas Zittern wurde stärker, aber er erinnerte sich nicht mehr an den Parkinson, sondern nur noch an das Flakfeuer über Danzig.

Lag er als kleiner Junge abends wach, spürte er den Blick seiner toten Mutter in der Dunkelheit des Zimmers. Er schien ihn zu durchbohren, aber vor dem Schlaf fürchtete er sich noch mehr. Die Träume jagten ihm Angst ein. Immer öfter begegnete er darin dem kleinen Mädchen, das nach ihm suchte und ihn beim Namen rief. Er versuchte, sich mit ihr zu unterhalten, aber sie hörte ihn nicht. In keinem seiner Träume schien er für die anderen zu existieren. Er war unsichtbar.

Als Kind hasste er die Schule, und er hasste Frau Rechts. Ohne dass er ihr jemals geantwortet hätte, lenkte sie das Gespräch regelmäßig auf den Tod der Mutter. Die Nachbarin brannte auf Details aus besagter Nacht, in der die grausame Frau versucht hatte, ihren kleinen Jungen mit ins Grab zu nehmen. Und ihre Sucht nach Informationen aus dem Horrorhaus und ihr Wunsch, in der Nachbarschaft mit dem heißesten Klatsch hausieren zu gehen, trieben merkwürdige Blüten. Er spürte die Blicke der Leute und hörte ihre gedämpften Stimmen. Er zog sich noch mehr zurück.

Erst nachdem der Vater die letzten Spuren seiner Frau aus ihrem Leben entfernt hatte, ließ das Interesse von Frau Rechts an der Tätigkeit als Haushälterin nach. So, wie sie aufgehört hatte, mit ihrem Mann ins Berchtesgadener Land zu reisen, kurz nachdem man den Berghof gesprengt hatte.

Das Leben ging auf merkwürdige Weise weiter, ohne dass er dabei ein Gefühl für Zeit entwickelt hätte. Es hinterließ erst wieder eine Erinnerung, als Tante Doro auftauchte. Seine Mutter starb im Sommer, Weihnachten saß die fremde Frau mit am Tisch. Es war nicht mehr still im Haus, aber es spielte auch keine Musik. Kurze Zeit später hingen ihre Sachen im Schrank seiner Mutter. Ihr Lächeln galt einzig dem Vater. Er erinnerte sich an den Moment, als er begriff, dass die Fremde nicht seine Hoffnung, sondern der Grund für seine endgültige Resignation war.

Er schüttelte den Gedanken an früher ab und stand nun auf. Seine Ausschläge brannten, wenn sie mit Schweiß in Berührung kamen. Er kochte sich einen Pott Kaffee. Es wurde Zeit, das Haus zu verlassen.

Wie ein Schweizer Uhrwerk zog er wie jeden Morgen pünktlich um 5:15 Uhr die Wohnungstür hinter sich zu und holte sein Fahrrad aus dem Keller. Es war kalt geworden und schneite leicht. Straße und Bürgersteig glänzten rutschig unter der Straßenbeleuchtung. Er schützte seinen rasierten Schädel mit einer dicken Fleecemütze, und über seinen dünnen Baumwollhandschuhen trug er zusätzlich noch ein Paar aus Leder. An der Ampel gegenüber versuchte ein Kleinwagen anzufahren, aber die Räder hatten auf der Straße keinen Grip. Am liebsten hätte er das Fahrrad stehen lassen und wäre mit dem Auto gefahren. Er ärgerte sich, dass es zwei Kilometer entfernt vor dem Laden parkte. Denn die Garage, die er im Hinterhof seiner Wohnung gemietet hatte, war seit einer Woche besetzt. Langsam musste er sich wirklich überlegen, wie er den Kastenwagen von Rays Zylinderstübchen entsorgen konnte.

Alpay starrte auf sein Frühstückstablett. Die zitternde Aufwärtsbewegung der Fahrstuhlkabine übertrug sich auf die Scheibe Gesichtswurst auf der Brötchenhälfte. Sie lächelte ihn wacklig an. Der Kaffee in der randvollen Tasse war bereits in der Kantine im Untergeschoss übergeschwappt. Unter seinen Füßen knirschte Streugranulat in einer matschig kleinen Pfütze von getautem Schnee, die der Läufer nicht mehr richtig aufsaugen konnte. Es roch nach nassem Hund. Der Fahrstuhl hielt in der dritten Etage. Auf dem Weg ins Büro ging er an der Damentoilette vorbei, in der jemand gurgelte und ins Waschbecken ausspuckte. Das Wasser lief. Alpay war lange genug im Dezernat, um zu wissen, wer sich dort am frühen Morgen die Zähne putzte. Während er und die Kollegen gestern am späten Abend nach Hause gefahren waren, hatte Franka wahrscheinlich im Büro geschlafen. Er kannte das Klappbett, das in einer Ecke ihres Büros stand, hatte es aber noch nie in Gebrauch gesehen.

Alpay erinnerte sich daran, was Jörg auf der Autofahrt zu Rays Zylinderstübchen über Franka erzählt hatte. Dass er bis heute nichts Privates wusste über die Kollegin, mit der er seit vielen Jahren zusammenarbeitete. Weder wo sie wohnte, noch ob sie einen Partner oder eine Partnerin hatte. Irgendwie tat Franka Alpay leid. Schirmte sie ihr Privatleben einfach nur rigoros ab, oder hatte sie wirklich keine Freunde? Was für eine furchtbare Vorstellung.

Er setzte sich an seinen Schreibtisch und biss in das Brötchen, als ihr Bürotelefon klingelte. Hektisch spülte er den

Bissen mit einem Schluck Kaffee hinunter und schüttete sich Übergeschwapptes von der Untertasse auf die Hose. Fluchend öffnete er die Bürotür nach nebenan. Der Anrufer schien wenig Geduld aufzubringen, denn als er den Hörer abnahm, wurde aufgelegt.

Die Luft im Raum war abgestanden und roch nach flüssigen Gummibärchen, kaltem Rauch und Schlaf. In der Ecke stand das schmale Bett, das er nun zum ersten Mal ausgeklappt sah. Frankas Lederjacke hing über dem Stuhl, der Papierkorb war voller leerer Dosen.

«Und was machen Sie da?» Franka stand in der geöffneten Bürotür, eine kleine Kulturtasche und ein Handtuch klemmten unter ihrem Arm.

«Ihr Telefon hat geklingelt. Morgen.»

«Und?»

«Aufgelegt, bevor ich dran war.» Er stand einen Moment verunsichert an ihrem Schreibtisch.

«Sie haben da was.» Sie deutete auf seinen Oberschenkel.

Auch wenn er sich über die Kaffeeflecken auf seiner frischen beigefarbenen Chino ärgerte, tat er sein Missgeschick locker ab. Franka trat neben ihn an den Schreibtisch, blickte auf die eingeblendete Kennung ihrer Anrufliste und rief die Nummer sofort zurück. Sie legte gleich wieder auf. «Besetzt.»

«Was Wichtiges?» Alpay war im Türrahmen stehen geblieben.

Franka verstaute Handtuch und Kulturtasche in ihrem Wandschrank. «Ich habe heute Morgen bereits mit dem Chef über die Operative Fallanalyse telefoniert.»

«Ist das nicht ein bisschen früh für die OFA? Das schaffen wir doch ohne die.»

«Herr Eloglu, das hier ist kein Wettbewerb. Je weniger wir vorwärtskommen, desto kälter wird der Fall. Es gibt keine Zeugen, keine Spuren, keine wirklichen Tatverdächtigen, und trotzdem haben wir zwei Tote, die auf brutale Weise umgebracht wurden.»

Die Schärfe in ihrer Stimme verriet, wie sehr sie unter Druck stand. Alpay fragte sich allerdings, ob ihr diese Idee in der letzten Nacht gekommen war oder warum Franka Erdmann ihr Team nicht in diese Überlegungen einbezogen hatte? Immerhin hatten sie alle gestern Abend lange genug im Büro zusammengesessen. Natürlich erkannte er die Notwendigkeit der Abteilung Operative Fallanalyse, wenn die Lage wirklich ausweglos war, aber dafür war es seiner Meinung nach viel zu früh. Sie steckten noch mitten in den Ermittlungen im Umfeld des Opfers.

«Und was ist mit meinem Gedanken von gestern Abend, mal die ganzen Typen von Marie Möbius näher unter die Lupe zu nehmen?»

«Die OFA einzuschalten bedeutet ja nicht, dass wir ab sofort das private Umfeld der Toten nicht mehr absuchen», sagte sie und wurde vom Telefonklingeln ihres Dienstapparates unterbrochen. Franka begrüßte den Leiter der Operativen Fallanalyse Arne Wolf, gab Alpay ein Zeichen, das Büro zu verlassen, und schloss die Tür hinter ihm. Er beobachtete durch die Glasscheibe, wie sie in ihrem Raum auf und ab ging und ganz gegen ihre sonstige Gewohnheit wild gestikulierte. Ihre Anspannung war offensichtlich.

Gestern Nachmittag hatte sich Alpay in der Kantine mit Sybille unterhalten. Er mochte ihre fröhliche Art. Sie kamen auf den Spagat zwischen ihrem Einsatz bei den Ermittlungen und ihrer Rolle als berufstätige Mutter einer Fünfjährigen zu sprechen, unterhielten sich über Frauen im gehobenen Polizeidienst und landeten automatisch bei Franka, die Sybille ein Stück weit als Wegbereiterin ansah. Als Hauptkommissarin Erdmann vor dreißig Jahren in den Polizeidienst eingetreten war, hatten noch viele männliche Kollegen versucht, Netzwerke durch Seilschaften zu ersetzen. So oft schon waren Beamte mit geringerer Qualifikation an Franka vorbeibefördert worden. Erst als sie begonnen hatte, mit ähnlichen Waffen zu kämpfen wie ihre männlichen Kollegen, begann ihr Aufstieg beim LKA.

Alpay war nach dem Gespräch mit Sybille ins Grübeln geraten. Denn sie hatte ihn darauf aufmerksam gemacht, dass alles, was man bei Franka als merkwürdig, seltsam, unfreundlich und sperrig befand, Attribute waren, die man bei jemandem wie Martin Suttmann als fokussiert, introvertiert, konzentriert und hartnäckig auslegte. Alpay wurde erst durch dieses Gespräch richtig bewusst, dass, auch wenn sich der Frauenanteil bei der Hamburger Polizei in den letzten zehn Jahren fast verdoppelt hatte, nur jede vierte Stelle mit einer Frau besetzt war. Er hatte sich bisher nie Gedanken darüber gemacht, dass die erste Polizistin, die Anfang der 1980er Jahre in Uniform auf Streife ging, für viele Konservative noch den Untergang des Vaterlandes eingeläutet hatte. Sybille bewunderte Franka für ihren Biss und dafür, was sie für Frauen im Hamburger Präsidium getan hatte. Und Alpay musste ihr zustimmen. Auch jetzt, wenn er Franka so leidenschaftlich telefonieren sah, völlig verbissen in ihren Fall. Er gab sich nach außen hin unbeeindruckt, und er war entschlossen, diese Fassade aufrechtzuerhalten. Aber insgeheim zog er den Hut vor seiner Chefin.

Zügig ging Charlotte von der Bushaltestelle am Rathausmarkt zur Cornelius-Bank, die ihren Sitz nur einen Steinwurf von der Börse entfernt am Adolphsplatz hatte. Es war kalt geworden, und sie stellte den Kragen ihres Mantels auf. Immerhin hatte sie endlich die Zeit gefunden, ihren Dachboden auszumisten und die alten Elektrogeräte zu putzen. Gestern Abend waren die Sachen von ihr schließlich ins rechte Licht gerückt und fotografiert worden. Das Waffeleisen sah auf den Fotos aus wie neu. Sie erinnerte sich, wie sie das Gerät auf ihrem ersten Influencer-Event einer Supermarktkette als Goodie erhalten hatte. Sie interessierte sich nicht wirklich für Waffeln, wollte sich aber nicht beschweren, immerhin war das Teil ein Geschenk. Trotzdem forcierte sie danach lieber Mode- und Interiorinspiration anstatt ihre Koch- und Backkünste.

Das Dampfding für ihre Gardinen war eigentlich gar nicht so schlecht, wie sie festgestellt hatte. Und der Smoothie-Maker war ebenfalls zu schade für den Elektromüll – auch ohne Deckel. Legte man eine Untertasse auf das Gefäß und hielt sie fest, schleuderte der Spinatdrink auch nicht mehr an die Wand.

Charlotte hatte die Busfahrt zur Arbeit genutzt, um ihre Instagram-Verkaufsstory hochzuladen, in der sie die Geräte zu moderaten Preisen anbot. Das nannte man sustainable. Wer zuerst kommt, mahlt zuerst. Kein Versand, nur für Selbstabholer. Bei Interesse bitte eine persönliche Nachricht an Charlotte. Die Community war begeistert. Kaum war sie vor der Cornelius-Bank angekommen, hatte sie bereits einen Teil ihrer Weihnachtsgeschenke für die Familie refinanziert.

Als Leiterin der Sonderkommission begrüßte Franka gegen 10:30 Uhr den Kriminalpsychologen Arne Wolf, der seit einigen

Jahren der OFA in Hamburg vorstand. Sie trafen sich in einem kleinen Konferenzraum in der ersten Etage des Polizeipräsidiums. Ende der Neunzigerjahre war die Operative Fallanalyse bei der deutschen Polizei zum ersten Mal zum Einsatz gekommen. Das Hauptanliegen bestand darin, ungeklärten Fällen einen neuen Ansatz zu geben oder dafür zu sorgen, dass bestimmten Ermittlungsrichtungen Vorrang eingeräumt wurde. Ebenso ließ sich durch die Methodik früh erkennen, ob es sich bei einem Gewaltverbrechen vielleicht um eine Serientat handelte. Einige Jahre zuvor hatten sich deutsche Kriminalisten in England, Kanada und den USA kritisch umgeschaut und Fakten zu fallanalytischen Verfahren gesammelt. Das international bekannte Profiling wurde untersucht und auf seine Übertragbarkeit auf deutsche Verhältnisse überprüft. Nicht alles ließ sich übernehmen, und so hatte eine Forschungsgruppe aus Kriminologen über die Jahre das Instrument der Operativen Fallanalyse erarbeitet. Bevor die neue Ermittlungstechnik zum offiziellen Einsatz gekommen war, hatte man das Verfahren zunächst in Pilotprojekten getestet und stetig weiterentwickelt. Franka konnte sich gut daran erinnern, als die OFA zu Beginn des neuen Jahrtausends in Hamburg an den Start gegangen war. Fast überflüssig zu erwähnen, dass sich altgediente Beamte des LKA damals über die Truppe lustig gemacht hatten. Während Franka schon früh die neu entwickelte Verfahrensweise als Chance erkannt hatte, komplizierte oder erkaltete Fälle zu lösen, hatten sich einige Ermittler auf den Schlips getreten gefühlt. Leider gab es solche Tendenzen noch heute, zu hören mittlerweile aber nur noch hinter vorgehaltener Hand oder am Tresen nach Feierabend.

Bei der Operativen Fallanalyse begannen die Ermittler Fakten aus Ermittlungen zu sammeln, die in Bezug zu besonders schwerwiegenden und sexuell assoziierten Gewaltdelikten standen. Besonders brutale Taten wurden in der eigens dafür eingerichteten Datenbank ViCLAS registriert. Hier wurden Verhaltensweisen von Verbrechern umfassend kategorisiert und speziell die Taten abgespeichert, bei denen das Opfer den Täter nicht näher kannte.

Als Beamter bei der OFA brauchte man das spezielle Berater-Gen. Man musste sozialkompetent und teamfähig sein und durfte kein Problem damit haben, die eigenen Ermittlungserfolge von jemand anderem nach außen verkaufen zu lassen und selbst eher im Hintergrund zu agieren. Franka grinste innerlich. Alpay Eloglu und Jörg Scharnke hätten in dieser Truppe keinen Stich gemacht. Der junge Kollege war zu ungeduldig und der erfahrene Beamte kein echter Teamplayer, wenn es darauf ankam. Polizisten, die sich für die Spezialabteilung interessierten, mussten bereits Erfahrungen bei der Ermittlungsarbeit im Bereich Sexualstraftaten oder Tötungsdelikte gesammelt haben. Der Job war anspruchsvoll: Auch nach bestandener Prüfung der bis zu siebenjährigen Spezialfortbildung mussten sich die Beamten stetig weiterbilden.

Arne Wolf hörte Franka aufmerksam zu und bremste sie nur dann, wenn sie ihre persönliche Einschätzung zu manchem Detail automatisch mitlieferte. Wichtig bei jeder Fallanalyse waren Unvoreingenommenheit und Objektivität. Wurden die Kollegen, wie jetzt, eine Woche nach der Tat hinzugezogen, stützten sie ihre Arbeit auf Tatortfotos, rechtsmedizinische Gutachten und forensische Ergebnisse. Sie waren nicht dafür zuständig, Theorien zu entwickeln, die sich nicht wissenschaftlich belegen ließen, wie ein mögliches Mordmotiv. Bei ihrer Arbeit konzentrierten sie sich nur auf bereits ermittelte Fakten.

«Ich weiß nicht, ob das Team im Moment Kapazitäten frei hat, Frau Erdmann», sagte Arne Wolf, als sie ihre Zusammenfassung beendet hatte. Er schob ihr die Akte zurück über den Tisch. «Wir sind nur fünf Beamte.»

«Und ich habe zwei Tote.» Sie hatte keine Hemmungen einzugestehen, dass sie Hilfe benötigte, und schob ihm die Akte zurück. «Ich wäre Ihnen dankbar, wenn Sie mir nicht sofort einen Korb geben. Wir haben zwei Opfer, die irgendwie im Zusammenhang stehen.» Franka blickte aus dem Fenster. «Ich weiß nicht, warum, aber ich habe das Gefühl, da draußen braut sich was zusammen.»

Arne Wolf schien nachzudenken. Er blätterte kurz durch die Unterlagen, atmete durch und nickte schließlich. «Gut, Frau Erdmann. Meine Leute und ich starten mit der Informationserhebung nach Aktenlage. Wir nehmen uns zuerst die gesicherten Spuren vom Tatort vor.»

Franka befühlte die Schachtel Zigaretten in ihrer Jackentasche. «Gutachten der Rechtsmedizin, Ergebnisse der KTU, Fotos, ich habe Ihnen alles zusammengestellt.»

Wolf steckte die Akte ein. «Meine Leute melden sich, wenn wir noch was brauchen. Als Erstes versuchen wir, den Tathergang in eine nachvollziehbare Chronologie zu bringen.»

Franka wusste, es ging darum, das Verbrechen mit den bereits gewonnenen Fakten noch einmal in Erinnerung zu rufen, bevor man mit der Interpretation begann.

Erst nach der Rekonstruktion des Tatgeschehens versuchte man, das Verhalten des Mörders zu verstehen, bevor man ihn, einem methodischen Schema folgend, charakterisierte. Diese etwas statische Methode war in manchen Fällen überraschend erfolgreich.

Franka und Wolf erhoben sich gleichzeitig von den Stühlen. Der Beamte war knappe zehn Jahre jünger als sie. In seinem Anzug wirkte er wie ein Banker. Wolf lächelte, als sie sich mit kräftigem Handschlag verabschiedete.

Charlotte hatte sich in der Mittagspause einen Snack in einer der hippen Tagesbars der Innenstadt bestellt. Auf ihre Ausgaben bedacht, schmierte sie sich meist zu Hause ein Brot oder kaufte in Mustafas Gemüseladen am Straßburger Platz einen frischen Salat zu Dulsberger Preisen. Aber heute saß sie in einer der eleganten Einkaufspassagen unweit des Jungfernstiegs vor einem frischen Sandwich mit allem Drum und Dran. Sie hatte nicht bedacht, dass man für eine doppelt gestuffte Truthahn-Stulle im New-York-Style die Fähigkeit besitzen musste, sich für die Zeit des Essens den Unterkiefer auszuhängen. Sie bat um Besteck.

In einigen Tagen würde sie ein kleines extra Sümmchen auf ihrem privaten Flohmarkt einnehmen. Da konnte man die Mittagspause getrost in diesem gemütlichen Bistro verbringen, in dem sich Geschäftsfrauen zum Lunch verabredeten und gegelte Sakkoträger mit Goldknöpfchen dafür sorgten, dass ihre fette Armbanduhr auch ja unter der Manschette hervorschaute. Charlotte setzte das Besteck an. Sie schnitt mit dem Messer durch die oberste Schicht Ei und Bacon, als eine Scheibe Tomate unter dem Druck der Gabel aus der ersten Lage schoss, über den polierten Marmortisch flitschte und auf den Fußboden fiel. Sie scannte den Gastraum. Ohne mit der Wimper zu zucken, schob sie die Tomatenscheibe mit der Spitze ihres Winterstiefels unter ihren Stuhl.

Seit dem Morgen textete Charlotte per WhatsApp mit den Abnehmern ihrer Flohmarktware, denen sie zuvor ihre Telefonnummer über Instagram geschickt und um persönliche Nachricht gebeten hatte. So machte man das. Auf dieser Plattform war man vorsichtig. Die liebe Alex zahlte für das Dampfgerät dreißig Euro und schrieb in ihrer Textnachricht, dass sie es in zwei Tagen nach der Arbeit zu Charlotte nach Dulsberg schaffen könne. Die liebe Leni vom Account *lenis_leiste* war aus dem Häuschen, weil sie für wenig Geld ein fast neues Waffeleisen erstanden hatte. Ihr altes Gerät, so schrieb sie, hatte sie nach der Trennung bei ihrem Ex zurücklassen müssen. Und zu guter Letzt hatte sich ein neuer Follower für den Smoothie-Maker ohne Deckel gemeldet. Das Profil tat Charlotte fast ein bisschen leid. Der Account *remembermeforever1* hatte nicht einen einzigen Follower. Er folgte nur wenigen Interior-Accounts, die sich auf ökologisches Wohnen spezialisiert hatten. Zudem waren einige internationale Umweltorganisationen abonniert. Der Mann hinter dem Profil stellte sich Charlotte auf rührende Weise vor und erklärte, warum er ihren Mixer auch ohne Deckel benutzen wolle: Er höre die Umwelt ächzen. Er sehe, wie sie gegen das Ersticken kämpfe, und wolle ihr beim Überleben behilflich sein. In seinem Interesse und in dem der nachfolgenden Generationen. Er finde es toll, dass auch *dulsbergerdeern* an die Ressourcen denkt, die nicht unbegrenzt zur Verfügung stehen. Kostja, so hieß er, war bei Instagram aktiv, weil er seine Umwelt und sein Umfeld für die ökologischen Probleme seiner Zeit sensibilisieren wollte. Das hatte er ihr erklärt. Auf Charlottes Story war er aufmerksam geworden, weil er dem Hashtag *sustainable* folgte, den sie darin benutzte. Sein Profilbild zeigte ein Gebirgstal mit wasserblauem Flusslauf. Die einzigen Posts, die er bisher hochgeladen hatte, dokumentierten die Abholzung des brasilianischen Regenwalds und eine Schlacke-Deponie im

Hamburger Hafen. Charlotte lächelte. Der Mann brauchte unbedingt Nachhilfe bei der Auswahl seiner Hashtags.

Franka stieg in der dritten Etage aus dem Fahrstuhl. Am anderen Ende des Flurs verließ Monika Moro gerade das Büro von Martin Suttmann. Franka war überrascht. Selten hatte sie die Staatsanwältin außerhalb einer Teamsitzung im Präsidium getroffen. Erst recht nicht auf dieser Etage.

«Frau Erdmann.» Moro nickte distanziert und verschwand im Fahrstuhl, noch bevor Franka ihr von der Unterstützung durch die OFA berichten konnte.

Sie war sich sicher, dass sich die Juristin bei Martin nach den Ermittlungsergebnissen erkundigt und Stress gemacht hatte. In seiner Haut wollte sie nicht stecken. Der Druck machte auch sie nervös.

Sie klopfte an die Bürotür ihres Chefs und informierte ihn über das Treffen mit Arne Wolf.

«Das ist gut, vielleicht ergeben sich dadurch neue Ideen», sagte Martin und lehnte sich in seinem Schreibtischstuhl zurück. «Ein Doppelmord, von dem man weder weiß, wie die Taten zusammenhängen, noch, wer sie verübt hat. Die Staatsanwaltschaft hat nach einer Woche ergebnisloser Ermittlungen ihre leichte Unzufriedenheit geäußert, um es mal vorsichtig auszudrücken.»

Franka lachte. Die Staatsanwaltschaft bestand in diesem Fall aus Monika Moro, und dass die kein ausgesprochener Fan von Franka war, wusste auch Martin.

«Sie ist etwas misstrauisch.» Er blickte zur Decke. «Krieg das jetzt bitte nicht in den falschen Hals, aber Moro glaubt, dass du so einem komplexen Fall nicht mehr gewachsen bist.»

Ihr Lächeln gefror. «Ist hoffentlich ein Witz, oder?»

«Leider nein.»

«Aber ich habe deine Rückendeckung …»

«Sicher.» Er räusperte sich.

Franka wusste, ihrem Chef saß nicht nur die Staatsanwältin im Nacken, sondern auch die Presse. Sie sah die aktuelle Tageszeitung auf seinem Tisch liegen. Franka hatte der Artikel, in dem man sich wunderte, warum sie in dem Fall nicht vorwärtskamen, bereits das Frühstück in der Kantine verdorben.

Für gewöhnlich scheute sie auch die Konfrontation mit ihrem Vorgesetzten nicht, aber in diesem Fall winkte sie einfach ab. Martins Räuspern, das seiner Antwort auf Frankas Frage nach Rückendeckung gefolgt war, hatte ihr klargemacht, dass er sich im Notfall nicht allzu weit für sie aus dem Fenster lehnen würde. Enttäuscht verließ Franka sein Dienstzimmer.

Sie betrat ihr Büro vom Flur aus und knallte die Tür hinter sich zu, sodass die Kollegen nebenan erschrocken aufsahen. Sybille stand sofort auf und kam zu Franka herüber. «Spuck's aus.»

Franka winkte sie herein und schloss die Tür. «Los, hilf mir.» Sie hatte den Schreibtischsessel zur Seite geschoben, stemmte sich gegen den Schreibtisch und hatte dabei den Rauchmelder an der Decke fest im Blick. Es war nicht das erste Mal, dass sie Sybille bei dieser Aktion um Hilfe bat. Während sie den Tisch gemeinsam unter den Rauchmelder schoben, kotzte sich Franka aus.

«Martin ist so ein Weichei! Kaum spürt er Staatsanwaltschaft und Presse im Nacken, verlierst du seinen Rückhalt.»

«Wie war es mit Arne Wolf?»

«Er macht's.»

«Aber das ist doch super.»

Franka spürte Sybilles Zweckoptimismus, stellte einen Stuhl auf den Schreibtisch, kletterte nach oben zur Decke und entfernte kippelnd den Neun-Volt-Block aus dem Rauchmelder.

«Super ist, wenn ich nicht falle, obwohl bereits jemand an meinem Stuhl sägt.»

Zwei Tage später hatte es wieder geschneit. Hamburg startete den neuen Morgen in unschuldigem Weiß, auch wenn da draußen jemand herumlief, der zwei brutale Morde verübt hatte. Die Auswirkungen der aktuellen Wetterlage machten Franka wieder einmal fassungslos. Wie konnte ein bisschen Schnee eine ganze Stadt lahmlegen und kollektiv in Hysterie versetzen? Autofahrer schlichen so langsam durch die Straßen, dass man schneller war, wenn man zu Fuß ging. Dabei verteilte die Stadtreinigung bereits so viel Streugranulat, als wäre ein kanadischer Blizzard über die Stadt hereingebrochen. In vorauseilendem Gehorsam dachte niemand daran, den ganzen Dreck im Frühjahr auch wieder zusammenkehren zu müssen.

Franka folgte in ihrem alten Nissan mit den neuen Winterreifen einem Wagen in Schrittgeschwindigkeit durch Eimsbüttel. Sie war sich nicht sicher, ob der Fahrer vor ihr einen Führerschein besaß, und bei näherer Betrachtung wollte sie nicht einmal davon ausgehen, dass überhaupt jemand den Wagen lenkte. Durch die Heckscheibe wirkte der Fahrersitz leer. Jetzt reichte es! Gerade als Franka genervt auf die Hupe schlug und wild gestikulierend lospöbelte, erkannte sie den wahren Grund für den Stau. Ein Bus und ein Streufahrzeug hatten auf der engen Kreuzung ihre Außenspiegel ineinander verkeilt. Franka ließ sich in den Sitz fallen und atmete ergeben durch. Sie nutzte den Stopp, fuhr rechts ran und stellte den Nissan auf einem freien Parkplatz in der Osterstraße ab. In aller Ruhe ging sie zu einem Kiosk hinüber, um eine Palette Energydrink zu kaufen. Bis der nächste Ordnungshüter hier vorbeikam, wäre das blaue Schild mit dem Piktogramm eines weißen Rollstuhls hoffentlich zugeschneit.

Der Tag im Dezernat war Routine, doch die Ruhe täuschte. Franka versuchte, ihre Anspannung zu überspielen. Arne Wolf saß seit zwei Tagen mit seinem Team zusammen und wollte am Abend Ergebnisse präsentieren. Franka verdrängte, dass ihr die schwindende Unterstützung von Martin Suttmann immer noch quer saß. Von den Ergebnissen der OFA, das war ihr klar, hing nicht nur die Neuausrichtung der Ermittlungen ab, sondern auch ihre Position als Leiterin dieser Soko.

Sie betrat ihr Büro vom Flur aus und hörte durch die geöffnete Tür nach nebenan, wie Sybille ein Telefonat beendete.

«Nichts, was wir nicht schon wussten», sagte sie, als sie Frankas fragenden Blick bemerkte.

Parallel zur Arbeit der OFA befragte das Team immer noch Personen aus dem Umfeld von Marie Möbius.

«Spar die Mühe», sagte Jörg. Franka konnte das Lächeln in seiner Stimme förmlich sehen. «Das erledigen ab jetzt Arne Wolf und seine Leute.» Franka lehnte sich in den Türrahmen zum Gemeinschaftsbüro und sah, wie beifallheischend Jörg zu Alpay schaute. Der antwortete nicht.

Franka wusste, dass der neue Kollege die Arbeit der OFA spannend fand. Noch fehlte es ihm allerdings an der nötigen Berufserfahrung, bevor er überhaupt an eine mehrjährige Zusatzausbildung denken konnte. Wie wenig Jörg hingegen über Frankas Entscheidung begeistert war, die OFA einzuschalten, ließ sich aus jedem seiner Sprüche heraushören.

«Jörg, alle geführten Befragungen protokolliert?»

«Ich bin dabei.»

Franka verzog keine Miene. «Vielleicht etwas weniger Gespräche, dafür mehr Protokolle.» Sie ging zurück in ihr Büro und schloss die Tür.

Sybille und Marcel hatten der OFA weiteres Material zusammengestellt, das der Kriminalpsychologe und seine Leute zur Rekonstruktion der Taten noch benötigt hatten. Franka wusste, dass die OFA den Fall nach ihrer eigenen Methodik aufbereitete. Das Team betrachtete zuerst das Opfer und seine letzten vierundzwanzig Stunden und widmete sich dann allen objektiven Spuren, bevor sich die Beamten an die Tatrekonstruktion machten. Wolf hatte Franka zwischenzeitlich informiert, dass die Wohnung von Marie Möbius anhand der vielen Tatortfotos in einem 3-D-Scan erfasst worden war. Er und seine Leute waren so in der Lage, sich virtuell durch die Räume zu bewegen.

Franka erinnerte sich natürlich an die Tatortfotos. Im Flur lagen Maries Filzpuschen, zwei Meter voneinander entfernt, daneben ihre Handtasche. Die Markierungen der Spurensicherung hatten auch das Portemonnaie gekennzeichnet, das halb unter die Vitrine aus italienischem Nussbaum gerutscht war. In der Küche saß die Leiche auf einem Stuhl, so hatte sie die Putzfrau gefunden. Das Gesicht auf dem Tisch. Darunter die groben Splitter eines zertrümmerten Longdrinkglases. Auf dem Fußboden lag zu Bruch gegangenes Geschirr.

Franka kannte jedes Detail dieser Bilder. Stundenlang hatte sie sie studiert. Bei zweihundertfünfundsechzig Quadratmetern, verteilt auf sieben Zimmer, war Franka fast überrascht, dass die OFA ihren Bericht nach nur zwei Tagen fertiggestellt hatte. Und sie wusste nicht, ob das ein gutes oder schlechtes Zeichen war.

9

Am Abend verließ Charlotte pünktlich um 17:00 Uhr die Cornelius-Bank und ging durch den Alten Wall, den eine wunderschöne straßenüberspannende Weihnachtsbeleuchtung in ein festliches Licht tauchte. Die hochherrschaftlichen Fassaden, die entweder vom Krieg verschont oder vom Denkmalschutzamt restauriert worden waren, zeugten noch heute vom Wohlstand der Hansestadt Hamburg. Am Zugang zum Rathausmarkt schaute Charlotte zu den Alsterarkaden hinüber, in deren Säulengang leuchtende Sternschnuppen montiert waren. Im Fleet hatte sich eine Eisschicht gebildet, die der Schnee dünn überzogen hatte. Charlotte liebte diese besondere Atmosphäre in der Innenstadt. Sie ging über den Rathausmarkt zur Bushaltestelle. Die bunten Buden des Weihnachtsmarktes hatten längst geöffnet. Sie war ein großer Fan von Glühwein und Kartoffelpuffer. Wie gerne besuchte sie mit ihren Mädels aus dem Spanischkurs die Weihnachtsmärkte oder versackte mit den Kollegen bei Punsch und Bratwurst gleich hier an den Buden vor dem Rathaus. Aber jetzt musste sie nach Hause. Die liebe Alex holte das Dampfbügelgerät ab. Danach kam die liebe Leni, die sich auf das Waffeleisen freute. So geputzt sah das Teil aus wie neu. Charlotte waren am Morgen plötzlich Zweifel gekommen, als sie die verschneiten Straßen ihrer Nachbarschaft gesehen hatte. Das Bild erinnerte an feinen Puderzucker auf knusprigen Waffeln, die, zudem bei stimmungsvoller Beleuchtung fotografiert, sicher eine Menge Likes generieren würden. Zu spät. Sie stand zu ihrem Wort, und die liebe Leni kam extra vom anderen Ende der Stadt.

Charlotte war etwas genervt von Kostja, der sich am Nachmittag in einer Textnachricht entschuldigt hatte. Leider würde er es nicht zur verabredeten Zeit nach Dulsberg schaffen. Wäre es ein Problem für Charlotte, wenn er zwei Stunden später vorbeikäme, so gegen 22:00 Uhr? Er wollte den Smoothie-Maker auch nur schnell bei ihr abholen und wäre dann sofort wieder verschwunden. Na gut, auch ihm hatte sie zugesagt, zumal sich außer Kostja niemand für das deckellose Gerät gemeldet hatte. Irgendwie war der Typ, so leid er einem tun konnte, unfreiwillig komisch mit seinem Nachhaltigkeitswahn. Sie war gespannt, wie er im realen Leben wirkte.

Zu Hause angekommen, wärmte sich Charlotte die Hände in der Küche an einem Becher Ingwertee. Auf dem Nachhauseweg war ihr im Bus plötzlich die Kälte unter die Haut gekrochen. Was sie vor Weihnachten wirklich nicht gebrauchen konnte, war eine Grippe.

Der beleuchtete Weihnachtsstern im Fenster ihrer Küche tauchte den Raum in eine gemütliche Abendstimmung. Charlotte schaute auf die Uhr, als es auf die Sekunde genau um 18:30 Uhr an der Tür klingelte. Die liebe Alex vom Account *hansepedanteriehh* hatte sich angekündigt und kam gut gelaunt die Treppe herauf. Sie lächelte voller Vorfreude, und Charlotte begrüßte sie wie eine alte Freundin. Zwar standen sie sich in diesem Moment zum ersten Mal persönlich gegenüber, doch waren sie vorher schon oft virtuell beieinander zu Besuch gewesen. Charlotte bat die junge Frau herein. Die liebe Alex schaute sich in der hübschen kleinen Wohnung um, in der sie sich bereits bestens auskannte. Charlotte merkte, wie lange Alex ihr offenbar schon bei Instagram folgte. Sie unterhielten sich noch einen Moment, dann zahlte Alex für das Gerät und erzählte, wie sehr sie sich darauf freue, ihre zerknitterten Gardinen zu glätten. Natürlich würde sie das Ganze in einer Story auf ihrem Profil *hansepedanteriehh* festhalten, in der sie den Apparat im Einsatz zeigte, selbstverständlich mit Verlinkung zur *dulsbergerdeern*. Die liebe Alex wusste, was sich gehörte. Sie wünschte einen schönen Abend, klemmte sich das Dampfgerät unter den Arm und verließ die Wohnung nach einer knappen halben Stunde wieder.

Charlotte checkte WhatsApp. Kostja hatte schon wieder geschrieben. Er hoffe, die Zeit einhalten zu können. Sie solle bitte nicht böse sein, wenn er sich um eine weitere halbe Stunde verspäten würde. Sie konnte nicht glauben, wie verpeilt manche Menschen durchs Leben gingen. Sie selbst war strukturiert, hielt ihre Zusagen ein und ließ sich selten von irgendetwas durcheinanderbringen. Das konnte man von diesem Typen nicht gerade behaupten. Aber na gut. Der Umwelt zuliebe. Was waren schon zweieinhalb Stunden, wenn es darum ging, die Welt vor dem ökologischen Untergang zu retten?

Charlotte hatte bewusst alle Abholtermine auf einen Abend gelegt. Sie war sowieso zu Hause. Kostjas Accountnamen *remembermeforever1* hatte er anscheinend mit Bedacht gewählt. Nach dieser Aktion würde sie diesen Mann sicherlich nicht so schnell wieder vergessen.

Bis die liebe Leni das Waffeleisen abholte, setzte sich Charlotte mit einem weiteren Tee aufs Sofa und vertrieb sich die Zeit mit Zapping. Weder eine der inflationären deutschen Rateshows noch der andauernd von Werbeblöcken unterbrochene US-Blockbuster interessierten sie. Fasziniert blieb Charlotte an der Verkaufssendung eines Shoppingkanals hängen. Eine bis zur Unkenntlichkeit gebotoxte Hundertjährige mit Lippen wie Bockwürste pries ihre eigene Kosmetik an. Angeblich stoppte die getönte Tagescreme den Alterungsprozess der Haut um dreißig Prozent. Wenn der Lippenstift in Koralle allerdings eine solch boostende Wirkung entfaltete, wollte Charlotte lieber schmallippig durchs Leben gehen.

Es klingelte. Um 19:30 Uhr konnte sie dem Grauen des Shoppingsenders endlich entfliehen und betätigte den Summer. Nach einer Weile erschien die liebe Leni kurzatmig im dritten Stock und fächelte sich Luft zu. Sie wischte die beschlagenen Brillengläser frei, setzte das rote Gestell wieder auf und gestand freimütig, das Zumba-Training in letzter Zeit ein wenig vernachlässigt zu haben. Charlotte war überrascht. Sie hatte sich Leni jünger vorgestellt und fragte sich, mit welchem Filter sie ihre Fotos bearbeitete. Leni plapperte gleich los. Sie war frisch und glücklich geschieden und verfluchte ihren Ex, dem sie nicht nur das Waffeleisen überlassen musste, sondern auch die gemeinsame Wohnung. Das sollte sich Charlotte mal vorstellen, nach über zwanzig gemeinsamen Jahren. Aber Schwamm drüber. Die liebe Leni war eine selbstständige Frau, die sich ganz bestimmt nicht von so einem Schlappschwanz das Leben vermiesen ließ. Und weil andere Mütter auch faule Söhne hatten, ging sie ab jetzt lieber allein durchs Leben. Charlotte musste lachen und wuschelte sich mit der Hand durchs lange Haar. Die kleine, schmale, dezent geschminkte Frau in der rosafarbenen wattierten Jacke redete wie ein Wasserfall. Unter ihrer farblich zum Outfit abgestimmten Mütze mit der wulstigen Krempe lugten einige graue Haare hervor. Als Leni den Smoothie-Maker auf der Arbeitsplatte sah, ärgerte sie sich ein wenig, gezögert zu haben. Der sah ja noch tippitoppi aus. Charlotte stimmte ihr zu. Halb genervt, halb amüsiert erzählte sie, dass *remembermeforever1* das Gerät in knapp zwei Stunden endlich abholen würde.

Es war schon nach Feierabend, als Arne Wolf der Sonderkommission um Franka Erdmann die Ergebnisse der Operativen Fallanalyse präsentierte. Franka konnte ihre Anspannung kaum verbergen. Sie hoffte, Wolfs Ermittlungen würden diesem Fall den entscheidenden Impuls geben.

Alle Beteiligten hatten um den großen Besprechungstisch in einem der vielen Konferenzräume des Präsidiums Platz genommen. Drei Magnetwände waren voll mit Fotos und Notizen.

Auf dem linken Board war der Fall Möbius dokumentiert, inklusive der Bilder aus der Rechtsmedizin. Auf der rechten Seite wurde die Tat an Nils Funke im Detail in Erinnerung gerufen.

Die Aufnahmen des bis zum Kehlkopf in der Sandkiste vergrabenen Torsos, der vom Regen bereits stark aufgeweicht war, hatten etwas Theatralisches. Auf Franka wirkte der Tote mit dem ausgehackten Auge wie eine Attrappe aus einer Geisterbahn. Sie wusste, jeder Verstand versuchte, einen solchen Anblick auf seine eigene Weise zu verarbeiten.

Die MRT-Aufnahmen von Schädelfraktur und Wirbelbrüchen komplettierten das Grauen in Bildern. Franka war bewusst, dass die Heftigkeit der Taten einem die Sprache verschlagen konnte.

Brutal, ungebremst, erbarmungslos.

Dazu in krassem Kontrast standen die bunten Fotos des Instagram-Accounts von Marie Möbius, die Arne Wolf auf der dritten Tafel zwischen den beiden grausamen Taten zeigte.

Bunt, warm, hoffnungsvoll.

Eine perfekte heile Welt.

Franka überspielte ihre Unruhe, lehnte sich betont normal in ihrem Stuhl zurück und wartete gespannt, was Wolf zu sagen hatte.

«Bei unserer Arbeit geht es nicht allein darum, wer der *Täter* ist. Zuerst wollen wir immer auch herausfinden, wer war eigentlich unser *Opfer*? Aus dieser Analyse können wir Rückschlüsse auf den Mörder ableiten.»

Selbst auf den Fotos funkelten die Kristalle des Deckenleuchters in Maries Flur. Die Reflexionen auf dem Fischgrät-Parkett wirkten wie gefrorene Regentropfen. Verglich man diese Wohnung mit den Räumen der klammen Nachbarin, konnte man kaum glauben, dass Bernadette Buske auf der anderen Seite der französischen Pop-Art wohnte, die an der Wohnzimmerwand hing.

Arne Wolf breitete seine Notizen aus. «Mit jeder Tathandlung hinterlässt ein Täter seine Verhaltens-DNA.» Er stand auf und stellte sich an die Magnetwand. «Schauen Sie sich die Instagram-Fotos an. Was sehen Sie?» Er richtete sich direkt an die Beamten und sprach den jüngsten Kollegen in der Gruppe an: «Herr Eloglu.»

Alpay wirkte unschlüssig. Vielleicht traut er sich einfach nicht oder hat Sorge, eventuellen Neid auf so einen Lebensstil offenzulegen, dachte Franka.

Dann sagte er doch etwas: «Keine Ahnung. Ich frage mich, wer sich das leisten kann.»

«Würden Sie sich in einer solchen Wohnung wohlfühlen?»

«Trotz der Größe … sieht schon irgendwie cool aus.»

«Wer möchte so nicht wohnen?» Marcel war ehrlich.

Arne Wolf nickte und blätterte in seinen Unterlagen. «Wir haben uns den letzten Tag des Opfers angeschaut. Und sind die von Ihnen angefertigten Gesprächsprotokolle durchgegangen. Auch wenn einige Bekannte über die Scheidung der Frau Bescheid wussten … Freunde, Kollegen, alle sagen dasselbe über das Opfer. Marie Möbius war beliebt, eine gute Gastgeberin, kümmerte sich um Freunde, hatte ein Händchen für ein schönes Zuhause, sah immer top gestylt aus. Hatte Humor. Lachte viel.» Er deutete zur Wand mit den Account-Fotos. Marie Möbius saß auf ihrem Esstisch und lachte fröhlich in die Kamera.

Franka beobachtete, dass selbst Jörg, der sie seine Ablehnung, die OFA eingeschaltet zu haben, offen hatte spüren lassen, aufmerksam zuhörte.

«Wir haben anschließend die Tat rekonstruiert», sagte Wolf, der, wie Franka wusste, den Überfall auf Marie Möbius mit seinen Leuten exakt nachgespielt hatte. «Neben der Faktenlage wollen wir auch den psychologischen Hintergrund des Täters abstecken und versuchen, uns folgende Fragen zu beantworten: Was hat der Täter getan oder unterlassen, und was hätte er stattdessen tun können? Wir haben uns also ganz konkret gefragt, was hat er für eine Backstory, dass er eine Frau in ihrer Wohnung überfällt und misshandelt, bevor er sie erdrosselt. Warum hat er sie nicht erstochen oder erschlagen? Warum hat er sie nicht gleich im Flur getötet, sondern erst in der Küche?»

Charlotte schlug das Waffeleisen in Zeitungspapier ein. Es war wieder abgekühlt, nachdem sie es kurz aufgeheizt hatte, um Leni die Funktionstüchtigkeit der Backplatten zu demonstrieren. Sie wunderte sich ein wenig, weil die Frau immer noch in ihrer Küche saß und keine Anstalten machte, sich zu verabschieden, obwohl sie nur auf einen Sprung nach oben kommen wollte. Aber Leni schien anscheinend doch noch ein bisschen bleiben zu wollen. Sie öffnete den Reißverschluss ihrer pinkfarbenen Winterjacke. Charlotte hatte noch nie ein so weißes Dekolleté gesehen. Die Haut erinnerte an frischen Schnee. Sie schob das eingepackte Elektrogerät in eine Papiertüte und hielt inne. Unter den leicht buttrigen Duft des gereinigten Waffeleisens mischte sich ein Hauch von Bergamotte und Jasmin.

Charlotte versuchte, den blumig exotischen Geruch einzuordnen, der ihr irgendwie bekannt vorkam. Wo hatte sie diesen Duft schon einmal gerochen?

«Du riechst gut.»

Leni lächelte. «Findest du?»

Zum ersten Mal schaute sie Charlotte direkt in die Augen. Charlotte hatte sich schon die ganze Zeit über gefragt, was ein Mensch erlebt haben musste, um dem Blick seines Gegenübers ständig auszuweichen.

Leni hatte wasserblaue Augen.

Arne Wolf setzte sich zurück an den Konferenztisch. Die OFA war sich sicher, dass der Täter weder aus dem näheren noch aus dem entfernten Umfeld von Marie Möbius kam. Die unbändige Brutalität, die Wut, mit denen diese Taten verübt worden waren, ließen keinen der Befragten wirklich verdächtig erscheinen. Selbst Personen mit geringer Motivlage, wie der Ehemann oder die Nachbarin, schieden aufgrund des brutalen Täterverhaltens aus. Franka schien also mit ihrer Vermutung richtigzuliegen, dass sie den Täter noch nicht im Blick hatten.

Trotzdem war die Auswahl des Opfers laut OFA kein Zufall. Der Instagram-Account von Marie Möbius schien unauffällig. Doch musste jemand, der sich im Netz auf eine solche Weise präsentierte, damit rechnen, von Menschen ins Visier genommen zu werden, bei denen diese Art der Selbstdarstellung nicht gut ankam.

Die OFA war überzeugt, Marie wurde durch ihren Account zur Zielscheibe. Der Täter hatte sie bewusst ausgesucht und kannte den Tatort ganz genau, hatte sich schon viele Male gedanklich dort bewegt. Er wusste, wie er vorgehen wollte, um seine Gewaltfantasien zu verwirklichen.

«Da ist er ja!» Leni nahm einen kleinen Flakon aus ihrer Handtasche. «Ich tupfe dir gern etwas von meinem Duft auf.»

Sie wickelte einen Parfümflakon aus einem Stofftaschentuch. Charlotte trat näher, neugierig, den Duft intensiver kennenzulernen. Genau das mochte sie so an Instagram. Die Möglichkeit, so viele unterschiedliche Menschen zu treffen. Meist virtuell. Aber manchmal eben auch persönlich. Diese Frau kaufte für wenig Geld ein Waffeleisen, und Charlotte erfuhr nebenbei etwas über ein französisches Parfümunternehmen. Sie beugte sich vor, damit die liebe Leni ihr etwas von dem Duft auftragen konnte.

Dann ging alles ganz schnell.

Wolf war sich sicher, der Täter betäubte das Opfer zuerst, um es außer Gefecht zu setzen. Er genoss die Macht. Noch war es zu früh, die Frau zu töten. Gerade begann er, seine Tat zu genießen. Das Spiel erregte ihn. Er sehnte sich nach der Befriedigung, auf die er hinarbeitete. Ganz langsam bis zum Finale.

Sie wehrte sich und schlug mit Händen und Füßen um sich. Er durfte nicht nachlassen, musste ihr den Lappen fest genug auf Mund und Nase drücken. Das Mädchen war zäh, aber er war es auch. Er hielt Charlotte im Schwitzkasten und rang sie zu Boden. Auf dem Rücken liegend, zog er sie auf seine Brust und drückte ihr von hinten den Hals mit seinem Unterarm zu. Sie röchelte. Mit der anderen Hand presste er der jungen Frau den Lappen fest ins Gesicht, flüsterte ihr Lügen ins Ohr. Wenn sie die Klappe hielte, passierte ihr nichts. Dabei musste er aufpassen, dass ihm die Dämpfe des Chloroforms nicht selbst in Nase und Augen stiegen. Langsam schwand ihre Kraft. Charlotte rutschte widerstandslos von seinem Brustkorb und blieb bäuchlings auf dem Küchenboden liegen. Zärtlich strich er ihr über das lange Haar. Es war bestimmt weich. Wie gerne hätte er es ohne Handschuhe berührt, es zwischen seinen Fingern gleiten lassen und sich zärtlich damit durchs Gesicht gestreichelt. Er musste sich noch gedulden. Sein Atem wurde ruhiger. Er kniete sich zu ihr hinunter und nahm die bewusstlose junge Frau in den Arm. Sachte wiegte er sie im Takt eines alten Schlagers, den er seit der Nacht, in der seine Mutter starb, nicht vergessen hatte und ihr nun leise ins Ohr summte. Dann schloss er die Augen und sog den Geruch ihres Shampoos langsam ein. Ihm blieb nur ein kurzer Moment, bevor sie wieder zu sich kommen würde.

Franka klinkte sich mit einer Zwischenfrage an Arne Wolf ein. «Was glauben Sie, wie lange der Täter gewartet hat, bis er das Opfer tötete?»

«Er hat gerade erst angefangen, seine Tat zu genießen, als die Frau in seiner Gewalt war. Er hat sein Opfer vorher lange genug beobachtet. Die Wohnung war ihm vertraut, und die Gewohnheiten von Frau Möbius kannte er auswendig.» Wolf schaute in die Runde. «Der innere Druck trieb ihn an, siegte schließlich über seine Vorsicht. Der Täter wollte wissen, ob seine Vorstellung kongruent zur Wirklichkeit verlief.»

Franka nickte, das leuchtete ihr ein. In dem Gesprächsprotokoll, das Sybille über die Befragung der Putzfrau angefertigt hatte, war zu lesen, dass einige Gegenstände in den Zimmern nicht mehr so angeordnet waren, wie sie für gewöhnlich standen. Frau Budden arbeitete seit fast sieben Jahren für Marie Möbius und kannte die Altbauwohnung wie ihr eigenes Zuhause. Eine alte Standuhr hatte ihren Platz nicht mehr mittig auf einer Anrichte, sondern stand am rechten Rand der Marmorplatte.

«Die Bildbände auf dem Wohnzimmertisch lagen in veränderter Anordnung übereinander. Was hat das zu bedeuten?», hakte Franka nach.

«Meine Leute und ich sind überzeugt, die Person, die Marie Möbius getötet hat, nutzte die Bewusstlosigkeit ihres Opfers dazu, sich in der Wohnung genau umzuschauen.» Wolf atmete durch. «Vielleicht stellte sich der Täter sogar vor, es wäre seine.»

Er strich mit den behandschuhten Händen über das Polster des Sofas und ließ seinen Blick durch das Zimmer schweifen. Von hier aus hatte er Charlotte auf dem Küchenfußboden liegend im Blick. Er freute sich auf den Abend, denn er wusste durch das Gespräch mit ihr, dass sich der Kandidat für den Smoothie-Maker um zweieinhalb Stunden verspäten würde.

Hier saß sie also, wenn sie Fernsehen schaute. Er ließ seinen Blick ruhig durch das Wohnzimmer schweifen. Die graue Wandfarbe war dezent, die wenigen Dekostücke hatte die junge Frau mit Bedacht gewählt. Er nahm eins der silbergerahmten

Familienfotos vom Fensterbrett. Es zeigte Charlotte mit einem kleinen lockigen Jungen. Er hatte ihren Neffen schon einmal in einem Post gesehen, den sie aber kurze Zeit später wieder gelöscht hatte. Achtlos stellte er den Bilderrahmen zurück. Auf dem Esstisch stand eine zusammengeklebte Zuckerdose neben dem selbst gestalteten Adventskranz.

Er hörte ihr Stöhnen aus der Küche und konnte es kaum erwarten, bis sie wieder bei Bewusstsein war, geschwächt durch die Betäubung und den Schmerz, den er ihr zugefügt hatte. Die Vorfreude klopfte in seinem Brustkorb. Er zitterte, schloss die Augen, legte seinen Kopf in den Nacken und versuchte, das Gefühl zu kontrollieren. Er wollte es nicht vergeuden, sondern so lange wie möglich konservieren. Dann würde es Zeit sein, sich zu belohnen.

Ihr leises Jammern erregte ihn. Lächelnd beobachtete er, wie sie sich in der Küche auf die Seite rollte und weinte. Dieses naive Stück dachte doch tatsächlich, sie wäre wieder allein. Bevor sie sich am Küchenstuhl hochziehen konnte, schoss er aus dem Wohnzimmer in die Küche zurück und schlug ihr ohne Vorwarnung mit voller Wucht ins Gesicht. Sie verlor erneut das Gleichgewicht und stürzte. Wie sie taumelte und fiel, wie sie aufschlug und sich krümmte. Sein ganzer Körper bebte und belohnte ihn mit Endorphinen. Durch den Schlag hatte sie sich die Unterlippe blutig gebissen. Beim Sturz war sie mit dem Gesicht auf die Kante des Küchenstuhls gefallen. Die Haut über der linken Augenbraue platzte auf. Bewegungslos blieb die liebe Lotte auf der Brust liegen. Beim flachen Ein- und Ausatmen rasselte es aus ihrem Mund. So als staute sich langsam Speichel in ihrer Luftröhre. Der Riss über der Augenbraue füllte sich wie in Zeitlupe mit Blut, das im Zickzack die Schläfe herunterlief.

Beim Anblick dieser jämmerlichen Frau zu seinen Füßen schloss er die Augen und erlaubte der Welle, ihn endlich mitzureißen.

«Geht's Ihnen nicht gut?» Franka wusste seit dem Leichenfund auf dem Spielplatz, dass Alpay nicht ganz seefest war. Wann immer es um die Schilderung brutaler Taten und die Veranschaulichung mit Bildmaterial ging, verstummte der junge Beamte merklich. Dass er sich nicht lange in der Nähe von Leichen aufhalten konnte und dem Geruch von Tod und Verwesung aus dem Weg ging, war Franka gleich zu Beginn aufgefallen. Alpay ignorierte sie.

«Gibt's Fragen?» Arne Wolf schaute von Franka zu Alpay, der wortlos verneinte.

Der Leiter der OFA lenkte die Aufmerksamkeit der Kollegen auf die vergrößerte Aufnahme eines ausgerissenen Haarbüschels der Toten. Die Haarfollikel waren deutlich zu erkennen.

«Die Frau hat mächtig Haare gelassen, aber nicht, wie Dr. Dörfler vermutete, weil sie sich beim Kampf mit dem Täter gewehrt hat. Wir legen das Augenmerk bei dieser Tat nicht so sehr auf den Tod durch Erdrosseln, sondern vielmehr auf den Skalp der Frau. Ihre Kopfhaut.» Wolf reichte ein Foto in die Runde, das die Filzpuschen der Toten auf dem Wohnungsflur zeigte. «Schauen Sie sich die Position der Hausschuhe an.»

Das Foto ging von Sybille zu Jörg, dann weiter zu Marcel und landete bei Alpay. «Die hat das Opfer vermutlich beim Kampf mit dem Täter verloren», sagte er.

Arne Wolf lächelte. «Könnte man meinen. Wir haben Versuche unternommen mit genau diesem Schuhmodell. Beim nachgestellten Zweikampf rutschte die Kollegin ständig mit den Füßen aus den Schuhen, knickte mehrmals um, und die Puschen landeten kreuz und quer auf dem Flur. Aber schauen Sie sich die Position, vielmehr die Ausrichtung dieser Hausschuhe am Tatort genau an.»

Franka ahnte langsam, wie grausam sich die Tat abgespielt haben musste.

Wolf führte seinen Bericht fort: «Erst als ich die Kollegin gegriffen und hinter mir hergezogen habe, rutschten ihr die Hausschuhe von den Füßen und blieben exakt so auf dem Boden liegen, wie Sie es hier auf den Fotos vom Tatort sehen.»

Er hatte Charlotte nicht unter den Armen gepackt, nicht an den Händen, nicht an den Füßen. Er griff sie nicht am Hosenbund ihrer Jeans und auch nicht am Pullover. Stattdessen benutzte er ihren Skalp, an dem er ihr Gewicht durch die Wohnung zog. Er wusste genau, was er tat. Nur auf diese Weise konnte er sie bis ins Tiefste demütigen, davon war er überzeugt. Ihre langen blonden Haare, die sie so stolz in die Kamera hielt, waren der Frau zum Verhängnis geworden.

Er riss sie noch ein Stück über den Boden, dann ließ er im Türrahmen zum Wohnzimmer von ihr ab. Sie hatte sich in der Metallschiene verhakt, die das helle Laminat auf der Schwelle zusammenhielt. Es war ekelhaft anzuschauen, wie ihr der Rotz aus der Nase lief und mit der blutigen Spucke zu einem unansehnlichen Ganzen verschwamm. Er zog sie an den Füßen zurück in den Flur. Die Schiene gab den Hosenbund frei. Sie weinte leise. Ihre geschwollenen Lippen öffneten einen kleinen Spaltbreit den linken Mundwinkel. Wie einem schlecht gelaunten Baby, das den eingelöffelten Brei aus seiner Schnute drückte, floss Charlotte eine Ladung blutiger Spucke daraus hervor, die vom Kinn tropfte und dort einen abgebrochenen Schneidezahn zurückließ.

Flehend brachte sie kaum hörbar ein «Bitte» hervor. Er stieg unbeeindruckt über sie hinweg, bückte sich nach ihrem Schopf und wickelte für einen besseren Halt ihre Haare um seinen Handrücken. Mehrmals hatte er sie gewarnt. Wenn sie schreit, macht er sie tot.

Meter für Meter riss er die Frau durch die Wohnung. Mit jedem Ruck an ihren Haaren zahlte er es ihr heim. Millimeter um Millimeter holte er sich die Zeit zurück, um die er in seiner Kindheit betrogen worden war.

Er bestimmte den Ablauf, er bestimmte die Spielregeln, er bestimmte, wann es vorbei war. Das Glück schoss ihm durch den Körper. Es fühlte sich an wie eine Umarmung. Oder wie das, was er dafür hielt.

«Also suchen wir nach jemandem, der hier seine Gewaltfantasien umgesetzt hat.» Franka hatte begriffen, worauf Arne Wolf hinauswollte.

Er nickte und wandte sich eindringlich an die Beamten. «Unser Täter nimmt sich Zeit für sein Ritual. Er besitzt die Souveränität, eine solche Situation durchzustehen. Mehr noch. Er ist auch unter Druck in der Lage, umzudisponieren, um seine geplante Tat trotzdem auszuführen.» Wolf ging zur dritten Tafel und tippte auf das Foto von Funke. «Und er kam unserem Täter in die Quere. Die Frau hatte sich ausgesperrt und den Notdienst gerufen. Unser Täter war also gezwungen, seinen Plan zu ändern.» Wolf spielte mit einem Magneten in seiner Hand. «Was zeigt, er stand so unter Druck, dass er seinen Drang nicht mehr unter Kontrolle bekam. Er musste die Frau an diesem Abend töten, auch wenn ihm jemand im Weg stand.»

«Wie hätte er Marie Möbius sonst umgebracht?»

«Ich hoffe, das erzählt er Ihnen, wenn Sie ihn verhaften.» Wolf rutschte der Magnet aus der Hand und kullerte über den Tisch. Mit einem Griff hielt Franka das Teil auf. Sie hatte also recht gehabt. Funke war der Kollateralschaden.

Franka merkte, wie in ihrem Kopf Puzzleteil für Puzzleteil an seinen Platz fiel. Funke war nicht eingeplant, wurde aber in Kauf genommen. Natürlich. Es ergab alles einen Sinn. Franka drehte den Magneten in ihrer Hand. «Laut Quittung hatte Funke nur eine Anfahrt berechnet. Damit ist klar, er hat ihr nicht die Tür geöffnet.»

«Und wie kam sie dann zurück in ihre Wohnung?» Alpay schaute in die Runde.

Auch für Sybille lag immer noch ein Puzzleteil im falschen Karton. «Und was ist mit Funkes Haaren auf ihrem Pullover?»

«Verdammte Scheiße!» Franka stand auf, ging zum Fenster und riss es auf. «Derjenige, der Marie Möbius die zugefallene Tür geöffnet hat, ist unser Mann.» Sie fummelte eine Zigarette aus der Schachtel. Und wenn man ihretwegen den ganzen Stadtteil wegen eines Feueralarms räumen müsste, das hier war wichtiger. «Die Frau hat sich ihm auf dem Silbertablett präsentiert.» Franka füllte auch die tief sitzenden Alveolen. «Der Typ spioniert sie aus. Über Wochen. Sein Druck ist so groß, heute muss er sie töten. Dann sperrt sie sich aus und ist so fahrlässig, das in ihrer Instagram-Story zu posten, wovon wir ja alle ausgehen.»

Franka schaute zu Wolf, der die Fotos von den Magnetwänden nahm. «Ab jetzt bewegen Sie sich im Bereich der Spekulationen, die wir von der OFA nicht methodisch belegen können», sagte er.

Franka ging rauchend vor dem geöffneten Fenster auf und ab. «Vielleicht hat der Täter den Mann vom Schlüsseldienst unten vor der Haustür abgefangen und sich als Dr. Möbius ausgegeben, den seine Frau doch noch erreicht hat.» Franka bemerkte, dass sich alle Augen konzentriert auf sie richteten. Plötzlich setzte sie das Bild auch für die Kollegen zusammen. «Er begleitet Funke zu seinem Kastenwagen und bezahlt die Anfahrt, vielleicht gibt er ihm noch ein kleines Trinkgeld», fuhr sie fort. «Nils Funke sitzt also in seinem Auto und stellt die Rechnung auf seinem mobilen Gerät aus, und ehe er sich's versieht, schlägt ihm unser Mann den Schädel ein.»

«Okay, damit kommen seine Haare aber noch nicht auf ihren Pullover.» Sybille stützte sich mit den Ellbogen auf der Tischplatte ab und legte ihren Kopf in die Hände.

«Wart's ab.» Franka drückte ihre Zigarette draußen auf dem Fensterbrett aus und war schon im Begriff, die Kippe nach unten in die Rabatte zu werfen, als sie Sybilles Blick auffing. Genervt rollte Franka mit den Augen und schob den Filter in die Schutzfolie der Schachtel. Sie wandte sich an Arne Wolf. «Darf ich?»

«Weiter spekulieren? Ich bitte drum.» Er lächelte.

«Unser Täter schiebt den Mann danach in den Wagen. Es ist spät am Abend, wenig bis keine Leute sind auf der Straße unterwegs. Wahrscheinlich deckt er ihn zu, denn Nils Funke ist zu diesem Zeitpunkt bereits nackt.»

«Oh Gott, ist das creepy.» Sybille lehnte sich zurück.

«Unser Mann macht sich als Monteur in den Klamotten von Funke auf und verschafft Marie Möbius und sich selbst Zutritt zu ihrer Wohnung. Mit Funkes Overall kommen auch seine Haare auf ihren Pullover. Der Rest ist bekannt.»

Franka bemerkte Alpays Zögern. «Herr Eloglu, wollen Sie was sagen?»

«So erklären sich auch die Ortungszeiten seines Mobiltelefons, und auch der Farbabrieb an der Wohnungstür ergibt Sinn. Unser Mann kann zwar irgendwie Türen öffnen, aber anders als Funke ist er kein Profi. Er hinterlässt dabei Spuren.»

Franka nickte. Sie musste zugeben, Alpay schoss zwar manchmal übers Ziel hinaus, aber der Junge machte sich. Sie schaute zu Wolf, bereit, das letzte Teil in ihre Indizienreihe zu schieben. «Erinnert ihr euch an das Acrylat auf den Lidern des Opfers?» Alle Kollegen erinnerten sich an diesen Punkt aus dem rechtsmedizinischen Bericht. «Er hat ihr die Lider geöffnet und fixiert, weil er wahrscheinlich seine Spuren auf ihrem Account verwischen musste. Vielleicht hatte er ihr vorher geschrieben oder einen Post kommentiert, was weiß ich. Aber weil das Gesicht des Opfers so zugerichtet war, hat die Bildschirmerkennung nicht funktioniert. Der Täter hat ihre Augen gebraucht, um an den Sperrbildschirm ihres Telefons heranzukommen. Dann hat er seine Spuren auf ihrem Account gelöscht.»

Es war still, bis Sybille es auf den Punkt brachte.

«Wir suchen eine ziemlich gestörte Person, sehe ich das richtig?»

Er hatte sie an den Haaren nach oben auf den Küchenstuhl gerissen. Sie zitterte. Auf ihrem Kinn war der rote Speichel getrocknet. Die aufgeplatzte Lippe war grotesk angeschwollen. Sie weinte und hatte aus Angst und Schock den Urin nicht halten können. Es roch streng. Erst im Angesicht ihrer Schwäche, der

Hilflosigkeit, die in ihrem Gesicht zu lesen war, brachte er den Mut auf, ihr direkt in die Augen zu sehen – und tauchte darin ab.

Ihre Angst war ihm vertraut. So hilflos auf diesem Stuhl in der Küche. Heftiger als die Schläge ins Gesicht, der abgebrochene Zahn oder die büschelweise ausgerissenen Haare schmerzte der gebrochene Stolz. Die Erniedrigung. Der Schikane ausgeliefert, der Lächerlichkeit preisgegeben zu sein, das kannte er zu gut. Doch seine feigen wasserblauen Augen, die sich wegduckten, um nicht aufzufallen, wurden zur Waffe, wenn die Rollen getauscht wurden. Mit seinem Blick tötete er ihre Hoffnung, dass er sie doch noch davonkommen ließ. Er zeigte ihr, dass er sie angelogen hatte. Es war vorbei. Seine Mütze war verrutscht. Darunter saß alles perfekt. Wie man Perücken befestigte, wusste er seit seiner Kindheit. Er nahm die rosafarbene Kopfbedeckung ab und zog den zusammengerollten Strick aus der Krempe.

Dass die junge Frau noch einmal kämpfen würde, wusste er. So, wie die andere Frau sich gewehrt hatte, bevor es zu Ende ging. Er fragte sich, ob der Mensch eine bestimmte Vorahnung hatte. Ob es einen Messfühler im Verstand gab, der signalisierte, dass man keine Chance mehr hatte. Dass ein letztes Aufbäumen nur dazu diente, das Gehirn abzulenken, während das Unausweichliche passieren musste.

Ihr Brustkorb hob sich, doch bevor sie zum Schrei ansetzen konnte, zog er zu.

Die Welle riss ihn davon. Sie durchflutete seinen Körper wie Benzin, das sich an seinem kaputten Herzen entzündete. Er brannte lichterloh. Und während das Leben aus der jungen Frau entwich, die grotesk nach Luft röchelte, verbrannte sein schweres Gepäck. In einem heißen Wind versengte das Feuer für den Moment die Erinnerung. Die Erinnerung daran, als die neue Frau seines Vaters ihn an den Haaren aus seinem Kinderzimmer schleifte. Er hatte geschrien, doch sie schlug ihn. Er hatte geweint, doch sie kannte keine Gnade. Sein Vater war auf Geschäftsreise, als sie tief in seinem Spielzeugschrank die weiche Bürste seiner Mutter gefunden hatte. Es machte wenig Sinn zu leugnen, jede Lüge bestrafte sie mit der flachen Hand. Über drei Monate hatte er die Bürste versteckt, die er heimlich aus der Mülltonne fischte, nachdem sein Vater alle Spuren der Mutter entsorgt hatte. Wie einen Schatz hatte er sie gehütet und versucht, beim stillen Bürsten seiner Haare die Antwort darauf zu finden, warum sie ihn hatte töten wollen.

Die neue Frau seines Vaters, so erklärte er es sich heute, hatte die Nase voll vom Anderssein dieses kleinen Jungen, von seiner langen Mähne, dem Verkriechen auf dem Dachboden bei seiner Eisenbahn. Bei jedem Schritt, den sie ihn über den Boden in die Küche schleifte, hatte sie ihm ein weiteres Büschel Haare ausgerissen. Und die, die er noch nicht verloren hatte, schmerzten bis zu den Zehenspitzen, nachdem sie ihn am Schopf auf den Küchenstuhl hochgerissen und zum Stillsitzen gezwungen hatte. Schrie er, schlug sie ihn, weinte er, lachte sie ihn aus. Er erkannte das surrende Geräusch hinter dem Ohr sofort, und als er die kalte Klinge des Langhaarschneiders auf der Kopfhaut spürte, waren die ersten blonden Locken bereits in seinen Schoß gefallen. Ihr Lachen übertönte das Geräusch des Scherkopfes. Gelähmt vor Panik, erinnerte er sich plötzlich, wo er diese Frau zum ersten Mal gesehen hatte. Sie war die heimliche Besucherin auf der Beerdigung seiner Mutter gewesen, die in die Kapelle geschlichen war und sich unauffällig in die letzte Reihe gesetzt hatte.

Ihre Liebe reichte nur für seinen Vater. Davon konnte und wollte sie dem Jungen nichts abgeben. Den Graben zwischen ihrem Mann und seinem Jungen hatte sie jeden Tag ein Stückchen tiefer ausgehoben wie die Grube am Strand von Travemünde, wohin sie in den ersten Sommerferien nach ihrem Einzug verreist waren. Sie hatte nach Kokosnuss und Haarfestiger gerochen und benahm sich, als hätte sie mit dem Erwerb der Kurtaxe auch das Recht erworben, ihn am Strand herumzukommandieren. Sie hatte ihm einen lächerlichen Plastikspaten in die Hand gedrückt und ihn dazu verdonnert, eine Grube in den Sand zu schaufeln, wie es alle kleinen Kinder taten. Es waren noch zwei letzte Fotos auf dem Film frei, den sie am Morgen im Hotel in ihre Kamera eingespannt hatte.

Er schwitzte, und sie half ihm, sein Vater las Zeitung und trank Bier. Ab und zu winkte er zu ihr herüber. Das Loch war tief und reichte bis zum Hals, als er sich auf ihre Anweisung hineingesetzt hatte. Sie lachte, und er fiel darauf herein. So ausgehungert war er nach einer netten Geste, einem Wort, einem Jux. Sie schaufelte den Sand zurück in das Loch, und er bemühte sich, das lustig zu finden. Als der Vater sah, wie viel Spaß die beiden hatten, kam er herüber und half seiner Frau dabei, den eigenen Sohn zu begraben. Sie schippten ihm den Sand auf den Bauch, auf die Oberschenkel und auf die Hände. Er war feucht und rau. Fein zerriebene Ostseemuscheln waren ihm in den Bund seiner kleinen Badehose gerutscht und scheuerten ihm den Steiß. Der Pegel stieg, der Sand kitzelte seine Brustwarzen. Immer mühevoller ließ sich der kleine Brustkorb beim Atmen heben und senken. Er bekam Angst, doch weil der Vater und seine neue Frau so viel Spaß mit ihm hatten, wollte er sie nicht enttäuschen. Zum ersten Mal schenkten sie ihm ihre ungeteilte Aufmerksamkeit. Er hielt den Druck auf seinem schmalen Körper aus und verdrängte das Bild der toten Mutter, das Gefühl, wie sie ihn lebendig unter sich begraben hatte. Was sollte ihm hier auch passieren? Sie waren doch im Urlaub wie all die anderen glücklichen Familien.

Noch heute erinnerte er sich, wie das Kokosnussöl in seinem Gesicht wirkte wie ein Brennglas in der Sonne. Sie hatte ihn eingecremt, wohl wissend, dass er unter dem Glanz des Öls in der Sonne verbrannte. Langsam hatte sich seine Stirn gerötet. Sie schaufelten und schaufelten. Bis zum Hals lebendig begraben, hatte er sich nicht mehr bewegen können. Panik stieg in ihm auf. Wann befreiten sie ihn? Aus eigener Kraft konnte er nicht mehr aufstehen. Stell dich nicht so an. Du bist doch ein Mann! Er hatte ihr Lachen noch im Ohr. Er hatte nicht weinen wollen. Nicht jetzt. Sie sollten stolz auf ihn sein. Er würde das aushalten. Als ihm der Sand bis zum Kehlkopf reichte, gab er auf.

Die letzten Fotos auf ihrem Film waren die einzigen, die sie jemals von dem Jungen machen sollte.

Er weinte darauf.

«Warum ausgerechnet auf einem Spielplatz? Man hätte sich doch denken können, dass die Leiche von Kindern gefunden wird.» Franka stand vor den Tatortfotos aus Eppendorf. Funkes Körper war bis zum Kehlkopf mit Sand bedeckt. Der Kopf des Mannes kippte unnatürlich über die linke Seite.

«Wer jemanden so bestattet, der hat sich was dabei gedacht», entgegnete Wolf.

«Unschuldige Kinder zu bestrafen, oder was?» Jörg schüttelte angewidert den Kopf.

Wolf nahm das Dokumentationsmaterial von den Magnetwänden.

«Ja, genau das wollte er damit bezwecken.»

«Sybille hat recht. Ganz schön creepy», sagte Marcel.

«Der Täter hat Schlimmes erlebt. So furchtbar, dass er es alleine nicht bewältigen kann. So schlimm, dass er sogar Kinder dafür bestraft. Und zwar dort, wo sie spielen und unbedarft lachen, wo sie untereinander soziales Verhalten lernen. Ausgerechnet dort traumatisiert er sie. Ich denke, er gehörte nie wirklich dazu, er hatte keinen Bezug zu anderen Kindern.» Wolf verstaute die Unterlagen in seiner Aktentasche. «Der Mann, den Sie suchen, hat nicht erst seit gestern Gewaltfantasien. Seine Tatentschlossenheit ist hoch, sein Steuerungsvermögen ist sehr hoch. Die Tötungsbereitschaft ist stark ausgeprägt, und der emotionale Gewinn, den er aus seinen Taten schöpft, ist enorm.»

«Sollen wir jetzt jeden Psychiater der Stadt kontaktieren?», fragte Marcel Reuter. Franka rollte mit den Augen. Seine Qualitäten lagen eindeutig in der Recherche. Das stellte er ihrer Meinung nach immer wieder unter Beweis.

Sie richtete sich direkt an Wolf. «Wenn eine Tat nicht aus dem Verhältnis zwischen Täter und Opfer entsteht, sondern tief in jemandem verankert ist und aus seinem Inneren kommt, dann ist die Wahrscheinlichkeit gegeben, dass sich dieses Bedürfnis wiederholt, stimmt's?»

Er sah sie direkt an. «Frau Erdmann, Ihre Befürchtung, dass sich da draußen etwas zusammenbraut, ist absolut richtig.»

Der Verschlussring knackte. Franka saß nach der Besprechung mit Wolf gegen 21:00 Uhr vor ihrem Computer und nahm einen kleinen Schluck aus der Dose, während sie mit dem Ermittlungsrichter im Bereitschaftsdienst telefonierte. Für den

Instagram-Account von Marie Möbius brauchte sie einen Durchsuchungsbeschluss für elektronische Speichermedien. Hinter dem als unauffällig eingestuften Profil vermutete Arne Wolf eine Spur zum Täter. Aber selbst Matze als IT-Profi hatte keine Auffälligkeiten in den Posts und Kommentaren bemerkt. Bisher hatte es keinen Hinweis gegeben, dass der Account in irgendeiner Weise mit der Tat in Verbindung stehen könnte. Die Wahrscheinlichkeit, den Täter im direkten Umfeld des Opfers zu suchen, war der gesamten Soko naheliegender erschienen.

Der Ermittlungsrichter teilte Franka mit, dass er grundsätzlich nur bei Übermittlung eines schriftlichen Sachverhalts entscheiden werde. Da Franka ohnehin auf das Ergebnis einer ViCLAS-Anfrage wartete, konnte sie die Zeit bis dahin nutzen.

Nach seinem Bericht im Konferenzraum hatte Arne Wolf die ViCLAS-Falldatenbank, das digitale Werkzeug der OFA-Kollegen, mit den Merkmalen der brutalen Morde an Nils Funke und Marie Möbius gefüttert und diese einer fallanalytischen Gesamtbewertung unterzogen. Vielleicht waren bereits ähnliche Verhaltensweisen abgespeichert, mit denen sich Rückschlüsse auf den Gesuchten ziehen ließen?

Das Büro nebenan war leer. Sybille war nach der Besprechung mit Arne Wolf nach Hause zu Mann und Kind gefahren, Jörg hatte auffallend nach Parfümerie gerochen, als er ging, und Alpay war zum Betriebssport gehetzt. Danach musste er die Rufbereitschaft eines erkrankten Kollegen übernehmen. Franka kippte das Fenster und schaute hinunter auf den verschneiten Parkplatz. Seit dem Morgen war kein weiterer Schnee gefallen, dafür waren die Temperaturen deutlich gesunken. Sie setzte sich zurück an ihren Schreibtisch, atmete tief durch und verfasste dann das Gesuch an den Ermittlungsrichter zur Onlinedurchsuchung des Instagram-Accounts von Marie Möbius.

Sie stand unter Druck. Nicht nur durch den Stress, den die Staatsanwältin Martin Suttmann machte und den er an Franka weiterreichte. Es war noch etwas anderes. Auch wenn er versichert hatte, Franka den Fall nicht zu entziehen, war sie lange genug dabei, um zu wissen, wie wackelig der Stuhl war, auf dem man als Chefermittlerin saß.

Außerdem gab ihr dieser Mord zu denken. Franka hatte Sorge, dass eine unüberschaubare Anzahl von Frauen durch Instagram beobachtet wurde und sich in große Gefahr begab. Diese selbst ernannten Influencerinnen waren blauäugig, unbedarft und vielleicht etwas zu naiv, wenn es darum ging, wer ihnen folgte. Der Gedanke an das Böse ist so lange nicht präsent, bis es einem begegnet, dachte Franka. In den vielen Jahren beim LKA war sie mit jeder Form von Niedertracht, Missgunst, Wut und blindem Hass in Berührung gekommen. Und wenn es dieses Mal die Frau aus Winterhude getroffen hatte, konnte jede Influencerin die Nächste sein.

Franka mailte das Gesuch zur Onlinedurchsuchung an den Ermittlungsrichter, setzte aber größere Hoffnungen auf die Ergebnisse der Datenbank-Anfrage. Sie wünschte sich, dass der Doppelmord einen Tatzusammenhang mit einem früheren Verbrechen erkennen ließ.

Das Eingangsgeräusch einer E-Mail riss sie aus ihren Gedanken.

Charlottes Körper kippte vornüber, doch bevor die tote Frau vom Küchenstuhl fiel, griff er sie am Schopf, zog den Oberkörper zurück und tarierte ihr Gleichgewicht aus. Ihre Arme hingen schlaff hinab. Die Fasern des Seils hatten sich am Hals tief in ihr Fleisch geschnitten. Die Strangfurche verfärbte sich bereits. Ihre Haare hatten durch die Gewalteinwirkung einzelne Nester gebildet. Das Gesicht war geschwollen und blutig.

Sie war noch warm.

Er war außer Atem und weinte, bis die Tränen nahtlos in ein erleichtertes Lachen übergingen. Er konnte nicht glauben, was er gerade getan hatte. Er bewunderte sich selbst, trat einen Schritt zurück und betrachtete zufrieden sein Werk. Den zweiten Küchenstuhl stellte er direkt an ihre linke Seite und setzte sich in glühender Vorfreude neben die tote Frau, sodass sich beider Schultern berührten. Ihre Körpertemperatur sank in gleichem Maße, wie seine Erregung anstieg. Die liebe Charlotte hatte es hinter sich. Er konnte sie wieder riechen, denn ihre Angst war verflogen.

Vorsichtig zog er die Handschuhe aus und warf sie zur Perücke, die bereits auf dem Küchentisch neben dem Parfümflakon lag. Er betrachtete seine geröteten Hände mit den verschorften aufgekratzten Stellen. Ergeben erwartete er das Finale und strich sich vorfreudig über seinen rasierten Schädel. Die kurzen Borsten knisterten unter den Handflächen, und die entzündeten Pusteln auf der Kopfhaut spannten unter der Berührung. Er vermied es, die Frau anzuschauen, als er zu ihr hinüberlangte und ihre weichen Haare berührte. Sie waren seidig und glatt und fein und noch warm. Zärtlich rieb er eine Strähne zwischen seinen Fingern. Er schluckte trocken, der Atem setzte aus, und die Welt um ihn herum schien in diesem Moment einfach anzuhalten. Er zog ihre langen blonden Haare vorsichtig zu sich herüber und bettete sie auf seinen kahlen Schädel, wo er sie sorgfältig drapierte. Der Kopf der Toten fiel auf seine Schulter und gab den Haaren noch etwas mehr Spiel. Leise stieg eine Melodie in ihm auf, die verhalten gesummt die Küche erfüllte und in deren Takt er sachte auf seinem Stuhl vor und zurück wippte. Das Lied jener Nacht hatte er nie vergessen.

Aus der Seitentasche seiner pinkfarbenen wattierten Jacke zog er eine weiche Bürste hervor. Ein leises Zittern erfasste seinen Körper, schwoll an und öffnete ihm krampfartig den Mund, während er immer wieder zärtlich über ihr Haar auf seinem Schädel bürstete – das weiche lange Haar seiner Kindheit. Ein Strom Erinnerungen riss ihn mit, in dem er geübt untertauchte. In den vergangenen fünfzig Jahren war er immer noch nicht darin ertrunken.

Franka konnte ihren Blick nicht von der E-Mail lösen. Obwohl es bereits nach 22:00 Uhr war, scrollte sie immer wieder durch das Ergebnis der Anfrage in der ViCLAS-Datenbank. Sie hatte Magenkrämpfe und konnte nicht einschätzen, ob es die Gesamtsituation war, die ihre Schleimhäute reizte, oder doch der Liter Koffein, Zucker, und Riboflavin, den sie über den Tag verteilt getrunken hatte. Sie entließ einen Schwall angestauter Kohlensäure und war froh, dass keiner der Kollegen nebenan saß.

Franka rieb sich die müden Augen unter der Lesebrille und konzentrierte sich auf die Ergebnisse. Vor zwanzig Jahren war einer damals fünfunddreißigjährigen Joggerin in der Geltinger Birk an der Ostsee ein schwerer Ast über den Schädel gezogen worden. Die Frau ging zu Boden und wurde bis zur Bewusstlosigkeit zusammengeschlagen. Die büschelweise ausgerissenen Haare und die Schleifspur in den Dünen zeugten davon, dass der Täter sein Opfer am Skalp hinter sich hergeschleift hatte, bis er von ihm abließ und über die Salzwiesen verschwand. Die

Frau wurde von Spaziergängern gefunden, als sie auf allen vieren aus dem Dickicht gekrochen kam und auf dem aufgeweichten Boden zusammenbrach. Lange Zeit war sie nicht vernehmungsfähig. Bei seiner späteren Befragung durch die örtliche Polizei konnte das Opfer keine Angaben zum Täter machen, denn es litt unter einem kompletten Blackout. Zehn Jahre nach diesem Überfall war eine junge Frau in der Waschküche eines Mehrfamilienhauses in Flensburg in eine ähnliche Situation geraten. Der Angriff erfolgte aus dem Hinterhalt. Sie wurde bis zur Ohnmacht stranguliert und an ihren langen Haaren durch den Keller geschleift. Auch diese Frau war später nicht in der Lage, den Täter zu beschreiben, erinnerte sich aber an einen schwach würzigen Geruch, der von ihm ausgegangen war.

Franka las die zwei Berichte mehrmals durch. Das wiederkehrende Merkmal, Frauen zu misshandeln und an ihrem Skalp über den Boden zu ziehen, stand bei beiden Überfällen im Mittelpunkt. Hatten sie hier einen Treffer gelandet? Handelte es sich bei den Morden an Marie Möbius und Nils Funke um die Tat einer Person, die bereits auffällig geworden und in der Datenbank registriert worden war? Dann musste der Täter, anders als bei seinen früheren Taten, dieses Mal eine Hemmschwelle übertreten haben. Hatte er die Frauen in der Vergangenheit schwer misshandelt, aber schlussendlich von ihnen abgelassen, konnte er sich bei Marie Möbius nicht mehr im Zaum halten.

Franka warf eine leere Dose in den Mülleimer unter ihrem Schreibtisch und gähnte. Dieses Zeug half ihr im Moment auch nicht mehr. Der Magen krampfte. Sie öffnete ihren Hosenknopf und zog die Beine an. Sie beneidete ihren Computerbildschirm, der die Sekunden herunterzählte, bevor er sich in den Schlafmodus verabschiedete. Gerne wäre sie ihm gefolgt. Aber noch bevor die Bewohner der Serengeti über den Bildschirmschoner galoppierten, blieb ihr Blick plötzlich am Datum des Überfalls auf die Frau in der Waschküche vor zehn Jahren hängen. Franka tippte auf ihre Computermaus. Die Mitteilung der OFA leuchtete wieder auf. Hellwach blätterte sie durch die Untersuchungsakte zum Fall Möbius und schaute sich parallel den Bericht zu dem Angriff auf die Joggerin vor zwanzig Jahren noch einmal an. Volltreffer.

Jetzt war sie sich einhundert Prozent sicher. Sie hatten den richtigen Mann gefunden. Bei einer Wette hätte sie als Einsatz sogar das Rauchen in den Ring geworfen. Die Misshandlungen der beiden Frauen im Kreis Schleswig-Flensburg lagen zwanzig und zehn Jahre zurück, und genau wie der Mord an Marie Möbius passierten sie beide an einem 18. November.

Frankas Vermutung wurde zur Gewissheit. Sie suchte einen Serientäter.

Er musste zugeben, die junge Frau sah grotesk aus, wie sie da auf ihrem Stuhl saß, mit den weit aufgerissenen Augen, die er ihr mit Industrieklebeband fixiert hatte. Er schwitzte. Auch der zweite Versuch, den Sperrbildschirm ihres Handys per Gesichtserkennung zu öffnen, war gescheitert. Das Telefon forderte ihn erneut auf, den sechsstelligen Zahlencode einzugeben. Er wusste, dass er an den Inhalt ihres Telefons nicht durch das Erraten der sechs Ziffern gelangen würde, sondern nur durch die Gesichtserkennung. Bei der jungen Frau in Winterhude hatte er vier Versuche benötigt, bevor er das System überlistet hatte.

Er packte Charlotte an den Haaren und zog ihren Kopf wieder nach oben, damit sie aufrecht saß. Den Neigungswinkel ihres Gesichts versuchte er auf die Kamera des Handys abzustimmen, das er in der anderen Hand im nötigen Abstand hielt. Mit dem Daumen wischte er über den Bildschirmschoner und aktivierte die Erkennung. Wieder reagierte das Telefon mit der Aufforderung, den Zahlencode einzugeben. Langsam wurde er nervös. Er musste an ihren verdammten Instagram-Account heran. Das Telefon einfach in der Elbe zu versenken, war keine Option. Er wusste, mit den nötigen Beschlüssen war die Polizei mittlerweile in der Lage, Charlottes Account auch ohne das Endgerät zu durchsuchen. Nachdem er sie bereits seit einigen Wochen beobachtet hatte, bot sich ihm durch ihre Flohmarktstory endlich eine Möglichkeit der Kontaktaufnahme. Komm schon, Mädchen, dachte er und ruckelte ihren Kopf erneut in Position. Das Klebeband fixierte die geöffneten Augen noch immer zuverlässig. Kopf gerade, Gesicht in die Kamera. Dann wischte er mit dem Daumen über den gesperrten Bildschirm – endlich. Die Sperrung öffnete sich, und er hatte freien Zugang zu sämtlichen Daten ihres Telefons.

Er war geübt darin, seine Spuren zu verwischen. Löschen, löschen, löschen. Zuerst auf Instagram. Ihren Kalender durchsuchte er ohne Ergebnis. Selbst in ihrer Bildergalerie vergewisserte er sich, dass sie keinen Screenshot seiner Nachrichten gemacht hatte. Vorsorglich leerte er auch den Papierkorb und lächelte erleichtert, als er fertig war. Er beugte sich zu der jungen blonden Frau hinunter und atmete noch einmal den Geruch ihrer weichen Haare ein.

Kostja suchte das schlecht beleuchtete Klingeltableau zum zweiten Mal nach Charlottes Nachnamen ab. Fehlanzeige. Hatte er sich in der Straße geirrt? Oder stand er vor der falschen Hausnummer? Eine halbe Stunde früher als angekündigt hatte er sich auf den Weg machen können. Er verglich die Nummer über der Eingangstür mit der Adresse, die sie ihm gesendet hatte. Mist, sein Fehler. Er stand vor der falschen Tür. Kostja kratzte seinen Kopf durch die Wollmütze und wechselte die Straßenseite. Ein Auto rutschte auf dem vereisten Kopfsteinpflaster hinter ihm vorbei und bog um die Ecke, als er das richtige Haus mit dem richtigen Namen fand.

Der schrille Ton der Klingel zerriss den köstlichen Moment und katapultierte ihn zurück in die Wirklichkeit. Er hatte ihr gerade das Klebeband von den Augenlidern gerissen. Verdammte Scheiße, dachte er. Wollte der Typ für den Smoothie-Maker nicht später kommen? Oder wer sonst hatte geklingelt? Blitzartig sprang er vom Stuhl, der durch die Bewegung zusammenklappte und auf den Boden fiel. Der tote Körper neben ihm geriet ins Wanken, blieb aber sitzen.

Kostja wartete vergeblich, dass Charlotte den Summer betätigte. Er schaute erst auf sein Handy, dann auf seine letzte Nachricht. Komisch, sie hatte nicht darauf geantwortet. Vielleicht war sie sauer? Aber jetzt stand er in der Kälte vor ihrer Tür, nach einer langen Fahrt mit Bus und Bahn nach Dulsberg. Unverrichteter Dinge und ohne Smoothie-Maker wollte er nicht wieder abziehen.

Er verstaute zügig Strick, Lappen und Bürste in seiner Tasche, ohne dabei in Panik zu verfallen. Das Waffeleisen klemmte er sich unter den Arm. Er zog einige graue Strähnchen geschickt unter der rosafarbenen Mütze hervor, setzte die rote Brille wieder auf und schloss den Reißverschluss der wattierten Jacke.

Auch wenn ihm etwas kalter Schweiß unter der Perücke stand, genoss er den Moment, in dem er souverän zeigen konnte, wie gut er wirklich war.

Bei der Frau in Winterhude hatte er noch umdisponieren müssen, weil sie so bescheuert war, sich aus ihrer Wohnung auszusperren. Sie hatte das Treffen mit ihm abgesagt, das er so sorgfältig eingefädelt hatte. Als er ihr die Bilder von der Affäre ihres Mannes schickte, biss sie sofort an. Mehrmals war er dem Anwalt zuvor heimlich gefolgt und hatte ihn mit seiner Neuen fotografiert. Er hatte alles sorgfältig vorbereitet. Denn er musste *altbauhamburg* in genau dieser Nacht töten. Es ließ sich nicht verschieben. Noch bevor er den Mann vom Schlüsseldienst erschlagen hatte, hatte er das Profil *syltrakete* gelöscht.

Jetzt stand er schon im Flur der Wohnung in Dulsberg, als ihm der kleine Flakon wieder einfiel, den er fast auf dem Küchentisch vergessen hätte. Rasch ging er zurück und nahm das Fläschchen an sich. Wo aber war der Stöpsel? Vergeblich schaute er sich um, doch es klingelte erneut in der Wohnung. Seine Zeit lief ab. Raus hier! Er schaute durch den Spion ins Treppenhaus, wo bereits das Licht brannte. Zwei Männerstimmen unterhielten sich offenbar im Erdgeschoss. Leise trat er auf den Flur, zog die Wohnungstür ins Schloss und klemmte dabei die Schleife des Türkranzes im Rahmen ein. Egal – er musste hier weg.

Auch wenn Kostja seine Verspätung nicht mehr aufholen konnte, nahm er trotzdem zwei Stufen auf einmal nach oben. Die Haustür war, als er sich dagegenlehnte und auf den Summer wartete, von allein aufgegangen. Auf dem ersten Treppenabsatz war er von einem alten Herrn zurückgepfiffen worden. Der Rentner machte Kostja darauf aufmerksam, dass die Haustür noch offen stand. Kostja entschuldigte sich, ging wieder hinunter, schloss die Tür, nickte dem Mann freundlich zu und lief wieder hinauf. Er spürte, wie ihm der Alte argwöhnisch durchs Treppenauge hinterherschaute.

Im zweiten Stock kam ihm eine kleine Frau in pinkfarbener Jacke auf der Treppe entgegen.

Charlottes Namen prangte in einem gravierten Messingblech neben der Klingel. Ein winterlicher Trockenblumenkranz, dessen üppige Weihnachtsschleife im Türschloss eingeklemmt war, hing schief an der Tür. Kostja fand die Deko ziemlich kitschig, versuchte sie aber unter einem ökologischen Gesichtspunkt gut zu finden. Immerhin waren Trockenblumen etwas nachhaltiger. Hatte Charlotte sein Klingeln vielleicht nicht gehört? Er drückte den Knopf neben der Wohnungstür und lauschte dem schrillen Ton in der Wohnung. Drinnen war es still. Er klopfte dreimal zaghaft gegen die Tür, die sich von allein langsam öffnete und die eingeklemmte Schleife freigab. Der Weihnachtskranz schaukelte zurück ins Lot. Kostja stutzte für einen Moment und rief nach Charlotte, erhielt aber keine Antwort. Zögernd trat er in den kleinen Flur. So eine unaufgeräumte Wohnung hatte er ihr gar nicht zugetraut. Wie Instagram doch täuschen konnte. Der Läufer im Flur lag zusammengeschoben in einer Ecke. An der Wand neben der Garderobe hing ein auf einen Rahmen gezogener bunter Druck des Hamburger Michels völlig schief an der Wand. Kostja schaute vom Flur in Richtung Küche, wo ein umgefallener Klappstuhl auf dem Fußboden lag. Ihn beschlich ein unbehagliches Gefühl. Seine Intuition warnte ihn, an dieser Stelle nicht noch einen weiteren Schritt in Richtung Küche zu setzen. Doch so, wie das Verbotene reizte, entwickelte die Angst manchmal einen ähnlichen Sog. Wie oft hatte er sich in

Kriminalfilmen über potenzielle Opfer aufgeregt, die in brenzligen Situationen nicht wegliefen, sondern mit einem *Hallo, ist da wer?* wissen wollten, ob jemand hinter dem Vorhang stand. Er konnte nicht fassen, dass auch er mit derselben Frage nach Lotte rief. Noch ein Schritt.

Er hatte noch nicht einmal den gesamten Raum im Blick, als er die brutal zugerichtete junge Frau auf einem Küchenstuhl sitzen sah. Das Bild war so unwirklich, so bar jeden Vorstellungsvermögens, dass er zuerst nicht begriff, welches Szenarium sich ihm bot. Charlottes Haare standen zu Berge. Ihr Gesicht war bis zur Unkenntlichkeit angeschwollen. Blut verklebte Mund und Nase, weit geöffnete Augen sahen ihn leer an.

Der Schock setzte schlagartig ein und trieb ihn aus der Wohnung, ohne dass er sich hinterher daran erinnern konnte. Hatte Kostja auf dem Weg nach oben zwei Stufen auf einmal durchs Treppenhaus genommen, schien sein Schritt auf dem Weg nach unten jeweils einen Treppenabsatz zu fassen.

Er klingelte unten Sturm und schlug gleichzeitig wie wild gegen die Wohnungstür des alten Mannes.

10

Frankas Diensthandy spielte Alpays Fanfare ab und schreckte sie in ihrem Schreibtischstuhl auf. Sie war eingenickt, gab sich aber Mühe, den Kollegen im Bereitschaftsdienst betont aufgeräumt zu begrüßen.

«Herr Eloglu. Was gibt's?»

«Wo sind Sie?»

Sie schaute durchs Fenster auf den verschneiten Parkplatz vor dem Präsidium. «Zu Hause. Ist was passiert?»

«Ich habe keine guten Nachrichten.»

Franka hetzte zum Fahrstuhl, während sie von Alpay über die Tote in der Dulsberger Rotklinkersiedlung aufgeklärt wurde. Eine Streifenwagenbesatzung hatte in der Nähe des Straßburger Platzes die Arbeitserlaubnis einer Spielhallenaufsicht kontrolliert, als der Notruf eines alten Mannes in der Zentrale eingegangen war. Die Beamten waren sofort zur angegebenen Adresse gefahren. Sie hatten nur kurz in die Küche einer jungen Frau geschaut und Meldung an das Polizeipräsidium gemacht, das wiederum Alpay informierte, da er Bereitschaftsdienst hatte. Franka fragte sich sofort, ob die Tat auf das Konto ihres Mörders ging, und berichtete Alpay knapp von den beiden Fällen in der ViCLAS-Datenbank, auf die sie gestoßen war. Auch wenn die Frau in Dulsberg elf Tage nach dem 18. November getötet wurde, beschlich Franka eine böse Vorahnung, als Alpay von der Brutalität berichtete, mit der sie zugerichtet worden war. Franka verließ das Präsidium und eilte zu ihrem Wagen. Es tropfte von den Bäumen. Nach der Eiseskälte begann der Schnee schon wieder langsam zu tauen.

Sie setzte sich ins Auto, in dem es verdächtig nach Gummibärchen roch. Bitte nicht. Sie stieg wieder aus, ging um den alten Nissan herum und öffnete den Kofferraum, in dem eine halbe Palette Getränkedosen durch die Kälte explodiert war.

Als Franka knapp zwanzig Minuten später vor dem Haus in der Liese-von-Werken-Straße 5 in Dulsberg eintraf, teilte ihr ein Beamter in Uniform mit, dass Poppy Bruhns im dritten Stock bereits mit der Spurenkonferenz angefangen hatte und festlegte, mit welcher Untersuchungsmethode begonnen werden sollte. Materialkoffer wurden durchs Treppenhaus getragen. Auf der gegenüberliegenden Straßenseite parkte ein Leichenwagen. Im Erdgeschoss ermahnte eine Polizistin in Uniform zum wiederholten Mal einen alten Herrn in Strickjacke, seine Wohnungstür geschlossen zu halten.

Alpay tat der junge Mann im grünen Parka leid, der im Treppenhaus zitternd vor ihm auf dem Fensterbrett saß und vor Schock keinen geraden Satz herausbekam. Einen Arzt hatte Kostja Lewandovski jedoch abgelehnt.

«… und dann habe ich sie … oh, Gott.» Kostja atmete gegen den erneuten Brechreiz an. «Ich habe so etwas noch nie in meinem Leben gesehen.» In seiner Hand hielt er eine Plastiktüte fest verschlossen.

Alpay ahnte, wie es dem jungen Mann ergangen sein musste, als er die Tote völlig unvorbereitet gefunden hatte. Er selbst hatte immer noch große Probleme mit der Betrachtung von Leichen. Insbesondere bei denen, die durch äußere Gewalt brutal zugerichtet worden waren. Und ein Hauch von Leichengeruch reichte schon aus, dass ihm schlecht wurde. Aber er riss sich zusammen. Er war überzeugt, dass keiner der Kollegen seinen Ekel vor dem Tod bemerkt hatte. Und das sollte auch so bleiben. Alpay wollte sich keine Blöße geben.

«Guten Abend, Frau Erdmann.» Er begrüßte Franka, die die Treppe heraufkam und mit einem bemühten Lächeln ihre miese Kondition zu überspielen versuchte. Alpay hatte sie längst durchschaut. «Das ist Kostja Lewandovski. Er hat die Tote gefunden. Kostja, das ist Franka Erdmann, sie leitet die Ermittlungen.» Alpay bemerkte Kostjas überraschten Blick. Vermutlich hatte er sich eine Beamtin des LKA irgendwie fitter vorgestellt – und jünger.

Franka begrüßte den Zeugen und wollte gerade weiter zur Wohnungstür, als Poppy Bruhns Assistentin Sophie von Ackern einen Alukoffer hereinholte, den jemand zuvor auf der Fußmatte abgestellt hatte. «Sorry, aber wir fangen jetzt erst an. Ich kann Sie noch nicht reinlassen.» Sie machte Franka die Wohnungstür vor der Nase zu und verhinderte so jede weitere Nachfrage.

Auf dem Weg zum Funkstreifenbus, wo Kostja Lewandovski in Ruhe befragt werden sollte, wurde Alpay von Franka knapp über die Ergebnisse aus der ViCLAS-Datenbank unterrichtet. Da Kostja ihnen folgte, hielt sich Franka aber mit genauen Informationen zurück. Gleich zu Beginn seiner Laufbahn beim LKA an so einem Fall mitzuarbeiten, hatte Alpay sich nicht mal in seinen kühnsten Träumen vorgestellt. Da draußen hatte sich also wirklich etwas zusammengebraut. Ihr Täter schien weiterzumorden, und Alpay hoffte, dass die Ergebnisse der ViCLAS-Datenbank die Ermittlungen auch über eine Woche nach dem Mord an Marie Möbius einen großen Schritt voranbringen würden. Genau wie Franka fürchtete auch Alpay, dass die tote Frau im dritten Stock auf das Konto desselben Täters ging.

Sie hatten im Funkstreifenbus Platz genommen, in dem die Standheizung lief. Franka schob die Tür zu, während Alpay Kostjas Personalien notierte. Sie bedankte sich, dass er sich bereit erklärt hatte, seine Aussage noch am späten Abend zu Protokoll zu geben. Sichtlich geschockt und zusammenhanglos berichtete Kostja von seinem gescheiterten Versuch, für wenig Geld einen Smoothie-Maker zu kaufen.

«… und als die Wohnungstür von alleine aufging, habe ich nach ihr gerufen.» Alpay konnte ihm kaum dabei zusehen, wie er sich vor Nervosität die Nagelhaut seines Daumens abbiss.

«Sie waren befreundet, nehme ich an?», fragte Franka.

«Wir haben uns über Instagram kennengelernt.» Kostja atmete durch. «Ich kriege das Bild einfach nicht aus meinem Kopf.» Er legte den Kopf in die Hände und weinte.

Franka riss die Tür des Einsatzfahrzeugs auf, griff zum Telefon und entfernte sich ein Stück vom Bus. Sie hatte es gewusst! Ungeduldig wartete sie, bis Poppy ihren Anruf entgegennahm und ihr so den erneuten Aufstieg in den dritten Stock ersparte.

«Sichert als Erstes das Smartphone der Frau und klingelt Matze aus dem Bett. Er soll herkommen.»

«Der wird sich bedanken, weißt du, wie spät es ist?»

Sie lehnte sich gegen das Heck des Fahrzeugs. «Ich weiß, wie spät es ist. Aber der junge Mann, der sie gefunden hat, war mit der Frau über Instagram verabredet.»

Zurück im Bus, hatte sich Kostja etwas gefangen und berichtete von der Instagram-Story, in der Charlotte Dinge zum Verkauf angeboten hatte, die zu schade für den Sperrmüll waren. Welche beiden anderen Accounts sich erfolgreich um das Waffeleisen und den Gardinenbedampfer bemüht hatten, wusste er nicht. Kostja konnte nicht begreifen, in was für eine Horrorgeschichte er hineingeraten war, das konnte man jedem seiner Sätze anmerken.

Franka bedankte sich. Bei weiteren Fragen würde sich die Polizei noch einmal bei ihm melden. Er nickte erschöpft, verließ das Einsatzfahrzeug und verschwand in Richtung der Bushaltestelle am Straßburgerplatz.

Franka saß Alpay im Bus gegenüber, schaute aber aus dem Fenster und beobachtete das Treiben der Polizei auf der gegenüberliegenden Straßenseite. «Die Fälle in der ViCLAS-Datenbank liegen zwanzig und zehn Jahre zurück. Die Überfälle auf die beiden Frauen in Schleswig-Holstein und der Mord an Marie Möbius fanden jeweils an einem 18. November statt.» Sie schaute Alpay an. «Aber die Frau, die da oben tot in ihrer Wohnung auf einem Stuhl sitzt … wir haben mittlerweile Dezember. Da draußen hat jemand also ganz offensichtlich seinen Rhythmus geändert, und ich frage mich, warum.»

Er saß auf dem kippeligen Stuhl unter der zuckenden Neonröhre und hielt die Augen fest geschlossen. Der Atem beruhigte sich von Minute zu Minute. Seine nackten Hände hielten den Flakon umklammert, von dem er den Deckel verloren hatte.

Auch wenn ihr Tod nur wenige Stunden her war, konnte er die schöne Erinnerung daran nicht festhalten. Sie verblasste langsam. Der Moment seiner absoluten Glückseligkeit löste sich in der Gewissheit tiefsten Alleinseins auf. Er verdrängte den Gedanken daran, bevor er traurig wurde.

Noch einmal stemmte er sich mit aller Macht gegen die zurückkehrende Realität. Er sehnte sich danach, das Finale in ihrer Wohnung noch einmal zu erleben. Doch es war nicht dasselbe, keine Endorphine, kein Serotonin bescherten ihm so ein Glücksgefühl wie in den Momenten der Macht, in denen er sich so lebendig fühlte. Es schob sich nur eine müde Kopie des Moments vor sein inneres Auge, die mit der Zeit verblasste. So wie die beiden Fotos, die ihn als Kind weinend am Strand von Travemünde zeigten. Er ballte seine Hände zu Fäusten, die wunden Stellen auf der Haut spannten. Der Moment ihres Todes hatte sich für ihn wie eine Erlösung angefühlt. Aber die Erkenntnis, dass dieser Zustand wieder nicht von Dauer war, ernüchterte ihn. Er hatte in seinem Leben nie Drogen genommen, aber er glaubte, so musste sich der Absturz nach Kokain oder LSD anfühlen. Er spürte, wie Erschöpfung und tiefe Niedergeschlagenheit ihn dämpften. Gefühle, die er kannte, auf die er sich ein Leben lang verlassen konnte wie auf gute Freunde, die er nie gehabt hatte. Tränen liefen seine Wangen hinunter, und mit ihnen kam die Gewissheit, dass er es wieder tun würde. Wieder tun musste.

Schon nach dem Tod der Frau in Winterhude hatte er geahnt, dass er nie wirklich frei sein würde, wenn er es nicht endlich zu Ende brachte. Vor knapp zwei Wochen hatte er sich endlich getraut, den letzten Schritt zu gehen. Doch statt vorwärtszukommen, stand er ernüchtert immer noch an derselben Stelle.

Auch wenn ihn diese Erkenntnis traurig machte, hatte ihn doch das Gefühl der Macht euphorisiert, das er im Moment ihres Todes für wenige Sekunden empfunden hatte. Nur ein kurzer Augenblick des Glücks hatte ihm gereicht, um schwerelos, frei und geborgen darin abzutauchen.

Langsam fühlte er die feuchte kalte Wand in seinem Rücken. Das flackernde Deckenlicht schmerzte in seinen Augen. Zärtlich strich er über den Flakon in seiner Hand, dessen Etikett sich in den vergangenen Jahrzehnten immer weiter aufgelöst hatte. Er ging davon aus, dass die Polizei den Verschluss in der Küche der jungen Frau finden würde. Und dann? Nichts und dann. Sie hatten den Verschluss eines alten Flakons gefunden, mehr nicht. Vielleicht glaubten sie sogar, der Deckel wäre Teil seines Spiels. Er hatte bis jetzt ganz andere Hinweise hinterlassen, auch wenn er keine Ahnung hatte, ob die Polizei schon in der Lage war, die einzelnen Puzzleteile zusammenzusetzen. Er liebte das Spiel und hatte noch eine ganz besondere Überraschung parat. Er lächelte. Vor seiner Entdeckung hatte er keine Angst, er war sich seiner Sache sicher. Stattdessen ärgerte er sich über seine Nachlässigkeit, denn der Flakon, den er fast fünfzig Jahre lang wie einen Schatz gehütet hatte, war nun durch seine Unachtsamkeit nicht mehr vollständig. Das Fläschchen hatte er damals retten können. In ihrer Wut über die versteckte Bürste seiner Mutter hatte die Stiefmutter den halb vollen Flakon in seinem Spielzeugschrank übersehen. Ihm war schon damals bewusst, hätte die Frau auch noch das Parfüm gefunden, sie hätte ihn windelweich geprügelt.

Heute war der Duft aus dem Fläschchen längst verflogen. Zu oft hatte er in den Nächten seiner Kindheit, in denen er sich verloren gefühlt hatte, daran gerochen. Er konnte sich nicht daran erinnern, wie oft er das Parfüm seit damals nachgekauft hatte. Mit diesem Duft tauchte seine Mutter noch heute in der Erinnerung auf. Dann war sie eine normale fünfunddreißigjährige Frau, die all die Dinge tat, die gesunde Frauen mit ihren Kindern tun. Sie feierte Kindergeburtstage, tröstete über den ersten Liebeskummer hinweg und heulte vor Stolz, wenn er die Schule erfolgreich beendet hatte.

Die Lampe über ihm hörte nicht auf zu flackern. Wann würde er endlich diese verdammte Röhre auswechseln? Er rieb sich die Augen. Etwas Magensaft stieg ihm die Speiseröhre hinauf und brannte sich bis zur Kehle empor. Sein Mund war trocken, hinter dem linken Auge spürte er einen leichten Kopfschmerz.

Es war nach 23:30 Uhr. Er musste an die frische Luft und nach Hause. Der Wecker würde früh klingeln. Im Verkaufsraum hatte die studentische Aushilfskraft die Ladentür bereits abgeschlossen. Das Fahrrad stand im Hof. Er setzte seinen Rucksack auf und ging zur hinteren Tür hinaus, wo es von der Dachkante in seinen Nacken tropfte. Er schob sein Fahrrad nach Hause, denn auf dem gefrorenen Schnee hatte sich bei steigenden Temperaturen ein dünner Wasserfilm gebildet.

Die kühle Luft belebte seinen Körper und klärte langsam die trüben Gedanken. Er musste lachen, als ihm die Naivität derer bewusst wurde, die er hinters Licht geführt hatte. Er war als Leni aus Charlottes Wohnung geschlüpft und hatte durch das Treppenauge gesehen, wie sich die Hand des jungen Mannes am Handlauf nach oben bewegte, ahnungslos, was ihn gleich erwarten würde. Grinsend schob er sein Fahrrad durch die tropfende Nacht. Kaputt und glücklich wusste er, dass er schon bald die nächste Frau aussuchen wollte. Der Moment Glückseligkeit im Augenblick des Todes hatte ihn berauscht.

Franka lehnte rauchend am Bus und schaute zum Hauseingang hinüber, wo Alpay mit dem Einsatzleiter sprach. Im Licht der Laternen tropfte der Schnee von den Bäumen. Sie war müde. Trotzdem konnte sie nicht nach Hause gehen und abschalten.

Irgendwo da draußen gab es einen Menschen, der so voller Hass war, dass er Frauen, die er lange genug im Internet beobachtet hatte, in ihrem Zuhause tötete. Niemand wurde als Mörder geboren. Und so stellte sich Franka wieder einmal die Frage, was einem im Leben widerfahren sein musste, um derart aus der Spur zu geraten.

«Ich hoffe, du hast einen guten Grund, mich um diese Uhrzeit aus dem Bett holen zu lassen!» Matze riss sie aus ihren Gedanken und schwenkte eine Asservatentüte mit einem Smartphone darin in der Hand.

«Hast du mich erschreckt!» Sie atmete durch. «Auch die Tote da oben war Influencerin.»

«Scheiße.»

Franka ahnte, dass er sich Vorwürfe machte. «Matze. Nichts an dem Account von Marie Möbius deutete darauf hin. Natürlich haben wir zuerst im direkten Umfeld des Opfers gesucht.» Sie schnippte die Asche von ihrer Zigarette. «Laut Aussage des Zeugen, der das Opfer heute Abend gefunden hat, hatte die junge Frau so eine Art virtuellen Flohmarkt veranstaltet. Wir brauchen Zugang zu ihrem gesamten Telefon. Textnachrichten, Kontakte, WhatsApp, und ganz wichtig: ihre Social-Media-Aktivitäten. Kriegst du das ohne großen Aufwand hin?»

«Ohne großen Aufwand?» Er rieb sich gegen die Kälte die Hände. «Wird schwierig.» Franka trat ihre Kippe aus und schaufelte mit dem Schuh etwas nassen Schnee über den Filter. Sybille war nicht in der Nähe. Matze lehnte sich gegen den Bus. «Sorry, Franka. Du weißt, dass ich das nicht machen kann. Du musst den offiziellen Weg gehen.»

Sie schaute auf die Uhr. «Ich habe vor über zwei Stunden einen Durchsuchungsbeschluss für elektronische Speichermedien beim Ermittlungsrichter beantragt, um den Account von Marie Möbius zu durchsuchen. Sogar schriftlich!» Ihre Stimme wurde lauter. Bürokratie an falscher Stelle machte sie wahnsinnig. «Ich habe immer noch keine Antwort. Matthias, bitte. Ich habe keine Zeit.» Sie versuchte es mit einem gespielt mädchenhaften Augenaufschlag, aber Franka hatte keine Übung darin.

Wenigstens lachte er. «Du weißt selber, nichts, was wir auf diese Weise herausfinden, hätte Bestand vor Gericht. Bitte versuch, einen anderen Weg zu finden.» Er verabschiedete sich und ging.

Franka hatte keine andere Wahl. Es war an der Zeit, Monika Moro aus dem Bett zu klingeln. Hier war Gefahr in Verzug, was der Ermittlungsrichter offensichtlich nicht zu erkennen schien.

Alpay beendete gerade seine Unterhaltung mit dem Einsatzleiter und kam zu ihr herüber. «Herr Eloglu, um diese Uhrzeit ist dein allseits gepriesener Charme gefragt!»

Sie biss sich auf die Zunge. Hatte sie ihn wirklich gerade geduzt?

Der alte Mann stand in seiner geöffneten Wohnungstür und biss von einer Apfelspalte ab. «Wissen Sie eigentlich, wie spät es ist?»

«Fast Mitternacht, aber bei Ihnen brannte noch Licht.» Franka war müde und legte den Rest Freundlichkeit in ihre Stimme, den sie am Ende des Tages noch zu bieten hatte. «Entschuldigen Sie die späte Störung. Sie haben sicherlich mitbekommen, was im dritten Stock passiert ist.» Sie deutete auf Alpay. «Das ist mein Kollege Alpay Eloglu. Dürfen wir reinkommen?»

Im Spiegel des kleinen Flurs lief ein Polit-Talk im Fernseher. Jedes Wort war zu verstehen. Ganz offensichtlich hatten sie den alten Herrn nicht aus dem Bett geklingelt. Sein Entsetzen über die Vorkommnisse im dritten Stock war ihm anzusehen. Herr Oderfelder trat zur Seite und bestand darauf, dass sie sich im Flur die Schuhe auszogen. Kohlsuppengeruch hing in der Luft. Auf dem Wohnzimmertisch stand ein Brettchen mit geschnittenen Apfelspalten. Das Design der Sitzgruppe zeigte bemerkenswert kitschige Blumenranken, und an den Wänden hingen Jagdszenen in Öl. Franka blieb stehen, Alpay setzte sich.

«Tragisch, wirklich tragisch. Noch so jung. Das Fräulein war immer freundlich, bekam sehr viele Pakete.» Herr Oderfelder reichte das Brettchen mit den Apfelspalten. Franka lehnte ab, Alpay griff zu. Zumindest einer von ihnen verringerte die Distanz zum Zeugen.

«Würde es Ihnen etwas ausmachen, wenn wir den Ton ausstellen?» Franka schaute zum Fernseher, in dem die Moderatorin nicht in der Lage war, das Dampfgeplaudere eines Politikers zu unterbrechen. Herr Oderfelder schaltete das Gerät aus.

«Weißkohl?» Alpay schaute in Richtung Küche.

«Der Mann kennt sich aus.» Der Rentner lächelte zärtlich zur Deckenlampe. «Nach einem Rezept meiner Ella.»

«Herr Oderfelder.» Franka wollte nicht unhöflich erscheinen, aber sie hatte eine Mordserie aufzuklären. «Frau Fiedler wurde wahrscheinlich vor zwei Stunden in ihrer Wohnung getötet. Haben Sie gar nichts mitbekommen?»

So laut, wie sein Fernseher eben noch lief, war Franka auf die Antwort gespannt. Er zuckte mit den Schultern.

«Ich nahm an, sie hatte heute Geburtstag.»

«Geburtstag?»

«Hier sind einige Herrschaften durch die Tür, die habe ich vorher noch nie gesehen.»

«Wie viele Personen waren das?»

«Pfff … ja, also …» Er dachte angestrengt nach. «Vielleicht drei?»

«Können Sie die Leute beschreiben?», fragte Alpay.

Herr Oderfelder konnte. Zwischen Nachrichten und Talksendung hatte er auf seinem Fensterbrett gelehnt und auf die Straße hinausgeschaut. Das Programm war dort oft unterhaltsamer als im Fernsehen, meinte er. Er hatte eine junge Dame ins Haus gehen sehen, die kurze Zeit später wieder heruntergekommen war. Auf dem Rückweg hatte sie einen kleinen Apparat mit einem Schlauch unter dem Arm getragen. Franka schaute zu Alpay, der ihr zunickte. Es handelte sich um den Gardinenbedampfer, den Kostja Lewandovski erwähnt hatte.

«Aber wenn Sie diese Beobachtungen alle von Ihrem Fensterbrett aus gemacht haben, woher wissen Sie dann, dass die Personen vorher in den dritten Stock gegangen sind?» Franka blieb freundlich, im Gegensatz zum Nachbarn, der ärgerlich den Kopf schüttelte. «Die Haustür schließt nicht richtig. Jedes Jahr rege ich mich über die Verwaltung unserer Wohnungsbaugenossenschaft auf! Die sind im Winter einfach nicht in der Lage, die Türschließtechnik zu justieren. Wissen Sie, das Öl zieht sich bei Kälte zusammen. Und wenn hier ständig Tag der offenen Tür ist, will man schon einen Überblick behalten, wer sich hier im Haus so rumtreibt und zu welcher Wohnung die Leute gehören.» Er biss von einer Apfelspalte ab und kaute beim Sprechen. «Ich habe die Damen durchs Treppenauge nach oben gehen sehen.»

«Damen?» Alpay notierte in seine Kladde.

«Zwei Frauen und ein junger Mann.»

Franka schoss es kalt über den Rücken. Kostja Lewandovski

hatte die Influencerin im dritten Stock ganz sicher nicht getötet. Der Rentner gab an, nur kurz nachdem der junge Mann nach oben gegangen war, habe er schon wie wild gegen die Wohnungstür im Erdgeschoss geklopft.

Franka hakte ein. «Kurze Zeit bedeutet wie viele Minuten ungefähr?»

Die Antwort des Mannes kam, ohne zu überlegen. «Maximal fünf. Ich hatte gerade einen Apfel geschält und geschnitten.»

Franka war klar, in dieser Zeit richtete man niemanden so brutal zu. In ihrer Ermittlung hatten sie bisher nach einem Mann gesucht. Konnte es sein, dass sie sich alle geirrt hatten? Franka schaute zu Alpay, der sie fragend anblickte. Wahrscheinlich ging ihm derselbe Gedanke durch den Kopf. Die Beobachtungen des älteren Herrn passten ansonsten sehr gut zu Kostjas Aussage über den privaten Flohmarkt der Influencerin, die ein Dampfgerät für Gardinen, ein Waffeleisen und einen Smoothie-Maker verkaufen wollte.

Herr Oderfelder erinnerte sich nicht nur an die junge Frau, die mit einem kleinen Apparat unter dem Arm das Haus verlassen hatte, sondern auch an die Lady in Pink. Er gestand, dass er die Dame recht attraktiv gefunden hatte. Sportliche Figur, sehr schlank, rote Brille, graues Haar und rosafarbene Moonboots. Auch diese Frau hatte etwas unter dem Arm getragen. Es war aber zu klein gewesen, um es zu erkennen. Kurze Zeit später hatte dann der geschockte junge Mann gegen seine Wohnungstür gehämmert und eine Plastiktüte und ein Telefon verlangt.

Als Alpay und Franka sich gegen 0:30 Uhr von Herrn Oderfelder verabschiedeten, kam Sophie gerade von oben herunter. Die kriminaltechnischen Untersuchungen in Charlotte Fiedlers

Wohnung waren abgeschlossen. Die Spurensuche hatte bereits zusammengepackt und trug ihr Equipment hinaus.

«Sie können rauf gehen. Herr Bruhns erwartet Sie.» Sophie verabschiedete sich und verließ das Haus.

Franka stand am Treppenabsatz, als es aus Alpay herausplatzte. «Wir suchen eine Frau?» Er folgte ihr auf dem Weg nach oben. Franka vermied es, sich am Geländer festzuhalten. «Der alte Herr machte nicht den Eindruck, als wäre er tüdelig.» Alpay klang überzeugt. Franka und er blieben auf dem Zwischengeschoss stehen. Sie dachte daran, wie sie letzte Woche im Zusammenhang mit Bernadette Buske den Gedanken an eine Täterin noch verworfen hatte. Zu unwahrscheinlich war es ihr erschienen, dass diese Frau eine andere erdrosseln konnte.

Alpay lehnte sich gegen die Wand. «Laut Herrn Oderfelder hat die erste Kundin das Dampfgerät abgeholt und damit das Haus verlassen. Dann kommt die Dame in Pink und verlässt das Haus danach auch wieder, wahrscheinlich mit dem Waffeleisen unter dem Arm. Anschließend findet Kostja Lewandovski die Influencerin tot in ihrer Küche. Unsere Mörderin trägt also Pink?»

Alpays Schlussfolgerungen lagen auf der Hand. Aber Franka fragte sich, welcher Mensch, der sich aufmacht, um jemanden zu töten, sich ausgerechnet in Pink kleidet. Warum? Damit er hinterher möglichst vielen Leuten im Gedächtnis bleibt?

«Franka?» Poppy Bruhns schaute von oben durchs Treppenauge und winkte. «Ich warte auf euch.» Sie setzte ihren Weg in den dritten Stock zusammen mit Alpay fort. Der ließ nicht locker.

«Dann lag die OFA auch falsch. Wolf sprach nie von einer Täter*in*.»

«Herr Eloglu, beruhigen Sie sich. Wir warten jetzt erst mal ab, was die Spurensicherung zu sagen hat.» Sie hatte ihn wieder gesiezt und hoffte, dass er sie nicht darauf ansprechen würde. Sie irrte.

«Wie schade. Ich dachte, das *du* war so eine Art Friedensangebot vorhin.»

«Befinden wir uns denn im Krieg?» Franka bekräftigte ihre Frage mit einem überraschten Lächeln. Sie ahnte, aus der Nummer kam sie so schnell nicht wieder heraus und entschloss sich zur Offensive. «Wissen Sie, dieses Geduze unter Kollegen … ist nicht so mein Ding. Leute wie Herrn Bruhns oder Jörg, die kenne ich schon ewig. Sybille genauso …» Sie musste kurz Luft holen und hoffte, ihre miese Kondition würde ihm nicht auffallen. «Das hat nichts mit Ihnen zu tun. Nehmen Sie das nicht persönlich, Herr Eloglu.» Die Konversation zu diesem Thema war damit für sie beendet.

Franka und Alpay betraten die Wohnung von Charlotte Fiedler. Vom Flur aus hatte man einen Überblick über die gut geschnittenen zwei Zimmer, die Küche und das Bad. Trotz der durch die Tat und die Spurensuche entstandenen Unordnung erkannte Franka, was für eine hübsche kleine Wohnung das war. Auch wenn diese Räume nicht mit dem Altbau in Winterhude zu vergleichen waren, hatte sich auch hier jemand ein sehr schönes Zuhause geschaffen.

Poppy Bruhns machte es kurz: ausgerissene Haare, Strangfurche am Hals wie beim Fall Möbius in Winterhude. Es war unschwer zu erkennen, dass hier derselbe Täter am Werk gewesen war. Deshalb hatte sich Poppy die zugeschwollenen Augen der jungen Frau, die nach den Untersuchungen nackt auf dem Küchenboden lag, etwas genauer angeschaut. Ihnen fehlten auffallend viele Wimpern am Oberlid. Es war davon auszugehen, dass Dörflers rechtsmedizinische Untersuchungen wieder Rückstände von Kleberesten nachweisen würden.

Während Poppys Ausführungen hatte Franka Alpay genau beobachtet. Sein Blick wich der toten Frau unauffällig aus. Er hatte sie nicht ein einziges Mal angeschaut.

Der Koffer mit den gesicherten Spuren war noch nicht abgeholt worden und stand auf dem Herd. Ausgerissene Haare, ein Schneidezahn und andere Spurenträger sollten zur Untersuchung ins Labor geschickt werden. Poppy zog ein Asservatentütchen aus dem Koffer und reichte Franka das darin verpackte Objekt. Sie setzte ihre Lesebrille auf und stellte sich unter die Deckenlampe. Sie wischte mit dem Handrücken den Schweiß von ihrer Stirn.

«Wir sind noch nicht sicher, ob es sich um einen Gegenstand aus dem Besitz des Opfers handelt oder ob es von außen in die Wohnung getragen wurde», sagte Poppy.

Franka drehte das Teil im Licht hin und her. «Wo habt ihr das gefunden?»

«Unter dem Küchenbuffet.»

«Ein geschliffener Glasstutzen. Vielleicht der Verschluss eines alten Behältnisses?» Sie reichte das Teil an Alpay weiter.

Er nickte. «So was hatte meine Oma früher auf dem Esstisch, als Verschluss ihrer kleinen Fläschchen mit verschiedenen Gewürzölen.»

Zwei Männer tauchten in der Wohnung auf, um die Leiche in die Rechtsmedizin zu transportieren. Franka und Alpay traten zur Seite.

Bruhns pellte sich aus seinem Schutzanzug. «Einen Moment bitte noch.» Er wandte sich an Franka und deutete auf die Tüte in Alpays Händen. «Zumindest kann dieses Ding noch nicht so lange unter dem Küchenschrank gelegen haben. Es ist relativ sauber, was man vom staubigen Boden da drunter nicht behaupten kann. Wenn wir den Verschluss im Labor auf Spuren und Herkunft untersucht haben, sind wir hoffentlich schlauer.» Er verstaute das Asservatentütchen mit dem Stutzen aus Glas wieder in seinem Koffer.

Alpays Telefon klingelte. Er stieg über die Tote hinweg und war anscheinend froh, die Wohnung für das Gespräch verlassen zu können. Franka hörte, wie er die Staatsanwältin begrüßte, die wegen seiner Nachricht auf ihrer Mailbox zurückrief. Franka und Poppy Bruhns machten den Männern Platz, die das Opfer für den Abtransport in einen Leichensack hoben. Auch für eine erfahrene Beamtin wie Franka war der Anblick der misshandelten Frau schwer auszuhalten. Charlotte Fiedler musste Höllenqualen gelitten haben.

«Meinst du, diese Taten könnte auch eine Frau verübt haben?», fragte Franka. Poppy schaute sie überrascht an. «Möglich ist alles. Aber um jemanden so zuzurichten, braucht man ganz schön viel Kraft.» Der Reißverschluss des Leichensacks wurde zugezogen und die Tote hinausgetragen. Poppy schloss seinen Asservatenkoffer. «Du weißt selber, Frauen sind in der Gewaltstatistik bei Mord, Totschlag und schwerem Raub nur mit zwölf Prozent vertreten. Aber wie gesagt, möglich ist natürlich alles.»

Kurz darauf traten Franka und Poppy ins Treppenhaus, wo Alpay nach seinem Telefonat bereits wartete. Der Chef der Spurensicherung verabschiedete sich und ging. Beamte versiegelten den Tatort.

Alpay steckte sein Telefon wieder ein. «Moro hat grünes Licht für beide Onlinedurchsuchungen gegeben.»

Franka klopfte ihm auf die Schulter. Allein für seinen Charme hatte sich seine Anstellung schon gelohnt.

Es war mittlerweile 1:30 Uhr. Diese Nacht war kurz. Mit dem Zugriff der Ermittlungsbehörden auf das von Marie Möbius und Charlotte Fiedler genutzte informationstechnische System nahm die Jagd auf den Täter eine entscheidende Wendung. Auch wenn Franka nicht einmal mehr wusste, ob sie nach einem Mann oder einer Frau suchten, hatte sie das Gefühl, die Ermittlung kam in Fahrt.

Der nächste Morgen schloss sich für Alpay nahtlos an die Ermittlungsnacht an. Seine Rufbereitschaft hatte um 6:00 Uhr geendet. Auch wenn ihm eine gesetzlich geregelte Erholungspause zugestanden hätte, war er nicht zur Polizei gegangen, um in einem solchen Fall auch nur eine Ermittlungsphase zu verschlafen. Er war nach Hause gefahren, hatte sich rasiert, geduscht und umgezogen, und nun betrat er das Büro pünktlich um 9:00 Uhr mit einer Tüte Croissants für die Kollegen. Franka saß an ihrem Schreibtisch und zerdrückte zum Frühstück eine leere Dose. Sie winkte ihm durch die geöffnete Bürotür.

Alpay winkte mit der Tüte zurück. «Moin. Wollen Sie ein Croissant?»

Franka lehnte ab.

Trug sie im Ernst dieselben Klamotten wie in der letzten Nacht? War sie schon wieder nicht zu Hause gewesen?

Jörg traf zeitgleich mit Sybille ein. Marcel Reuter kam aus der Kantine und hatte den Flurfunk bereits über Matze empfangen. Der IT-Forensiker grüßte ebenfalls in die Runde. Aufgrund der Ereignisse der letzten Nacht setzte Franka sich gleich mit ihrer Soko zur Besprechung zusammen und begrüßte dazu sowohl

Martin Suttmann als auch die Staatsanwältin. Alpay tunkte sein Croissant in den Kaffee und erntete einen angeekelten Blick von Sybille. Er wusste, es gab weit Schlimmeres, vor dem es einem grausen konnte.

«Herr Eloglu, bitte.» Alpay hatte gerade von seinem Croissant abgebissen, als Franka ihm die Gesprächsführung anvertraute. Er hatte den Mund voll Blätterteig, den er ohne zu kauen mit einem Schluck Kaffee hinunterspülte.

Bei ihren Vorträgen vor den Kollegen hatte Alpay Franka jedes Mal genau studiert, und so versuchte er, zuallererst Ruhe in seinen Bericht zu bringen. Ohne Versprecher, ohne *Öhs* und *Ähms*, ohne am Ende eines Satzes den Bezug zum Anfang zu verlieren, berichtete er von der Nacht in Dulsberg. Über den Mord an Charlotte Fiedler und die Aussage des Nachbarn, auf deren Grundlage sie auch eine Täterin in Betracht ziehen mussten. Die Nachricht schlug unter den Kollegen ein wie eine Bombe. Alle redeten durcheinander, und Alpay setzte einige Male vergebens neu an. Es war Franka, die mit einem einzigen «Hey, Leute!» für erneute Aufmerksamkeit sorgte.

Sybille hakte ein. «Sind wir denn sicher, dass der Rentner auch wirklich alles mitbekommen hat? Vielleicht hat er sich verguckt oder den wahren Täter verpasst, als der ins Haus kam.»

Alpay musste zugeben, dass Sybilles Überlegungen nicht komplett abwegig waren. Jörg schien der Gedanke an eine Frau als Täterin Unbehagen zu bereiten. Er erinnerte daran, welche Kraft es kostete, einen Menschen zu erdrosseln oder jemanden wie Nils Funke zum Spielplatz zu transportieren und dort einzugraben. Konnte eine Frau das wirklich bewerkstelligen?

Alpay übergab das Wort an Monika Moro. Die Staatsanwältin hatte nach Alpays nächtlichem Anruf nicht nur umgehend den gerichtlichen Beschluss zur Durchsicht elektronischer Speichermedien besorgt, sondern auch beim Netzbetreiber Auskunft über verschlüsselte Nachrichten der toten Frauen aus Winterhude und Dulsberg verlangt. Alpay wusste, dass die Plattformen laut Telemediengesetz zur Identifizierung von Nutzern beitragen und deren IP-Adressen offenlegen mussten.

Moro schaute in ihre Unterlagen. «Wir haben ein Rechtshilfegesuch bei der verantwortlichen Stelle in den USA beantragt. Für gewöhnlich arbeiten die Konzerne vorbildlich mit den deutschen Strafverfolgungsbehörden zusammen. Die Ergebnisse von Facebook.com/records müssten wir bald haben.» Sie räusperte sich. Sie hatte offenbar nicht nur schlechte Laune, sondern ebenso schlechte Nachrichten, denn der Account *altbauhamburg* von Marie Möbius war bereits gelöscht worden.

«Wie kann das sein, Frau Erdmann?», ging sie Franka an. Wie Alpay fand, eine Spur zu harsch.

«Ich weiß es nicht.» Franka reagierte so überrascht wie alle im Raum.

«Wie, Sie wissen es nicht?»

«Wahrscheinlich hat das Dr. Möbius erledigt. Vielleicht hat er sich als Jurist nicht nur um die Abmeldung sämtlicher Versicherungen seiner verstorbenen Frau gekümmert, sondern auch um ihre Social-Media-Konten.» Alpay bewunderte Franka, die sich von der Staatsanwältin nicht verunsichern ließ. «Normalerweise werden solche Accounts nach dem Tod in den Gedenkzustand versetzt», fuhr sie fort. «Dazu brauchte Möbius sich lediglich als Ehemann auszuweisen und eine beglaubigte Sterbeurkunde über den Tod seiner Frau einzureichen.»

«Und warum ist das Konto dann gelöscht?», fragte Moro.

«Das werden wir herausfinden. Ich fürchte aber, Marie Möbius hatte sich bereits zu Lebzeiten selbst um ihren digitalen Nachlass bemüht.» Franka hatte ihre Hausaufgaben gemacht, wie Alpay ahnte. «Wenn Sie unter den allgemeinen Kontoeinstellungen die Löschung Ihres Profils für den Fall Ihres Todes selbst festlegen, reicht eine beglaubigte Sterbeurkunde, und Ihr Profil wird gelöscht.»

Doch so schnell gab sich Moro nicht zufrieden. «Das begreife ich nicht, Frau Erdmann. Wieso haben Sie uns nicht früher eingeschaltet? Die Onlinedurchsuchung nach Paragraf 100b StPO erfasst nicht nur laufende und zukünftige Kommunikationen, wir wären auch in die Cloud von Frau Möbius gekommen.» Sie atmete hörbar genervt aus. Alpay war es, als würde Moro ihrer Fassungslosigkeit so noch mehr Gewicht verleihen wollen. Er bewunderte, wie ruhig Franka blieb.

Matze schaltete sich ein. «Zu Ermittlungsbeginn vor elf Tagen gab es keinerlei Anzeichen, den Täter unter den über 16 000 Followern der Frau zu vermuten», sagte er. «Wir haben die Posts durchgeschaut. Das war ein ganz normales Influencerprofil.»

Franka wandte sich an Monika Moro und Martin Suttmann. «Erst seit der OFA wissen wir doch, dass unser Täter oder unsere Täterin sich seine oder ihre Opfer im Internet aussucht. Durch Charlotte Fiedlers Tod gestern Abend haben wir die traurige Bestätigung. Wir wissen, die Person, die wir suchen, ist clever und folgt den Frauen daher vermutlich auch nicht als Abonnent. Möbius und Fiedler betrieben öffentliche Profile, auf denen man jederzeit vorbeischauen konnte, ohne offiziell Follower sein zu müssen.» Franka putzte ihre Lesebrille und sah zu ihrem Chef. «Wir brauchen mehr Leute für die Datenauswertung.» Mit einem Nicken bewilligte Martin Suttmann die

Vergrößerung des Stabs. Dann drehte sie sich zu Matze. «Gibt es gelöschte WhatsApp-Nachrichten auf dem Smartphone der Frau von letzter Nacht?» Der IT-Profi schlug die Beine übereinander und wippte mit dem Unterschenkel. «Sorry. Bin ich der Verfassungsschutz? Außerdem ist Frau Fiedlers Smartphone neueste Generation. Bei solchen Geräten komme ich nicht mal an den Papierkorb ran.» Matze lachte wie über einen schlechten Witz. «Wenn wir wirklich an die WhatsApps der Toten wollen, müssen wir das Gerät nach Israel schicken.»

«Bitte, was?» Franka schaute ihn entgeistert an.

«In Israel gibt es eine Firma, die ist der globale Anführer für digitale Forensik. Wird nicht billig.»

Martin Suttmann kratzte sich am Kinn. «Meine Güte, kannst du das Handy nicht an irgend so ein Gerät anschließen?»

Matze schüttelte den Kopf. «Kann ich nicht. In Israel kostet das um die zweitausend Euro.»

«Okay.» Martin Suttmann schien ungeduldig zu werden. «Franka, und was ist mit den Ergebnissen aus der ViCLAS-Datenbank von gestern?»

Souverän griff sie den Themenwechsel auf und brachte die Kollegen auf den neuesten Stand. «Die Überfälle auf die beiden Frauen in Schleswig-Holstein fanden, ebenso wie der Mord an Marie Möbius, an einem 18. November statt. Charlotte Fiedlers Tod elf Tage später fällt aus dem Muster, ebenso wie der Mord an Nils Funke.» Franka stand von ihrem Platz auf und ging hinüber zur Dokumentationswand. «Schaut mal.» Sie deutete auf die Fotos der toten Influencerinnen. «Fiedler und Möbius waren langhaarig und blond. Die beiden Opfer in der ViCLAS-Datenbank waren es ebenso. Zufall? Nein. Haare spielten bei den Taten die zentrale Rolle.»

Alpay zog innerlich den Hut vor Franka. Vielleicht war der Umgang mit ihr nicht immer leicht, aber sie war wirklich gut. Zum ersten Mal hatte er nicht mehr das Gefühl, dass sie im Nebel herumstocherten.

Auch wenn die beiden Frauen aus Schleswig-Holstein den Täter oder die Täterin damals nicht beschreiben konnten, plädierte Franka für eine erneute Befragung der Opfer. Dazu musste das LKA Hamburg einen länderübergreifenden Antrag bei den Kollegen in Kiel stellen. Moros Einwand, dass sich eine der Frauen nicht einmal an den Überfall erinnern konnte und daher nicht befragt werden müsste, irritierte nicht nur Alpay, sondern auch Franka.

«Hier geht es doch um eine Gesamtbewertung weit zurückliegender Ereignisse», sagte sie. «Vielleicht war der Täter dort im Norden irgendwo beheimatet. Ich will beide Opfer sprechen.»

Alpay nippte an seinem Becher. Ihm entging die Entschiedenheit nicht, mit der Franka Moro keine Option ließ.

«Herr Eloglu, waren Sie schon mal an der Flensburger Förde?»

Alpay verschluckte sich an seinem Kaffee. Er hätte wetten können, dass Franka Sybille und nicht ihn mit nach Flensburg nehmen würde.

11

Am frühen Nachmittag zeichneten sich die Umrisse des windschiefen Bauernhauses gestochen scharf gegen die tief stehende Wintersonne ab, die den verschneiten Wiesen rundherum eine gemäldehafte Beleuchtung verpasste. Das Dach des alten Hofes war zu einer Hälfte mit Reet gedeckt, das der Winter fest im gefrorenen Griff hielt. Den Dachstuhl über den angebauten Stallungen hatte man, wahrscheinlich aus Kostengründen, mit dünnen Blechen beplankt, die, durch die Gase des Kuhdungs von unten aufgewärmt, den Schnee zum Rutschen brachten. Hier oben an der Ostsee, unweit der dänischen Grenze, hatte der Winter beständigeren Einzug gehalten als in der einhundertsechzig Kilometer entfernten Hansestadt Hamburg.

Franka hatte längst festgestellt, dass Alpay ein guter Fahrer war. Auf der Autobahn hatte sie sich als Beifahrerin sicher gefühlt und geschlafen, wodurch sie die Fahrzeit zudem nicht mit Smalltalk hatte überbrücken müssen. Nach fast zwei Stunden war Alpay die kopfsteingepflasterte Auffahrt zu dem alten Hof hinaufgefahren, die aussah, als wäre sie mit der Treckerschaufel vom Schnee geräumt worden. Franka öffnete die Beifahrertür. Die Kälte schnitt ihr ins Gesicht, und die frische klare Luft der Flensburger Förde roch nach Meer. Am Horizont schien es, als würde die Armada von Windrädern die Temperatur stetig herunterkühlen. Ein Schwarm Saatkrähen flog vor dem Haus auf, als Ilka Freiwald die schwere Tür öffnete und die Polizeibeamten aus Hamburg in der Diele in Empfang nahm. Eine Reihe Gummistiefel säumte die Scheuerleiste des Flurs, der nach hinten in den Wohntrakt führte. Es stank nach gekochtem Pansen. Irgendwo im Gebäude kläfften Hunde. Das Landeskriminalamt Schleswig-Holstein hatte sich am frühen Vormittag mit der Frau in Verbindung gesetzt und Ilka Freiwald über die anstehende Befragung durch das LKA Hamburg zu dem zwanzig Jahre zurückliegenden Überfall informiert.

Die Landfrau war Mitte fünfzig, kaum jünger als Franka. Aber irgendwie, dachte Franka, schien die frische Luft hier oben an der Küste besser zu konservieren als zwei Schachteln Nikotin am Tag in der Großstadt. Ilka Freiwald trug einen grob gestrickten Rollkragenpullover, eine grüne Cargohose und abgelatschte Holzbotten. Hier hatte jemand Wichtigeres zu tun, als Zeit vor dem Spiegel zu verplempern. Franka war die wortkarge Frau sympathisch, die mit ihrem Mann allein den windschiefen Hof bewirtschaftete. Seit die zwei erwachsenen Kinder in Mitteldeutschland studierten, betreute das Ehepaar nur noch seine einhundertzwanzig Milchkühe, wie Ilka berichtete.

«Kaffee?» Sie deutete scheu auf den von Hand aufgegossenen Filterkaffee auf dem Herd. Franka schaute sich in der Küche um, die nicht zum Baujahr des Hofes passte, aber ähnlich deprimierend auseinanderfiel. Die Fliesen an Wänden und Boden, die furnierten dunklen Küchenschränke und die Stofflampe über dem Tisch der Eckbank versetzten sie in eine Zeit vor vierzig Jahren zurück.

«Mein Mann ist noch bei den Kühen.» Ilka Freiwald reichte Franka und Alpay je einen Pott mit Kaffee. Dann setzte sie sich auf die Eckbank und versteckte ihre dreckigen Fingernägel in den langen Strickärmeln ihres Pullovers. Ihre grauen Haare trug sie in einer praktischen Kurzhaarfrisur. Franka konnte sich denken, warum.

«Danke, dass Sie sich die Zeit für uns nehmen.» Franka nippte am Kaffee und versuchte, das Eis mit einem Kompliment zu brechen. «Der schmeckt ja wirklich toll. So handgefiltert, das ist schon ein Unterschied.»

Ilka Freiwald rutschte unruhig auf der Bank hin und her. «Man hat mir gesagt, Sie wollten wegen der Sache von damals mit mir sprechen.»

«Das stimmt.» Franka stellte ihren Becher ab. «Frau Freiwald, wir haben Grund zu der Annahme, dass zwei in Hamburg begangene Überfälle auf Frauen auf das Konto eines Täters gehen, der vor zwanzig Jahren auch Sie angegriffen haben könnte.» Bewusst hielt sie die Informationen zurück, dass die Hamburger Frauen getötet worden waren.

«Ich habe der Polizei schon damals gesagt, an die Tat selbst kann ich mich nicht erinnern. Das ist ... wie so ein schwarzes Loch.» Sie schaute aus dem Fenster. Am Horizont drehten sich die Windräder. «Und ich bin ganz froh darüber.»

Alpay zog seine Jacke aus und begann, sich Notizen zu machen. Franka spürte, dass die Bäuerin langsam Vertrauen fasste.

«Können Sie uns erzählen, an was Sie sich von diesem 18. November vor zwanzig Jahren noch erinnern?», fragte Alpay.

Ilka Freiwald stützte ihr Kinn auf die Fäuste, die sie in den Ärmeln ihres Pullovers ballte, und nickte stumm. Sie begann zu erzählen.

An besagtem Tag vor zwanzig Jahren war die Landfrau wie so oft mit dem Fahrrad zum Laufen in die Geltinger Birk geradelt, ein Naturschutzgebiet am Ausgang der Flensburger Förde. Ein halbes Jahr zuvor hatte sie Herwig geheiratet und freute sich darauf, gemeinsam mit ihm den alten Hof seiner Familie zu übernehmen. Wie ihr Mann war Ilka in der Region aufgewachsen. Die Birk kannte sie wie ihre Westentasche.

Franka hatte Mühe, die leise Stimme der Frau zu verstehen, unterbrach sie aber nicht, denn Ilka schien sich auf ihre Erinnerung einzulassen und sich mehr und mehr zu öffnen. Je weiter sie in ihren Gedanken zurückging, desto tiefer verschwand sie in ihrem Pullover, so kam es Franka vor.

Ilka erzählte von der Natur, die sie immer schon geliebt hatte und in der sie sich zu Hause fühlte. Die Sümpfe und Salzwiesen, die Dünenlandschaften und kleinen Wälder hatten ihr Verständnis von Natur geprägt. Die Farben und die Gerüche der Landschaft bedeuteten Freiheit für sie. Wenn der Wind die Seegraswiesen für sie tanzen ließ, vergaß die junge Frau alle Probleme, sagte sie lächelnd. Schon damals war das so gewesen. Je weniger Menschen ihr beim Joggen begegnet waren, desto beschützter hatte sie sich gefühlt. Dann hatte sie sich oft vorgestellt, wie schwedische und dänische Wikinger an Angelns Küste angelandet waren und die Wälder für ihre Siedlungen gerodet hatten. Hätten Ilkas Eltern nicht auf eine landwirtschaftliche Ausbildung der Tochter bestanden, wäre Ilka Archäologin geworden. Sie lächelte wieder unsicher. Aber statt des Hervorbürstens zerbrochener Tonscherben aus dem Torf sicherte das Auseinanderschrauben und Wieder-Zusammensetzen von Melkkolben der jungen Frau aus der Birk die Zukunft.

Ilka war an diesem Tag im November wieder joggen gegangen und bereits dreißig Minuten unterwegs gewesen. Als sie in das kleine Kiefernwäldchen hinter den Salzwiesen eingebogen war, setzte ihr Blackout ein. Erst vier Tage später war sie im

Flensburger Franziskus-Hospital wieder zu sich gekommen. Bis heute erinnerte sie sich auch nicht an die geschockten Spaziergänger, die sie gefunden hatten, brutal zugerichtet und wimmernd auf allen vieren.

Franka und Alpay fuhren nach dem Gespräch mit Ilka Freiwald schweigend von der Gemeinde Nieby, nahe der Geltinger Bucht, in Richtung der Kreisstadt Schleswig, die an der weit ins Binnenland hineinragenden Schlei lag. Franka schaute aus dem Fenster. Trotz Ilkas Erinnerungslücke hatte Franka nachgehakt, doch ihre Frage, ob sich die Bäuerin auch eine Frau als Täterin vorstellen könne, wurde abgeblockt. Offensichtlich wollte Ilka sich nicht mehr mit der Tat befassen.

Franka überlegte, ob es wirklich der Schlag auf den Hinterkopf war, der Ilka Freiwalds Erinnerung an den brutalen Überfall ausgelöscht hatte, oder ob ein Trauma dafür sorgte, dass das Erlebte bis heute tief in ihrem Inneren eingesperrt blieb. Sie hatte die Erfahrung gemacht, dass es Menschen gab, die es nicht unbedingt darauf anlegten, die Wurzel ihres Schmerzes auszugraben. Ilka Freiwald war sogar der Meinung, mit dem Fehlen ihrer Erinnerung gut leben zu können. Sie schien sehr damit einverstanden zu sein, dass sie sich ihren Gedächtnislücken nie ernsthaft hatte stellen müssen. So wie ein Phobiker, der den Auslöser seiner Panik schon aus sicherer Entfernung spürt und den Kontakt vermeidet, bog auch Ilka Freiwald vor der Konfrontation intuitiv ab. Jeder geht seinen eigenen Weg, dachte Franka. Ilka Freiwald war nie wieder in der Geltinger Birk gejoggt.

Die damaligen Ermittler nahmen an, dass sich der Täter im Naturschutzgebiet an der Förde bestens ausgekannt hatte. Im sandigen Boden hatte er nicht nur seine Fußspuren mit Reisig verwischt, sondern war einen weiten Bogen durch die feuchten Salzwiesen gelaufen, in denen sich jeder Fußabdruck mit Wasser und Morast füllte, um dann spurlos zu versickern.

Alpay fuhr konzentriert durch die kurvenreiche, vom Winter verschneite Landschaft Angelns. Die Arme der Schlei waren vereist. Riesige Höfe lagen an der Bundesstraße Richtung Schleswig und zeugten von der landwirtschaftlichen Bedeutung dieser Region.

Auf einmal lachte er. «Schauen Sie mal. Hier geht's nach Brodersby und Stoltebüll. Klingt wie bei Astrid Lindgren.»

Alpay überraschte Franka immer wieder. Sie schaute ihn von der Seite an. «Bei Ihnen hätte ich getippt, Sie wären mit *Moritz vom Mars* oder *Rostige Raketen* aufgewachsen.»

«Und bei Ihnen hätte ich gedacht, Sie wären klischeefreier.»

Nun musste sie lachen. Er war schlagfertig.

«Bei uns wurden aber auch die Geschichten von Gülten Dayioglu vorgelesen», fügte er hinzu. «Schon mal von *Atil hat Heimweh* gehört?»

Sie fuhren durch Dörfer, die im Sommer vermutlich eine Horde erholungsbedürftiger Stadtbewohner anzogen, in denen Franka aber ab November nicht tot über dem Zaun hängen wollte. Alpay erzählte von den Sommern seiner Kindheit in der Türkei, und zum ersten Mal ging er ihr nicht auf die Nerven. Die Namen der verschneiten Dörfer hier oben klangen nach einer heilen Welt, in der im Winter heiße Schokolade mit Marshmallows vor einem knisternden Kaminfeuer serviert wurde. Franka regelte ihre Sitzheizung herunter.

«Laut Datenbank hat die Person, die wir suchen, hier oben zwei Überfälle auf Frauen verübt, auf den Tag genau im Abstand von zehn Jahren. Dann gibt sie für weitere zehn Jahre Ruhe, um dann knappe einhundertsechzig Kilometer von hier erneut zuzuschlagen. Aber jetzt reicht die Misshandlung nicht mehr. Unser Täter ist bis zum Äußersten gegangen. Warum?»

Eine Harfe erklang aus ihrer Jackentasche. Sie schaltete Sybilles Anruf auf die Freisprechanlage des Dienstwagens.

«Moin, Franka. Kurze Wasserstandsmeldung. Wir haben einen Stick mit den Daten des Providers erhalten. Aber bis wir das alles ausgewertet haben, das kann dauern. Wir überlegen gerade, wie wir bei über elftausend Followern von Charlotte Fiedler die IP-Adressen am besten sichten. Jörg sagt, wenn der Täter schlau ist, hat er nicht mal seine eigene IP-Adresse verwendet.»

Franka drehte die Lautstärke der Freisprechanlage etwas herunter. «Ich dachte, ohne IP-Adresse geht das gar nicht?»

«Irgendwie doch. Aber das erklärt Jörg dir am besten selbst. Kommt ihr voran da oben?»

Franka berichtete knapp vom Gespräch mit Ilka Freiwald und beendete das Telefonat. Dann schaute sie eine Weile aus dem Fenster. Sie erinnerte sich, wie die komplexe Kommunikationstechnik die Polizei in den letzten zehn Jahren vor immer größere Herausforderungen gestellt hatte. Wie die meisten Kollegen war auch Franka diesbezüglich nur eine normale Benutzerin und kein IT-Profi.

Sie fuhr ihre Rückenlehne wieder etwas nach hinten, verschränkte die Arme vor der Brust und schaute ungeduldig auf die Uhr im Armaturenbrett. Vor zwanzig Minuten hatten sie den Bauernhof der Freiwalds verlassen. «Sind wir bald da?»

Nur fünfzehn Minuten später steuerte Alpay den Wagen durch ein gutbürgerliches Neubauquartier am Rande von Schleswig. In einem Vorgarten hing eine zerschlissene Deutschlandfahne am Carport. Vielleicht vom letzten Länderspiel. In solchen Gegenden beschlich Alpay immer eine gewisse Beklemmung. Er fürchtete den Kleinstadtmief und die beschränkte Sicht hinter den hohen Gartenzäunen. Ganz sicher gab es auch hier Ausnahmen, aber er beäugte Menschen skeptisch, die sich in ihren hübschen Einfamilienhäusern mit gepflegten Vorgärten in der Peripherie eingerichtet hatten und dafür sorgten, dass ihre Kinder bloß keinen Ausländer mit nach Hause brachten. Diese Nachbarschaft erinnerte ihn an eine Kindheitserfahrung in der sechsten Klasse. Ein Mitschüler hatte Alpay spontan mit zu sich zum Mittagessen genommen. Die Mutter des Jungen hatte mit ihren Vorurteilen nicht lange hinter dem Berg gehalten. Alpay hatte eine Antenne für den alltäglichen Rassismus entwickelt, der ihm selbst heute noch begegnete.

Das Navigationssystem, das ihn ab Ortseingang geführt hatte, meldete das gesuchte Ziel. Er parkte genau davor am Straßenrand, stieg aus und schaute sich in der Dämmerung um. Das Einfamilienhaus mit Loggia und Walmdach hätte er eher in der Toskana verortet und selbst dort irgendwie hässlich gefunden. «Wer's mag.»

Franka reagierte nicht und kramte stattdessen in ihrer Umhängetasche. Er wusste, wonach sie suchte.

In der ruhigen Wohnstraße, auf der einen Seite individuelle Einzelhäuser, auf der anderen viergeschossiger Wohnungsbau, schien kein Mensch am frühen Nachmittag unterwegs zu sein. Alpay roch Kaminfeuer, das ihn an den Räucherofen im Garten seines türkischen Opas erinnerte, der seine selbst gefangenen

Fische über Buchenholz räucherte. Die ersten Lichterketten in den verschneiten Bäumen schaukelten schwer im Wind.

Alpay wickelte sich den grauen Wollschal um den Hals. «Gleich klingeln, oder müssen Sie erst noch eine rauchen?»

Ihr klemmte die Kippe schon zwischen den Zähnen, sie suchte wohl nur noch nach dem Feuerzeug. «Sie müssen sich nicht über mich lustig machen, Herr Eloglu. Da stehe ich gar nicht drauf.»

Er war wohl einen Schritt zu weit gegangen und hob abwehrend die Hände. «Das war nicht so gemeint.»

Franka hatte das Feuerzeug gefunden, als Sigrun Stender die Haustür öffnete und ihnen zuwinkte. Seufzend steckte sie die Zigarette wieder ein.

«Hereinspaziert.» Die Frau war das Gegenmodell zur bodenständigen Bäuerin aus der Geltinger Birk. Fröhlich lächelnd stand die Fünfunddreißigjährige in bunt bedrucktem Hoodie und modischen Jeans auf einer Fußmatte mit der Aufschrift *Heimathafen.* Alpay war irritiert. Sigrun Stender erweckte den Eindruck, als würde sie Gäste zu einer Geburtstagsparty erwarten und nicht das LKA zur Befragung einer zehn Jahre zurückliegenden Gewalttat, die ihr selbst angetan worden war. An der Haustür baumelte ein Fichtenkranz mit roter Schleife.

Alpay ließ Franka den Vortritt in den geräumigen Eingangsbereich und hoffte, sie würde ihm seinen Spruch nicht mehr übel nehmen.

Franka bedankte sich bei Sigrun Stender, dass sie der Befragung zugestimmt hatte, und stellte den Kollegen Eloglu vor. Auch hier saß man in der Küche, die mit weißen Fronten und einem riesigen Kühlschrank jedoch in krassem Kontrast zum dunklen

Pressspan bei Ilka Freiwald stand. Auch bei Stenders gab es Kaffee, allerdings aus Alukapseln und mit aufgeschäumter Milch. Zu gerne hätte Franka Sybilles Gesicht gesehen, wenn ihr Kaffee aus diesen umweltschädlichen Verpackungen serviert worden wäre.

Sigruns Mann Joachim, ein neununddreißigjähriger Maschinenbauingenieur, hatte sich für die Befragung der Beamten aus Hamburg extra freigenommen. Die sechs- und achtjährigen Kinder waren bei einer befreundeten Familie untergebracht. Sigruns aufgesetzte Fröhlichkeit, so empfand es Franka, war eigentlich nichts anderes als das vorsichtige Flüstern von Ilka Freiwald. Es gab viele Arten, mit Nervosität umzugehen.

Joachim hielt die Hand seiner Frau und wandte sich an Franka. «Die Beamten aus Kiel sagten uns nicht, warum Sie extra aus Hamburg gekommen sind.»

«Wir untersuchen zwei Überfälle auf Frauen in der Hansestadt, die Ähnlichkeiten zum Fall Ihrer Frau aufweisen.»

«Wenn ich dieses Schwein erwische …» In einem einzigen gepressten Satz schlug sein ganzer Hass hervor. Sigrun lächelte einfühlsam und drückte die Hand ihres Mannes. Verkehrte Welt, dachte Franka. Wer war hier denn das Opfer? Aber es zeigte wieder einmal deutlich, welche Auswirkungen solch grauenvolle Taten auch auf die Angehörigen hatten.

«Herr Stender, ich finde das wirklich freundlich von Ihnen, aber mein Kollege und ich würden sehr gerne alleine mit Ihrer Frau sprechen.» Franka klang verständnisvoll, ließ aber keinen Zweifel daran, dass sie es ernst meinte.

«Okay. Ich bin nebenan.» Er schenkte seiner Frau ein aufmunterndes Lächeln, küsste sie auf die Stirn und verabschiedete sich ins Arbeitszimmer. Sigruns Anspannung, die sich hinter ihrer vermeintlich gelösten Stimmung verbarg, wurde beim Anreichen der Kaffeetassen von ihren zitternden Händen entlarvt. Sie stand noch einmal auf und holte von der Anrichte eine Rolle Küchenpapier. Dass ihr das Gespräch schwerfiel, spürte wohl auch Alpay, dessen Blick Franka auffing.

«Frau Stender, es ist sicher nicht leicht für Sie, aber ich möchte Sie bitten, sich noch einmal an den besagten Tag vor zehn Jahren zurückzuerinnern und uns zu erzählen, was damals passiert ist», sagte Alpay.

Sigrun straffte sich und nickte. Sie hatte sich offenbar auf diese Frage eingestellt. Ohne Umschweife ging sie in ihrer Erinnerung zehn Jahre zurück und begann zu berichten.

Zu dieser Zeit, ein paar Jahre vor der Geburt der beiden Kinder, hatte sie zusammen mit Joachim im zweiundvierzig Kilometer entfernten Flensburg gelebt. Die Dreizimmerwohnung in einem dreigeschossigen Bau aus den Siebzigerjahren hatte einen kleinen Balkon, eine noch kleinere Badewanne und eine Waschküche im Keller. Drei Waschmaschinen und zwei Trockner standen neun Parteien zur Verfügung. Die meisten Nachbarn hatten aber einen Weg gefunden, eine eigene Waschmaschine in ihre Küchen zu integrieren. Der 18. November vor zehn Jahren war ein normaler Tag gewesen. Sigrun war nach der Arbeit gegen 17:00 Uhr aus der Zahnarztpraxis nach Hause gekommen, wo sie als Helferin arbeitete. Joachim studierte damals noch in Hamburg, und das Paar sah sich nur an den Wochenenden, wenn er nach Flensburg hochgefahren kam. An diesem Tag hatte Sigrun sich in die Waschliste im Keller eingetragen und die schmutzige Wäsche im Badezimmer vorsortiert. Unten angekommen, befüllte sie zwei Trommeln, warf die nötigen Wertmarken aus dem Münzautomaten ein und ging wieder nach oben in die Wohnung, um Hausarbeiten zu erledigen. Nach ungefähr eineinhalb Stunden, als die Maschinen fertig waren, machte sich Sigrun auf den Weg zurück in den Keller.

An ihrer Körperhaltung, der Atmung und ihrer defensiven Art zu sprechen bemerkte Franka, wie die Frau dem brutalen Überfall in ihrer Erinnerung immer näher kam.

Sigrun kaute auf ihrer Unterlippe. Den Blick starr auf die Kaffeetasse vor sich gerichtet, sprach sie mit bemüht fester Stimme. «Als ich das Licht im Keller angeschaltet habe, war eine der Lampen kaputt. Ich habe mir nichts dabei gedacht.» Sie riss sich ein Stück Papier von der Küchenrolle ab. Vielleicht vorsorglich, auch wenn sie ganz offensichtlich nicht weinen wollte. «Ich habe mich gebückt und die erste Trommel geöffnet. Als ich die Wäsche rausholen wollte, habe ich diesen dumpfen Schlag gehört, auf meinen Kopf. Wirklich, zuerst habe ich dieses metallische Geräusch gehört, danach setzte erst der brutale Schmerz ein. Mir ist sofort schlecht geworden. Durch die Wucht bin ich mit dem Oberkiefer auf die Tür der Waschmaschine geknallt.» Sie öffnete den Mund und zeigte ihre Schneidezähne. «Die zwei Kronen erinnern mich jeden Tag an den 18. November vor zehn Jahren.» Die Tränen rollten jetzt. Sie atmete durch. «Jemand hat mich von hinten an den Haaren gepackt. Doch bevor ich schreien konnte, wurde mir mehrmals ins Gesicht geschlagen. Ich habe meine Augen zugekniffen, um mich vor den Schlägen zu schützen. Er hat mich mit Schwung an den Haaren auf den Bauch gedreht wie ein Stück Vieh. Dann hat er mir eine Wäscheleine um den Hals geschnürt und zugezogen. Es ging alles so irre schnell, ich habe sein Gesicht nicht sehen können.» Sigrun schnäuzte sich. «Aber kurz bevor ich ohnmächtig wurde …» Sie schaute Franka fest an. «Da habe ich ihn gerochen.»

Für Franka bot sich der richtige Moment.

«Frau Stender, Sie sagen, Sie haben das Gesicht nicht erkannt, trotzdem gehen Sie von einem männlichen Täter aus.» Sie hatte mit Sigruns verständnislosem Blick gerechnet und setzte nach. «Glauben Sie, dass dieser Überfall vielleicht auch von einer Täterin verübt worden sein könnte?» Franka schaute zu Alpay, der immer noch von einem männlichen Täter überzeugt war.

Sigrun zuckte mit den Schultern. «Eine Frau? Ehrlich gesagt … ich weiß nicht. Möglich, aber die Schläge ins Gesicht waren so hart …» Sie überlegte und schüttelte vehement den Kopf. «Ehrlich? Nein, das glaube ich nicht.»

Franka nickte lächelnd. Sie wollte Sigrun das Gefühl geben, dass sie ihr vertrauen konnte. «In Ihrer Aussage von vor zehn Jahren beschreiben Sie den Geruch, den Sie in der Waschküche wahrgenommen haben, als würzig. Können Sie das vielleicht mit Abstand zur Tat heute noch mit anderen Worten beschreiben?»

Sigrun wirkte unsicher. «Schon als ich zurück in den Keller kam, habe ich davon einen Hauch gerochen. Ich habe das aber zuerst für eine Art Weichspüler gehalten. Erst als er über mir war, wusste ich, dass der Geruch von ihm kam.»

Alpay hakte nach. «Roch es wie ein Aftershave oder eher wie ein Parfüm?»

Sie überlegte kurz und zuckte dann mit den Schultern. «Ich weiß nicht. Irgendwie roch es alt, wie eine würzige Seife. Einige Zeit nach der Tat habe ich angefangen, mich in der Parfümerie in Flensburg heimlich durch alle möglichen Düfte zu riechen.» Die Frau hatte sich im Griff, das nötigte Franka Respekt ab. «Aber als ich mit der Therapie begann, habe ich das ganz schnell wieder gelassen.»

Sigrun Stender hatte sich zwei Wochen nach der Tat Hilfe beim Weißen Ring gesucht. Ihre Dankbarkeit über die Unterstützung des gemeinnützigen Vereins brachte sie noch heute durch ihr ehrenamtliches Engagement bei der Organisation zum Ausdruck. Sie hatte sich zur Opferhelferin schulen lassen. «Wissen Sie, es war ein langer Weg für mich. Aber ich wollte nicht, dass ein Verrückter über mein restliches Leben bestimmt.»

Sigrun und Joachim verabschiedeten Franka und Alpay auf der Fußmatte ihres Heimathafens. Sigrun schien sich einen Ruck zu geben. «Frau Erdmann, darf ich Sie fragen, was das für Überfälle in Hamburg waren?» Sie schmiegte sich fest an ihren Mann.

«Es tut mir leid, aus ermittlungstechnischen Gründen darf ich Ihnen leider keine Auskunft geben. Auf Wiedersehen, Frau Stender.» Franka lächelte um Verständnis bittend und ging mit Alpay zum Auto zurück. Schon fast an der Gartenpforte machte sie noch einmal kehrt und ging zurück zur Haustür. Franka war eigentlich keine Frau für Floskeln, aber eines wollte sie noch sagen. «Frau Stender, wir tun alles, um den Täter zu kriegen.»

Auch wenn die Faktenlage auf eine Frau hindeutete, war Franka davon überzeugt, dass sie einen Mann suchten.

Die Fahrt zurück nach Hamburg verlief ohne Stau auf der Autobahn. Hinter der Rader Hochbrücke, die den Nord-Ostsee-Kanal überspannte, setzte Alpay zu Frankas Verwunderung den Blinker und fuhr auf den Rastplatz Büdelsdorf.

«Drückt die Blase?»

«Ich dachte, wir machen eine Rauchpause.»

«Wir …?»

«Hören Sie, Frau Erdmann, von mir aus können Sie an beiden Enden brennen, Sie sind ja alt genug. Aber ich kenne Sie jetzt seit über einem Monat, und wenn Sie so mit den Fingern trommeln», er demonstrierte es ihr mit seiner Hand auf dem Oberschenkel, «dann wird es Zeit. Wir müssen noch über einhundert Kilometer zusammen im Auto verbringen. Und da hätte ich Sie gerne entspannt neben mir sitzen.»

Franka sah ihn mit offenem Mund an. Er traute sich was. Sie wusste nicht, ob sie seine Aktion als übergriffig oder verständnisvoll einordnen sollte. Aber sie ergriff die Gelegenheit und rauchte. Der Verkehr donnerte hinter dem Grünstreifen an ihnen vorbei. Sie war etwas verärgert über die forsche Art ihres Kollegen, irgendwie fand sie es aber doch nett, dass Alpay mit ausstieg und ihr Gesellschaft leistete. Er streckte sich und schaute sie über das Autodach direkt an.

«Sie glauben nicht daran, dass es eine Frau war, oder?»

«Richtig.»

«Haben Sie so einen Fall schon mal erlebt?»

«Sie meinen, einen Serientäter zu jagen?»

Er nickte.

«Ja, aber das war niemand mit einer solch langen Historie, an der man eine psychische Entwicklung ablesen konnte. Jetzt suchen wir einen Täter, der seine Gewaltfantasien über Jahrzehnte steigerte und nun bis zum Äußersten geht.» Franka hielt sich den Kragen ihrer Jacke zu. «Ich frage mich zwei Dinge: Erstens, könnte es sein, dass der Täter schon *vor* Einrichtung der ViCLAS-Datenbank zugeschlagen hat und seine Überfälle vor über zwanzig Jahren daher nicht zentral erfasst wurden?»

Alpay pfiff durch die Zähne. Er schien den Gedanken nicht abwegig zu finden.

Franka betrachtete, wie die Glut ihrer Zigarette vom Wind

befeuert wurde. «Und zweitens frage ich mich, was triggert den Mann? Also, wonach sucht er die Frauen aus? Die Haarfarbe alleine wird es kaum sein.»

Alpay steckte seine Hände gegen die Kälte tief in die Hosentasche. «Der Typ ist doch verrückt, oder?»

Franka unterdrückte ein Lächeln. Alpay zu sehen, wie er gleich am Anfang seiner Laufbahn beim LKA mit einem solchen Fall konfrontiert wurde und im Crashkurs lernte, zu welchen Grausamkeiten Menschen fähig waren, berührte sie auf eine gewisse Weise.

«Schon ein Unterschied zur Uni, was?»

Er grinste. «Verrückte gibt es auch dort.»

Sie schnippte die Asche in den Wind, wo sie sich sofort in alle Richtungen zerstreute. «Verrückt verbinden wir mit geisteskrank oder irre. Es bedeutet krankhaft im Denken und Handeln. Aber wenn man das Wort mal genauer betrachtet … verrückt. Man ver-rückt Möbel, wenn man putzt. Oder ein Bild an der Wand. Man schiebt die Sachen weg von der Stelle, wo sie eigentlich hingehören.» Sie bemerkte seinen fragenden Blick. «Was ich sagen will: Natürlich werden einige Menschen auch mit psychischen Störungen geboren, aber viele werden eben auch im Laufe ihres Lebens ver-rückt. Wie die Kommode werden sie von ihrem eigentlichen Platz weggeschoben und stehen dann mitten im Weg, wo man über sie stolpert.»

Sie trat ihre Zigarette auf dem Asphalt aus, bückte sich und hob ihren Filter auf. Franka zog es ins Kreuz, aber Sybille wäre stolz auf sie gewesen. Sie warf die Kippe in den Mülleimer neben einer Bank, an der sich Leute mit Graffitis und Schnitzereien verewigt hatten. «Ich bin sicher, es dauert nicht mehr lange, und die nächste Frau stolpert über diesen Mann.»

Auf der Fahrt zurück nach Hamburg war Alpay erstaunlich still. Sie hakte nicht nach, sondern genoss die Autofahrt, die sie gerade zum Nichtstun verdammte. Je näher sie der Hansestadt kamen, desto weniger waren die Felder und Wiesen zu beiden Seiten der Autobahn noch verschneit. Zeit, die vermeintliche Idylle der Provinz hinter sich zu lassen.

Es war nach 19:30 Uhr, als Alpay vor dem Präsidium parkte. Er war ziemlich platt. Die letzte Nacht steckte ihm genauso in den Knochen wie die Fahrt in den Kreis Schleswig-Flensburg. Er war nicht davon ausgegangen, dass Franka nach Hause fahren würde. Aber so überrascht, wie sie ihn anschaute, hatte sie anscheinend auch nicht damit gerechnet, dass er noch mit nach oben ins Büro kommen würde. Alpay war auf dem Rastplatz plötzlich etwas eingefallen, doch bevor er sich vor Franka zu weit aus dem Fenster lehnte, wollte er seine Eingebung erst prüfen.

Während sie mit dem Fahrstuhl nach oben fuhr, nahm er die Treppe und stand schon vor der Dokumentationswand, als sie hinter ihm das Büro betrat. Die Kollegen waren bereits nach Hause gegangen. Sie setzte Kaffee auf.

«Trinken Sie auch eine Tasse?»

Alpay winkte ab und konzentrierte sich auf die Fotos. Zwischen den Fällen Marie Möbius und Charlotte Fiedler war nicht nur der Ausschnitt einer Straßenkarte gepinnt, auf dem der Fundort des Geschäftshandys von Rays Zylinderstübchen im Grüneberger Park eingekreist war. Auch Fotos des Mülleimers, in dem das Gerät gelegen hatte, hingen an der Wand. Das Geräusch der schnorchelnden Kaffeemaschine hinter ihm lenkte ihn ab, dann kam Franka aus ihrem Büro und las eine Nachricht vor, die sie auf ihrem Schreibtisch gefunden hatte.

«Laut Sybille befand sich auf dem Handy von Charlotte Fiedler erst einmal nichts Auffälliges.»

Alpay nickte nur abwesend. Er zückte sein Handy, öffnete die Lupenfunktion und richtete es auf das Foto mit der Parkbank neben dem Mülleimer. «Wir sind so bescheuert!» Er ging rasch zu seinem Arbeitsplatz und startete seinen Computer. Franka trat hinter ihn. Er spürte ihren Blick über seine Schulter. Kommentarlos zog er einen zweiten Bürostuhl für sie heran. Dann rief er eine Satellitenaufnahme des Grüneberger Parks auf.

«Der Ort, wo die Kollegen letzte Woche das Handy von Nils Funke aus dem Müll gezogen haben, liegt einen halben Kilometer Luftlinie entfernt von der Wohnung, in der gestern Abend Charlotte Fiedler getötet wurde!» Er suchte auf dem Server die abgelegten Fotos vom Fundort des Handys heraus und öffnete eine Aufnahme. «Hier.»

Das Foto zeigte den besagten Mülleimer neben einer angeranzten Bank. Franka nahm einen Schluck Kaffee, während Alpay das Foto zoomte.

«Jetzt passen Sie auf.» Er hatte die Bank so vergrößert, dass man die Verschraubungen erkennen konnte. «Sehen Sie das? Hier, diese Schnitzerei!» Alpay schaute Franka an, die wie vom Donner gerührt den Schriftzug in der Lehne entzifferte.

«Lotte.»

Er stand auf und goss sich jetzt doch einen Becher Kaffee ein. Er wusste, der Abend konnte lang werden. Franka signalisierte, dass sie auch noch einen trank.

«Das ist Ihnen doch nicht erst eben eingefallen, oder?»

«Es war auf der Raststätte. Erinnern Sie sich an die Schnitzereien auf der Bank, als Sie Ihre Kippe in den Müll geworfen haben?» Franka nickte. Er reichte ihr den vollen Becher zurück.

«Das hat mich an die Bank neben dem Fundort des Handys erinnert. Plötzlich hatte ich das Gefühl, darauf etwas gelesen zu haben, etwas, das wichtig ist.» Er nippte an seinem Kaffee. «Frau Erdmann, wissen Sie, was das heißt? Der Typ hinterlässt uns Nachrichten! Nach dem Obduktionsbericht über Nils Funke waren Sie selbst der Meinung, da spielt jemand mit uns. Und ich glaube, Sie haben recht!»

Franka schien etwas anderes langsam klar zu werden. «Die gebrochenen Halswirbel», murmelte sie.

Vor der Magnetwand mit dem Fall Nils Funke betrachteten sie die Aufnahmen des Mannes, wie die Kinder ihn in der Sandkiste gefunden hatten. Vergraben bis zum Adamsapfel, den Kopf unnatürlich über die linke Schulter gedreht, starrte er in die Ferne. Franka stellte ihren Becher ab, und Alpay ahnte, dass sie eine Idee hatte.

«Schaffen Sie es, die Liegestelle des Toten auf dem Satellitenbild originalgetreu einzuzeichnen?»

«Kein Problem.» Anhand der Koordinaten der Sandkiste, der Beschreibung der Liegerichtung des Opfers, die die Spurensuche übermittelt hatte, und der Tatortfotos montierte er mit wenigen Klicks den Toten an die richtige Position auf dem Satellitenbild. Noch wusste er nicht, was Franka vorhatte.

«Können Sie das ausdrucken?»

Die Aufnahme mit dem in die Sandkiste montierten Toten lief aus dem Drucker.

«Ich glaube, Herr Eloglu, jetzt wird es spannend.»

Fasziniert beobachtete er, wie Franka auf dem Ausdruck ein Lineal an den Kopf des Opfers anlegte. Sie verfolgte mit der Geraden die Ausrichtung und rekonstruierte so die Blickrichtung der Leiche, die sie mit einem Kugelschreiber nachzeichnete.

Alpay konnte kaum glauben, was er sah.

Die verlängerte Blickachse der Leiche aus der Sandkiste zeigte nach Winterhude, also in Richtung des Stadtteils, in dem Marie Möbius ums Leben kam.

Gegen 23:00 Uhr fiel Franka todmüde auf das Sofa in ihrem Wohnzimmer und zappte durch die Programme. Schließlich blieb sie auf einem Kultursender an einer amerikanischen Screwball-Komödie aus den dreißiger Jahren hängen. Sie biss von ihrem Avocadotoast ab, den sie aus der SB-Theke der Tankstelle um die Ecke mitgenommen hatte, und bedauerte, dass solche Filme nicht mehr gedreht wurden. Niemand explodierte oder sprang ohne Fallschirm aus einem Helikopter über dem nächtlichen Hongkong, aber trotzdem saß Franka bestens unterhalten vor dem Fernseher. Ein ehemaliger Detektiv mit Oberlippenbart und seine millionenschwere Gattin stritten darüber, dass er seit geraumer Zeit keinen Fall mehr gelöst hatte. Mehr nicht. Der größte Spezialeffekt war ein Foxterrier, der aber weder sprach noch auf den Hinterbeinen tanzte. Franka lachte und nahm einen Schluck Rotwein, der sie in einen angenehm schläfrigen Zustand versetzte. Der Tag war lang gewesen. Die Ermittlungen kosteten Kraft. Und die Avocado auf ihrem Toast hatte vermutlich nie die Sonne gesehen.

Jeden Abend war es dasselbe, wenn sie nach Hause kam. Aufgepeitscht vom Tag, ließen sich ihre Gedanken nicht abstellen, auch wenn der Körper bereits müde seinen Schlaf einforderte. Gerade wenn die Beamten im Schichtdienst arbeiteten, verloren sie schnell ihren Rhythmus. Franka dachte daran, wie Alpay seinen Bereitschaftsdienst und den heutigen Arbeitstag bewältigt hatte. Die Fahrt an die Flensburger Förde kam noch hinzu. In dem Alter steckt man die Bedingungen des Dienstes einfacher weg. Daran konnte sie sich noch dunkel erinnern.

Der Täter hinterließ Hinweise. Wahrscheinlich machte es ihm Spaß, die Polizei zum Narren zu halten, und sein Verhalten zeigte Franka, für wie überlegen er sich halten musste. Seht her, schien er zu rufen, ich bin euch immer einen Schritt voraus.

Franka trank wenig, daher spürte sie die Wirkung des halben Glases Rotwein sofort. Sie drehte den Fernseher etwas lauter, ging in die Küche, warf den Toast in den Müll und öffnete den Kühlschrank. Ein offener Tetrapak Tomatensuppe und ein angebrochener Magerquark konkurrierten um das am längsten abgelaufene Haltbarkeitsdatum. Die LED-Beleuchtung entlarvte die grauen Schimmelsporen auf dem eingetrockneten Rand der Quarkverpackung. Der Gewinner stand fest. Wieder nahm Franka sich vor, regelmäßiger einzukaufen. Sie verstand nie, wann Sybille das erledigte, deren Einkäufe für die Familie oft im Bürokühlschrank zwischenlagerten.

Franka ging zurück durch den Flur ins Wohnzimmer, als sich der Bereitschaftsdienst mit einem Alarm-Sound auf ihrem Handy meldete. Sie begrüßte Marcel Reuter, setzte sich zurück auf das Sofa und nippte an ihrem Rotwein. Er informierte Franka, dass eine Streife der Polizei vor fünfzehn Minuten den Kastenwagen von Rays Zylinderstübchen gefunden hatte. Das Auto war bereits auf dem Weg in die KTU. Auf der Ladefläche lag ein Haufen Klamotten, und Franka war sicher, dass es sich dabei um die Sachen von Nils Funke handelte.

Ein junger Mann war beim Ausparken an dem Kastenwagen hängen geblieben, hatte ein Rücklicht eingedrückt und den Kotflügel touchiert, wie Marcel Reuter berichtete. Der junge Fahrer, ein Fahranfänger, hatte sofort die Polizei gerufen und in der Liese-von-Werken-Straße 9 auf die Beamten gewartet. Nur zwei Häuser weiter hatte Charlotte Fiedler gewohnt.

Plötzlich war Franka hellwach. Was für ein arroganter gestörter Typ war das eigentlich? Das Auto direkt am Tatort stehen zu lassen, damit sie in aller Ruhe die Spuren auswerten konnten? Sie spürte Wut in sich aufsteigen.

Die Tatsache, dass der Täter mit ihnen spielte, weckte jedoch ihre Hoffnung, dass er sich bald verzockte. Irgendwann würde er einen Fehler machen. Diese Zuversicht ließ Franka großzügig darüber hinwegsehen, dass der Foxterrier im Film plötzlich auf den Hinterpfoten tanzte.

Am nächsten Morgen betrat Franka pünktlich ihr Büro und biss von einem frisch belegten Sandwich ab. Sie konnte sich nicht erinnern, wann sie das letzte Mal auf dem Wochenmarkt in der Grundstraße eingekauft hatte. Sie war zu ungeduldig für diese Art des Einkaufens, bei der man sich immer wieder neu anstellen musste. Zudem machte sie das Gedränge aus Kunden, Kindern und Hunden wahnsinnig. Aber heute Morgen war sie früh dran gewesen, und sie hatte die Gunst der Stunde genutzt, ihren Kühlschrank zu füllen. Gemüse, französischer Rohmilchkäse, Oliven und Obst lagerten unten in ihrem Nissan, der bei Temperaturen knapp über null Grad als Kühlschrank diente und nur noch leicht nach flüssigen Gummibärchen roch.

Der Kastenwagen von Rays Zylinderstübchen stand zur Untersuchung in der Halle des kriminaltechnischen Dienstes. Der Bericht dazu war ihr frühestens für den Nachmittag angekündigt worden. Franka ging nach nebenan ins Büro der Kollegen und setzte Kaffee auf. Dieses Sandwich war dermaßen lecker, dass sie sich ärgerte, nicht noch ein zweites für ihren Lunch gekauft zu haben. Sie füllte den Kaffee in den Filter und schaute zur Pinnwand, an die Alpay gestern Abend eine vergrößerte Aufnahme der Parkbank geheftet hatte: Lotte. Daneben hing die Satellitenaufnahme mit der eingezeichneten Blickachse von Nils Funke.

«Morgen.» Alpay betrat gut gelaunt das Büro.

«War heute wieder Alsterrunde?»

Er schaute sie überrascht an. «Sie interessieren sich mittlerweile für mein Privatleben. Das macht mich nervös.»

Sie lachte. Er setzte sich an seinen Schreibtisch und holte die handschriftlichen Aufzeichnungen der Gespräche mit Ilka Freiwald und Sigrun Stender hervor. Die Gesprächsprotokolle mussten geschrieben werden. Franka lehnte sich an die Wand neben der Kaffeemaschine.

«Wir haben den weißen Kastenwagen von Rays Zylinderstübchen gefunden.»

«Wo ist der denn aufgetaucht?»

«Liese-von-Werken-Straße.» Franka war auf Alpays Reaktion gespannt.

«Was ist das für ein abgebrühter Wichser? Ist der mit der Karre zu seiner nächsten Tat gefahren und hat in der Straße des Opfers geparkt?»

«Zwei Hausnummern weiter rechts.» Sie ging in ihr Büro hinüber. «Die Jungs untersuchen das Auto gerade. Aber vor heute Nachmittag wird das nichts.» Sie schob sich den letzten Bissen des Sandwiches in den Mund und wischte sich die Finger an ihrer Jeans ab.

Alpay kippte in seinem Stuhl zurück und drehte sich zu ihrer geöffneten Tür. «Okay. Vorgestern war es dunkel, aber hatten wir alle Tomaten auf den Augen?»

Franka sprach mit vollem Mund. «Er hat es angemalt.»

«Er hat was?» Alpay erhob sich von seinem Stuhl und lehnte sich in den Türrahmen.

«Er hat die Werbung auf den Seitenflächen übermalt.» Sie scrollte durch ihre Mails. «Mit einer Art Binderfarbe.»

«Und die Nummernschilder?»

«Wohl geklaut. Wird gerade überprüft.» Sie trat ans Fenster. Nach dem Essen musste sie rauchen, da half alles nichts. «Als es gestern Nacht angefangen hat zu nieseln, ist die Farbe langsam aufgeweicht. Ein Fahranfänger ist beim Ausparken hinten am Kotflügel hängen geblieben. Als die Kollegen die Bagatelle aufnahmen, haben sie den Wagen entdeckt.»

Ihr Dienstapparat klingelte. Poppy Bruhns kündigte Ergebnisse zum Glasstopfen an, den die Spurensicherung vorletzte Nacht unter dem Küchenschrank von Charlotte Fiedler gefunden hatte. Die vielen Dienstjahre hatten Franka eines gelehrt: Wann immer ein Techniker seinen Bericht persönlich besprechen wollte, statt ihn zu schicken, hatte er eine besondere Entdeckung gemacht.

Gegen 9:00 Uhr trafen sich alle Kollegen der Soko in einem der Konferenzräume im Erdgeschoss. Franka hatte Jörg und Sybille mittlerweile sowohl über die Befragungen der Frauen in Schleswig-Holstein als auch über den Fund des Kastenwagens informiert. Die beiden konnten die Kaltschnäuzigkeit des Täters ebenso wenig fassen wie Franka. Marcel Reuter hatte für Bruhns einen Beamer vorbereitet. Poppy lächelte.

«Ein guter Morgen, wie ich finde.» Das erste Foto leuchtete an der Wand auf. Es zeigte den Glasstopfen auf Poppys Untersuchungstisch. Daneben gab ein Maßband die Länge mit 5 und die Breite mit 5,5 Zentimetern an. «Das ist er also. Der Verschluss aus Glas, den meine Leute vorgestern Abend auf dem schmutzigen Fußboden unter dem Küchenbuffet von Charlotte Fiedler gefunden haben. Das Teil stammt definitiv nicht aus der Wohnung des Opfers. Keine Fingerabdrücke, auch nicht von der Frau selbst.»

Franka betrachtete die außergewöhnliche Form, die sie in der Asservatentüte am Tatort so nicht hatte erkennen können. Ein aus einem Glasstreifen gefertigtes Dreieck, das an ein umgedrehtes Herz oder das Dach einer Pagode erinnerte. Auf der Hälfte der unteren Seite war das Glas unterbrochen. Die beiden offenen Enden, nach innen aufgerollt, berührten sich. Das Dreieck saß auf einem geschliffenen Kolben.

Poppy entwickelte in solchen Situationen eine diebische Vorfreude auf die Enthüllung seiner Erkenntnisse, die er gerne mit einem Quiz hinauszögerte. «Hat jemand eine Ahnung, was das sein könnte?»

Franka zeigte nicht nur beim Einkauf auf dem Wochenmarkt wenig Geduld. Bevor sich die Kollegen in Mutmaßungen ergingen, unterbrach sie ihn. «Matthias, bitte.»

«Okay.» Er zuckte mit den Schultern. «Wir haben es hier mit dem Verschluss eines Parfümflakons zu tun.»

«Flakonverschluss hätte ich jetzt auch getippt.» Sybille schaute triumphierend in die Runde. «Wirklich. Und zu welchem Duft gehört der?»

«Das versuchen wir noch herauszufinden. Auf alle Fälle stammen der Verschluss und das dazugehörige Fläschchen von der französischen Firma Guerlain.»

Franka verstand nicht ganz, wie es dann noch so schwer sein konnte, auch den Duft zu ermitteln. Aber Poppy lenkte die Aufmerksamkeit schon wieder auf den geschliffenen Glasstutzen unterhalb der Pagode.

«Dieser Kolben wurde so nur bis Mitte der Siebzigerjahre hergestellt. Früher befand sich im Flaschenhals dieser Flakons eine Kerbe. Mit einer dünnen Kordel band man Verschluss und Flasche zusammen, zog das Band fest durch die Kerbe und versiegelte es dort.»

Franka war gespannt, wohin dieser Exkurs führte. Poppy moderierte freihändig, wie sie das Referieren ohne Spickzettel intern nannten.

«Ab Ende der Siebzigerjahre fertigte die Parfümfirma den geschliffenen unteren Glasstutzen aus Plastik, damit er sicherer gegen das Auslaufen schützte. In den Achtzigerjahren stellte man dann den gesamten Verschluss aus Kunststoff her, und der Zerstäuber kam auf den Markt.»

Franka mochte Poppys Begeisterung über seine Arbeit. Er strahlte wie ein kleiner Junge, wenn er eine harte Nuss geknackt hatte.

«Dieses Teil aus Glas hier», er präsentierte den Verschluss, den sie in der Küche des Opfers gefunden hatten, «gehört also zu einem mindestens fünfzig Jahre alten Flakon. Das Problem an der Sache: Der Hersteller füllte damals drei verschiedene Düfte in derselben Flasche ab.» Poppy nahm einen Zettel vom Tisch. «Ich hatte Latein in der Schule, kein Französisch. Ich hoffe, ich spreche das jetzt richtig aus. *L'heur blue*, *Mitsouko* und das sehr seltene *Fol Arôme*.»

Franka schossen mehrere Gedanken gleichzeitig durch den Kopf. «Habt ihr keine Parfümrückstände gefunden?»

Er sortierte seine Unterlagen. «Rechnest du chlorierten Wasserstoff dazu?»

Jörg schaltete sich ein. «Charlotte Fiedler wurde also wie Marie Möbius vorher betäubt.»

«Moment.» Franka stand auf und stützte sich auf der Tischplatte ab. «Können wir das bitte alles ganz kurz sortieren?» Sie kippte das Fenster im Konferenzraum an und lehnte sich ans Fensterbrett. Plötzlich stieg eine Hitzewelle in ihr auf, die bis zum Haaransatz hochkochte. Hoffentlich bemerkte niemand den Schweiß, der sich anfühlte, als würde er ihr bereits aus den Haaren laufen. «Unser Täter transportiert Chloroform in einem fünfzig Jahre alten Flakon eines französischen Parfüms?» Unweigerlich musste Franka an Schneewittchens vergifteten Apfel denken. «Leute, ergibt das Sinn?»

«Der Nachbar im Erdgeschoss hat zwei Frauen beobachtet.» Alpay erhob sich ebenfalls. «Auch wenn Sie bis jetzt von einem männlichen Täter ausgegangen sind, weil man so brutale Taten nicht unbedingt einer Frau zutraut, spricht doch dieser Parfümflakon auch wieder für eine Täter*in*, oder sehe ich das falsch?»

Franka atmete durch. «Ich habe ganz große Schwierigkeiten, eine Frau in Betracht zu ziehen. Wie gesagt, allein die Kraft, die man braucht.» Sie schaute aus dem Fenster in eine braune Rabatte, als es ihr kalt über den Rücken lief. Dieses Mal waren es aber nicht die Wechseljahre, sondern die Erinnerung an die Aussage von Sigrun Stender, die sie schaudern ließ. Sie drehte sich um und wandte sich an Alpay. «Erinnern Sie sich an die Aussage der Frau in Schleswig, die von dem Geruch damals in der Waschküche erzählt hat?»

Er nickte. «Würzig, seifig.»

Franka hatte eine Idee. «Sybille, lass dir von Poppy die Namen der drei Parfüms aufschreiben und besorg uns die Düfte. Herr Reuter, bitte über das LKA Schleswig-Holstein eine erneute Befragung von Frau Stender veranlassen. Jörg, wir werden da oben ermitteln müssen. Bitte offizielles Amtshilfegesuch stellen. Herr Eloglu, die Strecke nach Flensburg kennen Sie ja bereits.»

Egal, ob der Täter ein Mann oder eine Frau war, eins wusste Franka: Sie kamen dieser Person immer näher.

Vier Gläser Senf, sechs Tuben Mayonnaise, Toilettenpapier, Tütensuppen, Deodorant. Das kleine Regal, das als Raumtrenner diente, war fast wieder aufgefüllt. Er schob die Kartons beim Einräumen mit dem Fuß vor sich her. Der Streusand auf dem Boden knirschte unter der aufgeweichten Pappe. Wie oft hatte er den Aushilfen gesagt, sie sollten hier jeden Morgen durchwischen. Er bückte sich, um die Konserven einzusortieren. Doch als er die Hand spreizte, riss der Schorf zwischen seinen Fingern. Eine Dose fiel ihm aus der Hand und knallte auf den Boden, die Tomatensoße ergoss sich über die Fliesen, die Ravioli verteilten sich im Gang. Er starrte auf die rote sämige Flüssigkeit, die hoch aufgespritzt war. Ein Hosenbein war bis zum Knie voller Flecken. Am liebsten hätte er vor Wut die ganze Palette hingeschmissen, aber es waren Kunden anwesend. Ihm blieb nichts anderes übrig, als den Dreck aufzuwischen.

Er musste an seine Mutter denken, einige Wochen bevor sie sich das Leben nahm. Er war aus der Schule nach Hause gekommen. Eine zugeknotete Mülltüte hatte im Vorflur gestanden, die sie abgestellt und in ihrem benebelten Zustand wahrscheinlich vergessen hatte.

Schon früh hatte er gespürt, dass etwas mit ihr nicht in Ordnung war. Immer öfter verzog sie sich tagsüber zum Schlafen. Unter ihrem kräftigen Parfüm und den Pfefferminzküssen versteckte sie den Alkohol, den sie schon morgens nach dem Aufwachen trank. Einige Male hatte er seine Mutter heimlich dabei beobachtet. Er wusste, ohne das Zeug aus der Flasche mit dem gelben Etikett konnte kaum ein Tag beginnen. Nachdem er mehrmals vergeblich vor der Grundschule auf sie gewartet hatte, fing er an, allein nach Hause zu gehen. Dann lag seine Mutter meist im Bett und hielt den Mittag für den Morgen. Oder sie hatte sich angezogen und saß bewegungslos am Esstisch, unfähig, den Tag zu meistern.

Als Erwachsener durchschaute er einiges, was er als Kind nicht verstanden hatte. Er wischte die Tomatensoße mit Küchenpapier von den Fliesen.

An diesem Tag, als die Gardinen mittags noch immer zugezogen waren, hatte brackiges Wasser in einer Glasvase auf dem Wohnzimmertisch gestanden, als er mittags aus der Schule nach Hause kam. Er erinnerte sich an die matschigen Stiele eines verwelkten Blumenstraußes. Seine Mutter war schon seit einiger Zeit nicht mehr in der Lage gewesen, den Haushalt in Ordnung zu halten. Die Tür zum Arbeitszimmer war zu. Er schaute durchs Schlüsselloch und sah sie auf dem Sofa aus grünem Breitcord schlafen. Er ahnte, dass seine Eltern schon wieder gestritten hatten. In der Küche stand das schmutzige Geschirr vom Frühstück in der Spüle.

Auf leisen Sohlen war er durchs Haus geschlichen und hatte die Küchentür hinter sich zugezogen. Er hatte Hunger. Im Vorratsschrank stand eine letzte Dose Ravioli. Die Auswahl zum Mittagessen bestand schon seit einiger Zeit aus Nasigoreng und gefüllten Teigtaschen in säuerlicher Tomatensoße.

Er erinnerte sich heute, als wäre es gestern gewesen. Er konnte die abgestandene Luft noch riechen, fühlte die Einsamkeit.

Er hatte die Kochplatte mit dem roten Punkt angeschaltet und die Dose geöffnet. Anfangs hatte es ihn einige Versuche gekostet, das Metall mit dem Dosenöffner aufzuschneiden, aber dann funktionierte es. Er hatte einen kleinen Topf aus der Schublade unter dem Ofen geholt und die Ravioli hineingekippt. Er war erst sieben Jahre alt, und um das Essen auf die Herdplatte zu stellen, benötigte er einen kleinen Tritt. Doch mit dem Pott in der Hand hatte er schon auf der ersten Stufe das Gleichgewicht verloren. Er war vornübergekippt und hatte im selben Moment den Topf fallen gelassen. Es war alles so schnell gegangen. Um sich festzuhalten, hatte er sich mit der Hand auf der aufgeheizten Schnellkochplatte abgestützt. Seine Haut war sofort auf dem heißen Metall kleben geblieben. Er hatte geschrien, die Hand nach oben gerissen und war rückwärts von der Leiter gestürzt. Der Schmerz hatte ihm den Atem geraubt, und in seiner Handfläche hatte sich langsam eine fünfmarkstückgroße Brandblase gebildet.

Er hatte vor Schmerz so laut geschrien, dass seine Mutter die Küchentür aufgerissen hatte und sich erschrocken zu ihm kniete. Heute wusste er, sie war wieder betrunken gewesen. Sie hatte das Gefrierfach geöffnet, die Eiswürfel herausgenommen und eine Schüssel mit kaltem Wasser gefüllt. Als sie seine Hand darin eintauchte, schrie er von Neuem auf. Sie drückte sein Gesicht in ihren weichen Busen und versuchte, ihn zu beruhigen. Das eiskalte Wasser betäubte die Verbrennung. Die Wunde versorgte sie mit Brandsalbe.

Auch wenn ihm die Tränen über die Wangen liefen, brachte seine Mutter ihn schnell wieder zum Lachen. In einer kleinen Pfütze aus roter Tomatensoße hatte sein Fuß einen Abdruck hinterlassen, und sie staunte. War er denn schon wieder ein

Stück gewachsen? Er hatte ja bald größere Füße als sie. Zum Beweis trat sie mit ihrem nackten Fuß mit den rot lackierten Nägeln in die Tomatenpfütze neben seine kleine Spur.

Heute wusste er, dass der Schock über seine Verbrennung seine Mutter für einen kurzen Moment wachgerüttelt hatte. Sie musste begriffen haben, dass sie mal wieder ihre Fürsorgepflicht vernachlässigt hatte. Die nächsten Tage riss sie sich zusammen. Sie gab ihm morgens ein vernünftiges Schulbrot mit, frische Blumen standen in der Vase im Wohnzimmer, und die Küche war sauber und aufgeräumt, wenn er nach Hause kam.

Er sah nun die aufgeplatzte Dose Ravioli, die den Pappkarton von unten tränkte, und trat mit dem Schuh in die rote Soße. Er hatte ihr Lachen geliebt, das ansteckend und mitreißend war. Die kleinen Passagen, die sie ihm manchmal aus ihren vielen Büchern vorlas, hatte er nie verstanden, aber er liebte ihre Stimme, die Geborgenheit vermittelte. In diesen wachen Momenten hatte sie ihn umarmt, geküsst und immer wieder fest an sich gedrückt. Dann hatte er gespürt, wie sehr sie ihn liebte. Er war glücklich gewesen, auch wenn sein Misstrauen nur still den Moment abwartete, an dem sie ihn wieder enttäuschen würde. Und immer hatte er sie gerochen, selbst in der Nacht, in der sie gestorben war.

Für den Nachmittag hatte Franka eine Audienz in den heiligen Hallen der Spurensicherung erbeten. Sie hatte Alpay mitgenommen und seine Verärgerung genossen, als sie ihn fragte, ob er den Anblick eines zerbeulten Kotflügels ertragen würde. Sie trugen Schutzkleidung. Insgeheim war Franka kein Fan des technischen Leiters Jochen Kringler, der die Kollegen aus dem

LKA immer unterschwellig spüren ließ, wie abhängig sie von seiner Arbeit waren. Er sprach immer nur von sich und schien vollkommen auszublenden, dass auch er nur so gut sein konnte, wie er es verstand, sein Team zu motivieren.

In dieser Halle sah es aus wie in einer Autowerkstatt, nur penibel aufgeräumt und sauber. Neben dem am Kotflügel ramponierten Kastenwagen von Rays Zylinderstübchen standen Labortische mit allem möglichen Werkzeug, das nicht zur Reparatur des zerbrochenen Rücklichts diente, sondern zur Sicherung von Beweisen an großen Spurenträgern wie Autositzen oder Teppichen. Unter dem grellen Licht hätte man eine Schusswunde operieren können. Die in Schutzanzügen umherlaufenden Beamten wirkten wie Krankenhauspersonal.

Franka begrüßte Kringler betont freundlich. Arroganter Vollpfosten, dachte sie, als er sich gewohnt abweisend zeigte, obwohl er selbst es war, der Franka hergebeten hatte. Das Auto war schwarz vor Dreck.

«Wir haben den gesamten Wagen bedampft und unter fluoreszierendem Licht die Fingerabdrücke gesichert. Sehen Sie die Anlage da oben?» Kringler deutete auf die riesige Belüftungsanlage an der Decke. «Damit können wir das Zeug gleich wieder aus der Luft filtern, wenn es staubig wird.» Sie gingen an einem der Labortische vorbei, auf denen die Klamotten von Nils Funke in Asservatentüten verpackt waren. Daneben lagen Grillhandschuhe.

«Die haben wir im Fußraum gefunden, brandneu», sagte Kringler. «Unbenutzt.»

«Wozu braucht man beim Türöffnen Grillhandschuhe?» Alpay betrachtete das Paar verwundert, und auch Franka stutzte über den ungewöhnlichen Fund.

«Bitte überprüfen, ob die zur Grundausstattung von Rays Zylinderstübchen gehören. Wenn nicht, bitte checken, wo diese Marke verkauft wird», sagte Franka.

Alpay machte sich Notizen. «Sie meinen, das könnte vielleicht noch ein Hinweis des Täters sein?»

Franka nickte knapp, wandte sich wieder an Kringler und deutete auf die Klamotten von Nils Funke. «Das Zeug lag auf der Ladefläche?»

«Ja. Schlüpper, Socken, Sneaker in Größe 46, T-Shirt, Jeans mit Gürtel.» Er öffnete die Beifahrertür und deutete auf getrocknetes Blut auf der Innenfläche des Seitenholms. «Wir sind noch lange nicht fertig, aber weil Sie es sind und mich Ihr Chef sonst jeden Tag nervt … Das Opfer saß auf dem Beifahrersitz, als der Täter ihm den Schädel eingeschlagen hat. Der Täter selbst stand draußen an der geöffneten Autotür.»

Sie gingen um den Wagen herum. Auf der anderen Seite kniete ein Techniker vor dem Fußraum des Fahrersitzes und versuchte, mit einer Gelfolie einen Fußabdruck vom Teppich zu sichern. Wie Kringler ihnen erklärte, hatten sie bereits Hautschuppen auf der Mittelkonsole des Wagens gefunden, aber noch nicht untersucht.

«Interessant sind die Verschmutzungen von außen durch Streusalz und Granulat und die Feuchtigkeit im Inneren des Autos.» Er zog ein Taschentuch aus der Hosentasche und schnäuzte sich. «Dieses Auto verschwand vor zwölf Tagen. Danach hatten wir in Hamburg einen Schnee- und Kälteeinbruch. Streufahrzeuge waren in der Stadt unterwegs. Als der Wagen gestern Abend hier ankam, war er aber nicht wirklich eingesaut. Reifen, Bodenblech und Außenseiten waren nur geringfügig verschmutzt. Die niedrigen Werte der Feuchtigkeitsmessung im Inneren zeigen, der Wagen muss seit seinem Verschwinden trocken gestanden haben.»

Franka nickte, Alpay machte sich Notizen.

Nachdem Kringler versichert hatte, seinen Bericht am übernächsten Tag an die Soko zu schicken, verabschiedeten sich Alpay und Franka.

Bevor sie in den Dienstwagen einstieg, schaute Franka über das Dach der Limousine zu ihrem Kollegen hinüber.

«Wir kriegen ihn.»

«Im Gegensatz zu Ihnen bin ich mittlerweile nicht mehr so überzeugt, dass wir einen Mann suchen. Zwischen der Frau in Pink und Kostja Lewandovski war laut Aussage des Rentners keine Zeit mehr für einen Täter.» Alpay stieg ein.

Franka wusste, an dieser Stelle hakte ihre Vermutung, aber irgendetwas sagte ihr, dass sie recht hatte. Sie setzte sich auf den Beifahrersitz. «Wetten?»

«Okay, Frau Erdmann. Deal.»

«Worum wetten wir?»

Er überlegte kurz.

«Ist der Täter ein Mann, fange ich an zu rauchen. Verhaften wir aber eine Frau …» Er grinste über das ganze Gesicht. «Hören Sie auf.»

Auf einmal hatte Franka das Gefühl, dass es fahrlässig gewesen war, Alpay den Wetteinsatz bestimmen zu lassen.

«Sagt mal, habt ihr den Arsch offen?» Martin Suttmann schob die Hände in die Hosentaschen, wippte vor und zurück auf seinen Zehenspitzen und wetterte durch das Gemeinschaftsbüro. «Siebenhundertneunzig Euro für Parfüm? Soll ich das als Verwaltungskosten einreichen, oder was?» Sybille hob abwehrend die Hände. «Ich kann nichts dafür, ich sollte das Zeug nur bestellen.»

Martin raufte sich die Haare. «Dafür kann man vermutlich den ganzen Laden kaufen.»

Franka rollte mit den Augen. «Pass auf, Martin.» Sie ging zu ihm, packte ihn an den Schultern und schob ihn rückwärts auf einen Bürostuhl. «Ich möchte mit Sigrun Stender eine Art Gegenüberstellung machen. Allerdings nicht mit einem Verdächtigen, sondern mit einem Duft.» Sie berichtete von Poppys Recherche zum fünfzig Jahre alten Flakonverschluss und den drei Düften, die früher in derselben Flasche abgefüllt wurden. Sigrun Stender konnte das Parfüm des Täters oder der Täterin heute noch beschreiben. Sie hatte es seitdem aber nie wieder gerochen, denn, und das wusste Franka, es handelte sich um einen exklusiven Duft. Letztendlich würde Martin den Betrag bewilligen, das war ihr klar. Trotzdem war sein Entsetzen offenbar echt. Er konnte nicht begreifen, wie man so viel Geld für Parfüm ausgeben konnte.

«Der Duft meiner Frau kostet vierundzwanzig Euro. Bekommt sie jedes Jahr zum Geburtstag, und er kommt aus Italien, und er riecht auch sehr gut.»

Sybille, die sich um die Bestellung der Parfüms gekümmert hatte, schlüsselte den hohen Betrag auf. Zwei der Düfte lagen preislich im Normalbereich. Die Preisexplosion verursachte *Fol Arôme*. Der Duft war jahrelang aus der Produktpalette verschwunden gewesen. Seit einiger Zeit wurde er zwar wieder aufgelegt, allerdings nur in einer limitierten und nummerierten Sonderedition.

Franka klopfte Martin auf die Schulter. «Ich verspreche dir, wenn wir den Fall zu den Akten legen, besorge ich dir hinterher die Flasche aus der Asservatenkammer, und du überraschst Hilde damit zu ihrem Geburtstag.» Sie wurde ernst und schaute ihn eindringlich an. «Martin, ich habe Sigrun Stender versprochen, alles zu tun, was ich kann. Und das meine ich ernst.»

Mit drei Parfüms auf der Rückbank fuhren Alpay und Franka am nächsten Morgen auf der A7 Richtung Norden nach Flensburg. Martin Suttmann hatte noch am Abend zuvor zähneknirschend die Kosten freigegeben. Franka amüsierte sich immer noch über die Geschichte vom Parfümkauf, die Sybille erzählt hatte. Die Verkäuferin war ihr zunächst mit Zurückhaltung begegnet, als sie am Morgen in Jeans und Rucksack die Nobelparfümerie in den Großen Bleichen betreten hatte. Erst als sie im Begriff war, für knapp achthundert Euro Parfüms zu kaufen, wurde man freundlich und füllte die Tüten randvoll mit Pröbchen, die keiner aus der Soko annehmen durfte, weil Jörg etwas spaßbefreit daran erinnerte, dass die Pröbchen dem Staat gehörten.

Je weiter Franka und Alpay in den Norden fuhren, desto kälter wurde es draußen. Die Temperaturanzeige des Wagens fiel weiter und weiter, während sich die Landschaft mit jedem Kilometer tiefer in frostiges Weiß hüllte. Franka spürte die Zeit, die ihnen im Nacken saß. Das Muster des Täters hatte sich geändert. Nicht nur, dass ihm die Misshandlungen seiner Opfer nicht mehr gereicht hatten und er zu töten begonnen hatte, auch fiel Charlotte Fiedler aus dem Datumsraster des 18. Novembers. Franka war bewusst, dass jemand, der seine Taten immer an demselben Tag beging, mit hoher Wahrscheinlichkeit ein perverses Jubiläum feierte. Aber was hatte den Mörder dazu gebracht, schon eine Woche nach dem Mord an Marie Möbius erneut zuzuschlagen? Und wie lange würde es dauern, bis man die Polizei zum nächsten Tatort rief?

«Vielleicht ist er auf den Geschmack gekommen?» Alpay schaute sie kurz an. «Könnte doch sein. Alle zehn Jahre misshandelt er Frauen, irgendwann traut er sich einen Schritt weiter, und der erste Mord flasht ihn so, dass er die Woche darauf gleich die nächste Frau tötet.»

«Möglich.» Franka dachte nach. Der Wagen glitt ruhig über die Autobahn, die sich monoton durch die Landschaft zog. «Und wenn es umgekehrt war?»

«Umgekehrt?»

«Dass es ihm eben keine Befriedigung verschafft hat.»

«Verstehe ich nicht.»

«Am 18. November vor zwanzig Jahren misshandelt er Ilka Freiwald. Am 18. November vor zehn Jahren sucht er sich Sigrun Stender aus. Beide Frauen schlägt er bewusstlos und vergeht sich, wenn Sie so wollen, an ihren Haaren. Das ist sein Ding, wie wir durch die OFA wissen. Jetzt kommt der 18. November vor zwei Wochen. Er geht den letzten Schritt in seinen Gewaltfantasien und erdrosselt Marie Möbius. Aber anstatt dass ihn diese Tat wieder für zehn Jahre befriedigt, tötet er schon in der darauffolgenden Woche Charlotte Fiedler.» Franka beobachtete Alpay, der seinen Blick nicht von der Fahrbahn nahm. «*Sie* glauben, Herr Eloglu, dass er es tat, weil es unserem Täter gefallen hat. Aber vielleicht musste er auch feststellen, dass ihm der erste Mord nicht die erhoffte Befriedigung gebracht hat.»

Es wurde still im Wagen, bis Alpay aussprach, was beide Theorien zur Folge hatten. «So oder so bedeutet das, der Täter erhöht seine Schlagzahl.»

Franka steckte ihr Handy im Wagen ans Ladekabel und nickte. «Und deswegen bleibt uns nicht viel Zeit. Dieses ganze Verhalten … das ist ein Mann, der genießt die Macht, die er über diese Frauen hat. Er zieht sie hinter sich her wie ein Stück Vieh. Er bringt sie nicht sofort um, sondern weidet sich vermutlich an ihrer Angst. Diesem Täter geht es nicht so sehr um Triebbefriedigung, sondern um Unterwerfung. Ein Mann, der erniedrigt, stellt sich selbst über die Frau, und unser Täter geht dabei äußerst brutal vor. Wir suchen jemanden ohne soziales Einfühlungsvermögen, ohne Gefühl für gesellschaftliche Normen. Ein Mensch, kalt wie Eis.»

Eine Stunde später saßen Franka und Alpay zum zweiten Mal bei Sigrun Stender in der Küche. Ihr Mann hatte einen Geschäftstermin nicht absagen können, die beiden Kinder waren noch in der Schule. Sigrun stellte selbst gebackene Weihnachtskekse auf den Tisch und lächelte.

«Ich war ganz überrascht, als Sie angerufen haben. Wer hätte gedacht, dass ich Sie nach zwei Tagen schon wiedersehe. Gibt es Neuigkeiten?» Sigrun deutete auf die exklusive Tüte auf Frankas Schoß. «Ich nehme nicht an, das sind Geschenke für mich?»

Franka probierte einen Keks und schüttelte den Kopf. «Tut mir leid.» Sie stellte die drei in dünnes Zellophan verpackten Kartons auf den Tisch und bemerkte Sigruns Verunsicherung. Franka hatte sie am Telefon absichtlich über den Parfümtest im Unklaren gelassen. Sie wollte verhindern, dass Sigrun schon im Vorhinein abblockte. In einem persönlichen Gespräch könnte sie im Notfall bessere Überzeugungsarbeit leisten.

Sigrun starrte auf die Verpackungen, und Franka glaubte, eine Vorahnung in ihrem Blick zu lesen. «Französische Parfüms …?»

Alpay befreite die Kartons aus dem Plastik. Franka nahm einen Schluck Kaffee und räusperte sich.

«Frau Stender, wir haben seit gestern neue Erkenntnisse, die vielleicht auch Sie betreffen.» Sie hielt die Einleitung absichtlich knapp, um Sigruns Anspannung nicht unnötig zu strapazieren. «Die Person, die wir suchen, hat bei ihrer letzten Tat vor drei Tagen das hier am Tatort verloren.»

Alpay reichte Sigrun ein Foto des Glasverschlusses auf Poppys Untersuchungstisch. «Haben Sie so einen Gegenstand schon mal irgendwo gesehen?»

Sigrun betrachtete das Foto. «Nein. Was soll das sein?»

«Das ist der Verschluss eines fünfzig Jahre alten Parfümflakons. Der Duft ist bis heute erhältlich.» Franka packte die kleinen Fläschchen aus den Kartons und stellte sie nebeneinander auf den Tisch. Die oberen Ecken der Glasflaschen waren nach innen eingerollt und erinnerten an weibliche Schultern. Nur an der unterschiedlichen Farbintensität der Flüssigkeiten und den verschiedenen Etiketten ließen sich die Parfüms auseinanderhalten.

«Die Firma füllte damals drei verschiedene Düfte im gleichen Flakon ab. Heute werden die Glasstutzen durch Zerstäuber ersetzt.»

Sigrun zögerte. «Und Sie glauben, eins davon ist der Duft meiner Erinnerung?»

«Das vermute ich, ja.»

Sigrun stand auf, ging zum Küchenfenster und schaute in den Garten hinaus. Franka hatte die junge Frau überrumpelt. Sie wusste, es war richtig, Sigrun nicht schon am Telefon einzuweihen, dennoch war sie sich auch jetzt nicht sicher, ob ihre Idee funktionieren würde.

«Frau Stender, der Täter belässt es nicht mehr bei Misshandlungen. Seine letzten beiden Opfer hat er in ihren Wohnungen in Hamburg erdrosselt, nachdem er auch diese Frauen an den Haaren über den Boden geschleift hat. Den Verschluss auf dem Foto hier hat er am Tatort verloren.» Sigrun stand mit dem Rücken zu Franka und Alpay, stützte sich auf dem Fensterbrett ab und schwieg. Jetzt wird sich zeigen, dachte Franka, wie weit die Frau den Angriff von damals wirklich verarbeitet hat. Sigruns Brustkorb hob und senkte sich beim Atmen. Schließlich nickte sie und drehte sich langsam wieder um. Sie hatte Tränen in den Augen.

«Ich habe Angst.»

«Ja, das glaube ich Ihnen.» Franka ahnte, was in der Frau vorgehen musste.

Sigrun setzte sich zurück an den Tisch und atmete tief durch. «Gut. Fangen wir an.»

Während Franka drei frische weiße Baumwolltaschentücher aus einer Verpackung nahm, betrachtete Sigrun interessiert die Düfte. «Guerlain als Hersteller ist mir sogar ein Begriff», sagte sie leise.

Franka nahm zuerst den limitierten Duft zur Hand. Sie drehte sich vom Tisch weg, bestäubte das erste Taschentuch mit *Fol Arôme* und bewegte es hin und her. Dann reichte sie es Sigrun, die schon abwehrend mit dem Kopf schüttelte, noch bevor sie es sich unter die Nase hielt.

«Nein. Tut mir leid.» Wie zur Bekräftigung roch sie nur kurz daran und verzog erneut das Gesicht. «Das riecht irgendwie ein bisschen nach Lavendel. Hat was Omahaftes.»

Auch Franka war nicht wirklich ein Fan des Dufts, auch wenn ihr Urteil weniger harsch ausgefallen wäre. Sie schaute zu Alpay, dessen Blick Bände sprach. Auch er würde Sigruns Duftbeschreibung über das sechshundert Euro teure Parfüm vor Martin Suttmann hoffentlich für sich behalten.

Franka nahm ein neues Taschentuch zur Hand, das sie mit dem nächsten Duft, *L'heur bleu,* einsprühte und Sigrun reichte. Sie schloss die Augen und roch daran, wobei sich ihre Nasenflügel leicht hoben und senkten. Sigrun lächelte und schnupperte noch einmal. Frankas Anspannung nahm zu, denn sie erkannte, dass Sigrun das Parfüm zwar gefiel, aber es nicht der Geruch aus ihrer Erinnerung war.

«Tut mir leid. Aber der Duft gefällt mir. Riecht ein bisschen nach Anis, vielleicht Zitrone.» Sigrun betrachtete den Namen auf dem Etikett. «L'heur bleu. Ähnlich wie im Italienischen ora blu. Blaue Stunde.»

Franka rief sich das Einfamilienhaus vor Augen, in dem sie gerade saßen. Die Stenders waren Italien-Fans. Sie war nervös. Was, wenn sie sich geirrt hatte? Was, wenn Sigrun auch den dritten und letzten Duft nicht wiedererkannte?

Sie zog die Verschlusskappe vom Flaschenhals des verbliebenen Flakons und hielt das dritte Taschentuch vor den Zerstäuber – der nicht reagierte. Noch einmal drückte sie den goldenen Sprühkopf, der sich zwar bewegte, aber keine Flüssigkeit nach oben pumpte. Sie atmete durch und drückte erneut ab. Endlich. Die Flüssigkeit wurde durch den kleinen Schlauch im Inneren der Flasche nach oben gesaugt. In einem feinen Nebel kam eine Wolke *Mitsouko* aus dem Sprühkopf, zerstäubte in winzig kleinen Partikeln auf das weiße Taschentuch und nebelte wie in Zeitlupe eine feine Wolke aus Gewürzen und Blumen durch die Luft.

Sigrun Stender sog den Duft ein. Ihre Augen weiteten sich,

bevor sie die Augenlider schloss und einen Moment wie erstarrt dasaß. Dann bemerkte Franka die Träne, die Sigrun über die Wange lief.

«Vorsicht, ist fettig.» Alpay stellte einen Teller mit Fischbrötchen auf den Bistrotisch, den das Fischgeschäft mit Mittagstisch in der Fußgängerzone von Schleswig eigentlich nur für seine Weihnachtsdekoration aufgebaut hatte. Seit das Rauchverbot in Kneipen und Restaurants eingeführt worden war, stand Franka auch im Winter lieber draußen. Sie hatte den kitschigen Weihnachtsmann aus Pappmaschee abgeräumt, lehnte am Tisch und rauchte.

Alpay deutete auf die Brötchen vor ihnen. «Geräucherter Aal für Sie und Nordseekrabben für mich.»

Franka schaute ihn mitleidig an. «Sie wissen schon, Ihre Krabben sind zweimal um die Welt geflogen. In Büsum gefangen, in Marokko gepult, in Schleswig verkauft. Vielleicht sollten Sie danach einen Baum als Kompensation pflanzen.» Sie biss von ihrem Aalbrötchen ab und wartete auf die Diskussion, die jetzt folgen würde.

«Sie rauchen beim Essen?»

«Ich verstehe Ihre Frage nicht.»

«Das ist wirklich widerlich, Frau Erdmann.»

«Spart aber Zeit.»

Er grinste. «Genießen Sie jeden Zug. Wenn wir eine Frau verhaften, war das eine Ihrer letzten Kippen.»

Franka dachte an Sigrun Stender, die nicht lange geweint, sondern sich schnell wieder gefangen hatte und mit hundertprozentiger Sicherheit den Geruch des Überfalls identifizieren konnte. Immer wieder hatte sie zwischendurch ungläubig den

Kopf geschüttelt und unvermittelt gelacht. Dann hatte sie wieder weinen müssen. Sie war durch ein Wechselbad der Gefühle gegangen.

Franka biss von ihrem Brötchen ab. «Der Täter benutzt also *Mitsouko* von Guerlain.»

«Ist der schwul?»

Sie hörte vor Erstaunen auf zu kauen. «Wie kommen Sie denn auf dieses schmale Brett?»

«Das ist doch ein Frauenparfüm.»

«Und deswegen muss ein Mann gleich schwul sein?» Sie fragte sich, ob Alpay Eloglus Toleranz bei diesem Thema bereits an ihre Grenzen kam, fand den Zeitpunkt aber ungünstig, diese Frage zu erörtern. Sie war sich sicher, dass das Parfüm eine tiefere Bedeutung für den Täter haben musste. Aber welche?

«Denken Sie an die Spuren von Chloroform an dem alten Glasverschluss, Herr Eloglu. Der hat das Zeug ganz sicher nicht in einem fünfzig Jahre alten Flakon abgefüllt, weil er kein geeigneteres Behältnis zur Hand hatte. Ich frage mich, was steckt dahinter?»

Alpay dachte kurz nach. «Glauben Sie, dass er bereits geboren war, als der Flakon gekauft wurde?»

«Möglich. Zwischen den Überfällen auf Ilka Freiwald und Sigrun Stender lagen zehn Jahre und fünfundvierzig Kilometer.» Franka schaute durch die weihnachtlich geschmückte Fußgängerzone, in der mehrere Aufsteller die Bewohner und Touristen an das traditionelle Punschtrinken auf dem Capitolplatz erinnerten. «Unser Täter kommt von hier, davon waren schon die damaligen Ermittler überzeugt. Anzunehmen, dass er zur Zeit der ersten Überfälle bereits volljährig war und wie alle hier oben schnell einen Führerschein besaß. Die Frage, die wir klären müssen, nachdem Ilka Freiwald den Duft erkannt hat, ist: Wo hat man vor fünfzig Jahren hier oben in der Region ein derart exklusives Parfüm gekauft?»

Alpay antwortete nicht, nahm stattdessen die letzte Nordseekrabbe mit den Fingern vom Teller auf und schob sie sich in den Mund. «Wollen wir uns mal langsam Richtung Autobahn aufmachen?»

Sie nickte. Er schmiss seine Serviette in den Mülleimer unter dem Bistrotisch, während Franka den Kragen ihrer Jacke aufstellte. «Vorher fahren wir aber noch einmal hoch zu Ilka Freiwald in die Geltinger Birk.»

Alpay schaute Franka überrascht an. «Aber die Frau erinnert sich an nichts.»

«Haben Sie schon mal vom Proust-Effekt gehört?»

«Was soll das sein?»

«Er ist eine Theorie, die davon ausgeht, dass Gerüche emotionale und autobiografische Erinnerungen zurückbringen können. Die Wissenschaft hat die Ursachen dafür aber noch nicht genau erforscht.»

«Sie wollen die Landfrau an dem Parfüm riechen lassen?»

«Wir haben nichts zu verlieren.»

Der geräumte Schnee auf dem Platz vor dem Bauernhaus war, anders als noch vor zwei Tagen, nicht mehr weiß und frisch, sondern voll hellbraunem Streusand. Die zusammengeschobenen Haufen links und rechts der Einfahrt waren von Auspuffgasen grau verfärbt. Im Gebäude hatten die Hunde bereits angeschlagen, als Franka aus dem Wagen stieg. Sie schaute sich um. Nur ein großer Trecker stand auf dem Platz vor der Scheune. Franka hoffte, dass sie nicht vergeblich hergekommen waren.

«Wir hätten vorher anrufen sollen», sagte Alpay.

Im Nebengebäude mit dem verblechten Dach wurde eine verwitterte alte Holztür geöffnet. Aus dem Stall, in dem einige Kühe brüllten, dampfte Feuchtigkeit. Eine Männerstimme rief wenig gastfreundlich aus dem dunklen Eingang zu ihnen herüber: «Was wollen Sie?»

«Guten Tag. Erdmann, LKA Hamburg. Das ist mein Kollege Eloglu.» Franka ging auf die geöffnete Tür zu, hinter deren Schwelle eine männliche Silhouette in Gummistiefeln zu erkennen war. Sie zückte ihren Dienstausweis. «Sind Sie Herr Freiwald?»

Ilkas Mann trat auf den Hof hinaus. Auch mit Freundlichkeit konnte sie sein Eis offenbar nicht brechen. «Wir haben uns vorgestern leider noch nicht kennengelernt.»

Fiedler verzog keine Miene. «Meine Frau macht Besorgungen.» Er war schon halb auf dem Weg zurück in den Stall. Ganz offensichtlich war ihm wenig daran gelegen, der Polizei zu helfen. Franka fragte sich, ob der Bauer vorgestern tatsächlich mit dem Melken beschäftigt gewesen war oder ob er die Gesellschaft seiner Kühe der von zwei Bullen vorzog.

«Können wir auf Ihre Frau warten?»

Er drehte sich genervt um. «Kann dauern.» Er hatte kaum ausgesprochen, als hinter ihnen ein alter Volvo auf den Hof fuhr und vor dem Haus parkte. Ilka Freiwald stieg aus ihrem Auto und erkundigte sich sichtlich überrascht, warum Franka und Alpay nicht angerufen hatten. «Ich habe es auf dem Festnetz probiert», log Franka und lächelte.

Ilka schaute entschuldigend zu ihrem Mann, der sich unfreundlich verabschiedete: «Aber quatsch nicht so lange. Einer der Melkbecher ist im Arsch.» Er verschwand im Stall und zog die Holztür hinter sich zu.

«Sie müssen Herwig entschuldigen.» Ilka bat sie mit einer Geste, ihr zu folgen. «Wir reden nicht über das, was mir damals passiert ist.»

Franka fühlte sich in ihrer Theorie über Ilkas Erinnerungslücke bestätigt. Verdrängung, befeuert durch das Verschweigen und die Scham. Sie konnte sich durchaus vorstellen, dass das Verhalten des Ehemanns entscheidend zu Ilkas bis heute andauerndem Blackout beigetragen hatte. Die Bäuerin öffnete ihren Kofferraum und lächelte dankbar, als Alpay und Franka ihr bei den Einkäufen halfen. In der Küche nahmen die beiden auf der Eckbank Platz, während Ilka die Sachen auspackte und in den Schränken verstaute, darunter drei Tetrapaks frische Vollmilch, was Franka befremdlich fand, immerhin standen nebenan einhundertzwanzig Milchkühe.

Ilka hatte Frankas Blick richtig gedeutet. «Wir produzieren Industriemilch. Ich weiß, was da alles drin ist.» Sie stellte die Biomilch in den Kühlschrank. «Aber ich weiß immer noch nicht, warum Sie wieder hier sind.»

Franka zog ihre Jacke aus.

«Wir haben neue Erkenntnisse.»

«Aha.» Ilka tat beiläufig beim Verstauen ihrer Einkäufe.

«Sie wissen von der Frau, die vor zehn Jahren in einer Waschküche in Flensburg misshandelt wurde.»

«Ja, ich habe davon gehört. Und was hat das mit mir zu tun?» Sie reagierte abweisend.

«Auch dieses Opfer hat den Täter während des Überfalls nicht gesehen.»

Ilka befüllte eine Schale mit Obst. «Gerade dann weiß ich nicht, wie ausgerechnet ich Ihnen helfen kann.» Sie klang fast erleichtert, bis Alpay nachsetzte.

«Die Frau aus der Waschküche hat den Täter damals nicht gesehen, aber sie erinnert sich an seinen Geruch, den sie heute ohne jeden Zweifel identifiziert hat.»

«Ich habe Ihnen doch vorgestern gesagt, ich kann mich wirklich an gar nichts erinnern.» Ilka stellte die Obstschale auf den Küchentisch, auf dem Franka den Parfümkarton platziert hatte.

«Frau Freiwald, es wäre sehr wichtig für die Ermittlungen, wenn Sie einmal an diesem Parfüm riechen würden. Es heißt *Mitsouko* und stammt von der französischen Firma Guerlain.»

Nachdem die Konfrontationsmethode bereits bei Sigrun Stender zum Erfolg geführt hatte, wollte Franka auch Ilka Freiwald dem Duft aussetzen, ohne dass sie vorher lange darüber nachdenken konnte. Franka hatte im Laufe ihrer Karriere lernen müssen abzuwägen: psychologisches Feingefühl oder Ermittlungserfolg. Dieser Täter ließ ihr keine Zeit, eine polizeiliche Krisenintervention anzufordern. Außerdem war Franka davon überzeugt: Hätte sie Ilka Freiwald vorab über das Geruchsexperiment aufgeklärt, hätte es die Landfrau spätestens nach Rücksprache mit ihrem Mann abgelehnt. Franka hoffte, eine spontane Reaktion der Bäuerin besser auffangen zu können.

Ilka starrte auf den Karton. Sie wischte ihre Hände an der Cargohose ab und setzte sich an den Tisch. «Keine Ahnung, was Sie sich davon versprechen ...» Sie strubbelte durch ihre kurzen grauen Haare. «Aber gut.»

Franka öffnete den kleinen Karton, in dem sie neben dem Flakon auch das mit *Mitsouko* besprühte Taschentuch verstaut hatte. Ein erster würziger, feiner Hauch stieg aus der Verpackung auf, und als Ilka Freiwald ihre Nase in den duftenden Stoff drückte, war die fünfundfünfzigjährige Landfrau mit den grauen kurzen Haaren plötzlich und völlig unvorbereitet ihren

Erinnerungen ausgeliefert. Wie im Auge eines Orkans, der von den Salzwiesen der Geltinger Bucht heranstürmte.

Die Grausamkeit des Moments wirbelte in immer größeren Kreisen um Ilka herum. Zwanzig Jahre nach der Tat war sie dazu verdammt, Zuschauerin des brutalen Überfalls auf sich selbst zu sein.

Sie roch, sie hörte, und sie sah.

Wie sie taumelte und stürzte, wie sie versuchte, auf allen vieren zu entkommen. Doch ihr wurden die Füße weggetreten, und sie fiel aufs Gesicht. Hier, wo sie zu Hause war, wollte ihr jemand ihre Würde nehmen. Aber dieser Jemand hatte die Rechnung ohne Ilka und ihre Kondition als Läuferin gemacht. Der Überlebenswille weckte den Kampfgeist. Blitzschnell drehte sie sich auf den Rücken und schleuderte dem Angreifer eine Handvoll Sand ins Gesicht. Sie nutzte das Überraschungsmoment und kam zurück auf die Füße. Aber ihr Schädel dröhnte. Von dem gewaltigen Schlag auf den Hinterkopf war ihr übel. Sie schwankte und lief, fiel wieder hin und rappelte sich auf. Dann blieb sie mit den Füßen im Dünengras hängen. Er nutzte das Moment, sprang ihr auf den Rücken und hielt ihren Körper zwischen seinen Oberschenkeln fixiert. Sie schrie. Er drückte ihr Gesicht in den Sand, bis es zwischen ihren Zähnen knirschte. Dann griff er ihr ins Haar. Weinte er? Ihr Verstand war so klar wie die kalte Novemberluft über der Flensburger Förde. Der Wind mischte den Geruch der Ostsee mit einem Hauch würziger Kräuter, die an das Mittelmeer erinnerten. Bitte lass mich leben, bitte lass mich meine Eltern und meinen Freund wiedersehen, dachte sie. Sie hob mit aller Kraft den Kopf aus dem Sand und schrie aus Leibeskräften gegen den Wind, aber hier draußen hörten sie nur die Möwen, die in der Ferne darüber lachten, wie er auf sie einschlug. Der Schmerz ließ Ilka schnell verstummen. Er stieg von ihrem Rücken, umwickelte seine Hand mit ihren langen blonden Haaren und zog sie daran durch den Sand. Ihre Kopfhaut brannte wie Feuer. Sie schmeckte das Dünengras und spürte die scharfen Körner in den Augen. Meter um Meter zog er sie hinter sich her. Über einer aus dem Boden ragenden Baumwurzel kippte ihr Körper über die Seite auf den Rücken. Kurz bevor sie endgültig das Bewusstsein verlor, sah sie ihm in die Augen. Eine Farbe wie das Meer und der Himmel. Blau wie das Unwirkliche, das Unsichtbare, das Nichtgreifbare. Dann folgte Schwarz.

Franka hatte Mühe, Ilka zu halten, die sich in ihrem Schmerz an ihr festklammerte und schreiend auf die Knie rutschte. «Ich habe seine Augen gesehen!» In der Tiefe ihres Körpers explodierte das Fundament, unter dem sie zwanzig Jahre lang Demütigung, Wut und die Unfähigkeit, sich zu wehren, begraben hatte. Sie brüllte ihren Schmerz hinaus und kauerte weinend auf dem Fußboden. «Seine Augen waren so blau, so kalt.» Franka hockte sich zu ihr, strich der Landfrau sanft über den Kopf und versuchte, sie zu beruhigen.

Alpay wirkte hilflos. Doch Franka wusste, dass diese Frau Hilfe brauchte. Und zwar nicht die ihres Mannes, der vermutlich dafür sorgen würde, dass sie die Erinnerung an die Tat wieder wegsperrte. Die Landfrau verdiente endlich professionelle psychologische Betreuung. Als Franka die näher kommenden, schweren Holzbottenschritte des Landwirts durch die lange Diele hörte, zögerte sie nicht und wählte den Notruf. Sie drückte Alpay das Telefon in die Hand.

Der Mann riss die Küchentür auf und hatte mit einem Blick die Situation erfasst. Nicht nur Ilka hatte sich seit der Tat darauf konditioniert, den brutalen Überfall für immer auszublenden. Auch ihr Mann war ein Meister der Verdrängung, und vermutlich hatte er die Erinnerung immer gefürchtet, die seine Frau nun einholte.

«Gehen Sie!» Mit seinen riesigen Händen schob er Franka zur Seite und nahm Ilka in den Arm, die sich hilflos und völlig aufgelöst an ihren Mann klammerte. «Hauen Sie endlich ab! Sie sehen doch, was Sie angerichtet haben!»

In der ruppigen Hilflosigkeit des Landwirts erkannte Franka die Liebe, die er auch nach zwanzig Jahren ganz offensichtlich für seine Frau empfand. Sie sah zu Alpay, der gerade aufgelegt hatte und ihr zunickte. Sie verließen die Küche und warteten auf dem Hof auf das Eintreffen des Notarztes.

Das Bild der weinenden Frau setzte Franka zu. Doch die Reaktion des Bauern hatte ihre Entscheidung noch einmal bekräftigt. Es war richtig gewesen, dass sie Ilka nicht auf das Parfümexperiment vorbereitet hatte. Die Frau erinnerte sich an *seine* Augen. Jetzt hatten sie Gewissheit, der Täter war ein Mann, der seit Jahrzehnten ein französisches Parfüm benutzte. Franka bot Alpay ohne Häme eine Zigarette an.

«Rauchen Sie gleich hier?»

Er lachte. «Wenn Sie wollen, dass mir schlecht wird und Sie fahren müssen …»

Sie rauchte die Zigarette selbst und schaute sich auf dem trostlosen Hof um. Am Horizont standen die Windräder still. Auch hier sind Menschen glücklich, dachte Franka, als man Ilka Freiwald auf einer Trage in den Krankenwagen schob. Ihr Mann hielt die ganze Zeit ihre Hand.

Nach ihrer Rückkehr ins Dezernat gegen 17:00 Uhr hatte Martin Suttmann Franka und Alpay sofort in sein Büro gebeten. Zu ihrer beider Überraschung war auch die Staatsanwältin anwesend.

Martin war stinksauer. Nachdem sich der Landwirt beim LKA Kiel über die Hamburger Polizisten beschwert hatte, hatte der Leiter aus Schleswig-Holstein bei ihm angerufen. Ilka Freiwald war ins Landeskrankenhaus nach Flensburg gebracht worden, wo man sie auf der psychiatrischen Station aufgenommen hatte.

«Mensch, Leute, die Amtshilfe war noch nicht mal abgestempelt, da baut ihr so einen Scheiß!» Er wandte sich direkt an Franka. «Du kannst doch nicht völlig unvorbereitet so eine Nummer abziehen.»

Franka hasste es, wie die Staatsanwältin am Fenster lehnte und verständnislos zu ihr hinabschaute.

«Wirklich, Frau Erdmann, da haben Sie sich nicht mit Ruhm bekleckert.»

«Vor allem habe ich abgewogen. Hören Sie, da draußen läuft ein Irrer rum, der sich vermutlich bereits sein nächstes Opfer ausgesucht hat. Sorry, aber nach Vorschrift zu arbeiten, kann ich mir gerade nicht leisten. Und worüber reden wir hier überhaupt? Ich habe die Frau an einem Parfum riechen lassen und sie keinem Waterboarding unterzogen.» Franka hielt es nicht mehr auf ihrem Stuhl. «Sigrun Stender hat das Parfüm *Mitsouko* von Guerlain zweifelsfrei erkannt. Herr Eloglu und ich sind deswegen zu Frau Freiwald gefahren. Und wir hatten Erfolg.»

«Frau Freiwald, die jetzt im Krankenhaus liegt. Glückwunsch, Frau Erdmann.» Monika Moro schüttelte den Kopf.

Franka reichte das permanente Querschießen der Staatsanwältin. «Sie hat seine Augen gesehen!»

Martin richtete sich in seinem Sessel auf. «Sie hat was?»

«Der Nervenzusammenbruch ist die Reaktion auf ihre Erinnerung an den Überfall gewesen, die das Parfüm zurückgebracht hat. Sie hat seine Augen gesehen.» Franka spielte mit dem Feuerzeug in ihrer Hand. «Martin, wir müssen für zwei, drei Tage die Untersuchungen nach da oben verlegen. Der Mann, den wir suchen, kommt ursprünglich aus der Region Flensburger Förde. Ich bin sicher.» Sie folgte Martins Blick zu Monika Moro, deren skeptische Miene nicht sonderlich motivierend wirkte.

«Aber bitte wirbeln Sie nicht wieder so viel Staub auf. Sie sind nur Gast des LKA Kiel.» Moro nahm ihren Mantel von der Garderobe, wobei ihr Schlüsselbund aus der Tasche rutschte und direkt zu Frankas Füßen landete. Es wäre unhöflich gewesen, sich nicht danach zu bücken. Als Franka ihn aufhob, registrierte sie verwundert den kleinen gelben Schlüsselanhänger mit der Werbung für Rays Zylinderstübchen. Doch sie überspielte die Irritation. Moro wünschte einen schönen Feierabend und verließ Martins Büro. Nur mit halbem Ohr hörte Franka anschließend zu, wie Martin Suttmann Anweisungen für die Ermittlungen in der Region Schleswig-Flensburg gab.

Kurze Zeit später standen Alpay und Franka in der Kantine neben dem Getränkeautomaten.

«Wirklich. Keine Ahnung, woher die Staatsanwältin den Schlüsselanhänger hat.» Er öffnete eine Orangenlimonade. Franka spürte genau, dass er sie anlog.

«Für wie blöd halten Sie mich, Herr Eloglu?» Er zuckte mit den Schultern. Franka ließ nicht locker. «Ganz sicher wird meine Freundin mit den Perlenohrringen nicht von Othmarschen nach Hamm geritten sein, um sich ausgerechnet in Rays Zylinderstübchen einen Schlüssel nachmachen zu lassen.» Sie nahm einen großen Schluck aus ihrer Dose. «Wissen Sie, was *ich* glaube?» Sie schaute sich in der Kantine um, in der am frühen Abend wenig Betrieb war. «Die Frau hat ein Verhältnis mit Jörg.»

Alpay verschluckte sich an seiner Limonade, und Franka wurde klar, dass er von der Liaison gewusst hatte. Er war es auch gewesen, der in einem Nebensatz erwähnt hatte, dass Jörg einen Satz Schlüssel in Rays Zylinderstübchen hatte nachmachen lassen. Aber sie war Profi genug, sich nichts anmerken zu lassen, als sie nur zehn Minuten später mit dem Rest des Teams zusammentrafen, um sich über den Stand der Online-Ermittlungen auszutauschen.

«Das ist eine Arbeit für jemanden, der Vater und Mutter erschlagen hat.» Sybille stöhnte.

Vorgestern hatten sie einen Stick mit den Daten des Providers erhalten, seitdem steckten sie in den Auswertungen des Instagram-Accounts von Charlotte Fiedler. Franka hatte Jörg mit der Leitung der aufwendigen Untersuchung betraut, Matze stand ihm mit seinem Know-how zur Seite. Jörg war erfahren und gewissenhaft, aber Franka erinnerte sich an die Blicke, die sie zwischen ihm und der Staatsanwältin aufgefangen hatte. Seine Duftwolke, die er oft nach Feierabend hinter sich herzog, und seine sofortige Bereitschaft, die Sisyphusarbeit der Datenauswertung zu übernehmen. Konnte er doch auf diese Weise seine Zeit besser einteilen. Vielleicht erklärte die Affäre der beiden auch, warum Moro so oft im Präsidium aufkreuzte. Franka dachte verärgert an die vielen Kontrollbesuche in der letzten Zeit. Saß die Staatsanwältin ihr deshalb im Nacken? Sägte vielleicht Monika Moro insgeheim an Frankas Stuhl, damit Jörg anschließend darauf Platz nehmen konnte?

«Franka?» Jörg lächelte und hatte ganz offensichtlich bemerkt, wie abgelenkt sie wirkte.

«Entschuldige, was?»

Er berichtete, wie Marcel und Sybille die Daten über die Kommunikationsverläufe auswerteten. Bei Fragen kontaktierten sie den Provider und recherchierten IP-Adressen. Die meisten Daten des Accounts von Charlotte Fiedler waren zum Zeitpunkt der Polizeiarbeit allerdings bereits vom Provider gelöscht worden. Viele Datenspeicher bewahrten das auf ihnen gesicherte Material nicht endlos auf. Jörg als erfahrener Beamter hatte zusammen mit Matze eine Priorisierung der Informationsflut vorgenommen, und so ermittelten sie in mühevoller Kleinarbeit.

«Unser Täter ist bisher so gezielt vorgegangen, ich glaube eigentlich nicht, dass er Spuren hinterlassen hat, die wir leicht auf diesen Datenspeichern finden können», sagte Jörg. «Es gibt genug Möglichkeiten, sich im Internet zu verstecken.»

«Du meinst das Darknet?» Franka ging in ihr Büro hinüber, hängte ihre Jacke auf und kam zurück.

Matze schüttelte den Kopf. «Nein. Wir sprechen von Tor. Dieses Netzwerk basiert auf einer Art Anonymisierung durch etwa sechstausend Internetknoten, die über die halbe Welt verteilt sind. Jedes Mal, wenn man sich über Tor ins Netz einwählt, wird die IP-Adresse über drei Knotenpunkte gespielt. An jedem dieser Punkte wird das Datenpaket vom System neu verpackt und mit einer neuen IP-Adresse versehen.»

Alpay stöhnte auf. «Aber das muss man doch zurückverfolgen können.»

Jörg schielte auf die Uhr. Plötzlich sah Franka alles, was er tat, in einem anderen Licht.

«Leider nein», sagte Matze. «Tor verschlüsselt den Datenverkehr von deinem Computer oder Smartphone bis zum letzten der drei Tor-Knoten. Auf dieser Strecke können selbst abgefangene Daten nicht gelesen werden.»

Franka schaute in die Runde. «Dann können wir uns das hier schenken, oder was?»

Jörg krempelte sich die Ärmel herunter und knöpfte seine Manschetten zu. «Nein. Wir wissen erstens nicht, ob der Täter dieses System tatsächlich nutzt, und dann suchen wir ja auch immer noch nach gelöschten Dateien auf dem Account von Charlotte Fiedler. Keine Anfragen seitens des Täters, sondern Daten der Toten, Kontakte etwa, die uns weiterhelfen können.»

Bevor die Kollegen gegen 20:30 Uhr den Feierabend einläuteten, informierte Franka knapp über die Befragungen der Frauen an der Flensburger Förde. Die Kollegen gratulierten und freuten sich, dass die Idee der Duftgegenüberstellung erfolgreich war.

Franka wollte schon am nächsten Morgen eine erneute Befragung von Ilka Freiwald durchführen. Sie verabredete sich mit Alpay für die Abfahrt und verabschiedete die Kollegen in den Feierabend.

Ruhe. Endlich. Wie Franka diese Stille genoss. Sie lauschte durch die geschlossene Bürotür in den Flur hinaus, vergewisserte sich, dass der Neun-Volt-Block aus dem Rauchmelder noch immer in ihrer Schreibtischschublade lag, und zündete sich eine Zigarette an. Sie dachte an Poppy, der mit seinen Untersuchungsergebnissen erst dafür gesorgt hatte, dass Franka die Idee mit den

Geruchsproben überhaupt entwickelt hatte. Vielleicht sollte sie sich bei ihm für seine Arbeit bedanken? Hatte sie ihm eigentlich jemals gesagt, wie sehr sie ihn als Kollegen schätzte? Franka seufzte. Vieles ging im stressigen Berufsalltag unter. Spontan griff sie zum Diensttelefon und wählte seine Mobilnummer. Als er sich meldete, war er kaum zu verstehen. «Warte mal.» Es rauschte. Franka hörte Straßenverkehr und Hundegebell im Hintergrund. «So, jetzt. Ich radele gerade durch den Stadtpark nach Hause. Hallo, Franka.»

Sie stand von ihrem Schreibtisch auf, um die wieder verschließbare Kaugummidose vom Fensterbrett zu holen, die sie als heimlichen Aschenbecher umfunktioniert hatte. Ein Haufen aufgeweichter Kippen schwamm in braunem Wasser. Es wurde Zeit, die Dose mal wieder zu säubern.

«Poppy, ich wollte eigentlich nur schnell Danke sagen für deine tolle Arbeit in Bezug auf den Flakonverschluss.» Sie schaute auf den großen Parkplatz hinunter und sah, wie Jörg unten in sein Auto einstieg, aber nicht losfuhr. «Die Frau, die in der Waschküche überfallen wurde, hat sich zielsicher an *Mitsouko* erinnert und damit den ganzen Fall ins Rollen gebracht.»

«Das freut mich.»

Franka betrachtete sich in der Spiegelung der Büroscheibe, sie wirkte in der doppelten Verglasung doppelt müde. «Übrigens wissen wir jetzt, dass wir einen Mann suchen.»

Sie wollte sich gerade vom Fenster wegdrehen, als Moro das Präsidium durch den Haupteingang verließ und auf dem Parkplatz zielsicher Jörgs Auto ansteuerte. Sie stieg ein, er fuhr los.

Franka hörte Poppys Bart durchs Telefon knistern, als er sprach. «Ich habe auch noch eine Info für dich.» Sie ging zurück zu ihrem Schreibtisch und setzte sich. Der Wind rauschte im

Telefon. «Pass auf, Franka, der japanische Vorname *Mitsouko* bedeutet *Kind des Lichts.* Die Firma Guerlain übersetzt ihren Duft *Mitsouko* aber in der Transliteration, also in der Abschrift aus dem Japanischen in unsere Sprache, mit *mein Geheimnis.*»

Franka wischte mit der Hand etwas Asche von ihrem Ärmel. War der Mann, den sie suchten, ein Kind des Lichts, das ein Geheimnis hütete?

Was auch immer das bedeuten mochte, sie würde es herausfinden.

Er saß am Küchentisch. Beide Ellenbogen aufgestützt, hing er tief über den Teller gebeugt und löffelte ein lauwarmes Dosengulasch zum Abendessen. Die Mikrowelle hatte schon wieder den Geist aufgegeben. Die Scheibe hatte sich gedreht, aber der Kasten heizte nicht mehr richtig auf. Manchmal bestellte er am Abend Schweinefleisch süßsauer in der Asiabude zwei Häuser weiter oder ließ sich eine Pizza kommen. Er war nicht sonderlich anspruchsvoll beim Essen. Es war seine Art, in keinem Bereich des Lebens wirklich Ansprüche zu stellen. Er war zufrieden, wenn man ihn in Ruhe ließ. Auf dem Kühlschrank lief der alte Fernseher ohne Ton. Irgendwo waren wieder Menschen aus einem Schlauchboot aufs Meer gefahren und ertrunken. Er verstand den Aufriss nicht, den alle Welt darum machte. Er wandte sich ab und sah stattdessen auf den Laptop, der neben seinem Teller stand. Darunter lag eine aufgeschlagene Computerzeitschrift mit einem Artikel über die Entwicklung zukünftiger Softwarelösungen, die Kurz- und Chatnachrichten gezielt auf semantische Inhalte untersuchen konnten.

Seine Wohnung war klein und schmutzig, aber das störte ihn nicht, denn dafür war sie aufgeräumt. Er wohnte hier, seitdem er vor zehn Jahren nach Hamburg gezogen war. Die Miete war günstig. Dass die zwei Zimmer nicht viel boten, war ihm egal. Gebannt schaute er auf die Profile der Frauen, die er neu bei Instagram entdeckt hatte. Regelmäßig suchte er nach den immer gleichen Hashtags. #homesweethome, #meinzuhause, #hamburg, #zeigthereurewohnung oder #ichliebedasleben. Wenn er die Profile mit den warmen Wohnzimmern und gemütlichen Küchen besuchte, in denen sich kein billiges Linoleum über kaputten Holzdielen wölbte und kein Schimmel tief in den Fugen über dem Spülbecken saß, dann stieg dieses Gefühl der Vorfreude wieder in ihm auf, das ihn ängstigte und zugleich berauschte.

Drei Tage nach seinem Besuch bei der jungen Frau in Dulsberg stieg der Druck erneut in ihm an. Als würde ihn irgendetwas dazu drängen. Wie eine Stimme, die ihn schickte, wie jemand, der ihm Linderung versprach, wenn er es wieder tat.

Er blickte von seinem Laptop auf über den Rand seines Suppentellers hinweg zum leeren Flakon auf dem Tisch. Seit dem Verlust des kleinen Glaskolbens fühlte er sich schlecht. Er hatte nicht aufgepasst. In seinem Kopf blitzte das Bild seiner Mutter auf, wie sie an ihrer Schminkkonsole saß und sich mit dem kleinen Glaskolben einen Hauch ihres Parfüms in den Nacken tupfte. Sie lachte.

Schnell verdrängte er den Gedanken an den verlorenen Verschluss, griff zum Laptop und ging hinüber ins Wohnzimmer. Er streckte sich auf seinem fleckigen Sofa aus und stellte sich vor, wie er gemeinsam mit *alstertraumhh* ein Gläschen Portwein am brennenden Kamin ihres eleganten Wohnzimmers trank. Wo sie wohl wohnte? Er scrollte langsam durch die Fotos ihres Profils und machte einen Screenshot von der neuen Aufnahme ihrer Küche. Er hatte längst einen Ordner für sie angelegt. So, wie er es für die Frauen aus Winterhude und Dulsberg auch getan hatte. Er speicherte das Foto ab und begann mit dem Adressen-Puzzle. Die Wärme und das Knistern ihres Kaminfeuers fühlten sich gut an. Er schlief ein.

Er fiel. Immer schneller, immer tiefer, immer dunkler. Es rauschte in seinen Ohren, der Mund war trocken. Jedes Schlucken schmerzte, als wäre sein Rachen voller Scherben. Die Zunge klebte am Gaumen und schien dort verwachsen zu sein. Als er sie endlich löste, schmeckte das wunde Fleisch nach Metall. Er stürzte weiter in endlose Tiefen, vorbei an ausgestreckten Händen, die er ergreifen wollte, die ihn aber im entscheidenden Moment weiter ins Ungewisse fallen ließen. Er schrie aus Leibeskräften nach seinen Großeltern, nach Mutter und Vater, die beide in den Garten hinaustraten, durch den er gleich hindurchfallen würde. Während der Vater die panischen Hilferufe seines Sohnes nicht hörte, weil er mit einer Heckenschere die Buchensträucher trimmte, setzte sich seine Mutter verzückt in eine Rabatte und pflückte Maiglöckchen. Sie fiel ein Stück mit ihrem Jungen in die Tiefe seines Traums. Er versuchte, an ihrem Strauß frischer Frühlingsblumen zu riechen, doch sie entzog ihm das Bouquet und schaute ihn fassungslos an. Eine innere Unruhe beschlich ihn. Er versuchte, sie zu umarmen, doch sie wich ihm aus.

Wieso hast du nicht besser aufgepasst?

Als sie das Parfümfläschchen ohne Verschluss aus ihrer Handtasche holte, lief ihr die Flüssigkeit über die Hand und tropfte auf den Rasen. Ein Feld von Bergamotte und Jasmin wuchs daraus empor.

Du hast mich sehr traurig gemacht, weißt du das?

Sie kniete nieder und schnitt ein großes Bund frischer Blumen auf der Wiese, aus dem sie langsam ihren eigenen Sargschmuck fertigte.

Schemenhaft sah er in das übergroße Gesicht des kleinen Mädchens, das ihm schon so oft in seinen Nächten begegnet war. Es blinzelte von außen in seinen Traum hinein wie in einen dunklen Ozean, in dem man den Boden zu ergründen versucht. Ängstlich rief sie seinen Namen, wie man in einen dichten Wald hineinruft, wenn nicht klar ist, ob der Vermisste dort zu finden ist. Georg!

Panisch erkannte er den Boden unter sich, auf den er ungebremst zuraste. Seine Angst wuchs ins Unermessliche. Seine Schreie blieben ungehört.

Wie verabredet hatte Alpay pünktlich um 8:00 Uhr vor der Apostelkirche geparkt und wartete nun auf Franka. Er lehnte am Auto und schaute sich um. Hier also wohnte die Kollegin. Eine Straße mit schönen Altbauten und einem ehemaligen Bunker, auf dem jemand hippe Wohnungen gebaut hatte. Er musste an das Gespräch mit Jörg denken, der bis heute keine Ahnung hatte, wo Franka eigentlich wohnte oder ob sie mit jemandem zusammenlebte. Auch Alpay hatte sie ihre Adresse nicht direkt genannt, wie ihm erst jetzt bewusst wurde, sondern ihn vor die Kirche bestellt, da man hier gut parken konnte.

Es war ihm gestern in der Kantine peinlich gewesen, dass Franka ihn in Bezug auf die Affäre zwischen Jörg und der Staatsanwältin genau durchschaut hatte. Er war schon immer ein mieser Schauspieler gewesen. Alpay selbst hatte erst vor einigen Tagen davon erfahren, traute sich aber nicht, den Kollegen darauf anzusprechen. Dafür war er noch nicht lange genug dabei. Er kannte Jörg kaum, und im Grunde ging es ihn auch gar nichts an, wie und mit wem er seine Freizeit gestaltete. Trotzdem fand auch Alpay die Verbindung zwischen einem LKA-Beamten und einer Staatsanwältin irgendwie unangemessen.

Es war letzte Woche gewesen, einige Tage nachdem Jörg einen Satz seiner Hausschlüssel in Rays Zylinderstübchen hatte nachmachen lassen, angeblich für den Notfall. Alpay hatte Moro zufällig in der Kantine des Präsidiums getroffen. Es hatte sich ein kurzer Smalltalk ergeben. Sie wollte wissen, wie er mit Franka zurechtkam. Er hatte sich über die Frage noch gewundert, bis er Smartphone und Schlüsselbund der Staatsanwältin auf dem Tisch liegen sah. Den gelben Anhänger daran hatte er sofort erkannt. Das zwischen Jörg und Moro konnte nichts Oberflächliches sein. Jemandem seinen Wohnungsschlüssel zu geben war Alpays Meinung nach ein krasses Statement.

«Guten Morgen.»

Er drehte sich zu Franka um, die ihm eine kleine Reisetasche aus Leder in die Hand drückte und zu ihrem Nissan hinüberging, den sie auf der gegenüberliegenden Straßenseite eng zwischen einem Stromkasten und einem Baumschutzbügel abgestellt hatte. Sie quetschte sich durch die Fahrertür, tauchte für einen kurzen Moment im Inneren ab und schlängelte sich dann geschickt wieder hervor. Sie schüttelte unzufrieden den Kopf. Alpays Vorahnung bestätigte sich. Ihr waren schon wieder die Zigaretten ausgegangen.

«Auf dem Weg zur Autobahn müssen wir noch mal irgendwo anhalten.»

Er deutete verwundert auf den Kiosk in der Straße. «Und was ist mit dem Laden da vorne?»

«Die Aushilfe ist mir zu nassforsch.»

Er lachte. Franka kannte Wörter, die waren so antiquiert wie ihr japanisches Auto. Sie stiegen in den Dienstwagen. «Wann lösen Sie eigentlich Ihre verlorene Wette ein, Herr Eloglu?» Frankas Vorfreude war kaum zu überhören. «Wenn Sie wollen, gebe ich Ihnen Nachhilfe beim Rauchen.»

«Das ist wirklich total nett von Ihnen. Wenn's so weit ist, sage ich Bescheid.» Er fuhr los und war froh, dass Franka nicht weiter nachbohrte.

Auf dem Weg zur Anschlussstelle Stellingen berichtete sie von ihrem Gespräch mit Poppy Bruhns am Vorabend, der sie über die Bedeutung des Namens *Mitsouko* aufgeklärt hatte. Die Vorstellung, dass ein Mörder ein Parfüm benutzte, das in seiner Übersetzung *mein Geheimnis* hieß, fand Alpay mehr als beklemmend.

«Suchen wir einen Psychopathen?»

Sie zuckte die Schultern. «Ich bin keine Psychiaterin, aber ich möchte mal sagen, da ist sich jemand seiner Sache ziemlich sicher.»

«Er hat so ein Vergangenheitsding am Laufen, oder? *Kind des Lichts, das Frauen tötet.* Wenn das auch eins seiner Zeichen ist … ganz ehrlich, Frau Erdmann, das ist sick.»

Sie standen im Hamburger Berufsverkehr bei Nieselregen im Stau. Das war zu erwarten gewesen.

«Diese Serie von Taten ist das Ergebnis eines tiefen traumatischen Erlebnisses.» Sie schaute aus dem Fenster. «Vielleicht bin ich doch Psychiaterin. Zumindest ein bisschen.»

«Da drüben!» Sie deutete mit dem Finger auf die andere Straßenseite, wo eine vom Winter verdreckte Lottofahne über dem Eingang eines Tabakladens baumelte. Alpay hielt in einer

Einfahrt und setzte den Warnblinker, doch statt auszusteigen, suchte Franka nach ihrem Portemonnaie.

«Wenn Sie mir bitte eine Stange rote *Gauloises* besorgen und eine halbe Palette von meinem Energydrink.»

Er war perplex, aber nicht sprachlos. Doch gerade als er ansetzen wollte, rief Jörg bei Franka an. Sie lächelte entschuldigend. «Das ist ganz lieb von Ihnen, Herr Eloglu.»

Er blieb demonstrativ sitzen und lauschte der Freisprechanlage, während Jörg Franka darüber informierte, dass Ilka Freiwald einer weiteren Befragung durch die Kollegen aus Hamburg noch im Franziskus-Hospital zugestimmt hatte. Franka war offensichtlich erleichtert und gestand, dass sie ein wenig befürchtet hatte, Ilka würde mauern. Außerdem berichtete Jörg von den Nachforschungen zu den unbenutzten Grillhandschuhen, die von der KTU im Kastenwagen gefunden wurden. Laut Recherche verkaufte jeder Baumarkt der Umgebung dieses Modell ganzjährig, darüber hinaus konnte man es im Internet bestellen. Man war sich nicht sicher, ob die Handschuhe Funke zuzuordnen waren oder ob der Täter damit einen seiner makabren Hinweise im Wagen hinterlassen hatte.

Franka besprach mit Jörg noch einige Details bezüglich der Hotelbuchung in Flensburg, sodass Alpay nichts anderes übrig blieb, als auszusteigen und durch den Verkehr auf die andere Straßenseite zum Kiosk zu laufen. Vielleicht konnte er Franka mit diesem Botengang gnädig stimmen, und sie erließ ihm seinen verlorenen Wetteinsatz.

Er fuhr sich mit der flachen Hand über den am Morgen frisch rasierten Schädel und surfte auf seinem Mobiltelefon nach Brennholz. Die Pusteln auf seinem Skalp brannten. Ein Dreißig-Kilo-Sack ofengetrocknete Buchenscheite kostete beim Holzhändler im Tangstedter Forst sechzig Euro. War die Frau das wert? Er nippte an seinem abgestandenen Kaffee, wechselte auf ihr Profil und betrachtete ein Foto, auf dem sie ihre langen blonden Haare in einem Dutt präsentierte. Sie war wirklich ein *alstertraumhh*.

Am Morgen hatte die Frau ihren Followern mal wieder einen Einblick in ihre geräumige Küche gewährt. Durch das riesige Altbaufenster erkannte er einen Vorgarten. Offensichtlich lebte sie in einer Wohnung im Hochparterre. Im Hintergrund konnte er die Fassade einer Jugendstilvilla deutlich erkennen. Vielleicht im Stadtteil Harvestehude oder Rotherbaum? Er spürte die Aufregung, wenn er ihren Account besuchte. Das Spiel, sie zu verfolgen, jeden ihrer Schritte zu beobachten und herauszufinden, wo die Frauen wohnten, triggerte seinen Ehrgeiz. Der Jagdinstinkt war geweckt. Der *alstertraumhh* lebte allein, ihr Profiltext war eindeutig. Er leckte sich die rissigen Lippen. Vier Tage nach seinem Ausflug nach Dulsberg war seine Entscheidung gefallen: Diese Frau würde die Nächste sein.

Alpay wartete geduldig im Kiosk, bis die drei Kunden vor ihm fertig waren. Im Hintergrund beendete ein Hamburger Radiosender den Verkehrsfunk und spielte einen Popsong. Der junge Verkäufer mit umgedrehter Baseballmütze war bemüht, aber langsam. Lange stand er planlos vor dem Tabakregal und schaute sich suchend nach einer Zigarettenmarke um, die eine junge Kundin verlangt hatte. Alpay vermutete, dass der Typ eine studentische Aushilfskraft war, die hier erst seit Kurzem jobbte. Nachdem der Mann die richtige Schachtel endlich gefunden hatte, kassierte er die Kundin ab.

«Zigaretten, Tageszeitung, eine H-Milch. Achtsiebzig.» Die Frau gab ihm zehn Euro und hatte vermutlich keinen Nerv, auf das Wechselgeld zu warten. Sie ging.

Alpay schaute sich um. Der Laden war mehr als ein Kiosk. Hier gab es eine Lottoannahmestelle, eine Paketstation, Toilettenpapier und Mayonnaise. Schulhefte und andere Schreibwaren hielt das Angebot ebenso bereit wie eine kleine Auswahl an Konserven. Unter Alpays Schuhen knirschte der Streusand. Ein älterer Herr war der Nächste, reichte eine Paketbenachrichtigung über den Tresen und beschwerte sich, weil er zum Zeitpunkt der Lieferung ganz sicher zu Hause gewesen war. Der Verkäufer zuckte ungerührt mit den Schultern. Er konnte ja nun nichts dafür. Der junge Mann öffnete die schmale Tür hinter dem Tresen und verschwand im angrenzenden Lagerraum, in dem Alpay einige Regale mit Paketsendungen erkannte. Während er geduldig wartete, wippte er im Takt der Musik und beobachtete den Alten, der sich ein Glas Apfelmus und einen Schokoriegel aussuchte.

Er pulte den Schorf zwischen seinen juckenden Fingergelenken ab, als die neue Aushilfe den Lagerraum betrat. Schnell wischte er über den Bildschirm seines Smartphones und schloss die Instagram-App mit dem geöffneten Account von *alstertraumhh*. Dieser Basti war ein Griff ins Klo. Schon wieder stand er überfordert vor dem Paketregal und suchte eine Trackingnummer. Alles musste man selber machen.

Er stand von seinem wackeligen Stuhl auf, trat neben Basti und schaute auf den Abholschein seiner Hand. «Da oben. Steht doch drauf.»

Seit neun Jahren führte er diesen Kiosk, und der Typ war

mit Abstand die größte Niete, die er je als Aushilfe eingestellt hatte.

Basti lächelte cool und federte dabei lässig in den Knien. «Hab ich voll nicht gesehen bei den vielen Paketen.» Mit der Sendung unter dem Arm wollte er zurück in den Laden. «Warte. Nimm die kaputte Neonröhre mit nach vorne und schmeiß sie weg. Kann ich dich im Laden alleine lassen?»

«Na klar, Chef. Das mit dem Lotto kann ich auch. Alles easy.» Und er verschwand im Verkaufsraum.

Alpay schaute auf die Uhr. Mit wem quatschte der Typ da drinnen so lange? Auf alle Fälle hatte derjenige eine ziemlich krasse Fistelstimme. Die Zeit drängte, der Dienstwagen parkte in einer Auffahrt. Notfalls musste Franka eben umparken.

Der Verkäufer kam mit dem Paket für den alten Mann zurück. In der anderen Hand hielt er eine Neonröhre, die er achtlos neben den Tresen lehnte. Vermutlich war sie kaputt. Der Angestellte schob dem Rentner sein Paket über den Tresen und kassierte das Apfelmus und die Schokolade. Der Alte grüßte knapp und verließ den Laden.

Alpay hatte genug Zeit gehabt, Frankas Zigarettenmarke im Regal ausfindig zu machen, bestellte eine Stange davon und erkundigte sich beim Verkäufer nach den Energydrinks. «Boha, Alter, du trinkst so eine Scheiße hoffentlich nicht selbst.»

«Ist für eine Kollegin.»

Der Typ packte sechs Dosen und die Stange Zigaretten in eine Tüte und kassierte.

Alpay kontrollierte das Wechselgeld und gab der Aushilfe die drei Euro zurück, um die sie sich verrechnet hatte. Als er den Laden verließ, musste er grinsen. Hatte er den Verkäufer beim Betreten des Ladens noch für eine studentische Aushilfe gehalten, zweifelte er nun daran, dass der Typ überhaupt einen vernünftigen Schulabschluss hatte.

12

Durch den Berufsverkehr hatten Franka und Alpay über zwei Stunden in den Norden gebraucht und checkten erst gegen 11:45 Uhr in einem kleinen Hotel in der Flensburger Innenstadt ein.

«Ich hoffe, Sie hatten eine gute Anreise?» Eine dürre Frau mit Überbiss reichte Ihnen die Meldescheine. Unter der bunten Schminke war ihr Alter schlecht zu schätzen. Die langen knöchrigen Finger trugen fast so viele Ringe wie der Handrücken Altersflecken. «Oberste Etage, toller Blick auf die Fußgängerzone.» Sie beugte sich über den Tresen und dämpfte die Stimme. «Wenn die Polizei aus Hamburg Zimmer bei uns bestellt, nur das Beste.» Sie zwinkerte Alpay zu, was Franka kurz irritierte.

Sie konnte Neugier einen Kilometer gegen den Wind riechen und ließ die Frau freundlich ins Leere laufen. «Haben Sie herzlichen Dank. Wir gehen gleich rauf.»

Doch die Dame ließ nicht locker. «Wissen Sie, Flensburg ist ein Dorf.» Sie schaute sich in der kleinen Lobby um. «Meine Schwägerin ist Krankenschwester im Franziskus-Hospital …» Sie genoss den Cliffhanger sichtlich, hatte die Rechnung aber ohne Franka gemacht.

«Dann grüßen Sie sie ganz herzlich von mir.» Wie überall funktionierte auch hier anscheinend die Gerüchteküche.

«Sie sind wegen der Frauen zu Besuch, stimmt's?»

Alpay signalisierte, dringend auf die Toilette zu müssen, und Franka nickte ihm zu. Bevor er auf sein Zimmer ging, verabredeten sie sich in fünfzehn Minuten in der Lobby.

Die Empfangsdame spielte mit Frankas Schlüssel in der Hand. «Ich kenne jemanden, der hat eine Freundin, deren Bruder mit einem der Opfer konfirmiert wurde. Schrecklich.» Sie riss die stark geschminkten Augen weit auf und winkte mit der freien Hand, so als wollte sie der Grausamkeit noch mehr Gewicht verleihen. «Ich bin übrigens Tina. Tina Tolk. Meine Großeltern haben den Alten Krug vor neunzig Jahren eröffnet.»

Franka gab ihr den ausgefüllten Meldeschein zurück, wünschte einen schönen Tag und verabschiedete sich auf ihr Zimmer. Sie hasste neugierige Menschen, wusste aber, dass sie oft eine Quelle wichtiger Informationen waren. Es hatte sie einige Jahre Berufserfahrung gekostet, Fakes von Fakten unterscheiden zu können.

Im Alten Krug lagen die besten Zimmer im Dachgeschoss. Es gab keinen Fahrstuhl hinauf in den vierten Stock, und die Treppenstufen knarzten unter dem Läufer mit dem floralen Design. Vor den Fenstern auf den Fluren hingen geraffte Spitzenvorhänge. Um die Weihnachtsdekoration auf den Fensterbrettern richtig in Szene zu setzen, hatte man die Gardinen in der Mitte wie einen Theatervorhang gerafft. Es hätte Franka nicht gewundert, wenn sie von Albträumen heimgesucht werden würde.

Zu ihrem Erstaunen betrat sie wenig später ein gemütliches Mansardenzimmer mit zweckmäßiger Einrichtung und Flachbildschirm an der Wand. Auf Tisch und Fensterscheibe klebten Piktogramme mit rot durchgestrichenen Aschenbechern. Franka stellte ihr Gepäck ab, benutzte das Badezimmer mit dem zum Dreieck gefalteten Toilettenpapier und stand fünf Minuten später rauchend vor dem Eingang des Alten Krugs.

Dem Flensburger Franziskus-Hospital war es wie den meisten alten Krankenhäusern ergangen. Das Gelände bestand aus vielen An- und Neubauten mit einer verwirrenden Beschilderung. Als Franka und Alpay zuerst auf der HNO-Station landeten, musste sie daran denken, wie sie sich früher regelmäßig im neu gebauten Hamburger Polizeipräsidium verlaufen hatte. Sie hasste alles, was unübersichtlich war. Haus D, in dem die Station für Psychiatrie und Psychotherapie untergebracht war, lag am entgegengesetzten Ende des Klinikareals.

«Herr Eloglu, könnten Sie uns ein Taxi rufen?»

Alpays Blick verriet, dass er immer noch nicht wusste, wann Franka ihn auf den Arm nahm.

Nach Ilka Freiwalds gestrigem Zusammenbruch hatte man sie stationär für eine Nacht aufgenommen, hielt sie aber schon wieder für vernehmungsfähig. Franka hoffte, dass Ilka sich noch an ein bisschen mehr erinnern würde als nur an die Augenfarbe des Täters. Vier Tage nach dem Mord an Charlotte Fiedler ging sie davon aus, dass er bereits die nächste Frau im Visier hatte.

Als die Beamten Ilkas Zimmer betraten, saß sie angezogen auf ihrem Bett und unterschrieb im Beisein eines Arztes ihre Entlassungspapiere. Sie wollte auf eigenen Wunsch nach Hause, das hatte man den Beamten mitgeteilt. Franka setzte sich auf den einzigen Stuhl im Raum.

«Guten Tag, Frau Freiwald. Wie geht es Ihnen?»

«Das weiß ich noch nicht so genau.» Sie schaute zum Arzt, der ihr aufmunternd zunickte, während sie nervös mit dem Kugelschreiber in ihrer Hand spielte. «Das gestern …», sie biss sich auf die Unterlippe. «… das kam so unvorbereitet, so heftig … Ich habe mich entschlossen … Ich mache eine Therapie.»

«Das freut mich sehr.» Franka war über den Entschluss erleichtert. Ilkas Zusammenbruch schien auf eine gewisse Weise für etwas gut gewesen zu sein. Franka merkte, dass das ihr schlechtes Gewissen ein wenig minderte.

«Ich nehme an, Sie möchten wissen, ob ich den Mann jetzt beschreiben kann?» Franka antwortete mit einem Lächeln. Ilka sammelte sich und sprach mit bemüht fester Stimme. «Der Überfall ist zwanzig Jahre her. Ich erinnere mich nicht an sehr viel. Ich habe auf dem Boden gelegen und ihm Sand ins Gesicht geschleudert, das weiß ich noch. Keine Ahnung, wie groß der Typ war. Ich habe ihn nur kurz von unten gesehen. Ich würde mal sagen, klein, aber … wie gesagt, ich habe auf dem Boden gelegen. Er trug Schwarz, glaube ich. Zumindest was Dunkles.»

Alpay machte sich Notizen. «Konnten Sie seine Haarfarbe erkennen?»

Ilka schloss die Augen. «Ich weiß nicht. Da muss ich passen. Ich glaube, er trug eine Mütze. Es war November.» Sie nahm einen Schluck Wasser aus dem Glas auf ihrem Nachttisch. «Blau, so unfassbar blau … ich habe so krasse Augen noch nie in meinem Leben gesehen.» Sie wischte sich mit dem Handrücken eine Träne von der Wange.

«Das reicht vielleicht für den Anfang», unterbrach der Arzt sanft.

Es klopfte an der Tür, und Ilkas Mann trat ein. Er grüßte befangen in die Runde und nahm seine Frau fest in den Arm, die sich erleichtert an ihn schmiegte. Herwig Freiwald entschuldigte sich unbeholfen bei Franka für seine harsche Reaktion vom Vortag. Sie winkte ab. Sie war ihm keine Rechenschaft schuldig, dennoch erklärte Franka, warum sie seine Frau ohne Vorwarnung mit dem Parfüm konfrontiert hatte. Die Taten in Schleswig-Holstein waren wichtig für die Ermittlungen in Hamburg.

Alpay reichte Freiwald seine Karte. «Frau Erdmann und ich wohnen für einige Tage im Alten Krug in Flensburg und sind dort auch jederzeit erreichbar», sagte er.

Franka nickte und lächelte. Sie mussten Ilka Freiwald Zeit lassen, auch wenn es ihnen schwerfiel. Deshalb behielt Franka auch für sich, dass die Zeit drängte. Und dass der Mann, den sie suchten, jeden Moment wieder zuschlagen konnte.

Eine halbe Stunde später kreisten die Möwen über dem Flensburger Museumshafen und spekulierten auf die Reste von Fritten und Fischbrötchen, die die wenigen Touristen hatten fallen lassen. Der Dezember war keine beliebte Reisezeit für die Förde. Franka lehnte an einem Geländer und schaute über das Wasser zum anderen Ufer hinüber.

«Mal angenommen, das trifft alles so zu.» Sie nahm einen Schluck von ihrem Coffee to go. «Also dass der Täter noch ein Kind war, als der Flakon hergestellt wurde. Und er zu dieser Zeit irgendwo zwischen Flensburg und Schleswig zu Hause war.» Sie schaute Alpay an. «Wir reden von den Siebzigern. Googeln Sie mal bitte die Einwohnerzahlen aus dem Jahr 1975.»

Alpay zückte sein Handy und fand im Netz, wonach Franka suchte. «Mitte der Siebzigerjahre hatte Flensburg an die achtundsechzigtausend Einwohner. Schleswig circa einundzwanzigtausend.»

Franka hielt ihre Nase in den Wind. «Wo kauft man in einer Kleinstadt Mitte der Siebzigerjahre ein exklusives französisches

Parfüm? Es gab damals weder Drogerie- noch Parfümerieketten.» Ein Fischkutter lief in den Hafen ein, umkreist von einer Schar protestierender Möwen. «Das Gebiet hier oben besteht aus kleinen Dörfern und Bauernhöfen.» Sie beobachtete zwei zänkische Vögel am Himmel. «Ich will wirklich niemandem zu nahetreten, aber damals rochen die wenigsten Frauen abends nach dem Melken nach *Mitsouko*.»

Der Wind schob den grauen Himmel auseinander und ließ für einen kurzen Moment einige Sonnenstrahlen hindurch, die sich auf den polierten Messingbeschlägen eines historischen Seglers spiegelten.

«Kind des Lichts, das mit seinen blauen Augen ein Geheimnis hütet.» Sie leerte ihren Kaffeebecher. «Kommen Sie, Herr Eloglu. Ich habe da eine Idee.»

Treffer in Harvestehude. Er hatte recht gehabt mit seiner Vermutung über den Wohnort von *alstertraumhh*. Seit über einer Stunde fuhr er auf der Suche nach der Fassade, die man auf einem ihrer Fotos durch das Küchenfenster klar erkennen konnte, mit dem Auto langsam durch das Viertel. In der Innocentiastraße, zwischen Hochallee und Rothenbaumchaussee, war er fündig geworden. Er freute sich über seinen Erfolg. Gerade hier. Mit ihren herrschaftlichen Altbauvillen nahe der Außenalster, die vom Krieg verschont geblieben waren, gehörte diese Straße zu den besten Adressen der Hansestadt. Noch einmal vergewisserte er sich mit einem Blick auf ihren Instagram-Account. Tatsächlich lag die Fassade, die er nur vom Foto kannte, jetzt direkt vor ihm. Er lehnte sich im Fahrersitz zurück und scrollte durch das Profil. Auf einem Post aus dem Oktober stand sie auf dem Balkon im Hochparterre und lächelte in die Kamera, während die Straße, in der er nun parkte, im Hintergrund deutlich zu erkennen war.

Die liebe Birte war zweiundfünfzig Jahre alt und ging mit ihren Angaben im Netz genauso fahrlässig um, wie die liebe Marie und die liebe Charlotte es getan hatten. Sie war geschieden, und wie es aussah, ging sie keiner beruflichen Tätigkeit nach. Wieder freute er sich, weil er erfolgreich recherchiert hatte. Er genoss den Moment. Auch diese Frau hatte ihn eingeladen, ja, regelrecht aufgefordert, sie zu finden, davon war er fest überzeugt. Ihre deutlichen Appelle konnte er nicht missverstehen. Die Entscheidung war ihm nicht leichtgefallen. Viele Stimmen riefen nach ihm. Aber schon vor einiger Zeit hatte er sie ausgewählt.

Die letzten beiden Male hatte man ihn gestört. Das sollte ihm nicht noch einmal passieren. Seine Vorfreude fühlte sich vermutlich ein bisschen an wie das Gefühl der meisten Kinder am Heiligen Morgen, wenn die Bescherung nicht mehr lange auf sich warten ließ. Ein solches Weihnachtsfest hatte er seit seiner Kindheit nicht mehr erlebt. Die Erinnerungen daran waren verblasst. Aber das Gefühl saß noch tief. Weder im Kinder- und Jugendheim in Rendsburg noch in seiner Pflegefamilie in Sörup, die so grandios an ihm gescheitert war, war Weihnachten ein Fest der Liebe.

Sein letztes Weihnachtsfest im Heim war sein schönstes gewesen. Denn an diesem 24.12. wurde er endlich volljährig. Niemand hatte mehr das Recht, ihn zu drangsalieren oder einzusperren. Er war frei.

Die Scheiben seines Autos beschlugen von innen. Er spürte den ansteigenden Druck in sich, diese undefinierbare Unruhe. Eine Dame in Daunenparka und mit Filzhut auf dem Kopf hatte ihren schlanken Jagdhund nicht angeleint. Sie ging am Auto vorbei, ohne Notiz zu nehmen. Der Hund hockte sich auf einen kleinen Grünstreifen neben einer Garagenausfahrt und verrichtete sein Geschäft, während sein Frauchen eine Tüte präparierte, um die Hinterlassenschaften aufzusammeln. Sie gab dem Tier ein Leckerli und lobte es überschwänglich. Es war merkwürdig, mit anzusehen, wie sie sich mit ihrem Hund unterhielt und mit welcher Liebe sie das Tier vermenschlichte.

Nachdem er seinen Wagen verlassen hatte, schlenderte er hinüber zum Haus von *alstertraumhh*. Zu dieser Jahreszeit wurde es selbst am frühen Nachmittag kaum richtig hell. Überall in der Nachbarschaft brannte warmes Licht in herrschaftlichen Wohnungen. Auch von außen wurden einige Häuser stimmungsvoll angeleuchtet. Vieles aus der Umgebung fand er in Ausschnitten auf ihren Posts wieder. Er blieb unter einer riesigen Kastanie stehen, deren Wurzeln den halben Bürgersteig angehoben hatten, und schaute zu der Villa aus dem neunzehnten Jahrhundert hinüber, vor der gerade ein Mini Cooper zum Halten kam. Birte bewohnte die großzügige Wohnung im Hochparterre. Sie stieg aus dem Wagen. Er hielt die Luft an, denn sie hob ein Netz mit Brennholz aus dem Kofferraum, wie sie es schon einige Male an einer Tankstelle gekauft und in ihrer Instastory gezeigt hatte.

Normalen Schrittes ging er auf der anderen Straßenseite vorbei und traute sich nicht, einen weiteren Blick zu riskieren. Oh, welch ein Glücksgefühl langsam in ihm aufstieg.

Sein kaputtes Herz beschleunigte.

Tina Tolk kontrollierte mit einer Hand den Sitz ihrer Frisur und deutete mit der anderen durch das Panoramafenster der kleinen Lobby. «Da gibt es bei uns die Parfümerie Jacobs in der Roten

Straße. Gleich hier runter auf der linken Seite. Der Discounter, sagten Sie, interessiert Sie ja nicht.»

Franka bemerkte, wie lässig Alpay am Tresen lehnte. Waren seine obersten beiden Hemdknöpfe geöffnet? Er flirtete doch nicht mit einer Frau, die seine Mutter sein könnte – und das war noch charmant geschätzt.

«Und wie lange gibt es das Geschäft schon?», sagte er und lächelte.

«Bestimmt seit zwanzig Jahren.» Tina Tolk machte aus ihrem Interesse an Alpay kein großes Geheimnis, sie warf sich in Pose und lachte offensiv. «Da waren Sie noch gar nicht geboren, Herr Eloglu.»

Franka rollte mit den Augen. Die Frau hatte anscheinend seinen Meldezettel studiert.

«Sagen Sie, Frau Tolk, wenn man früher exklusive Kosmetik und Parfüms kaufen wollte, wo ist man da in Flensburg hingegangen?», fragte Franka.

«Bevor Jacobs eröffnet hat … ach du meine Güte. Also meine Großmutter, daran erinnere ich mich noch, hat sich ihre Parfüms aus Hamburg oder Kopenhagen mitbringen lassen. Warten Sie kurz.» Sie griff zum Telefon hinter der Rezeption und rief tatsächlich ihre Mutter an, mit der sie so laut telefonierte, dass man es vermutlich in der Parfümerie in der Roten Straße hören konnte.

Franka wandte sich leise an Alpay. «Lernt man das heute auf der Polizeischule?»

Er grinste. «Nee, Frau Erdmann, das hat man, oder man hat es nicht.»

«Eitelkeit?»

«Charme.»

Tina Tolk beendete ihr Telefonat und wandte sich an Alpay. «Meine Mutter ist einundneunzig und weigert sich, ein Hörgerät zu tragen. Aber hier oben», sie tippte sich an die Stirn, «glasklar.» Die alte Dame hatte sie an den Salon Toman am Südermarkt erinnert, erzählte Tina Tolk, der früher als bester Friseursalon Flensburgs galt. Dort hatte man nicht nur die Frau des Bürgermeisters bedient, sondern jede Dame, die in der Region der Förde etwas auf sich hielt. «Die hatten so einen kleinen Raum mit exklusiver Kosmetik und Parfüms.»

Alpay schaute von seinen Notizen auf. «Und seit wann gibt es den Laden nicht mehr?»

Tina Tolk drehte nachdenklich an einem ihrer zahlreichen Ringe. «Ich schätze mal, auch so ungefähr zwanzig Jahre? Als man die Häuser für die Einkaufspassage am Holm abgerissen hat, musste der Salon weg. Die Besitzerin wurde abgefunden. Ich glaube, die war auch schon im rentenfähigen Alter. Keine Ahnung, ob die noch lebt.»

Franka hatte noch eine letzte Frage. «Frau Tolk, erinnern Sie sich noch an den Namen der Besitzerin?»

Er folgte Birte im Auto. Nachdem er einige Zeit vor ihrer Tür im Wagen gewartet hatte, war sie wieder aus ihrer Wohnung gekommen. Sie hatte sich umgezogen und trug ein elegantes Kostüm unter ihrem Wintermantel, das hatte er in ihrer Instagram-Story gesehen. Die blonden Haare trug sie offen, sie wehten im Wind. Er spürte das Kribbeln. Sie stieg in ihren Mini und fuhr von der Innocentiastraße Richtung Innenstadt, vorbei an der Moorweide und dem Dammtor-Bahnhof. Kurze Zeit später bog sie rechts in den neuen Jungfernstieg ein und hielt vor dem Vier Jahreszeiten. Wie selbstverständlich drückte sie dem Wagenmeister ihre Autoschlüssel in die Hand und verschwand durch die Drehtür im Inneren des Fünf-Sterne-Hotels. Wie elegant sie die Treppen hinaufgelaufen war. Sie bewegte sich auf ihren hohen Schuhen mit so viel Anmut, wie es seine Mutter früher getan hatte.

Jemand hupte hinter ihm, weil er im Schritttempo am Eingang des Hotels vorbeifuhr. Vielleicht konnte er in der Lobby noch einen Blick auf sie erhaschen? Er drehte um, parkte auf der gegenüberliegenden Straßenseite und wartete auf ihre nächste Story, die sie schon kurze Zeit später hochlud. Birte saß mit einer Freundin in einem mit poliertem Holz vertäfelten Raum mit hohen Fenstern an einem elegant eingedeckten Tisch. Überall standen frische Blumen zwischen funkelnder Weihnachtsdekoration aus Kerzen und bunten Kugeln. An einer Wand gab es einen großen Kamin, in dem ein Feuer brannte. So wie bei Birte zu Hause.

Er mochte ihre Storys, denn die Frau hatte ein gutes Auge, das sich auf das konzentrierte, was ihn in erster Linie interessierte: sie selbst. Auch wenn ihn *alstertraumhh* mit den Aufnahmen von zwei Gläsern Champagner und den kleinen weißen Teekannen und Tassen aus Porzellan langweilte, lohnte sich das Warten. Birte versöhnte ihn am Ende mit einem Close-up ihres Gesichtes. Sie lachte unbeschwert, der Schein des Kaminfeuers tanzte über ihr Gesicht, und ihre blonden Haare leuchteten. Ihm wurde kühl im Auto, doch seine Hände waren nass vor Schweiß.

Der Rosengarten war eine Seniorenresidenz unweit des alten Fährhauses der kleinen Gemeinde Fahrdorf. Die Uhr zeigte 16:30, und es dämmerte bereits. Wer hier wohnte und rüstig genug war, schaffte den Weg vom Haupteingang zu den Bänken am Ufer der Schlei und hatte von dort einen wunderschönen Blick auf die Kreisstadt Schleswig.

Nach dem Gespräch mit Tina Tolk waren Alpay und Franka zur Handwerkskammer Flensburg gefahren, wo sie sich auf die Suche nach der heute neunundachtzigjährigen Frau begeben hatten, deren Friseursalon jahrzehntelang eine Institution in der Flensburger Innenstadt gewesen war. Hier im Rosengarten hatten sie sie gefunden.

Alpay freute sich, denn Franka wollte ihm die Gesprächsführung überlassen. Im weihnachtlich geschmückten Gemeinschaftsraum des Rosengartens saß eine Dame im Rollstuhl und las Zeitung. Sie erinnerte Alpay ein bisschen an seine türkische Oma. Die silbergrauen Haare waren perfekt frisiert. Sie trug eine lilafarbene Bluse mit gebundener Schleife am Hals zu beigefarbener Stoffhose. Nur der Rollstuhl und die orthopädischen Schuhe verrieten ihre Gehbehinderung.

«Frau Toman?» Alpay reichte der Frau die Hand. «Wir haben vorhin telefoniert.»

«Sie sind die Polizisten aus Hamburg?» Ihre Stimme klang brüchig und wenig trainiert.

Er nickte. «Das ist meine Kollegin Frau Erdmann.»

Die Dame lächelte, nahm ihre Brille von der Nase und faltete die Zeitung zusammen. Sie wirkte fit im Kopf und schaute Alpay aus klaren Augen an. «Dürfen Sie schon Auto fahren?» Sie lachte und hustete. «Hübscher Junge sind Sie.» Sie war alt und charmant. Genussvoll schloss sie die Augen. «Hier riecht's nach frischem Rauch.»

Alpay deutete auf Franka, die vor dem Betreten des Gebäudes noch eine Kippe im Aschenbecher vor der Tür ausgedrückt hatte. Noch nie hatte er sie so schnell rauchen sehen.

Die Dame versuchte, den lilafarbenen Webpelz von der Garderobe zu angeln. «Helfen Sie mir mal da rein, dann gehen wir ein Stück.»

Alpay half ihr vorsichtig in den Mantel und passte auf, dass die alte Dame nicht umkippte. Sie stellte den Kragen ihrer Jacke auf, setzte sich zurück in den Rollstuhl und lachte verschmitzt. «Damit findet man mich auch im Dunkeln.» Nach einem doppelten Oberschenkelhalsbruch vor drei Jahren war die Friseurmeisterin auf fremde Hilfe angewiesen und lebte in diesem Heim am Ufer der Schlei, das hatte die Pflegerin Alpay und Franka am Telefon erzählt. Zu dritt verließen sie das Foyer und rollten langsam die gestreuten Wege hinunter zur kleinen Promenade am Wasser.

«Residenz klingt nach Auffahrt mit Buchsbaum. Jetzt schauen Sie sich diese trostlosen Rabatten an.» Sie zog Alpay am Ärmel. «Warum wollen Sie mit mir sprechen, habe ich was ausgefressen?» Sie lachte wieder.

Alpay war aufgefallen, wie still Franka die ganze Zeit über war. Ausgerechnet sie wirkte der alten Dame gegenüber irgendwie befangen.

«Wir ermitteln hier im Rahmen einer Amtshilfe. Es geht dabei um zwei Verbrechen in Hamburg. Eine alte Spur führt uns in die Schleiregion», sagte Alpay.

Die alte Frau atmete die frische Luft durch ihre rasselnden Bronchien. «Ich sage nichts ohne eine Zigarette.»

Hatte er sich verhört? «Sie rauchen?»

Auch Franka schien überrascht, bot der alten Dame aber eine Zigarette an.

«Seitdem ich hier wohne, nur noch heimlich. Sie haben mich also jetzt in der Hand.» Franka gab ihr Feuer. Die Seniorin paffte, ohne zu inhalieren. Ihre Lunge, dachte Alpay, hätte sie sonst wohl auch zerrissen.

Er setzte sich auf eine Bank neben den Rollstuhl und drehte die Frau etwas zu sich herum. «Frau Toman …»

«Nennen Sie mich Marlies.» Sie genoss die Zigarette und die Aufmerksamkeit sichtlich.

«Marlies. Sie waren viele Jahre eine Institution hier in der Gegend.»

Sie winkte geschmeichelt ab. «Ich bitte Sie. Aber tatsächlich habe ich zwischen Kopenhagen und Hamburg das beste Blond gemacht und zeitweise vier Friseurinnen beschäftigt.» Die alten Hände mit den manikürten Nägeln hielten die Zigarette, ihr Ellenbogen war auf die Lehne ihres Rollstuhls gestützt.

«Sie hatten in Ihrem damaligen Salon eine kleine Kosmetikabteilung, wo Sie neben Make-up und Lippenstiften auch Parfüms verkauft haben, ist das richtig?»

Marlies paffte und lächelte. «Sie sind ja gut informiert, junger Mann. Wissen Sie, damals gab es ja nur Drogerien in unserer Gegend. Da konnten Sie vielleicht Kölnisch Wasser und Pferdesalbe kaufen, aber nichts, was auch nur annähernd Stil hatte.» Sie schnippte gekonnt ihre Asche in den Wind. «Damals fuhr ich einmal im Monat nach Hamburg und habe für meine exklusiven Kundinnen eingekauft. Die Gattin des Bürgermeisters, eine Prinzessin zu Schleswig-Holstein, die Frau vom Wurstfabrikanten … das war hier früher eine lustige Mischung. Glaubt man kaum, was?» Sie hatte genug und reichte Franka die nur zur Hälfte gepaffte Zigarette mit dem blassen Lippenstiftrand. «Hier, mein Kind, sind Sie so gut?» Franka trat die Kippe aus und warf sie in einen Mülleimer.

Alpay zog ein kleines durchsichtiges Plastiktütchen mit einem Zip-Verschluss aus seiner Jackentasche. «Frau Toman …» Sie hob mahnend den Zeigefinger. «Entschuldigung, Marlies. Kennen Sie diesen Geruch?» Er reichte ihr die Tüte mit dem eingesprühten Taschentuch, an dem sie intensiv roch.

«Das ist *Mitsouko* von Guerlain.» Sie schnupperte noch einmal mit geschlossenen Augen. «Sie machen mich neugierig.»

Franka strich sich eine Strähne aus dem Gesicht. «Das haben Sie also damals auch verkauft?»

Marlies strahlte, sie wirkte wie aufgezogen, und ihre brüchige Stimme festigte sich mit jedem ihrer Sätze. «Ja, unter anderem. Die Siebzigerjahre hatten Wums, wie man so schön sagt. *Azurée* von *Estée Lauder* oder *Opium* von *Yves Saint Laurent*. Heute werden diese Düfte alle synthetisch hergestellt. Wobei *Mitsouko* gut gelungen ist.»

«Die Anzahl Ihrer Kundinnen für solche Düfte war zu dieser Zeit sicherlich überschaubar», sagte Alpay.

«Täuschen Sie sich nicht, mein Junge. Die Herrenhäuser der Umgebung waren damals alle noch von gesellschaftlicher Bedeutung.»

Er reichte ihr das Foto mit dem Verschluss des Flakons auf Poppys Untersuchungstisch. «Wissen Sie, was das ist?»

«Natürlich. Das ist ein sehr alter Verschluss von Guerlain, damals noch aus Glas.»

Im Hintergrund schlug eine Kirchenglocke siebzehn Uhr. Als Franka sich eine Zigarette anzündete, leuchteten die Laternen am Ufer auf.

«Können Sie sich vielleicht noch an einige der Kundinnen erinnern, die in Ihrem Geschäft Mitte der Siebzigerjahre *Mitsouko* gekauft haben?», fragte sie, nachdem sie den ersten Zug inhaliert hatte.

Marlies lehnte sich in ihrem Rollstuhl zurück und tippte sich mit einem lackierten Nagel aufs Kinn. «Das ist über fünfzig Jahre her …» Sie schaute über das Wasser der Schlei, in der sich bereits der frühe Mond spiegelte. «Ich erinnere noch die Freifrau, die immer versucht hat, den Preis für *Opium* zu drücken, aber sonst …?» Sie schwieg einen Moment. «Wissen Sie, die Damen haben ihre Düfte ja auch gewechselt. Da kann ich mich heute nicht mehr an jede Kundin erinnern. Das tut mir leid.»

Es war kalt geworden. Marlies machte auf Alpay den Eindruck, als wäre sie zu stolz zuzugeben, dass sie fror. Er schob die alte Dame den kleinen Hügel zur Seniorenresidenz hinauf, gefolgt von Franka. Der Ausflug in die Vergangenheit hatte Marlies ganz offensichtlich angestrengt. Er brachte sie in ihrem Rollstuhl durch die Schiebetür ins Foyer des Altenheims, wo die alte Dame bereits von einer Pflegerin erwartet wurde. Marlies zitterte leicht vor Kälte. «Schön, Sie kennengelernt zu haben.» Sie lächelte traurig. «Kommen Sie gerne mal wieder vorbei, wenn Sie in der Nähe sind.»

Alpay bedankte sich, die alte Frau tat ihm irgendwie leid. Auch Franka verabschiedete sich und reichte Marlies die Hand. Hatte er sich verguckt, oder hatte sie der Friseurmeisterin dabei heimlich ihre Schachtel Zigaretten zugesteckt? Marlies bedankte sich mit einem verschmitzten Lächeln und ließ die Schachtel schnell in ihrer Manteltasche verschwinden.

Die Altenpflegerin brachte Marlies Toman zurück auf ihr Zimmer. Die alte Frau, die schon früh etwas Großstadtflair nach Flensburg gebracht hatte, lebte heute ruhig am Ufer der Schlei. Das Wort Seniorenresidenz erweckte den Anschein von Freiwilligkeit. Dabei war der Rosengarten mit seinem weihnachtlich geschmückten Aufenthaltsraum ein Wolf im Schafspelz. Das war alles nur Kulisse, die davon ablenkte, dass auch hier Menschen einsam und allein auf den Tod warteten. Alpays deutsche Oma und Opa, die Eltern seiner Mutter, waren in ihrem eigenen Zuhause gestorben. Was für ein Geschenk.

Er wandte sich zum Gehen. «Altwerden muss echt scheiße sein.» Er hatte den Satz kaum ausgesprochen, da fiel ihm ein, mit wem er gerade auf dem Weg zurück zum Parkplatz war.

Franka klopfte ihm auf die Schulter. «Nichts für ungut, Herr Eloglu. Langsam habe ich mich an Sie gewöhnt.»

«Hallo? Hallo, Sie da!»

Die beiden drehten sich zum Eingang des Altenheims um, vor dem die Pflegerin stand und ihnen zuwinkte. «Frau Toman möchte Sie noch einmal sprechen!»

Als Alpay und Franka den Gemeinschaftsraum betraten, schreckte Marlies auf und versuchte eilig zu überspielen, dass sie kurz weggenickt war.

«Eine Sache ist mir noch eingefallen …» Sie wischte sich mit einem Taschentuch die Mundwinkel trocken. «Ich hatte eine kurze Zeit mal eine Kundin …» Sie hustete und versuchte anscheinend, ihre Erinnerung zu sortieren. «Ich kann mich auch nur an die Frau erinnern, weil ihre Geschichte so tragisch endete. Ich glaube, sie hat *Mitsouko* von Guerlain benutzt.»

Franka zog ihre Jacke aus. «Was meinen Sie mit *tragisch*?»

«Sie hat sich selbst getötet. Wenn ich mich richtig erinnere, mit einer Überdosis Schlaftabletten.»

Alpay setzte sich Marlies gegenüber. «Wissen Sie, in welchem Jahr das ungefähr gewesen ist?»

Sie betrachtete ihre lackierten Nägel. «Da fragen Sie mich was. Vielleicht Mitte der Siebziger? Vielleicht auch Anfang der Achtziger? Nein, warten Sie … Ich war damals auf der Beerdigung der Frau, und die Predigt hat dieser schlimme Pfarrer gehalten, wie hieß der denn? Die Rede wirkte auf mich wie aus einem Baukastensystem für Trauerreden. Ich weiß noch, wie entsetzt ich über die Ansprache war. Der geistliche Inhalt hatte rein gar nichts mit dem Leben der Dame zu tun. Vor der Auferstehung, die er androhte, hätte man sich fürchten müssen.» Marlies lachte zynisch, dann wurde sie wieder ernst. «Warten Sie.» Sie schien angestrengt nachzudenken. «Auf der Beerdigung bin ich an Krücken gelaufen. Bänderriss. Ich bin damals in Plateauschuhen auf einen Lockenwickler getreten und umgeknickt. Dann muss die Beisetzung so 1975/76/77 im Sommer gewesen sein. Es war heiß draußen.»

Franka hakte nach. «Wenn Sie damals auf der Beerdigung waren, dann kannten Sie die Frau gut.»

Marlies schüttelte den Kopf. «Ich kann mich nicht mal mehr an ihren Namen erinnern. Aber das war hier damals eine Riesengeschichte. Die Frau hat versucht, ihr Kind mitzunehmen.»

«Sie meinen, ein erweiterter Suizid?»

Marlies nickte. «Ist ihr aber nicht gelungen. Ich glaube, das Kind ist unter seiner toten Mutter wieder zu Bewusstsein gekommen. Aber vielleicht hat das auch der Tratsch dazugedichtet.» Alpay schaute zu Franka, die sich Notizen machte und vermutlich dasselbe dachte wie er.

«War das ein Junge oder ein Mädchen?», fragte Alpay.

Marlies lächelte. Die Erinnerung kam langsam zurück.

«Ein Junge, muss so sechs, sieben Jahre alt gewesen sein. Mit seinen langen Haaren sah er immer aus wie ein Mädchen. Er hatte das blonde Haar seiner Mutter, das sie ihm nur ganz selten schneiden ließ.»

Der Scherkopf surrte über seinen Schädel und ließ die blonden Stoppeln ins Waschbecken rieseln. In seinem schlauchförmigen Badezimmer hing immer etwas Feuchtigkeit in der Luft, die durch das kleine gekippte Fenster aus Glasbausteinen nie richtig in den Innenhof entwich. Die letzte Bahn in der Mitte seines Kopfes fuhr er besonders vorsichtig entlang, denn seit einigen Tagen war die nässende Flechte endlich verkrustet. Er strich mit der flachen Hand über sein Werk und genoss das Gefühl auf der Haut. Dann pustete er den Scherkopf sauber und räumte die Maschine zurück in den Badezimmerschrank. Er drehte das Wasser hinter dem blauen Duschvorhang auf und griff zur Enthaarungscreme für seinen Körper. Für Birte wollte er ganz besonders schön sein.

Gegen 18:30 Uhr fuhren Alpay und Franka mit dem Dienstwagen von Fahrdorf zurück ins fünfundvierzig Kilometer entfernte Hotel nach Flensburg. Franka war durchgefroren, daran konnte auch die Sitzheizung nichts ändern.

«Eine junge Frau von Mitte dreißig. Sie benutzt *Mitsouko* von Guerlain. Sie bringt sich um, versucht, ihren Jungen mitzunehmen. Ein Junge, der so aussieht wie ein Mädchen. Die Mutter selbst ist blond, genau wie Ilka Freiwald, Sigrun Stender und Marie Möbius, die alle an einem 18. November überfallen werden. Dann kam Charlotte Fiedler, die er heute vor einer Woche getötet hat. Wir müssen diesen Jungen von damals finden.»

Alpays Blick war konzentriert auf die Fahrbahn gerichtet. Trotzdem hatte er Franka aufmerksam zugehört. Auch in ihm wirkte die Befragung von Marlies Toman nach, das konnte sie spüren. «Heute müsste er um die fünfzig Jahre alt sein», sagte er. «Welches Geheimnis hütet der Mann?»

Alpay hat sich seinen Feierabend wirklich verdient, dachte Franka. In den letzten zwei Tagen hatte er etliche Kilometer hinter dem Steuer abgerissen. Sie schaute ihn von der Seite an. War er wirklich kein bisschen müde, oder tat er ihr gegenüber nur besonders tough? Es hupte über die Freisprechanlage, mit der Frankas Handy verbunden war.

«Um diese Uhrzeit möchtest du dem Kollegen und mir sicherlich einen schönen Abend wünschen», sagte sie zur Begrüßung.

Jörg lachte. «Genießt ihr zwei Hübschen euren Urlaub an der See?»

Alpays Gähnen blieb zumindest Jörg verborgen.

«Passt auf. Wir haben uns auf dem Insta-Account von Charlotte Fiedler den Nachrichtenverlauf angeschaut. Alexandra Neuhaus aus Ohlsdorf, bei Instagram bekannt als *hansepedanteriehh,* hat den Gardinenbedampfer gekauft. Sie kam um 18:30 Uhr bei dem Opfer an und hat das Haus mit dem Gerät unterm Arm eine halbe Stunde später wieder verlassen. Wir haben das überprüft. Kostja Lewandovski hat bestimmt dreimal geschrieben, dass er sich verspätet, um dann doch eine halbe Stunde früher zu erscheinen, das war so gegen 21:30 Uhr. Da war Fiedler bereits tot. Von der Person, die dazwischen das Waffeleisen abgeholt hat, gibt es keine einzige Nachricht. Ist doch merkwürdig, oder? Also haben wir die gelöschten Dateien gesucht, und siehe da – die Frau in Pink, von der Herr Oderfelder gesprochen hat, heißt Leni vom Account *lenis_leiste*. Es dürfte niemanden wundern, dass das Profil nicht mehr existiert.»

«Das gibt's doch nicht!» Alpay schlug mit der Hand auf das Lenkrad, während Franka in der Beleuchtung des Handschuhfaches eilig notierte. «Jetzt macht das endlich alles Sinn. Wir trauen die Tat eher einem Mann zu, der Rentner hat aber eine Frau gesehen. Eine Frau komplett in Pink, die also mädchenhafter quasi gar nicht aussehen könnte. Der Typ ist doch irre.»

«Hat er seine IP-Adresse hinterlassen?», fragte Franka.

«Negativ. Wie wir geahnt haben, verschanzt er sich hinter Tor. Dreimal weitergeleitet und verschlüsselt.»

«Und hat er als *lenis_leiste* noch andere Spuren im Netz hinterlassen?»

«Auch negativ. Sorry.»

Nachdem Franka Jörg einen Abriss ihrer Ermittlungen bei Marlies Toman gegeben hatte, beendete sie das Telefonat. Sie sortierte ihre Gedanken. «Okay, unser Mann kennt sich aus, nachdem er seine Opfer über Instagram ausspioniert hat. Er tötet die Frauen und verwischt seine Spuren. Dazu öffnet er ihnen die Augenlider, um per Gesichtserkennung an ihren Instagram-Account heranzukommen. Aber wenn er wirklich so schlau ist, wie wir denken, muss er doch wissen, dass unsere IT-Leute sich als Erstes auf die Suche nach gelöschten Dateien begeben werden. Oder ist das Teil seines Spiels? Seines Spiels mit uns?»

«Vielleicht.» Ein Traktor mit Anhänger zwang Alpay zum Langsamfahren. «Vielleicht hatte er aber auch einfach keine Zeit, sorgfältiger zu löschen. Er hat gerade sein Werk vollbracht, die Frau ist tot. Er weiß, da kommt noch jemand, der den Mixer abholen wird. Er macht sich also daran, seine Spuren zu verwischen. Was er aber nicht weiß, ist, dass Kostja Lewandovski eine halbe Stunde früher klingeln wird.» Der Traktor fuhr ganz rechts. Alpay überholte ihn im Dunkeln. Die Gegenfahrbahn war frei. «Vielleicht konnte der Mörder dadurch nicht gründlich genug löschen.»

«Könnte auch sein. Jedenfalls wissen wir, dass sich seine Fehler häufen.»

Franka schaltete das Radio ein, und Nancy Sinatra sang *Bang Bang*.

Tief im Garten verschwand er im Dunkel eines Rhododendronbuschs, der ihn vor dem Mondlicht schützte. Es raschelte im Komposthaufen, der am Ende des Grundstücks an den Nachbargarten grenzte. Hinter immer mehr Fenstern erlosch das bunte Licht der Flachbildfernseher. Während Hamburg sich für die Nacht zurechtmachte, wurde das Grundrauschen der Stadt immer leiser. So, wie er die anderen beiden Frauen eine Zeitlang beobachtet und sich auf sein Treffen mit ihnen vorbereitet hatte, genoss er jetzt die Vorfreude auf das Kennenlernen mit Birte, die nach ihrer Verabredung im Hotel Vier Jahreszeiten auf dem Sofa vor dem Kamin lag und in einem Magazin blätterte. Sie stand auf und verließ das Wohnzimmer. Im Raum nebenan wurde das Licht eingeschaltet, und im Schein der Nachttischlampe verwandelte sich ihr Schlafzimmer in einen Präsentierteller. Sie kippte das Fenster an und schaute in den dunklen Garten hinaus, bevor sie die Vorhänge schloss. Er lächelte. Seitdem er ihren Account das erste Mal durchstöbert hatte, wusste er, wie er sie überlisten konnte.

Der nächste Morgen begann für Franka mit einer Tasse Kaffee und einer Zigarette vor dem Hoteleingang. Zuvor hatte sie vorsichtig in den Frühstücksraum geschaut. Die Vorstellung, gemeinsam mit dem am Morgen viel zu gut gelaunten Alpay und seinem Müsli an einem Tisch sitzen zu müssen, war ihr unangenehm. Von Tina Tolk hatte Franka danach erfahren, dass der Kollege sich nach einer Laufstrecke am Wasser erkundigt hatte.

Sie konnte ihre Unruhe kaum unterdrücken. Das Gespräch mit Marlies Toman am Tag zuvor hatte neue Fragen aufgeworfen. Wer war diese Frau, die sich vor fünfzig Jahren selbst getötet hatte und ihren Jungen nicht zurücklassen wollte? Was war aus dem Kind geworden, das heute ein um die fünfzig Jahre alter Mann sein musste, der vermutlich bereits den nächsten Mord plante? Er war entfesselt, davon war Franka überzeugt. Sie fröstelte. Wo sollte sie ansetzen? Die Friseurmeisterin erinnerte sich an keinen Namen, nur an die Beerdigung der Frau, für die ein Zeitraum von drei Jahren infrage kam. Franka ahnte, die heutige Recherche würde Handarbeit sein.

«Holen Sie sich hier draußen bloß nicht den Tod.» Tina Tolk trat hinaus vor die Tür, winkte mit einer Thermoskanne und goss Franka Kaffee nach.

«Sagen Sie, Frau Tolk, Todesanzeigen … wo werden die hier in der Region veröffentlicht?»

«In der Wochenendausgabe der Förde-Zeitung. Wieso?»

Da war sie wieder, die Neugier der Hotelfrau. Aber Franka hatte viele Male erlebt, wie nützlich ihr dieses Interesse sein konnte. «Erinnern Sie sich vielleicht an einen Fall Mitte, Ende der Siebzigerjahre? Eine Frau aus der Umgebung hat sich mit Tabletten getötet und versucht, ihr Kind in den Tod mitzunehmen.»

Tina hielt die Thermoskanne umklammert und war sichtlich betroffen. «Was ist denn das für eine schreckliche Geschichte …» Flüchtig grüßte sie eine Bekannte, die durch die Fußgängerzone eilte. «Da muss ich passen. Ich bin Jahrgang 65.»

Franka ließ sich die Überraschung nicht anmerken. Zu viel Schminke machte offenbar alt.

Noch während ihrer letzten Zigarette vor der Tür des Hotels hatte sich Franka telefonisch mit der Verlagsleitung der Förde-Zeitung in Verbindung gesetzt. Sie musste so schnell wie möglich Zugang zum Archiv erhalten und hatte keinen Zweifel an ihrem Ermittlungsdruck gelassen. Man versprach ihr die benötigte Unterstützung.

Nach Alpays Laufrunde hatte sie ihm exakt zwanzig Minuten Zeit für Duschen und Frühstück eingeräumt und saß bereits am Steuer des Dienstwagens, als er mit nassen Haaren und noch kauend aus dem Hotel trat und sie verdutzt anschaute. Sie startete den Motor und öffnete das Beifahrerfenster.

«Steigen Sie ein, Herr Eloglu.»

«Wollen *Sie* fahren?»

«Wonach sieht's denn aus? Jetzt machen Sie schon. Ich habe weder Zeit noch Nerv zum Diskutieren.» Sie bemerkte die unbeabsichtigte Schärfe in der Stimme und schickte ein bemüht freundliches Lächeln hinterher. Er stieg ein, und Franka ließ sich vom Navigationsgerät zum Verlagsgebäude leiten, das unweit des Flensburger Yachthafens lag. Sie stellte wieder einmal fest, wie ungern sie selber fuhr.

«Wir sind ziemlich sicher, wer unser Täter ist. Ein Junge, dessen Mutter sich das Leben genommen hat und dabei versuchte, ihn mit in den Tod zu nehmen. Marlies Toman sagte, der Junge wäre unter seiner toten Mutter wieder zu Bewusstsein gekommen.»

«Moment. Sie hat gesagt, dass das vielleicht auch der Tratsch dazugedichtet hat», korrigierte Alpay.

Franka ließ das unkommentiert. Sie wusste nicht, warum, aber in diesem Fall glaubte sie dem Gerede. «Wir müssen uns durch das Archiv der Todesanzeigen arbeiten. Dabei interessieren nur die zwischen 1975 und 1977, bei denen es sich um junge Frauen Mitte dreißig handelt. Wenn wir den Namen der Frau herausfinden, auf deren Beerdigung Marlies Toman war, haben wir hoffentlich auch den Namen ihres Jungen bzw. des Mannes, auf dessen Konto wahrscheinlich drei Morde gehen.»

Alpay pfiff durch die Zähne.

«Wird schon nicht so schlimm werden, Herr Eloglu. Todesanzeigen stehen nur in der Wochenendausgabe.»

Eine halbe Stunde später mühten sie sich in einem Konferenzraum der Förde-Zeitung durch einen Berg von archivierten Ausgaben. Die junge Praktikantin des Archivs, die man ihnen an die Seite gestellt hatte, ließ einen dritten Stapel Zeitungen etwas zu gelangweilt auf die Tischplatte fallen.

«Das sind alle Wochenendausgaben von 1977. Digital gibt es die erst seit fünfzehn Jahren.» Sie formte eine Kaugummiblase, die vor ihrer Nase zerplatzte, und schaute genervt auf die Uhr. «Sonst noch was?»

Ginge es nach Franka, würde die junge Frau auf ewig im Archiv arbeiten. Garantiert ihr absoluter Traumjob, so, wie sie sich verhielt. Franka sagte absichtlich nichts.

«Also, wenn noch was ist, ich bin im Untergeschoss. Und dran denken: kein Essen und keine Getränke, wenn Sie das Archivmaterial sichten.» Nicht der Anflug eines Lächelns umspielte ihren Mund, als sie den Raum verließ.

Franka schob Alpay die Ausgaben aus dem Jahr 1975 zu, nahm sich selbst den Stapel 1976 vor und teilte das Jahr 1977 gerecht in der Mitte.

Die Wochenendausgaben der Förde-Zeitung enthielten bis heute die Familienanzeigen aus der Region. Hochzeiten, Jubiläen und Sterbefälle zwischen Flensburg und Eckernförde wurden hier bekannt gegeben. Sie konzentrierten sich auf die Monate Juni bis September, da sich Marlies Toman an eine Beerdigung im Sommer erinnert hatte. Schon nach wenigen Exemplaren bekamen sie Übung darin, sofort die richtige Seite aufzuschlagen, ohne sich durch die gesamte Zeitung blättern zu müssen. Akribisch sortierten sie die Toten nach Geschlecht und Jahrgang. Sie suchten nach einer Frau, die etwa 1940 geboren sein musste. Auch die Todesumstände konnten ein Ausschlusskriterium sein, falls sie erwähnt wurden. *Nach kurzer schwerer Krankheit* schied ebenso aus wie *nach tapferem Kampf*. Franka betrachtete ihre von Archivstaub und alter Druckerschwärze verschmutzten Hände und schielte zu ihrem Stapel, der nur unmerklich kleiner geworden war. Eigentlich eine perfekte Arbeit für die Kollegen aus Kiel, aber bevor Franka einen Antrag auf Unterstützung gestellt hätte, wäre sie mit Alpay dreimal durch. In ihrer Umhängetasche suchte sie nach einem Drink. Wie sie feststellen musste, würde ihr Vorrat mit dieser Dose schon wieder aufgebraucht sein. Sie spürte, wie der Fall sie nervös machte. Insgeheim rechnete sie jeden Tag mit einem weiteren Opfer. Sie öffnete den Metallverschluss, nahm einen Schluck und ignorierte, dass Getränke hier drinnen eigentlich verboten waren.

«Ich habe was.» Alpay setzte sich aufrecht. «Eine Johanna Droste. Starb mit fünfunddreißig Jahren völlig überraschend. Das ist die Ausgabe von Samstag, dem 11. April 1975.» Ihm fiel der Fehler selber auf. Die Zeitung aus dem Frühjahr war offenbar versehentlich zwischen die Sommerausgaben sortiert worden. Sie machten weiter. Zeitung um Zeitung suchten sie die Familienanzeigen durch. Franka legte zwei Todesanzeigen von jungen Frauen aus dem Juni und September des Jahres 1976 zur Seite, die man als Selbstmord hätte deuten können. Eine

Christiane Stegmann starb mit sechsunddreißig und eine Ariane Assmann mit achtunddreißig Jahren. Alpay war im August des Jahres 1975 angekommen und stutzte erneut.

«Hier ...», er vergewisserte sich mit einem Blick auf das Erscheinungsdatum, «Ausgabe vom 23. August 1975.» Er legte die Zeitung vor Franka auf den Tisch. «Eine Helene Böhlmann, geborene Mundkowski. 28. Juni 1940, verstorben am 15. August 1975.»

Franka überflog die schmucklose Anzeige, die nichts weiter enthielt als Geburts- und Sterbedatum und den Termin der Beerdigung. Sie tippte auf die Anzeige. «Wieso ist das so emotionslos gehalten? Weder ein Trauerspruch noch eine persönliche Bemerkung über die Frau. Schauen Sie sich mal die anderen Todesanzeigen an. *In tiefer Trauer*, *in Liebe und Dankbarkeit*, *Liebe meines Lebens*. Und hier?» Sie tippte erneut auf die Anzeige. «Bisschen sehr schlicht. Finden Sie nicht?» Franka ließ die Todesanzeige einen weiteren Moment auf sich wirken. «Als unterzeichnende Trauernde sind ein Helmut Böhlmann mit Georg aufgeführt, außerdem Mascha und Karl Mundkowski.» Sie leerte ihre Dose. «Die Frau war eine geborene Mundkowski. Also sind das hier ihre Eltern. Dann war Helmut Böhlmann der Ehemann und Georg ... vielleicht der Sohn? Könnte das unser Mann sein?»

Franka legte die betreffende Ausgabe zur Seite. Sie suchten weiter nach Todesanzeigen, die in das Suchprofil passten. Im September 1975 gab es noch eine verdächtige Anzeige. Eine Margarete Wolf verstarb überraschend mit sechsunddreißig Jahren. 1976 waren es insgesamt zwei junge Frauen, die offensichtlich auch kleine Kinder zurückgelassen hatten, und 1977 weckten noch einmal zwei weitere Anzeigen Frankas und Alpays Interesse.

«Und jetzt?» Er deutete auf die insgesamt acht Todesanzeigen vor ihnen auf dem Tisch, die sich alle unter dem Aspekt eines Suizids lesen ließen.

Franka betrachtete ihre schmutzigen Finger. «Ich rufe beim Standesamt an. Die erstellen ja auch die Sterbeurkunden.» Sie fotografierte alle in Betracht kommenden Anzeigen mit ihrem Handy. «Wenn wir Informationen über die Todesursachen der Frauen haben, scheiden hoffentlich die meisten aus. Bestenfalls bleibt nur eine übrig. Und je mehr wir über diese Frauen erfahren, desto größer ist die Wahrscheinlichkeit, dass wir den Jungen finden.»

Es war bereits kurz vor 12:00 Uhr. Auf dem Weg zum Standesamt holten sie sich schnell einige belegte Brötchen vom Bäcker. Sie hatten Hunger, aber weder die Ruhe noch die Zeit für ein Mittagessen. Natürlich kleckerte sich Franka Remoulade auf das Bein. Beim Rauchen im Auto stellte sie sich geschickter an. Sie war froh, dass Alpay wieder am Steuer saß, der direkt zum Standesamt in der Friesischen Straße fuhr, wo der Mann am Empfang die Situation ganz offensichtlich missverstand.

«Haben Sie einen Termin?» Er ließ Franka gar nicht zu Wort kommen. «Nein? Dann laden Sie sich bitte unsere Kontaktformulare im Internet herunter. Wir benötigen von Ihnen beiden gültige Ausweispapiere, Melde- und Ledigkeitsbescheinigungen.»

Franka schob ihren Dienstausweis unter der Plexiglasscheibe hindurch. Ruhig formulierte sie ihr Anliegen. Hinter dem Tresen fiel der Groschen, und der Mann lachte. «Wir haben hier ja schon viel erlebt, aber jetzt dachte ich …», er schaute zwischen Franka und Alpay hin und her, «na, aber das wäre auch ein bisschen zu, na ja, *ungewöhnlich* gewesen.» Franka verzog keine Miene. Umgekehrt wäre ihm die Konstellation wahrscheinlich nicht *ungewöhnlich* vorgekommen.

Sie schaute auf das «Reis werfen verboten»-Schild neben der Information und musste unweigerlich an Carsten denken. Er hatte ihr nach fünf Jahren Beziehung einen Antrag gemacht, den sie ablehnte. Nach fünf weiteren Jahren passten ihre Leben nicht mehr zusammen, wie Franka nüchtern feststellte. Sie bat ihn um seinen Auszug. Ohne Drama, ohne Tränen. Als sie Carsten vor zwei Jahren zufällig auf der Straße wiedertraf, freute sie sich ehrlich für ihn über die nette Frau, die sich bei ihm untergehakt hatte. Franka ging lieber allein durchs Leben. Sie war sich Gesellschaft genug.

Der Mann am Empfang telefonierte kurz, wenig später saß sie mit Alpay in einem Büro im ersten Stock bei einer freundlichen Dame mit einem mehrfarbigen Brillengestell, die ihnen die angefragten acht Auszüge aus dem Sterberegister als Kopie reichte. «Da haben wir die von Ihnen genannten Frauen im Zeitraum August 1975 bis September 1977.»

Alpay wandte die Blätter in seiner Hand. «Todesursache?»

«Wird auf den Totenscheinen vermerkt, die bei uns das Gesundheitsamt archiviert. Aber ich kann das gerne für Sie überprüfen lassen.» Sie zuckte mit den Schultern. «Kostet mich einen Anruf.»

Franka war froh, dass sie hier keine Kontaktformulare und Bescheinigungen vorlegen musste, die sie für eine Eheschließung gebraucht hätte. So ein Polizeiausweis tat manchmal Wunder.

Wenige Minuten später ratterten die angefragten Totenscheine aus dem Faxgerät auf der Fensterbank. Die Mitarbeiterin entschuldigte sich fast beschämt für die antiquierte Übertragungsart. Für Franka keine Überraschung in einer Region, in der die Menschen so verzweifelt auf den Ausbau des Glasfaserkabelnetzes warteten wie der Bauer auf den Regen im Sommer.

Die Mitarbeiterin sortierte die Ausdrucke. «Das ist jetzt nicht chronologisch, leider. 1976 verstarb eine Christiane Stegmann mit sechsunddreißig Jahren an Brustkrebs. Ariane Assmann kam mit achtunddreißig Jahren bei einem Autounfall ums Leben.» Franka war für die Hilfe der Standesbeamtin wirklich sehr dankbar, konnte aber kaum mit ansehen, wie umständlich die Frau die Ausdrucke sortierte. Am liebsten hätte sie ihr die Unterlagen aus der Hand genommen. Die Beamtin hatte die Ruhe weg. «So, Frau Erdmann. Jetzt habe ich das Jahr 1975.» Sie sortierte wieder. «Diese Frau hier starb mit fünfunddreißig Jahren am 15. August 1975. Eine Helene Böhlmann, Todesursache: Vergiftung durch Tabletten.»

Franka schaute zu Alpay, der die Faust ballte. Sie selbst spürte ihren Puls und die aufsteigende Hitze. Sie wusste, dieses Mal hatte das nichts mit ihren Wechseljahren zu tun. Auch Franka hatte einen ausgeprägten Jagdtrieb, und der schärfte in diesem Moment all ihre Sinne.

«Wir brauchen genaue Informationen über die Familie. Ich will wissen, ob der Ehemann noch lebt und was aus dem Jungen geworden ist. Am allerwichtigsten: Wo lebt er heute, und benutzt er seinen richtigen Namen?»

Die Dame am Schreibtisch schien zu spüren, wie dringend die Ermittlungen waren, und griff erneut zum Hörer.

Alpay beugte sich zu Franka. «Sie haben doch gestern im Auto mitgeschrieben, als Jörg uns über die gelöschten Dateien auf dem Account von Charlotte Fiedler informiert hat. Unter welchem Pseudonym hat der Täter noch mal mit der Frau gechattet?» Franka schlug in ihren Notizen nach. «Leni, der Account hieß *lenis_leiste.*»

Er sprach mit gedämpfter Stimme. «Leni könnte die Kurzform von Helene sein. Dann benutzte der Mann beim zweiten Mord den Namen seiner Mutter.»

Hätte es überhaupt noch einen Zweifel gegeben, wäre sich Franka spätestens in diesem Moment sicher gewesen: Georg Böhlmann war der Mann, den sie suchten.

Die Standesbeamtin beendete ihr Telefonat, hinter ihr setzte das Faxgerät von Neuem ein. Gleichzeitig kündigte ein heller Ton den Eingang einer E-Mail an. Die Dame schaute zufrieden auf den Bildschirm.

«Wir können, wenn wir nur wollen. So, Momentchen.» Sie überflog den Registereintrag. «Der Ehemann Helmut Böhlmann ist leider vorletztes Jahr verstorben. Seine zweite Frau schon einige Jahre zuvor.» Sie runzelte die Stirn und blinzelte über ihre Brille hinweg. «Hier gibt es aber noch einen Totenschein auf denselben Nachnamen. Mara Böhlmann, geboren 21. Mai 1963, verstorben im März 1966. In der angehängten Geburtsurkunde sind Helmut und Helene Böhlmann als Eltern eingetragen.» Sie griff hinter sich und reichte Franka und Alpay die Ausdrucke aus dem Fax. «Todesursache Ertrinken. Meine Kollegin hat einen Vermerk mitgeschickt. Es gab wohl damals eine polizeiliche Untersuchung gegen die Mutter wegen Vernachlässigung der Aufsichtspflicht.»

Franka versuchte, die Fäden zu verknüpfen. «Dann war das kleine Mädchen die Schwester von Georg?»

Die Beamtin scrollte in der E-Mail. «Moment.» Frankas Ungeduld wuchs. Dann nickte die Dame betroffen. «Ja. Allerdings verstarb das Mädchen zwei Jahre vor der Geburt des Jungen.»

Franka holte ihre Zigaretten aus der Tasche. Diese Anspannung war ohne Nikotin kaum auszuhalten. Sie drehte die Schachtel in der Hand und lief vor dem Fenster langsam auf und ab.

«Marlies Toman sprach gestern davon, dass die Mutter des Jungen seine Haare nie schneiden ließ. Man hätte ihn für ein Mädchen halten können.» Sie spürte den Kloß im Hals. «Vielleicht war der kleine Junge der Ersatz für seine tote Schwester?» Sie öffnete ihre Zigarettenschachtel und roch zur Beruhigung daran, sie hatte tatsächlich Hemmungen, sich hier eine Zigarette anzuzünden.

Die Standesbeamtin schaute von ihrem Bildschirm auf. «Georg Böhlmann hat übrigens in zehn Tagen Geburtstag. Der Junge kam am 24. Dezember 1968 zur Welt.»

Franka blieb abrupt vor dem Fenster stehen. «Dann ist er ein Christkind?» Sie überlegte. «Was ist das denn bitte für ein gruseliger Zufall? *Er* ist das *Kind des Lichts.* Und in seinem Fall ist mit *Licht* wohl der Stern von Bethlehem gemeint.»

«Pass auf, Jörg.» Franka schnallte sich auf dem Beifahrersitz an, nachdem sie ihr Telefon in die Freisprechanlage des Dienstwagens umgestellt hatte. Alpay gab Gas. «Personenabfrage für: Georg Böhlmann, geboren am 24. Dezember 1968 in Schleswig-Jagel. Schau nach, ob der Mann schon mal irgendwo in Erscheinung getreten ist. Außerdem will ich wissen: Wo steckt er, was macht er.»

«Fahndung zur Festnahme?»

«Moro soll einen Haftbefehl beantragen.» Franka dachte

an Jörgs Affäre mit der Staatsanwältin und konnte sich einen Kommentar nicht verkneifen. «Setz deinen ganzen Charme ein, das kannst du doch bestimmt super. Und wir brauchen einen Durchsuchungsbeschluss.» Sie ignorierte Alpays kurzen Blick von der Seite, der wohl signalisieren sollte, dass ihr Spruch unnötig gewesen war. Doch sie ließ sich nicht aus dem Konzept bringen. «Wir haben keine Fingerabdrücke, keine DNA-Spuren von dem Mann. Wenn er die Morde begangen hat, wovon wir ausgehen, er aber Alibis für die Taten gebaut hat, sehen wir alt aus. Daher: Wir brauchen seine Endgeräte. Handy, vielleicht Computer, Tablet, was weiß ich, womit der seine Opfer ausspioniert. Dann Verkehrswege-Fahndung und Kfz-Kennzeichen rausgeben. Ganz wichtig: Zapft seine Telefone an. Moro soll die notwendigen Beschlüsse ranschaffen. Herr Eloglu und ich holen jetzt unsere Sachen aus dem Hotel und kommen zurück nach Hamburg. Halt mich auf dem Laufenden.»

Tina Tolks Bedauern schien ehrlich zu sein, als Franka und Alpay gegen 14:00 Uhr aus dem Alten Krug auscheckten. Sie wünschte den beiden viel Glück und deutete den überraschenden Aufbruch richtig: «Sie sind ihm auf der Spur, stimmt's?»

Franka ließ die Frage unbeantwortet, bedankte sich stattdessen für das schöne Zimmer im Dachgeschoss.

«Ich habe Sie durchschaut, Frau Erdmann.» Die Frau am Empfang lachte. Franka sah den Lippenstift auf Tinas Schneidezähnen. «Wenn ich das meinen Freundinnen erzähle … gruselig.» Sie kam hinter ihrem Empfangstresen hervor, verabschiedete sich mit einem festen Händedruck und brachte Franka und Alpay zur Tür. «Und passen Sie mir gut auf unseren jungen Freund hier auf.» Sie zwinkerte ihm zu, und Franka war wieder einmal erstaunt, was zwei geöffnete Hemdknöpfe bei manchen Frauen bewirken konnten.

Schneeregen setzte ein, als Alpay den Dienstwagen zügig über die Autobahn Richtung Hamburg lenkte und dabei konstant die linke Spur benutzte. Franka rieb sich die Augen und ließ die Kopien der Sterbeurkunden und Totenscheine sinken. Sie mochte es nicht zugeben, aber mittlerweile wurde ihr übel, wenn sie während der Autofahrt las. Aus dem gleichen Grund konnte sie im Gehen keine Textnachrichten mehr tippen.

Alpay nahm seinen Blick nicht von der Fahrbahn. «Der Stern von Bethlehem leuchtete den drei Hirten den Weg zum Geburtsort Jesu.» Er unterdrückte ein Gähnen. «Als würde er wollen, dass wir ihn finden.»

Franka fand den Gedanken amüsant. «Wen meinen Sie mit *er*? Den lieben Gott? Georg Böhlmann hat sich seinen Geburtstag vermutlich nicht selber ausgesucht. Wenn doch, ist er noch verrückter, als ich gedacht habe.»

Das Telefon klingelte, der Ton kündigte Jörg an. Franka sah auf die Uhr. Ihr Anruf bei ihm war kaum eine Stunde her.

«Georg Böhlmann, geboren am 24.12.68 in Schleswig-Jagel. Gemeldet in der Tiedemannstraße 14 in Hamburg Stellingen, von Beruf Kaufmann. In unseren Systemen bisher nicht in Erscheinung getreten, aber Sybille hat ein bisschen recherchiert. Seid ihr angeschnallt?»

Franka rollte mit den Augen. «Mach hinne, Jörg.»

«Georg Böhlmann kam 1977 ins Kinderheim nach Eckernförde. Nach dem Suizid der Mutter wurde er verhaltensauffällig. Er fing an zu klauen. Hat die Schule geschwänzt. Alles Bagatellen, aber als der Vater wieder geheiratet hat, ist der Sohn so richtig aus der Spur geraten. Seine Aggressivität hat sich gegen alles und jeden gerichtet. Das Jugendamt hat noch versucht zu vermitteln, aber mit elf Jahren musste er von zu Hause ausziehen. Das war der 18. November 1979.»

Franka sah aus dem Fenster in die Dunkelheit, die so düster war wie die Vita des Jungen. Sie hatte also recht gehabt. Mit seinen Taten feierte er ein perverses Jubiläum. Sie hörte fassungslos zu, wie Jörg weitersprach. Nach einem Jahr in der Betreuungseinrichtung in Eckernförde war das Kind in eine Pflegefamilie auf einen Hof in Sörup vermittelt worden, wo es sich offenbar nicht eingliedern konnte. Schließlich hatte die Familie kapituliert und Georg zurück ins Heim gegeben. Erst als zwei weitere Pflegekinder in dieser Familie gescheitert waren, fühlte man dem Paar auf den Zahn. Sie hatten alle der ihnen in Obhut gegebenen Kinder als Arbeitskräfte auf ihrem Hof missbraucht und seelisch und körperlich gequält. Franka schluckte schwer. Es war kaum auszuhalten, was manchen Kindern angetan wurde. Wie grausam konnten Menschen sein? Wie rücksichtslos verhielten sie sich den schutzlosesten Mitgliedern einer Gesellschaft gegenüber? Statt diesen Jungen nach allem, was er erlebt hatte, zu hüten, zu lenken und zu lieben, missbrauchten sie sein Vertrauen und nutzten ihn aus. Und wie viele Freunde und Bekannte hatten weggeschaut? Franka wurde wütend. Kinder bedeuteten eine Verantwortung, die man wohl erst nach der Geburt so richtig begreifen konnte. Vielleicht hatte sie sich deswegen gegen ein Leben mit Kindern entschieden. Vielleicht war sie einfach nicht bereit gewesen, eine solche Verantwortung zu übernehmen.

Franka schaute immer noch durch das Beifahrerfenster hinaus ins Dunkel. Als Kriminalbeamtin jagte sie den Serienmörder Georg Böhlmann, aber als Mensch empfand sie tiefes Mitleid für ein Kind, das man aller Chancen beraubt hatte.

Gegen 16:00 Uhr trafen Franka und Alpay im Präsidium in Hamburg ein. Die gesamte Soko inklusive Martin Suttmann und Monika Moro hatte sich bereits im Großraumbüro versammelt und wartete auf sie. Jörg berichtete, dass die Fahndung zur Festnahme der Zielperson trotz Überwachung von Wohnort und Geschäft bisher negativ verlaufen war. «Böhlmanns Handy war das letzte Mal vor einer Stunde in einer Funkzelle in Harvestehude eingeloggt. Irgendwo Innocentiastraße, die Gegend. Jetzt sendet es nicht mehr. Vermutlich ausgestellt.»

«Scheiße.» Franka war sicher nicht die Einzige, die Schlimmes befürchtete. Sie hängte ihre Umhängetasche über eine Stuhllehne.

Sybille heftete ein Foto an die Magnetwand. «Das ist unser Täter. Ich habe sein Lichtbild aus dem Ausweisregister.» Franka trat näher und betrachtete das vergrößerte Passbild des Mannes mit dem rasierten Schädel. Seine hohen Wangenknochen stachen hervor, aber nicht so sehr wie diese unfassbar hellblauen Augen, an die Ilka Freiwald sich als Einziges erinnert hatte. Das war er also.

Der Junge mit den langen blonden Haaren bevorzugte als erwachsener Mann eine Zwei-Millimeter-Frisur. Auch ein Statement, dachte Franka. Sie erinnerte sich an die Einschätzung des Leiters der Operativen Fallanalyse Arne Wolf. Nach der Beschäftigung mit dem Mord an Nils Funke und dem Fundort der Leiche im Sandkasten eines Spielplatzes war er überzeugt gewesen, dass der Täter Schlimmes erlebt hatte. So furchtbar, dass er sogar Kinder dafür bestrafte, und zwar dort, wo sie spielten und soziales Verhalten lernten. Ausgerechnet dort traumatisierte er sie. Er gab der Welt zurück, was ihm angetan wurde. Denn Georg Böhlmann war als kleiner Junge selbst traumatisiert worden und hatte im Kinder- und Jugendheim ganz offensichtlich wenig soziales Verhalten gelernt.

Franka stellte sich neben die Dokumentationswände und deutete auf die Fotos der Opfer. «Mit Ilka Freiwald und Sigrun Stender, Marie Möbius und Charlotte Fiedler waren alle Toten blonde Frauen mit langen Haaren – bis auf den Kollateralschaden Nils Funke, der in einer Sandkiste eingegraben gefunden wurde.» Sie setzte sich auf die Tischplatte. «Ich frage mich, was triggert den Mann? Wonach wählt er seine Opfer aus? Blond, lange Haare, schon klar … aber was ist der entscheidende Auslöser? Erinnert ihn irgendwas an den Frauen an seine Mutter, die ihn verlassen hat und nach deren Selbstmord sein Leben auseinanderbrach? Macht er diese Frauen dafür verantwortlich?»

Sybille zuckte mit den Schultern. «Vielleicht hatten die Opfer, neben einem schönen Zuhause und blonden Haaren, auch einfach nur Pech.»

Alpay schüttelte den Kopf. «Ich bin überzeugt, dass Georg Böhlmann voller Wut auf alles schaut, was ihm durch sein Schicksal verwehrt geblieben ist. Deshalb sucht er sich alle zehn Jahre eine Frau als Ventil. Und Instagram macht es ihm leicht, Frauen zu finden. Vielleicht tatsächlich als Sündenböcke für sein verkacktes Leben.»

«Ganz schön wehleidig, finden Sie nicht?» Franka fächerte sich mit einer Untersuchungsakte etwas Luft ins Gesicht. «Verstehen Sie mich nicht falsch, das ist ein schreckliches Schicksal, aber deswegen muss man nicht sein Leben lang Gewalt gegen andere ausüben.»

Sybille setzte auf der Stadtplanwand einen Magneten in den Bereich der Kieler Straße. «Das hier ist sein Kiosk. Der Mann betreibt seit neun Jahren so eine Art Späti. Er hat immer Aushilfen angestellt. Wir zapfen dank der schnellen Beschlüsse auch schon das Telefon im Laden an. Zwei Teams observieren Kiosk und Wohnort.»

Alpay stutzte und trat näher an die Straßenkarte. Franka sah zur Staatsanwältin hinüber, die Jörg ein heimliches Lächeln schenkte.

«Jörg?», unterbrach sie die beiden. «Was ist mit den Durchsuchungsbeschlüssen?»

«Ähm …»

Franka wandte sich direkt an die Staatsanwältin. «Frau Moro?»

«Liegen bereits vor, Frau Erdmann.» Wie immer, so empfand es zumindest Franka, waren Frauen multitaskingfähiger als Männer.

Sie griff nach ihrer Jacke und hängte sich ihre Tasche über die Schulter. «Was sitzen wir hier noch rum? Jörg und Sybille, ihr nehmt euch den Kiosk vor. Herr Eloglu, Sie und ich schauen uns in der Wohnung in Eidelstedt um. Beide Teams nehmen Verstärkung mit.» Alpay stand noch immer vor der Stadtplanwand und reagierte nicht. «Herr Eloglu?»

«Das gibt's nicht.» Er tippte fassungslos auf die Markierung in der Kieler Straße. «In dem Kiosk habe ich gestern auf dem Weg zur Autobahnauffahrt Stellingen Ihre Zigaretten gekauft. Die verpeilte Aushilfe hat sich hinten im Lagerraum mit so einer Fistelstimme unterhalten, offensichtlich ihr Boss. Das war er. Das muss er gewesen sein.»

Die Frau lachte. Die Scheißkuh lachte einfach, als sie ihm die Auskunft gab. Dabei hatte er die Mitarbeiterin an der Information nur gefragt, ob die Rabattwoche auch die Spirituosen mit einschloss. Er wandte sich ab, schob den breiten Einkaufswagen durch die Gänge und schluckte seine Wut herunter. Die Vorfreude auf den Abend wollte er sich nicht verderben lassen. Er schaute auf die Uhr. Wenn er noch raus in den Tangstedter Forst fahren wollte, musste er sich beeilen. Es war fast 18:00 Uhr.

Auf dem Weg zur Kasse sammelte er die Ware ein, die er am nächsten Tag im Kiosk benötigen würde. Bei den Konserven blieb er stehen und befühlte sein Telefon in der Jackentasche, widerstand aber dem Impuls, Birtes Profil zu besuchen. Der Akku war fast leer, und weil das Aufladekabel im Auto gebrochen war, hatte er das Gerät auf Flugmodus gestellt, um Strom zu sparen. Bei den Süßigkeiten hätte er es fast hervorgeholt, zügelte aber seine Neugier. Er hatte sich im Griff, auch wenn es in seinem Nacken kribbelte und seine Augen nervös zu zucken begannen. Am Eingang zum Kühlraum mit den Milchprodukten hielt er der inneren Unruhe schließlich nicht mehr stand. Kaum hatte er das Handy aktiviert, klickte er sich über den Tor-Browser auf Birtes Instagram-Account. Er merkte, wie er sich langsam entspannte. In der neuen Story zeigte sie wieder einige Einblicke in ihre großzügige Altbauwohnung, und für die Dauer des Clips vergaß er das hektische Treiben um sich herum. Er musste ihre blonden Haare spüren. Er wünschte sich, sie würde ihm den Scheitel küssen.

Eine Durchsage über Stollen und Spekulatius im Weihnachtsangebot beförderte ihn zurück in die grell beleuchtete Wirklichkeit des Großmarktes. Auf dem Bildschirm leuchtete der Warnhinweis auf, dass der Akku nur noch fünf Prozent hatte. Georg stellte sein Telefon wieder auf Flugmodus. Doch bevor er den Einkaufswagen zur Kasse schob, besorgte er sich in der Elektroabteilung ein neues Handy-Ladekabel für sein Auto. Anschließend verlud er die Ware im Lieferwagen und verließ den riesigen Parkplatz vor dem Großmarkt. Es wurde langsam Zeit, Birtes Geschenk zu besorgen.

Eine Viertelstunde nachdem die Polizei die Wohnungstür von Georg Böhlmann durch einen Schlüsseldienst hatte öffnen lassen, lehnte Franka im Türrahmen seines schlauchförmigen Badezimmers. Sie präsentierte Alpay, der gerade den Badezimmerschrank untersuchte, ein Waffeleisen, das sie in einer Asservatentüte verpackt hatte.

«Das stand neben dem Herd auf der Arbeitsplatte. Und bei Ihnen?»

Er hielt ihr einen Langhaarschneider entgegen, den er aus dem aufgeräumten Schränkchen unter dem Waschbecken hervorgeholt hatte, deutete auf eine Tube Enthaarungscreme in der Dusche und zeigte ihr die hoch dosierte Kortisonsalbe auf der Ablage über dem Waschbecken. «Er hat wohl juckende Haut. Handtücher und der Duschvorleger sind trocken. Böhlmann ist schon eine Weile unterwegs.»

Franka ging zurück in die Küche durch den Flur, wo eine einfache Glühbirne an einem Kabel von der Decke baumelte und Sneaker und Boots ordentlich aufgereiht unter der Garderobe standen. In der gesamten Wohnung roch es nach Suppe, vielleicht Gulasch? Benutztes Geschirr mit eingetrockneten Speiseresten stand ordentlich gestapelt im Spülbecken der Küche. Auch hier: Alle Geschirrhandtücher und der Küchenschwamm waren trocken. Franka schaute auf die Uhr. Seit über drei Stunden war die Ortung des Mobiltelefons von Georg Böhlmann nicht mehr möglich. Der letzte Log-in war in Harvestehude registriert worden, dem Stadtteil, in dem er vor zwei Wochen die Leiche von Nils Funke abgelegt hatte. Was, fragte sie sich, hatte Böhlmann schon wieder dort zu suchen gehabt? Sie schaute sich um. Überall war es schmutzig, aber aufgeräumt. Zwei Kollegen der Spurensuche, die sie als Verstärkung mitgebracht hatten, halfen dabei, jeden Zentimeter der zweiundvierzig Quadratmeter großen Wohnung umzukrempeln.

«Immer noch kein Computer oder Tablet?», fragte sie ins Wohnzimmer.

Die Kollegen verneinten. Franka war klar, egal hinter wie vielen Systemen sich Böhlmann im Internet versteckte, das Endgerät war der Schlüssel zu seinen Taten.

Marcel Reuter meldete sich telefonisch aus dem Präsidium. Franka schaltete den Lautsprecher ein.

«Böhlmanns Handy hat sich eben in eine Funkzelle in Niendorf eingeloggt, für exakt 3:15 Minuten. Im Sendebereich liegt der Großmarkt. Vielleicht ist er dort?»

«In der METRO?» Franka atmete erleichtert auf. Die Sorge, dass der Mann bereits auf dem Weg zu seinem nächsten Opfer sein könnte, schien für den Moment unbegründet. «Hat er mit jemandem telefoniert?»

«Nein.»

Ihr Blick streifte das Waffeleisen. Sie war sicher, dass Georg die kurze Zeit zum Surfen genutzt hatte. Vielleicht, um sein nächstes Opfer zu beobachten.

«Sollen wir jemanden hinschicken?»

Franka überlegte. Eine solche Verhaftung musste gut abgewägt werden. Sie wussten nicht, wie groß die Funkzelle war, in der das Handy geortet wurde. Zudem gab es Zellen, die sich überlappten. Ob ihr Täter sich wirklich im Großmarkt aufhielt, war reine Spekulation. Traute sie wirklich irgendeiner Streife, die dem vermuteten Standort am nächsten war, die Festnahme eines Mannes zu, der die Polizei seit zwei Wochen zum Narren hielt? Beim Zugriff durfte ihnen kein Fehler unterlaufen, und sie sollten den Mann vor allem nicht aufscheuchen.

Franka schüttelte den Kopf. «Das Risiko ist mir zu hoch. Wir vertrauen auf die laufende Verkehrswege-Fahndung und hoffen, dass Böhlmann sein Handy wieder einschaltet oder dass sein Kennzeichen einer Streife auffällt.» Noch etwas fiel ihr ein. «Wir brauchen dringend einen richterlichen Beschluss, damit wir eine stille SMS senden können, für die geheime Ortung seines Handys. Wir müssen Böhlmann feinmaschiger tracken. Bitte halten Sie mich weiter auf dem Laufenden.» Sie beendete das Gespräch und rief sofort bei Jörg an, der mit Sybille und einigen weiteren Kollegen den Kiosk durchsuchte.

«Jörg, habt ihr was gefunden?»

Aus dem Augenwinkel sah sie Alpay durch den Flur in Richtung Wohnzimmer gehen. Die Wohnung war so klein, dass er aus jedem Raum mithören konnte.

«Außer einem verschreckten Verkäufer bis jetzt negativ», tönte es metallisch aus dem Lautsprecher.

«Pass auf, Jörg. Wenn sich das Handy von Georg Böhlmann erneut in eine Funkzelle einloggt, soll der Verkäufer unter einem Vorwand bei seinem Chef anrufen. Wir müssen alles versuchen, um etwas über Böhlmanns Abendplanung herauszufinden.»

Jörg schnaubte skeptisch und sprach leise. «Der Typ hier wirkt irgendwie ein bisschen … sagen wir mal, schlicht. Außerdem geht ihm jetzt schon die Düse.»

«Ihr schafft das schon.» Franka legte auf. Sie vertraute Jörgs Fähigkeiten in solchen Situationen.

Nach dem Gespräch gönnte sie sich ein neues Paar Einmalhandschuhe und ging nach nebenan ins Schlafzimmer, wo sie das Deckenlicht einschaltete. Vor dem Fenster hing ein dunkelgrünes Spannbettlaken, das an zwei Nägeln am Fensterrahmen befestigt war. Die Luft war stickig. Franka schaute sich langsam um, und ihr Blick blieb an einem Gegenstand hängen. Sie wusste sofort, was dort auf dem Nachttisch vor ihr stand: ein leerer Parfümflakon mit einem abgewetzten Etikett. Nur die letzte Silbe des Namens war noch zu erkennen. Der Verschluss fehlte. Vorsichtig roch sie an der Flaschenöffnung – geruchlos.

Franka verstaute das Fläschchen in einem Spurensicherungsbeutel. Anschließend durchsuchte sie die Nachttischschublade und den Kleiderschrank, in dem sich außer Böhlmanns Klamotten nichts Auffälliges befand. Dann widmete sie sich dem ungemachten Bett, schaute unter das Kopfkissen und schlug die Bettdecke zurück, unter der einige Computermagazine lagen. Schlagzeilen wie *100 % Prozent anonym im Netz* machten auf Artikel zum Spurenverwischen im Internet aufmerksam. Franka stutzte. Was war das? Sie schob einige Zeitschriften auseinander und konnte nicht glauben, was dort auf dem Laken zum Vorschein kam: ein Laptop. Sie spürte, wie sich ihr Puls beschleunigte.

«Frau Erdmann?» Alpay betrat das Schlafzimmer und präsentierte in der einen Hand einen Overall mit aufgerollten Ärmeln und Hosenbeinen und in der anderen eine wattierte pinke Damenjacke. «Das Zeug lag offen im Wohnzimmer rum. Der Typ wiegt sich vollkommen in Sicherheit.»

Franka deutete stumm auf den Laptop auf der Matratze.

«Krass», war alles, was Alpay entgegnete. Er wirkte irgendwie angefasst. Franka vergaß immer wieder, dass es seine erste große Mordermittlung war, die sich zudem zur Serie entwickelt hatte.

Sie klappte den Laptop auf und weckte das Gerät aus dem Ruhemodus, doch es war passwortgeschützt. «Alles andere hätte mich auch gewundert. Das Ding muss sofort in die IT-Abteilung.»

Marcel Reuter rief erneut aus dem Präsidium an und teilte ihr mit, dass Böhlmanns Handy wieder eingeschaltet war, es sich aber immer noch in derselben Funkzelle befand. Sie rechneten jeden Moment mit dem richterlichen Beschluss zum Versenden der ersten stillen SMS, die wie eine Art Trojaner funktionierte. Zufrieden legte sie auf. Sie kamen ihm Stück für Stück näher.

Ein Kollege der Spurensuche trat ins Schlafzimmer und reichte Franka ein zerknülltes DIN-A4-Blatt, das braun verfärbt nach Kaffee roch. «Haben wir im Küchenmüll gefunden. Sieht aus wie der Grundriss einer Wohnung.» Der Beamte ging zurück in die Küche.

Franka strich das Papier glatt und ahnte, was sie in den Händen hielt. «Ich hab's gewusst!» Sie reichte Alpay die Zeichnung, der einen kurzen Blick darauf warf und nickte.

«Das ist weder der Grundriss der Möbius- noch der Fiedler-Wohnung.»

«Er spioniert die nächste Frau aus.» Franka war fest überzeugt.

«Aber warum schmeißt er dann die Skizze weg?»

Sie stellte das Fenster auf kipp, wobei das Spannbettlaken von einem der Nägel rutschte und nur noch halb vor der Scheibe hing. Die Luft hier drinnen war nicht zum Aushalten.

«Wir wissen, der Mann sucht seine Opfer bei Instagram aus», begann sie. «Er studiert ihre Leben, ihre Gewohnheiten. Er findet nicht nur heraus, wo sie wohnen, sondern erstellt anhand ihrer Fotos auch die Grundrisse der Wohnungen, in denen er sie überfallen wird. Nichts überlässt er dem Zufall, wenn er sie besucht.»

Alpay kratzte sich am Kopf. «Okay, aber warum wirft er diese Zeichnung in den Müll? Vielleicht war er damit nicht zufrieden, oder er hat es sich anders überlegt.»

Franka lehnte sich gegen die Fensterbank. «Möglich. Aber vielleicht hat er sich auch alles genau eingeprägt. Und vielleicht braucht er die Skizze nicht mehr, wenn er heute Nacht nach Hause kommt.»

«Fuck.»

«Herr Eloglu, bitte.» Sie fluchte selber, fand aber, es gab eine Grenze bei Kraftausdrücken. «Die Wohnung ist riesig. Vom Grundriss her könnte es sich auch um einen Altbau handeln. Sehen Sie das?» Franka tippte auf den größten Raum der Skizze.

«Wahrscheinlich das Wohnzimmer.»

«Ich meine das Symbol hier an der Wand. Das steht für Kamin, den hat Böhlmann sogar extra eingekreist.» Sie nahm Alpay die Skizze aus der Hand. «Wir überlassen den Kollegen den Rest der Wohnung und fahren ins Präsidium. Wir müssen in diesen verdammten Rechner.»

Noch auf dem Parkplatz vor dem Großmarkt hatte Georg sein Handy mit dem neuen Kabel im Auto angeschlossen. Keinen Zugang zum Internet zu haben, machte ihn jedes Mal unruhig. Als das Smartphone bei laufendem Motor zu laden begann, merkte er, wie er mit jedem neuen Prozent des Akkus entspannter wurde. Er konnte nicht anders und besuchte erneut das Profil von *alstertraumhh.* Vor zehn Minuten hatte Birte eine neue Story hochgeladen, in der sie ihm mit einem Glas Rotwein zuprostete. Sie saß gemütlich auf ihrem Sofa in Harvestehude.

Bei einsetzendem Schneefall rollte er langsam vom Parkplatz und freute sich über die erste rote Ampel, die ihm kurze Zeit später erlaubte, sich die Story noch einmal anzuschauen. Da war es wieder. Dieses Lächeln, das ihn einzuladen schien, das nur ihm gehörte. Wie paralysiert schaute er ihr dabei zu, wie sie sich die langen Haare in den Nacken warf. Er liebte diese Bewegung, die ihn ängstigte und zugleich erregte. So, wie es die Frauen in Winterhude und Dulsberg getan hatten – und so, wie es seine Mutter an jenem Abend tat, an dem sie vom Schlafzimmerfenster aus hinunter in den Garten gewunken hatte. Sie hatte gelacht. «Komm, Georg! Komm rauf!» Dabei hatte sie ihre langen blonden Haare in den Nacken geworfen und eine Schale Milchreis in die Höhe gehalten.

Birte war allein zu Hause, das wusste er. Ihre Mähne hatte sie nun zu einem lockeren Dutt gedreht, den er ihr schon lösen würde. Im Kamin brannten statt eines Feuers mehrere weiße Stumpenkerzen. Wie bei einer Beerdigung, dachte er. So, als würde sie darauf warten, dass er sie besuchte.

Es hupte hinter ihm. Die Ampel war bereits auf Grün gesprungen. Arschloch, dachte er über den Typen hinter sich im Wagen. Der Schneefall wurde stärker.

Er fuhr stadtauswärts in Richtung Tangstedter Forst, denn er wollte Birte mit zwei Säcken ofengetrockneter Buchenscheite überraschen, das beste Kaminholz, das man in der Gegend bekommen konnte. Sie war so zart und schmächtig. Als er sie heimlich von der anderen Straßenseite dabei beobachtet hatte, wie sie nur kleine Mengen Holz von ihrem Auto in die Wohnung schleppen konnte, hatte sie ihm leidgetan. Zudem qualmte das feuchte Zeug mehr als dass es brannte, wie er in einer ihrer Storys gesehen hatte. Die Tankstellenware, die sie auch im Großmarkt verkauften, kam als Geschenk nicht infrage. Es sollte ein ganz besonderer Abend werden, für eine ganz besondere Frau. Das Feuer sollte lange brennen.

Als Georg langsam die Langenhorner Chaussee stadtauswärts hinunterfuhr, klingelte sein Handy. Er wunderte sich, denn es war zu spät für Lieferantengespräche. Auf dem Display erkannte er die Nummer seines Kiosks. Genervt nahm er den Anruf entgegen.

«Basti, was gibt's?»

«Hey … ähm … du, der Touchscreen der Kasse hat sich aufgehängt.»

«Zieh den Stecker, zähl bis drei und steck ihn wieder rein.»

«… also … hab ich schon gemacht.»

Diese Aushilfe trieb Georg noch mal in den Wahnsinn. «Dann rechne im Kopf, Mann.»

«Ich, also … Du kommst heute nicht mehr rein? Sitzt du im Auto, oder …?»

«Ich bin unterwegs, ja.»

«Wohin fährst du denn?»

«Geht dich nichts an.»

Was für eine Labertasche war dieser Typ? Gleich morgen wollte er sich nach einem Ersatz umschauen. Georg legte einfach auf.

Franka und Alpay betraten das Gemeinschaftsbüro, und Franka gab den Laptop von Böhlmann umgehend an Matze weiter, der das Gerät an einen Polizeirechner anschloss. Jörg kam in

Begleitung eines jungen Mannes aus ihrem Büro. Die Aushilfe, wie sie mutmaßte. Die Kollegen hatte Franka bereits auf ihrer Fahrt ins Präsidium über die Rufumleitung vom Kiosk ins Büro informiert. Der schlaksige junge Mann hatte seinen Anruf offenbar von hier erledigt.

«Das haben Sie prima gemacht, Basti.» Jörg klopfte ihm auf die Schulter und trat dann zu Franka und Alpay. Er zuckte mit den Schultern. «Der Versuch war es wert, aber Böhlmann hat abgeblockt und einfach aufgelegt.» Jörg hatte die Aushilfe vor dem Anruf bei Böhlmann bereits befragt. Während der junge Mann sich unsicher auf einen der Stühle auf dem Flur setzte, die für Wartende gedacht waren, fasste der Kollege zusammen, was er von ihm hatte erfahren können.

«Also. Seit vier Monaten arbeitet unser Basti hier als Aushilfe im Kiosk und hat keine Ahnung, wer ihn da eigentlich angestellt hat. Nach einem Blick in seinen Kalender hat er zu Protokoll gegeben, dass er sowohl am 18. November als auch an dem Abend, an dem Charlotte Fiedler getötet wurde, Dienst im Kiosk gehabt hat. Sein Chef ist ein komischer Typ, meint Basti. Wortkarg, ein typischer Einzelgänger, der permanent auf sein Handy glotzt. Neulich hat Georg Böhlmann seinen Screen nicht schnell genug geschlossen. Völlig verwundert hat Basti für einen kurzen Moment einen Instagram-Account auf dem Handy seines Chefs erkannt, hat sich aber nicht getraut, nach seinem Profilnamen zu fragen», sagte Jörg.

Franka ging zum Wartebereich auf dem Flur, bedankte sich bei dem jungen Mann und schärfte ihm ein, dass er ab jetzt jeden Kontakt mit seinem Chef vermeiden musste. Dann entließen sie ihn, worüber er, so schien ihr, mehr als erleichtert war.

Alpay hatte in der Zwischenzeit telefonisch den Wechsel der

Observierungsteams vor dem Kiosk und in der Tiedemannstraße koordiniert. Die Beamten mussten die Ruhezeiten einhalten. Ein Festnetzapparat klingelte. Sybille reichte den Hörer an Franka weiter.

Matzes Kollegen aus der Technik waren dran. «Hallo, Frau Erdmann. Wir senden in regelmäßigen Abständen stille SMS an Böhlmanns Rufnummer. Dadurch lässt sich das Gebiet, in dem er unterwegs ist, enger einkreisen.» Franka schaltete den Lautsprecher ein. «Allerdings kann der Standort bei schnellen Wechseln durch die Funkzellen nicht auf den Meter genau bestimmt werden. Nur wenn sich Böhlmann für längere Zeit an einem Standort aufhält, steigen die Chancen, seinen Aufenthaltsort zu ermitteln. Ich maile Herrn Eloglu die Koordinaten der letzten Ortung rüber.»

Alpays Mailpostfach piepte, eine Karte mit einer Markierung erschien auf dem Bildschirm neben ihr.

«Er ist bitte wo?» Franka setzte ihre Lesebrille auf und orientierte sich vor der Stadtplanwand. Sie setzte einen Magneten in den Tangstedter Forst. «Was macht er denn da draußen?»

Alpay rollte auf seinem Bürostuhl zu Franka heran. «Der Wald gehört zum Kreis Pinneberg. Sind wir da überhaupt zuständig? Das ist Schleswig-Holstein.»

«Vielleicht hat er eine Frau in seine Gewalt gebracht.» Sybille sprach aus, was Franka fürchtete.

«Okay», sagte sie. «Herr Eloglu hat leider recht. Bitte die Kollegen in Kiel anfragen, und zwar schnell.»

Im Hintergrund saß Matze an Jörgs Schreibtisch und versuchte, den Laptop mithilfe eines Polizeirechners zu knacken. Franka hatte ihn bewusst in Ruhe gelassen, schaute aber jetzt zu ihm hinüber.

«Kommst du klar?»

Er fluchte. «Der Typ kennt sich aus, verdammte Scheiße.»

Sie ging zu ihm und schaute über seine Schulter. Auf dem Polizeirechner blinkte ein leerer Ladebalken. Ein rotes Dreieck mit einem Ausrufezeichen leuchtete konstant. Automatisch generierte Passwörter liefen im Hintergrund über den Bildschirm. Daneben forderte Böhlmanns Laptop eine zwölfstellige Zeichenfolge. Matze schien gleich zu verzweifeln. Franka wollte ihn nicht noch nervöser machen, als alle ohnehin schon waren, aber sie betete inständig, dass Matze den Zugangscode bald knacken konnte.

Sie ging in ihr Büro und rief auf ihrem Computer eine Satellitenaufnahme vom Tangstedter Forst auf. Während das Bild schärfer wurde, schaute sie nach nebenan, wo die Ermittlungen auf Hochtouren liefen. Wie ein Uhrwerk arbeitete die Soko zusammen. Jedes Rädchen griff ins nächste, und Franka freute sich, dass Alpay Eloglu sich gut integriert hatte. Er war ihr bei den Ermittlungen in Flensburg eine große Hilfe gewesen. Jeder hielt die Luft an, das spürte man, und Franka war in diesem Moment überzeugt, dass sie Georg Böhlmann noch heute aus dem Verkehr ziehen würden.

Sybille hing erneut am Telefon und rief zu ihr herüber: «Böhlmann ist wieder unterwegs. Soll ich einen Rückzieher in Kiel machen?»

Franka verneinte. Solange sie nicht wussten, ob er vielleicht im Hamburger Randgebiet an der Grenze zu Schleswig-Holstein blieb, sollte Kiel in Bereitschaft bleiben.

Sie konzentrierte sich auf die Satellitenaufnahme auf ihrem Computer. Was trieb den Mann in die Peripherie im Norden von Hamburg? Hatte er dort vielleicht eine weitere Tat begangen? Dort draußen im Tangstedter Forst gab es in erster Linie Natur. Franka liebte den Wald. Die Satellitenaufnahme war gestochen scharf. Im Sommer aufgenommen, waren sogar die Strommasten der Überlandleitungen auf den Feldern klar zu erkennen. Sie schob das Foto über den Bildschirm. In der Schleswig-Holstein-Straße, die unmittelbar am Forst vorbeiführte, war der Elektrofachbetrieb Droste ansässig, und im Glashütter Weg gab es einen Tierfriedhof. Der Tangstedter Kindergarten grenzte direkt an den Wald, und eine tierärztliche Pferdepraxis hatte sich dort ebenso angesiedelt wie Kaminholz Kirstein und andere Firmen, die mit und durch den Forst Geschäfte machten.

Franka kramte eine Schachtel Zigaretten hervor, schloss ihre Bürotür, stellte das Fenster wieder auf kipp und wollte sich eine anzünden – doch das Feuerzeug streikte. Für den Notfall hatte sie in der untersten Schublade ihres Schreibtisches immer ein Streichholzbriefchen deponiert. Franka brach ein Zündhölzchen ab und riss es über die Reibefläche. Der erste Zug tat gut. Was hatte Böhlmann vor? Wer bei diesem Wetter nach Tangstedt rausfuhr, musste etwas Unaufschiebbares geplant haben. Franka war so konzentriert, dass sie das noch brennende Streichholz zwischen ihren Fingern erst bemerkte, als ihr die Flamme Zeigefinger und Daumen ansengte.

Sie fluchte, pustete das Feuer aus und schaute auf das angekokelte Stück Holz zwischen ihren leicht geschwärzten Fingerkuppen. Sie stutzte. Hastig drehte sie den Bildschirm des Computers zu sich herum. Sie zog den von Böhlmann angefertigten Grundriss aus der Untersuchungsakte. Langsam dämmerte es. Die Markierung des Kamins im Wohnzimmer … Noch einmal schaute sie die Firmeneinträge auf der Satellitenaufnahme durch. Aus ihrer Vermutung wurde Überzeugung. Sie riss die Tür nach nebenan zu den Kollegen auf.

«Dem nächsten Opfer liefert er Kaminholz!»

Alpay ballte die Faust. Plötzlich ergaben auch die Grillhandschuhe, die sie im Kastenwagen von Rays Zylinderstübchen gefunden hatten, einen Sinn. «Die benutzt man auch, wenn man ein Kaminfeuer anzündet!», sagte er und rollte Franka auf seinem Stuhl entgegen. «Die sind ein Hinweis auf sein nächstes Opfer! Fuck.»

Franka nickte, sie hatte den Zusammenhang auch erkannt. «Die gebrochenen Halswirbel …»

«… damit Funke nach Winterhude zu Marie Möbius blicken konnte», ergänzte Alpay.

«Das Handy von Funke im Grüneberger Park …»

«… neben der Bank mit dem eingeritzten Namen *Lotte*.»

«Und jetzt der Wagen von Rays Zylinderstübchen mit den Grillhandschuhen, abgestellt vor Charlotte Fiedlers Haus. Was hat der Mann vor?» Franka stand hinter Matze und beobachtete die durchlaufenden Passwörter auf dem Polizeirechner.

«Bitte, Matze, wie lange denn noch?», flehte sie.

Er hob die Schultern. «Sorry, es dauert, wie's dauert …»

Alpay rollte an seinen Schreibtisch zurück. «Matze, wie viele Stellen hat das Passwort noch mal?»

«Zwölf.»

Franka beobachtete Alpay, wie er konzentriert auf einer Kladde kritzelte. Das hatte er vorhin schon gemacht.

«Frau Erdmann?» Er stand auf und ging mit seinen Notizen zu Matze hinüber. «Der Typ denkt, wir kriegen ihn nicht, trotzdem schützt er seinen Laptop wie Fort Knox. Er kennt sich aus. Darf ich mal, Matze?» Der IT-Forensiker stand verdutzt auf und machte Alpay seinen Platz am Computer frei. «Georg Böhlmann ist krank. Die Blickrichtung der Leiche aus der Sandkiste, diese ganzen Hinweise …» Alpay begann das zwölfstellige Passwortfeld auf Böhlmanns Laptop auszufüllen. Fehlermeldung. «Das Passwort ist irgend so eine creepy Kombination. Ich bin sicher.» Er tippte erneut. Fehlermeldung. Franka ließ ihn machen. Der ungestüme junge Kollege, der gerne mal zu laut und zu schnell vorgeprescht war, saß konzentriert am Schreibtisch und fokussierte sich auf den Rechner. «Zwölf Stellen, komm schon.» Alpay sprach mit sich selbst und versuchte es erneut. *18November77, LeniAugust75, Leni28061940.* Fehlermeldung, Fehlermeldung, Fehlermeldung. «Scheiße, das gibt's doch nicht!» Er schlug mit der Faust auf den Schreibtisch, stand auf und entschuldigte sich kleinlaut.

Matze zog eine Augenbraue hoch. «Glückwunsch. Jetzt können wir bis zum nächsten Versuch fünfzehn Minuten warten. Genau das vermeidet nämlich unser System.»

Franka drehte eine Haarsträhne um den Zeigefinger, bemerkte es und hörte sofort wieder damit auf. Ein untrügliches Zeichen dafür, dass sie unter Hochspannung stand, wie sie selbst wusste. «Sybille, was ist mit dem Tracking? Warum finden die ihn da draußen nicht?»

Sybille legte den Kopf in den Nacken. «Franka, du weißt selbst, diese Form der Ortung ist kein GPS. Selbst die feinmaschige Abfrage ist schwierig, wenn er sich mit dem Auto bewegt.» Das Telefon klingelte. «Moment.» Sie sprach, während sie die Koordinaten notierte. Dann legte sie auf und sah Franka an. «Die getrackte Nummer bewegt sich über die Schleswig-Holstein-Straße Richtung Hamburg.»

Franka drehte sich erneut eine Haarsträhne um den Finger. «Er kommt zurück. Kennzeichen und Autotyp sind bekannt. Jörg, Funkstreifen in Alarmbereitschaft versetzen. Wir fischen ihn von der Straße.» Sie schaute auf den Stadtplan. «Wir brauchen ein ziviles Einsatzteam, das Böhlmann an der Hamburger Landesgrenze in Empfang nimmt und ihm folgt. Dann: Kreuzung Langenhorner Chaussee Ecke Ring 3, ein weiterer Posten von uns. Für den Zugriff eignet sich am besten die Kreuzung Erdkampsweg. Da machen wir die Straße dicht.»

Jörg griff zum Telefon und kümmerte sich um den Einsatz.

Marcel Reuter trat zu ihnen und berichtete, dass er kein Glück bei seiner Recherche hatte. Franka hatte ihn beauftragt, sämtliche Holzhändler in Tangstedt zu kontaktieren. «Tut mir leid, Frau Erdmann. Nach 19:00 Uhr sind nur ABs geschaltet.»

«Okay, Leute.» Franka ging in ihr Büro, schloss den schweren Metallschrank auf und sprach durch die geöffnete Tür. «Herr Eloglu und Jörg, ihr geht mit mir in den Außeneinsatz. Wir postieren uns beim Einsatzteam an der Kreuzung Erdkampsweg. Sybille und Herr Reuter, ihr bleibt in der Zentrale.»

Franka nahm ihre Pistole aus dem Schrank und schob sie in ihr Schulterholster. Sie hasste es, die Waffe zu benutzen, doch zögerte nicht, wenn sie dazu gezwungen wurde. Und gerade konnte sie nicht abschätzen, was auf sie zukommen würde.

Fünfzehn Minuten später saß Franka mit Jörg und Alpay im Dienstwagen, den Alpay in sicherer Entfernung zur Kreuzung am Erdkampsweg geparkt hatte. Keiner sprach ein Wort. Der Funkverkehr bestimmte den Ton. Es war bereits 20:45 Uhr. Mit einem Blick in den Außenspiegel band sich Franka ihre Haare notdürftig mit einem Zopfgummi zusammen. Sie korrigierte den Sitz ihres Waffenholsters unter der Jacke, das sie etwas zu eng eingestellt hatte, und versuchte durchzuatmen. Erneut setzte Schneefall ein, die freigeräumten Straßen schneiten langsam wieder zu. Die Polizei hatte dafür gesorgt, dass ihnen der Winterdienst der Stadtreinigung nicht in die Quere kam, bis die Aktion vorbei war. Alpay bediente den Scheibenwischer, der den weichen Schnee von der Frontscheibe schob. Auf der gegenüberliegenden Seite der Kreuzung hatten zwei Sprinter der Polizei verdeckt Position bezogen, die bei Zugriff beide Fahrtrichtungen abriegeln konnten. Wenn alles glattging, so hoffte Franka, würde eine Zivilstreife hinter Böhlmann herfahren, sobald er die Landesgrenze passierte. So hätten sie ihn für alle Eventualitäten im Blick.

Aus der Zentrale im Präsidium wurden immer wieder aktualisierte Informationen zu den Funkzellen übermittelt, durch die sich Böhlmanns Handy bewegte. Niemand im Wagen sprach ein Wort. Der Schnee trieb in dicken goldenen Flocken unter der Straßenbeleuchtung hindurch. Die Sicht war schlecht. Franka hörte, wie Jörg auf der Rückbank seinen Dreitagebart kratzte. Alpay war so still, dass sie sich mit einem Blick zum Fahrersitz vergewisserte, ob er noch neben ihr saß. Es schien, als hielte er die Luft an. An diesen Einsatz würde er sich sein ganzes Leben lang erinnern, davon war sie überzeugt.

Die aktuellen Standortdaten des überwachten Telefons wurden minütlich übermittelt. Es war 20:55 Uhr, als die Zivilstreife, die Böhlmann verfolgte, seinen Lieferwagen im Schneetreiben meldete. Es ging los! Die Kollegen hielten gebührenden Abstand und informierten regelmäßig über andere Verkehrsteilnehmer, die unmittelbar zu Böhlmann auf der Fahrbahn stadteinwärts unterwegs waren. Auf Höhe Ring 3 bog die zweite Zivilstreife auf die Langenhorner Chaussee ein. Laut Funkverkehr folgten sie Böhlmanns Lieferwagen unauffällig. Die Kollegen funkten die Entfernung bis zur Kreuzung durch. Franka fuhr ihr Fenster ein Stück herunter. Sie hoffte inständig, Böhlmann würde nicht vor der Straßensperrung irgendwo abbiegen. Zweihundert Meter. Autos fuhren in angemessener Geschwindigkeit über die grüne Ampel. Einhundert Meter. Ein HVV-Bus passierte. Fünfzig Meter. Der Lieferwagen näherte sich der Kreuzung und tauchte in Sichtweite auf. Zugriff!

Die Sprinter der Polizei rollten auf die Kreuzung und riegelten die Fahrbahn ab. Der Lieferwagen bremste abrupt und rutschte ein kurzes Stück auf der verschneiten Straße, bevor er im Schneetreiben zum Stehen kam. Beamte hielten den Gegenverkehr an. Blaulicht auf den Einsatzfahrzeugen tauchte die Umgebung in eine unwirkliche Szenerie. Auch auf dem Fahrzeug der Kollegen hinter Böhlmann leuchtete jetzt das Einsatzlicht. Franka öffnete gleichzeitig mit Jörg und Alpay die Türen, und sie rannten durch den frischen Schnee über die stillgelegte Kreuzung auf das Zielfahrzeug zu.

Vor ihnen umstellten sechs Beamte in schusssicheren Monturen und mit Helmen den Lieferwagen und erhoben ihre Waffen. Fahrer- und Beifahrertür wurden zeitgleich aufgerissen. Ein Polizist mit der Pistole im Anschlag schrie Böhlmann an, er solle die Hände über den Kopf heben, ein Beamter schnallte ihn von der Beifahrerseite aus ab. Unsanft zogen sie den Mann aus dem Wagen, stellten ihn gegen das Auto und traten ihm die Beine auseinander. Er wurde nach Waffen abgetastet.

«Was wollen Sie denn von mir?» Der Mann begann vor Schreck zu heulen. Franka musste nicht erst seine Augenfarbe sehen, um zu wissen, dass sie reingelegt wurden.

Langsam bog er von der Rothenbaumchaussee in die Innocentiastraße ein. Er lächelte und genoss den kurzen Blick in den Rückspiegel, sah in seine blauen Augen. Offensichtlich wusste die Polizei, wer er war – trotzdem stand er vor Birtes Haus. Georg lachte. Er war so euphorisch, dass er kaum einen klaren Gedanken fassen konnte. Er hatte sie verarscht. Ihm war nicht erst seit der Suchanzeige, mit der die Polizei vor über zwei Wochen nach der Identität des Schlüsseldienstlers gefahndet hatte, klar geworden, dass die Ermittlungen auf Hochtouren liefen. Aber er hatte wirklich nie damit gerechnet, dass sie ihm auf die Spur kommen würden.

Nur seiner Neugier war es zu verdanken, dass er ihnen heute überlegen war. Vor einem halben Jahr hatte er einen interessanten Artikel in einem PC-Magazin gelesen und sich gleich darauf die kostenlose App heruntergeladen, die versprach, Überwachungs-SMS zu erkennen. Als er das Kaminholz in seinem Wagen verstaut hatte, vibrierte sein Telefon. Er hatte zuerst vermutet, dass das neue Aufladekabel nicht richtig funktionierte. Erst als der Warnhinweis im Display leuchtete, hatte er sich an die App erinnert. Er war schon immer fasziniert davon gewesen, wie und womit man sich im Internet verstecken konnte. Alles, was damit zu tun hatte, sich unsichtbar zu machen, begeisterte ihn. Natürlich war ihm sofort klar gewesen, wer der Absender dieser Nachricht war. Aber Birte wartete auf ihn. Und das wollte er sich nicht versauen lassen. Für diese Frau opferte er sogar sein Telefon, das er kurzerhand in die Stoßstange eines Lieferwagens gleicher Marke geklemmt hatte, der am Straßenrand geparkt war.

Er konnte seine Vorfreude auf Birte kaum noch im Zaum halten und summte eine Melodie, als er den Blinker setzte und direkt hinter ihrem Mini in der Einfahrt parkte. Vor ihm waren die Fenster der Jugendstilvilla hell erleuchtet. Das Haus schüchterte ihn nicht ein, das taten nur die Menschen, die in solchen Gegenden wohnten. Er war nicht wie sie. Mancher mochte vielleicht denken, er fühlte sich minderwertig. Doch der Gedanke war absolut schwachsinnig.

Diese Jugendstilvilla wirkte herausfordernd. Er lehnte sich einen Moment in seinem Sitz zurück und genoss das Gefühl, dass es endlich so weit sein würde. Dann beugte er sich zum Handschuhfach und nahm eine blaue Wollmütze heraus, aus der er vorsichtig einen Flakon *Mitsouko* wickelte. Er setzte die Mütze auf und lächelte sich im Spiegel zu. *Hallo, hier kommt Ihre Lieferung.*

Er sprühte sich einen Hauch Parfüm auf den Hals, stieg aus dem Wagen und hielt das Gesicht in den herabfallenden Schnee, der weich vom Himmel rieselte. Die Luft war klar und frisch, und das Brummen der Stadt wirkte durch die Schneedecke angenehm gedämpft. Georg öffnete die Heckklappe, zog die Sackkarre heraus und hob einen der Dreißig-Kilo-Säcke Brennholz auf die Transportfläche. Ein Schlitten hätte wohl mehr Sinn gemacht. Er rollte die Sackkarre durch den knöchelhohen Schnee zum Haus.

Stufe für Stufe zog er die Last die Treppe bis zur Klingel hinauf. Er liebte diese Vorbereitung, sie steigerte seine Vorfreude auf das Spiel, das gleich beginnen würde. Er schwitzte leicht und roch sich selbst. Ein vertrauter Duft, der ihn antrieb. Auf dem polierten Klingeltableau aus Messing gab es nur zwei Parteien. In der oberen Etage brannte kein Licht. Anscheinend waren die Nachbarn nicht zu Hause. Perfekt. Er freute sich, dass er den Abend zelebrieren konnte. Sein Finger berührte den richtigen

Knopf, und er hörte die Klingel im Hochparterre läuten. Die Gegensprechanlage summte. Er wartete.

«Ja bitte?»

«Ihre Holzbestellung ist da.»

«Meine was?»

«Ich liefere das Kaminholz.» Er spürte sein Herz schlagen wie diese kleinen Apparate, die auf Klavieren standen und den Takt angaben. Er freute sich auf das Crescendo.

«Ich habe aber gar kein Holz bestellt.»

Seine Antwort klang freundlich. «Frau Birte Kollau, zwei Dreißig-Kilo-Säcke ofengetrocknetes Buchenholz.»

Die Gegensprechanlage rauschte. Sie schien zu überlegen.

«Bist du das, Tobi? Verarschst du mich gerade?», lachte sie. Die Gegensprechanlage war still. Er wartete. Na komm schon, Mädel. Endlich summte der Türöffner, und als er die schwere Holztür einhakte, damit sie nicht ins Schloss fiel, kam Birte ihm über den Sisalläufer des Treppenhauses entgegen. Die Stufen hinauf konnte er durch die geöffnete Wohnungstür in ihren Flur schauen. Das Ziel leuchtete ihm mit dunkelroten Wänden entgegen. Auf der Fußmatte standen ihre Winterstiefel. Die Frau war in natura noch viel schöner, ihr blonder Dutt glänzte im Schein der Treppenhausbeleuchtung und erinnerte ihn an Weizen in der Sommersonne. Zur Jogginghose und blauen Stricksocken trug sie einen weiten Strickpullover. Er tippte auf Kaschmir und freute sich darauf, ihn zu berühren.

«Ähm … Sie liefern ja wirklich Holz.» Sie schaute überrascht auf die Sackkarre. «Ich habe gedacht, einer meiner Bekannten erlaubt sich einen Spaß. Aber hören Sie. Das muss ein Missverständnis sein.»

«Haben Sie denn keinen Kamin?», fragte er.

Sie lachte. «Doch, aber ich habe das wirklich nicht bestellt.»

War sie taub? Er hatte doch gesagt, die Bestellung lautete auf ihren Namen. Er lächelte an ihr vorbei. Er schaffte es einfach nicht, ihr in die Augen zu sehen. Stattdessen hob er den Sack von der Karre. «Das ist beste Ware. Brennt, ohne zu qualmen. Hören Sie, mein Chef hat mich hierhergeschickt. Die Adresse und der Name stimmen, Sie haben einen Kamin, und die Ware ist bezahlt.»

«Schon bezahlt? Vielleicht ein Weihnachtsgeschenk von Tobi oder Betty?» Endlich war sie überzeugt und gab das Treppenhaus frei. Es klappte auch dieses Mal, sogar ohne vorher mit der Frau über Instagram in Kontakt getreten zu sein. So, wie es in Winterhude und in Dulsberg funktioniert hatte, fiel auch diese Frau in Harvestehude auf ihn herein. Birte überholte ihn auf der Treppe und bat ihn vor der Tür, seine Schuhe auszuziehen.

Ohne den Sack abzusetzen, streifte er seine Sneaker von den Füßen und trat in den Wohnungsflur. «Wo darf ich das Kaminholz hinstellen? Ins Wohnzimmer?» Er ging voran und tat so, als würde er sich suchend umschauen, dabei hatte er den Grundriss ihrer Wohnung genau im Kopf. Er hörte zufrieden, wie sie die Wohnungstür schloss und ihm folgte. Er stellte den Sack im Wohnzimmer ab und drehte sich zu ihr um.

«Oje, sollte ich das vielleicht besser im Keller stapeln?» Jetzt schien sie sich endlich über das Geschenk zu freuen. Sie nahm das Holz in Augenschein und redete fröhlich vor sich hin, und gerade als sie wieder versuchte, einigen ihrer Freunde diese Überraschung zuzuordnen, holte er aus und schlug ihr mit voller Wucht direkt ins Gesicht.

Sie lag mit blutender Nase auf dem Boden. Der Schlag hatte sie außer Gefecht gesetzt. Erst jetzt drückte er ihr den Lappen mit Betäubungsmittel ins Gesicht und fragte sich, warum es zwei Frauen gebraucht hatte, bis er kapierte, dass er erst zuschlagen und dann betäuben musste. So ersparte er sich den Kampf. Die anderen beiden hatte er niederringen müssen, bei dieser ging es ganz leicht. Man lernt nie aus, das wurde ihm wieder einmal klar, als sie unter ihm langsam das Bewusstsein verlor.

Er saß breitbeinig auf dem Brustkorb der Frau und berührte vorsichtig ihren Dutt. Georg befühlte die Form mit der rechten Hand. Behutsam strich er darüber, schloss die Augen und versuchte, jedes einzelne Haar zu spüren. Dann tastete er nach den Haarnadeln und zog sie heraus. Die Frisur löste sich. Er stieg von der Frau ab und schaute sich im Wohnzimmer um. Die Kerzen im Kamin brannten noch. Er spürte, wie sich das Feuer langsam auf ihn zu übertragen schien. Er hatte die Macht, über ihr Schicksal zu bestimmen – nicht mehr umgekehrt. Da war es wieder, dieses leichte Zittern, das in den Zehen begann und sich bis in seine Hände fortsetzte. Er schaute zu ihr hinunter. Es war egal, wer sie war. In diesem Moment ging es um ihn! Er packte ihr Haar und riss die Frau hinter sich her in den Flur. Sie ließ sich gut ziehen. Der Zopf schön fest, jeder Ruck ein Genuss. In der Küche angekommen, veranstaltete der Brand in ihm einen Höllenlärm.

Es ging hoch her in Frankas Büro – bei geschlossener Tür. Alpay saß an seinem Schreibtisch und wusste gar nicht, wer lauter brüllte, Franka oder Martin Suttmann. Jörg versuchte zu vermitteln, doch der Chef tobte. Man verstand jedes Wort durch die Glastür. Franka hatte sich von einem Serientäter im wahrsten Sinn aufs Glatteis führen lassen? Sie tat Alpay leid, und auch Sybille und Marcel schauten immer wieder betroffen hinüber zu ihrem Büro. Matze trug Kopfhörer und versuchte sich noch immer an dem Rechner von Georg Böhlmann.

Alpay hatte erlebt, wie gewissenhaft Franka arbeitete. Mittlerweile schätzte er ihre trockene Art. Wer hätte das gedacht. Der alte Besen. Einiges hatte er sich in den eineinhalb Monaten an ihrer Seite sogar von ihr abgeguckt. Es war nicht gerecht, dass sie etwas abbekam, wofür sie offensichtlich nichts konnte. Böhlmanns Handy wurde noch im Labor untersucht, aber es war davon auszugehen, dass darauf eine App installiert war, die ihn über den Hackerangriff der Polizei informiert hatte. Das Internet war voll von allen möglichen Anwendungen.

«Habt ihr keinen Abgleich des Kennzeichens gemacht? Verflucht, Franka!»

Sie nahm die Kollegen der Zivilstreife in Schutz. Franka selbst hatte schließlich an der Kreuzung, an der der Zugriff erfolgt war, Position bezogen. «Das Kennzeichen war verschneit, zudem die Beleuchtung defekt. Der Wagentyp stimmte und die Angaben durch die Funkzellen. Martin, war's das jetzt? Dein Wort zum Sonntag hält mich nämlich davon ab, eine Frau zu suchen, die Böhlmann heute Abend ins Visier genommen hat.»

Alpay wollte sich nicht einmischen, außerdem trieb ihn die Passwortsuche weiter um. Er war immer noch überzeugt, dass der Code mit einem Begriff aus Böhlmanns Vita zu knacken war. Er kombinierte einige neue zwölfstellige Begriffe. Immer wieder waren seine Einfälle zu kurz oder zu lang.

Doch plötzlich schoss er von seinem Platz auf und starrte auf das Wort, das er auf seine Kladde buchstabiert hatte. Franka öffnete die Tür und kam aus ihrem Büro. «Ist was passiert?»

«Ich will es noch mal probieren.» Er ging zu Matze hinüber und klopfte ihm auf die Schulter. Doch der IT-Forensiker winkte ab. «Geht nicht, Alpay, der Rechner arbeitet. Ich versuche gerade noch mal was anderes.» Doch Alpay ließ sich nicht abwimmeln. «Bitte, Matze.» Er hörte, wie seine Stimme sich fast überschlug. «Ich bitte dich. Komm schon.» Er riss ihm die Kopfhörer herunter. «Verdammte Scheiße, jetzt heb deinen Arsch vom Stuhl.»

Er sah, wie Franka erstaunt zu ihm hinüberblickte. Er wusste, dass sie es nicht gut fand, wenn er sich nicht im Zaum hatte. Matze zuckte mit den Schultern und stand auf.

Alpays Finger schwebten über der Tastatur. Er fühlte, wie alle Kollegen im Raum die Luft anhielten, als er das zwölfstellige Passwort eintippte: Mitsouko1811.

Er riss sie an den Haaren auf den Küchenstuhl hoch, doch die Frau kippte zur Seite weg und fiel zurück auf den Fußboden. Erneut umwickelte er seine Hand mit ihren Haaren, wobei ihm der Schorf zwischen den Fingern schmerzhaft einriss. Die Frau stöhnte leise. Es wurde Zeit, dass sie still war. Danach würde er endlich dafür sorgen, dass sie ihm den Scheitel küsste, wenn er sich ihr langes blondes Haar über seinen wunden Schädel frisierte. Er hatte schon seit Tagen an nichts anderes mehr denken können. Ihre Lippen auf seinem Kopf. Er wartete einen Moment und betrachtete sie, wie sie da am Boden lag, bevor er sie erneut an ihren Haaren hochriss. Jetzt saß sie auf dem Stuhl. Ihr Gesicht war seinem ganz nah. Er zog den Strick aus seiner Jackentasche und flüsterte ihr ins Ohr, dass sie es gleich geschafft hatte. Noch einmal versuchte die Frau, ihre verschwollenen Augen aufzureißen, und er schaute direkt hinein. Dann schlang er das Seil um ihren Hals. Ein dumpfer Schlag. Er zog zu. Wieder hörte er dieses dumpfe Geräusch. Metall auf Metall? Birte röchelte, als die zweiflügelige Wohnungstür splitternd aus den Angeln flog. Blitzschnell ließ er von der Frau ab, die aufstöhnte, als ihr Kopf gegen den Kühlschrank schlug.

Fieberhaft schaute er sich um. Bruchteile rasender Gedanken. Aber keinen davon konnte er fassen, der Instinkt befahl ihm zu fliehen. Er hörte schwere Stiefel im Flur. Männerstimmen schrien Kommandos. Das Küchenfenster. Er sprang auf die Holzbank davor und riss es auf. Schnee fiel ihm von oben aus dem Rahmen entgegen. Hochparterre. Den Sprung schaffte er auf Socken. Für Vorsicht hatte er keine Zeit. Im Dunkeln erkannte er schemenhaft einen Pflanzkübel und den verschneiten Fahrradständer unter dem Fenster. Er musste nur weit genug in den Vorgarten hinausspringen. Drei Meter in den weichen Schnee. Ihr kriegt mich nicht, dachte er entschlossen.

Als die zwei Männer in schwerer Polizeiausrüstung und mit ihren Maschinengewehren im Anschlag in die Küche vorrückten, spürte er durch seine Socken bereits das Eis auf dem Fensterbrett.

«Herr Böhlmann, nein!»

Er drehte sich um. Eine ältere Frau mit grauen Haaren rannte auf ihn zu und versuchte, ihn festzuhalten. Für einen kurzen Moment spürte er ihre Hand an seinem Hosenbein. Dann sprang er ab – und rutschte auf dem eisigen Fensterbrett weg.

Es war nur das Hochparterre, doch sein Sturz dauerte ewig. So, wie er in vielen seiner Träume immer wieder in die Tiefe gefallen war, fühlte sich auch dieser kurze Moment wie eine Ewigkeit an. Er schlug hart im kalten Schnee auf. Ein Geräusch, das sich wie das Brechen von trockenem Holz anhörte. Er spürte etwas, das er nicht deuten konnte. Obwohl er auf dem Rücken im Schnee lag, wurde ihm heiß. Wie in seinen Träumen schmeckte er das Blut seiner Zunge. Er konnte weder die Arme noch die Beine bewegen. Der Kopf ließ sich nicht heben und nicht zur Seite drehen, denn sein Schädel klemmte in den Eisenbügeln des Fahrradständers. Bewegungslos, fixiert, roch seine Angst nach *Mitsouko*.

Um ihn herum schrien Menschen. Stimmen rauschten durch Funkgeräte. Die grauhaarige Frau kniete sich zu ihm und sprach ihn an, aber er verstand sie nicht. Obwohl er ruhig auf dem Rücken lag, waren seine Ohren immer noch erfüllt von dem Rauschen seines freien Falls. Nur die beruhigende Stimme seiner Mutter drang leise zu ihm hindurch. Sie sang das Lied aus der Nacht, in der sie sich getötet hatte. Langsam wurde die Melodie lauter. Kam sie die verschneite Auffahrt entlang? Plötzlich tauchte ihr Gesicht über seinem auf. Er konnte sehen, dass sie das kleine Mädchen an der Hand hielt, das ihn in seinen Träumen so oft besucht hatte. Sie knieten sich beide zu ihm hinunter in den Schnee und betteten seinen Kopf vorsichtig in den Schoß der Mutter. Leni streichelte sein langes blondes Haar. Als er spürte, wie ihre Lippen seinen Scheitel küssten, schloss er beruhigt die Augen, und ihr leiser Gesang nahm ihm den letzten Rest seiner Angst.

Du und ich im Dunkel der Nacht,
unsere Liebe kippt über Bord wie die Fracht,
die auf hoher See ins Rutschen gerät,
doch um sie zu retten, ist es zu spät.

13

Franka klappte das Bett zusammen, schob es hinter die Bürotür und verstaute ihren Kulturbeutel im Schrank. Nach den Ereignissen vom Abend zuvor hatte sie es zu Hause nicht ausgehalten. Gegen 2:00 Uhr war sie zurück ins Präsidium gefahren.

Georg Böhlmann war gestorben, während Franka neben ihm im Schnee gekniet und ihm die Hand gehalten hatte. Niemand verdiente es, im Moment seines Todes einsam und allein zu sein. Auch er nicht. Es kam ihr so vor, als hätte er sich an ihr festgehalten. Auch wenn sie überzeugt war, dass er zu diesem Zeitpunkt schon längst nichts mehr von dem mitbekommen hatte, was um ihn herum geschah.

Einige SEK-Beamte hatten noch vergeblich versucht, die Bügel des Fahrradständers auseinanderzudrücken. Doch es war zu spät. Georg Böhlmann starb nur wenige Tage vor seinem vierundfünfzigsten Geburtstag. Warum er mit der Tat auf Charlotte Fiedler vom 18. November abgewichen war, würden sie nie erfahren.

Franka ging ins Büro der Kollegen und goss sich eine Tasse Kaffee ein. Sie schaute zu dem Platz, an dem Alpay gestern Abend gesessen und das richtige Passwort eingegeben hatte. Er, der Franka vor knapp sechs Wochen an die Seite gestellt worden war und den sie partout loswerden wollte, hatte den alles entscheidenden Schritt getan und der Frau gestern Abend das Leben gerettet. Wer hätte das gedacht?

Auch wenn Böhlmanns Wohnung schmutzig war, so hatte er doch die Ordnung geliebt. So aufgeräumt wie seine Wohnung war auch der Desktop seines Rechners gewesen. Für jede Frau in seinem Visier hatte er einen Ordner angelegt und sorgfältig gepflegt. Mit Namen und Adressen, Screenshots von Wohnungsfotos, Informationen über ihre Hobbys und die Tage, an denen sie zum Pilates gingen. Während Franka das Fenster in ihrem Büro zum Lüften kippte und sich eine Zigarette zum Kaffee gönnte, schaute sie auf den Parkplatz hinunter. War Georg Böhlmann ein Mörder, der durch ein Unglück seiner gerechten Strafe entging, oder war er ein lebenslang Bestrafter? Niemand wird als Mörder geboren, das wusste Franka. Georg Böhlmann war auch Opfer gewesen. Sein Leben lang. Niemand hatte ihm eine andere Rolle zugedacht. Aber er war zum Täter geworden. Nicht seine Mutter, nicht das Heim, nicht die Pflegefamilie hatten ihn diese Taten begehen lassen. Er selbst trug die Schuld daran, niemand sonst war für den Schmerz und das Leid seiner Opfer verantwortlich. Dieser Mann war ein eiskalter Killer.

Er war auf seiner Flucht verunglückt, und Franka stellte sich schon seit gestern Abend die Frage, ob er diesen Abgang verdient hatte. Mochten die einen ihm seinen Unfalltod unter Umständen nicht gönnen, weil sie ihn lieber für den Rest seines Lebens in Sicherheitsverwahrung gewusst hätten, dachten die anderen vielleicht, dass der Genickbruch und der Tod die richtige Strafe für ihn seien. Eins war jedenfalls sicher: Nie wieder würde Georg Böhlmann eine Frau bei Instagram ausspionieren, und Franka hoffte, auch niemand anderes würde es tun.

Es schneite immer noch, und Franka versuchte, unten auf dem Parkplatz ihren kleinen Nissan ausfindig zu machen, den sie gestern irgendwo dort unter dem Schnee abgestellt hatte.

«Ich sollte das eigentlich nicht unterstützen!» Sie zuckte vor Schreck zusammen. Alpay lehnte in der Tür. «Morgen, Frau Erdmann.» Er legte ein kleines Ding auf ihren Schreibtisch. «Frohe Weihnachten für Sie.»

Er ging zurück nach nebenan und goss sich einen Kaffee ein. Sie schaute überrascht zu dem kleinen Päckchen, das mit einer roten Schleife umwickelt war, die farblich zum Papier passte. Sie versenkte ihre Zigarette in der mit Wasser gefüllten Kaugummidose auf der Fensterbank, setzte sich an ihren Schreibtisch und starrte auf das Geschenk. Franka hasste Weihnachten, vermutlich hatte sie das Alpay gegenüber noch nicht erwähnt. Trotzdem, die Geste gefiel ihr irgendwie.

Sie packte das Geschenk aus, und als der kleine Metallbrenner auf ihre Schreibtischunterlage rollte, hätte sie am liebsten losgeheult. Sie nahm den original Nissan-Zigarettenanzünder von 1984 in die Hand, und es ergriff sie so etwas wie Rührung. Aber Franka riss sich zusammen. Tränen gestattete sie sich nur unter Ausschluss der Öffentlichkeit.

Alpay lehnte wieder im Türrahmen und nippte an seinem Kaffee. «Vielleicht kann ich Ihren verstorbenen Kollegen nicht ersetzen, dafür aber zumindest Ihren Zigarettenanzünder.»

Sie schluckte. Ausgerechnet jetzt fiel ihr kein schlagfertiger Spruch ein, hinter dem sie ihre Emotion hätte verstecken können. «Danke schön. Das ist … wirklich … toll.» Ihr war die eigene Unbeholfenheit fast peinlich. An seinem ehrlichen Lächeln merkte sie, wie sehr er sich über seinen Coup freute. Alpay nahm noch einen Schluck Kaffee und setzte sich an seinen Schreibtisch nach nebenan. Franka betrachtete den Zigarettenanzünder in ihrer Handfläche.

«Ach, Herr Eloglu?»

Es dauerte einen kurzen Moment, bis er wieder im Türrahmen erschien. «Ja?»

«Ich heiße übrigens Franka.»

Danke

Bevor ich das einundfünfzig Seiten starke Manuskript von «Das Profil» beim Rowohlt-Rotation-Schreibwettbewerb einreichte, hatte ich drei wichtige Menschen in meinem Theater- und Fernsehleben um Feedback gebeten. Danke an meine «Erstleserinnen» Alexandra Doerk und Petra Kolle und ganz besonders an Dominique Moro, die mich eine lange Strecke mit Rat begleitet hat. Ein Dankeschön geht auch an die Jury des Rowohlt Verlags und des Argon Verlags sowie an die Juryvorsitzende Sabine Rückert. Das Vertrauen in mein Manuskript machte aus dem Wettbewerbsplot «Der Schlüsseldienst» erst den Roman «Das Profil».

Danke an Judith Klumpe und Jenny Feldmann aka @elbgestoeber bei Instagram, die etwas irritiert waren, als ich die Idee der toten Influencerinnen pitchte, und mir dennoch einen Einblick in die Materie gaben.

Mein Dank geht auch an Ilze Cipulis-Levits von der Staatsanwaltschaft Berlin und an die Ärztin für Psychiatrie Birgit Finke-Sell. Christian von der Heide mit seinem Wissen über die Geschichte des Hauses Guerlain war mir eine große Hilfe. Danke an Carsten Fuchs für den vermittelten Kontakt zu Prof. Dr. Wilfried Honekamp von der Hochschule Stralsund, ausgewiesener Spezialist für Cloud Computing. Er hat meine Fragen über Monate schnell, präzise und verständlich beantwortet. Danke, Herr Professor! Alle Ungenauigkeiten gehen auf meine Kappe.

Ein großer Dank geht an meine Lektorinnen Anne Tente und Lea Daume. Beide waren mir eine große Unterstützung, und besonders Anne hat mir den Tunnel zum Ziel gut ausgeleuchtet. Ein Dankeschön allein reicht nicht ganz aus für meinen Mann, der mich während des Schreibens über Monate ertragen musste. Er war zudem mein Erstleser, mein Plot-Partner, wenn ich mich verrannt hatte, und er hat Korrektur gelesen, immer und immer wieder. Seine Meinung war mir wichtig. Überflüssig, die Stellen zu erwähnen, an denen er recht hatte. Danke, Kai!